U0094140

沧浪诗话

与明代诗学构建

陈芳 著

上海财经大学出版社

图书在版编目(CIP)数据

《沧浪诗话》与明代诗学构建 / 陈芳著. —上海:上海财经大学出版社, 2024.3

ISBN 978-7-5642-4254-1/F·4254

Ⅰ. ①沧… Ⅱ. ①陈… Ⅲ. ①诗话-文学研究-中国-南宋 ②诗学-研究-中国-明代 Ⅳ. ①I207.2

中国国家版本馆 CIP 数据核字(2023)第 190244 号

本书由"上海财经大学双一流引导专项资金"和"上海财经大学中央高校基本科研业务费"资助出版

责任编辑: 陈 明
整体设计: 张克瑶

《沧浪诗话》与明代诗学构建

著　　者: 陈 芳 著
出版发行: 上海财经大学出版社有限公司
地　　址: 上海市中山北一路 369 号(邮编 200083)
网　　址: http://www.sufep.com
经　　销: 全国新华书店
印刷装订: 上海华教印务有限公司
开　　本: 710mm×1000mm 1/16
印　　张: 16(插页:2)
字　　数: 245 千字
版　　次: 2024 年 3 月第 1 版
印　　次: 2024 年 3 月第 1 次印刷
定　　价: 80.00 元

【目录】

引言 1

第一章 《沧浪诗话》产生背景与理论主旨 1

第一节 宋诗的发展和《沧浪诗话》的诞生 1

一、宋诗变唐风 1

二、严羽和《沧浪诗话》 8

第二节 《沧浪诗话》诗学主旨 14

一、以禅喻诗——谈诗方法论 14

二、妙悟——诗歌创作论 20

三、兴趣——诗歌本质论 26

四、别材别趣——诗材诗旨论 32

五、以盛唐为法——诗体风格论及师法对象论 38

第二章 《沧浪诗话》明代前期接受分析 49

第一节 遵从严羽尊唐抑宋的主要倾向 50

一、黄清老《诗法》:妙悟者,意之所向,透彻玲珑 50

二、宋濂:儒道论诗,宗法古人,吟咏性情 53

三、高启:情致意趣,推崇盛唐 55

四、林鸿和高棅《唐诗品汇》:诗宗盛唐,四期分唐 58

五、解缙《说诗三则》:别长别趣,直悟上乘 64

六、周叙《诗学梯航》：吟咏性情，求古人心 67
七、李东阳《怀麓堂诗话》：留心体制，识其时代格调 73
第二节 反拨严羽、推崇宋诗的另类声音 81
一、方孝孺《谈诗五首》：难诋熙丰作后尘 81
二、瞿佑《归田诗话》：举世宗唐恐未公 83

第三章 《沧浪诗话》明代中期接受分析 88
第一节 正面接受严羽诗学的主要倾向 89
一、李梦阳等前七子复古派：诗必盛唐，情以发之 90
二、徐祯卿《谈艺录》：因情立格，妙骋心机 97
三、李攀龙等后七子复古派：汉魏盛唐，尺寸摹拟 99
四、王世贞《艺苑卮言》：熟读涵泳，一师心匠，神与境会 100
五、谢榛《四溟诗话》：诗以兴为主，非悟无以入其妙 107
六、顾起纶《国雅品》：格高调雅，嗣响唐音 116
七、王世懋《艺圃撷余》：本性求情，自运成家 120
八、胡应麟《诗薮》：体格声调，兴象风神 128
第二节 局部反拨严羽诗学的接受倾向 137
一、祝允明等吴中诗派：缘情随事，不拘一格 138
二、都穆《南濠诗话》：雅意于宋，性情之真 140
三、朱承爵《存余堂诗话》：诗溯六朝，意境融彻 146
四、俞弁《逸老堂诗话》：岂可以唐、宋轻重论之 150
五、徐泰《诗谈》：理学诗亦格调高古，吴中诗思致独胜 154
六、杨慎《升庵诗话》：不专一代，兼收并蓄 157
七、唐宋派：直写真本色，人人有眼目 162

第四章 《沧浪诗话》明代后期接受分析 168
第一节 独取性灵，不必法唐 169
一、公安派：诗何必唐，独抒性灵 169
二、竟陵派：孤怀孤诣，性灵真诗 177

第二节　蕴神韵、性灵于格调　184
一、许学夷《诗源辩体》：本乎情兴，神与境会　184
二、谢肇淛《小草斋诗话》：由格调而神韵　194
第三节　推举神韵，不专盛唐　202
一、陆时雍《诗镜总论》：推举神韵，不满"诗必盛唐"　202
二、金圣叹评诗：镜花水月，言尽意长　211
第四节　严羽论诗，翳热之病　214
一、虞山诗派：以禅喻诗，无知妄论；唐诗分期，承讹踵谬　214
二、黄道周："诗有别才，非关学也"，欺诳天下后生　218

第五章　总结　221
第一节　《沧浪诗话》明代各期接受小结　221
第二节　《沧浪诗话》各范畴明代接受小结　222
一、诸家对"以禅喻诗"旨在"妙悟"的接受与评价　222
二、诸家对"兴趣"说的接受与评价　226
三、诸家对"别材""别趣"说的接受与评价　228
四、诸家对"以盛唐为法"的接受与评价　230
第三节　《沧浪诗话》明代接受特征小结　234
第四节　余论　237

参考文献(按音序排列)　239

【引言】

中国是诗歌的国度，千百年来国人在诗性的大地上诗意地安居。中国最早的诗歌总集《诗经》作为六经之一，牢固奠定了诗歌在中国文化、文学血脉中的崇高地位；继而楚辞、汉乐府、汉魏晋六朝五言，直至唐律近体，达到了古典诗歌繁荣的顶峰；之后的宋词、元曲、明民歌[1]，也是各具时代特色的代表性诗体。诗歌发展历史之悠久、诗歌体式之丰富，带来了诗歌理论的繁荣。诗歌创作和诗评、诗论及诗话写作的双线并存、互相推进，是中国诗歌史的独特景观[2]。唐、宋之后，诗论创作达到高峰。其中，最具中国特色的一种诗论形式即为诗话。

诗话之体，源于南朝钟嵘所著《诗品》[3]，孕于唐，得名于宋欧阳修"以资闲谈"之《六一诗话》，至张戒《岁寒堂诗话》、严羽《沧浪诗话》而趋于盛，继而繁兴于明清两代。诗话一体自宋代起，逐渐成为中国古代诗歌理论批评特有的一种文本形式，其历史之久、数量之丰、范围之广、影响之深，成为体现中国古典诗学造诣的一笔宝贵遗产。

其中，南宋严羽所著的《沧浪诗话》较为特殊，历来正、反两种接受倾向都

1　清初陈弘绪《寒夜录》卷上引明末卓人月语："我明诗让唐，词让宋，曲让元，庶几吴歌《挂枝儿》《罗江怨》《打枣杆》《银绞丝》之类，为我明一绝耳。"由于明代拟古风气浓厚，因此古文诗词皆很难有突破性的发展与创新。而明代民歌却蓬勃发展，明代前七子之李梦阳、何景明及公安派袁宏道等人，都认为"真诗在民间"。可见，明人以民歌为一代特色。

2　陈文忠，《中国古典诗歌接受史研究》，合肥：安徽大学出版社，1998年，页7。

3　清代章学诚《文史通义·诗话》云："诗话之源，本于钟嵘《诗品》。"另，清代何文焕辑《历代诗话》也将钟嵘《诗品》置于首位。

盛况空前，足见其影响之大。学者裴斐说：

> 严羽对诗歌理论发展影响之大，在历代论家中实无出其右者。当然，如果从学院派的观点看，沧浪远不如博大精深的刘勰，甚至也赶不上后世的叶燮，但他的影响却远过刘勰，叶燮更是望尘莫及，这恰恰是值得深思的。[1]

此论虽然有偏颇之处，但也可从中窥见严羽诗论对后世的影响确有值得研究之处。

根据诗学史主流话语模式，论诗必称盛唐，乃肇自严沧浪。自严羽始，无论是复古格调派的明代诗家，如弘治、正德时期的前七子及嘉靖、隆庆时期的后七子，或是反拨明人的清代诗家，基本都推尊盛唐。然而有趣的是，明清以来也没有哪部诗话如《沧浪诗话》这般遭受到如此多的讥诮和非议，是其尊唐抑宋的诗歌取法定位引发了唐宋诗之争？还是其"以禅喻诗""妙悟""兴趣""别材""别趣"等谈诗美而不重诗教之论惹来争议？或是其将诗之本质说得过于"玄妙恍惚"而遭人误解？这种对比强烈的接受态度，触发了最初的研究兴趣。综观《沧浪诗话》，它尚理论、成系统，超越时人零星、琐碎纪事之作，其"以禅喻诗""妙悟""以盛唐为法""兴趣""别材""别趣"等诗论可独立、可整合，在元、明、清诗歌理论批评作品中多有征引、阐释，几乎笼罩了后世诗学，可将之作为研究明清诗学的一个切入点。然而，随着资料的积累，发现仅有明一代的诗话、诗论，受严羽诗学沾溉的就大有可观。限于篇幅，本书遂将研究视角定格于明代，通过深挖细理，以期梳理出明代诗话发展脉络、明代诗学对严羽《沧浪诗话》接受的整体风貌，稍涉对清代诗学的承启作用。

同时，对严羽诗学究竟如何理解与评价，学界争论未歇，这意味着《沧浪诗话》的影响至今不衰，《沧浪诗话》的本体研究也有继续探讨的空间。例如，徐中玉指出：有从严羽诗学理论的风格特点来评断、批评他"引导诗歌创作脱离现实"(《辞海》："严羽"条)、"造成诗歌评论中脱离现实的风气"(《辞海》：《沧浪诗话》条)[2]者，也有人将"形式主义""唯美主义"标签贴至严羽"以禅喻诗""妙

1　裴斐，《诗缘情辨》，成都：四川文艺出版社，1986年，页118。

2　徐中玉，《序》，见：陈定玉，《严羽集》，郑州：中州古籍出版社，1997年，页1。

悟”“兴趣”诸说称其为“主观唯心论”，等等。以上批评较为偏重意识形态，带着特定时代的印记，已不适应目前的研究。有鉴于此，回归中国古典诗歌理论传统，以之为坐标，并参考纯粹的诗学、美学、文学史及批评史研究新论，以之为拓展，尽力还原严羽《沧浪诗话》的诗学内涵及价值定位，并厘清其在明代诗论作品中的接受脉络，以之为研究明代诗学的一种角度和切入口，努力展现时代的诗学眼光和研究特色，这应该是一项极有意义的研究工作。

明代诗论家对严羽《沧浪诗话》多有征引和讨论，表现出的接受倾向呈现多样差异：有的表现出直接的正面接受，从严羽《沧浪诗话》中直接引用，为阐发自己的诗论寻找理论依据；有的以严羽诗学为前提，并非全面、正面地接受他的观点，但从《沧浪诗话》中发现一些可为己用的理论因素，受到一种启发；有的间接吸取严羽论诗观点，拿来改造加工，“夺胎换骨”，呈现出的接受结果往往与严羽诗论有明显出入；另有的则并不接受《沧浪诗话》诗学理论，站在反面进行批判、反拨。接受倾向的多样性、差异性及其背后的诗学根源，极有证实、细化的研究价值。

不管遭遇褒扬或贬抑，一位诗论家的一本诗话能对后世各代诗家造成影响、引起争议以至串起一条完整的接受之链，这现象本身可谓非常有趣。后世诗论家们的接受态度如同多棱镜中呈现的映像，各有差异，而镜前的《沧浪诗话》本体，吸收并承受了哪些前人的论诗经验、自身阐述的又是哪些诗学理论？明代诗论家们从《沧浪诗话》汲取养料，却各取所需、各家争鸣，究竟呈现出哪些不同的镜中映像？哪些是对《沧浪诗话》较为真实的反映，哪些又过滤掉了原本的光彩，而哪些则是一种曲解？接受状态之多样，原因之复杂，脉络之深广，既是对研究的挑战，亦是推进的动力。

第一章　《沧浪诗话》产生背景与理论主旨

第一节　宋诗的发展和《沧浪诗话》的诞生

一、宋诗变唐风

王国维曾说："凡一代有一代之文学：楚之骚，汉之赋，六代之骈语，唐之诗，宋之词，元之曲，皆所谓一代之文学，而后世莫能继焉者也。"（《宋元戏曲考·自序》）其实，元代虞集[1]、清代焦循[2]等先贤早已对文学样式递兴有了同一番的认识，认为"一代有一代之胜"，即各个历史时期都不乏有代表性的文学创作样式，不同时代皆有不同文学形态的繁荣兴盛。

同样，中国文学批评史上的经典著作，亦总能感时而发，总结、概括一个历史时期文学创作、理论批评中出现的重大问题，并从一种角度切入研究、阐发，引导学者研究和把握这一时期文学思潮的大方向。如《毛诗大序》之于两汉，曹丕《典论·论文》、陆机《文赋》之于魏晋，刘勰《文心雕龙》、钟嵘《诗品》之于六朝，殷璠《河岳英灵集·叙》、司空图《二十四诗品》之于唐代，都是对于一个时代文学思潮的总结与反映。

南宋末期严羽的《沧浪诗话》也是这样一部作品，它阐明了宋诗的形成、发展历程及性质特点，并对宋诗与唐诗有何区别，何者更符合诗之特性、更能体现"诗之宗旨"，以及怎样学诗作诗、学何种诗、如何悟入诗道门径等问题，给出

1　元代虞集有云："一代之兴，必有一代之绝艺足称于后世者：汉之文章，唐之律诗，宋之道学。国朝之今乐府，亦开于气数音律之盛。"见：[元]孔齐《至正直记》，上海：上海古籍出版社，1987年，页96。

2　清代焦循于《易余籥录》卷十五论："一代有一代之所胜"，以商周诗三百、楚辞、汉赋、魏晋六朝五言、唐律、宋词、元曲、明八股为例证，全面认证了历代文学的经典样式。

了自己的解答。正如邱振芳在《龙性堂诗话》的序中所云："稽闽之有诗话，肇于沧浪，然后人已不无遗议。"[1]严羽的《沧浪诗话》不仅被视为福建诗话的开端，在整个宋代也是论诗理论的代表性专著。严羽明确提出诗"以盛唐为法"，是因为他对宋诗与唐诗的不同有敏锐的观察和认识，以至于在明清两代造成了宗唐、宗宋的争论与分歧。严羽《沧浪诗话》尤其在明代诗论家们的诗论中屡被征引，受到了高度重视。以"前后七子"为代表的明代复古格调派，尤以之为诗学指南，从中汲取养分，阐发为"诗必盛唐"的理论；继而，反复古派却对之多加指责、激烈批驳，在诗学接受史上形成引人注目的现象。然而，需要注意的是，严羽《沧浪诗话》中固然有其独到的见解，但这与他所处的时代形势是密不可分的。此一点早为明代许学夷于其论诗作品《诗源辩体》中点破："沧浪论诗独为诣极者，匪直识见超越，学力精深，亦由晚唐、宋人变乱斯极，鉴戒大备耳。正犹《孟子》一书发愤于战国也。"[2]

综观《沧浪诗话》诗论的时代形势，乃是反对"资书以为诗"[3]"以文字为诗""以议论为诗"的苏、黄诗病，而苏、黄及其法席盛行的江西诗派，恰为宋诗中最占势力的流派。因此，要弄清严羽诗论的矛头所向，先必须厘清宋诗的发展历程。首先来回顾一下宋诗的发展历程和趋势，以了解严羽的论诗宗旨与批评指向。严羽《沧浪诗话·诗辨》云：

> 国初之诗尚沿袭唐人：王黄州（禹偁）学白乐天，杨文公（亿）、刘中山（筠）学李商隐，盛文肃（度）学韦苏州，欧阳公学韩退之古诗，梅圣俞（尧臣）学唐人平澹处。至东坡、山谷始自出己意以为诗，唐人之风变矣。山谷用工尤为深刻，其后法席盛行海内，称为江西宗派。近世赵紫芝、翁灵舒辈，独喜贾岛、姚合之诗，稍稍复就清苦之风，江湖诗人多效其体，一时自谓之唐宗，不知止入声闻辟支之果，岂盛唐诸公大乘正法眼者哉。

---

1 郭绍虞编选，富寿荪校点，《清诗话续编》（平装第二册），上海：上海古籍出版社，1983年，页927。

2 ［明］许学夷，《诗源辩体》，卷三五，明崇祯十五年陈所学刻本。

3 出自刘克庄《后村集》卷九十六《韩隐君诗序》，是用韩愈《登封县尉卢殷墓志》里的话。韩愈那句话在宋代传诵甚广，例如强幼安《唐子西文录》里"凡作诗平居须收拾诗材以备用"条等。后人直率的解释是："除却书本子，则更无诗。"见王夫之《姜斋诗话》卷二评苏轼、黄庭坚诗。

此段概述了宋诗早期承袭唐人、中期变唐风而苏黄自成一代面貌以致江西诗派盛行、后历经四灵及江湖派仿效晚唐的发展历程，体现出宋诗对唐诗既有学习继承的一面，又有谋求新变的一面。沧浪此种概括条理清晰，勾勒出了宋诗的演变轮廓。

宋初士大夫宗白居易诗，以王禹偁为一时之冠；真宗时，杨亿、刘筠学李商隐诗，西昆体称盛诗坛，然皆尚未出中晚唐藩篱。仁宗之世，欧阳修于古文别开生面，诗学韩愈，以气格为主，诗风为之稍变，梅尧臣、苏舜钦辅之。熙宁（神宗）、元祐（哲宗）时，王安石、苏轼、黄庭坚出，继承欧阳修、梅尧臣散文化的诗风，从根本上"变唐风"，谈道说理、嬉笑怒骂、街谈市语皆可入诗，产生出与唐诗风貌迥异的一代诗风。严羽遂于《沧浪诗话·诗体》"以时而论"宋诗始标"元祐体"之目，以苏（轼）、黄（庭坚）、陈（师道）诸公当之，"以人而论"则有"东坡体""山谷体""后山体"，及"王荆公体"。

严羽及同时代的诗论家刘克庄对此阶段的诗风转变都有深刻的观察。刘克庄于其诗话中评论道：

> 元祐后，诗人迭起，一种则波澜富而句律疏，一种则锻炼精而情性远，要之不出苏、黄二体而已。[1]
>
> 至六一、坡公巍然为大家数，学者宗焉。然二公亦各极其天才笔力之所至而已，非必锻炼勤苦而成也。豫章稍后出，会粹百家句律之长，究极历代体制之变，搜猎奇书，穿穴异闻，作为古律，自成一家，虽只字半句不轻出，遂为本朝诗家宗祖。在禅学中比得达摩，不易之论也。[2]

刘克庄认为，苏轼诗任天分、少锤炼，笔意纵横不加约束；黄庭坚诗重视锻炼句律不重情性，追求"体制之变"，于诗材搜奇猎异，于语言重用典出处，遂以"自成一家"的诗法规则成为宋诗江西派宗祖。

严羽则将宋人诗风转变归因于对唐诗发展轨迹的偏离与违背，称"唐人之风变矣"，认为苏、黄"自出己意以为诗"，即不再按照诗歌传统规则与旨趣来创作了，不再关注"一唱三叹之音"，不再顾虑"古人忠厚之风"了。虽说自苏、黄

1　[宋]刘克庄撰，王秀梅点校，《后村诗话》，前集卷二，北京：中华书局，1983年，页26。

2　[宋]刘克庄，《后村集》，卷九十五《江西诗派小序》"山谷"条，四部丛刊影旧钞本。

至江西诗派摸索了新的诗材，扩大了诗歌意境，丰富了诗歌表现手法，然其流弊远超过取得的成就。南宋高宗绍兴间陈岩肖于《庚溪诗话》指出此种流弊："山谷之诗清新奇峭，颇造前人未尝道处，自为一家，此其妙也。至古体诗不拘声律，间有歇后语，亦清新奇峭之极也。然近时学其诗者，或未得其妙处，每有所作，必使声韵拗捩，词语艰涩，曰'江西格也'。此何为哉！"[1]其实，与黄庭坚同为江西派尊宿的陈师道亦早已在《后山诗话》批评韩诗、苏词有失本色："退之以文为诗，子瞻以诗为词，……虽极天下只工，要非本色"；指摘苏诗早年"多怨刺"、晚年"失于粗"："苏诗始学刘禹锡，故多怨刺，学不可不慎也；晚学太白，至其得意则似之矣，然失于粗，以其得之易也。"[2]魏泰《临汉隐居诗话》则直指黄诗："黄庭坚作诗得名，好用南朝人语，专求古人未使之事，又一二奇字，缀葺而成诗，自以为工，其实所见之僻也。故句虽新奇，而气乏浑厚。"[3]金王若虚于其《诗话》中亦称："山谷之诗有奇而无妙，有斩绝而无横放，铺张学问以为富，点化陈腐以为新，而浑然天成，如肺肝中流出者不足也。"[4]南宋张戒《岁寒堂诗话》更直批"诗坏于苏、黄"：

> 《国风》《离骚》固不论，自汉魏以来，诗妙于子建，成于李杜，而坏于苏、黄。余之此论，固未易为俗人言也。子瞻以议论作诗，鲁直又专以补缀奇字，学者未得其所长而先得其所短，诗人之意扫地矣。……苏、黄习气净尽，始可以论唐人诗；唐人声律习气净尽，始可以论六朝诗；镌刻之习气净尽，始可以论曹、刘、李、杜诗。[5]

张戒将攻击矛头直指苏、黄，谓诗歌传统坏于二人手中，他反对"苏、黄习气"，推崇"曹、刘、李、杜"。然而"苏、黄习气"具体何指？张戒《岁寒堂诗话》有云："苏端明（苏轼为端明殿学士）诗专以刻意为工""山谷只知奇语之为诗"；又论："苏、黄用事押韵之工，至矣、尽矣，然究其实，乃诗人中一害，使后生只知用事押韵之为诗，而不知咏物之为工、言志之为本也。风雅自此扫地矣。""苏、黄

---

1 [宋]陈岩肖，《庚溪诗话》，卷下，宋百川学海本。
2 [宋]陈师道，《后山诗话》，明津逮秘书本。
3 [宋]魏泰，《临汉隐居诗话》，清刻历代诗话本。
4 [金]王若虚，《滹南遗老集》，卷之三十九《诗话》，四部丛刊影旧钞本。
5 [宋]张戒，《岁寒堂诗话》，卷上，清武英殿聚珍版丛书本。

习气"正是指苏轼、黄庭坚作诗的不良风气，即以用事、押韵等修辞形式挤压了诗歌"志之所之""情动于中而形于言"的内容本质。《岁寒堂诗话》综论唐、宋两代诗人，权衡高下，批评苏、黄而推尊李白、杜甫[1]。自此之后，对苏、黄诗风的批评之声渐渐多了起来。如朱熹道"苏、黄只是今人诗。苏才豪，然一滚说尽无余意；黄费安排"[2]"黄鲁直一向求巧，反累正意"[3]，皆指此。

苏、黄之"元祐体"使宋诗堂庑阔大，但"苏、黄习气"使诗歌刻意安排，失却了自然情韵。同样，"江西宗派体"声势浩大，但其末流却"叫噪怒张"，背离了诗道。严羽于《沧浪诗话·诗辨》批评道：

> 近代诸公乃作奇特解会，遂以文字为诗，以才学为诗，以议论为诗，夫岂不工，终非古人之诗也。盖于一唱三叹之音有所歉焉。且其作多务使事，不问兴致，用字必有来历，押韵必有出处，读之反覆终篇，不知着到何在。其末流甚者，叫噪怒张，殊乖忠厚之风，殆以骂詈为诗。诗而至此，可谓一厄也。

散文化、尚议论、炼字琢句、讲究用字押韵及搬弄典故成为宋诗的标志，而古人"吟咏情性""一唱三叹"的诗歌传统却被牺牲殆尽。因而，严羽反对的正是"以文为诗""以议论为诗"及"以才学为诗"的宋诗弊病，对江西诗派的末流"叫嚣怒张，殊乖忠厚之风，殆以骂詈为诗"的情形尤为反感，予以激烈攻击。

诗论如此，诗人创作也在补救流弊、探索新径。南宋初年，据刘克庄的记载，吕本中于《夏均父集序》曾提出"活法"之说，谓"规矩备具，而能出于规矩之外；变化不测，而亦不背于规矩也"。[4] 要求学诗者不要机械模仿或囿于诗法，要灵活掌握技巧，善于变化，又合于规矩。故而吕本中本人的诗作较之江西诗风显得清新流转，一定程度上对江西诗风流弊进行了补救，然总体上仍是把学习古人法度作为创作源泉。至"南宋四大家"尤袤、杨万里、范成大、陆游及同

1 郭绍虞于《题〈宋诗话考〉效遗山体得绝句二十首》之十一评张戒《岁寒堂诗话》云："劲节岁寒见正葩，独标诗旨重无邪。宗风一样诋坡谷，不似沧浪落释家。"可见郭绍虞肯定张戒批评苏东坡、黄山谷的矛头所向，并认为张、严二家同是反对坡谷诗风，但张戒诗论更趋正统。见：郭绍虞，《宋诗话考》，北京：中华书局，1979 年，页 4。

2 [宋]黎靖德辑，《朱子语类》，卷一百四十"论文上"，明成化九年陈炜刻本。

3 [宋]黎靖德辑，《朱子语类》，卷一百四十"论文下(诗)"。

4 [宋]刘克庄，《后村集》，卷九十五《江西诗派小序》"吕紫薇"条，四部丛刊影旧钞本。

时的姜夔、萧德藻，皆能出入江西诗派，受过江西诗风影响，又能各自形成自己的风貌。姜夔《诗稿自序》云："尤延之（袤）先生为余言，近世士人喜宗江西，温润有如范致能（成大）者乎？痛快有如杨廷秀（万里）者乎？高古如萧东夫（德藻），俊逸如陆务观（游），是皆自出机轴，亶有可观者，又奚以江西为？"[1]杨万里序《千岩择稿》云："余尝论近世之诗人，若范石湖（成大）之清新、尤梁溪（袤）之平淡、陆放翁（游）之敷腴、萧千岩（德藻）之工致，皆余之所畏者。"[2]足见当时诗坛之盛，各家积极补救江西诗弊。

其后影响较大的当数南宋中叶进入诗坛的"永嘉四灵"——徐照、徐玑、翁卷、赵师秀这四位诗人，他们受南宋大家叶适影响，宗师贾岛、姚合的晚唐体，以力矫江西之弊为旨。叶适《题刘潜夫南岳诗稿》有云："徐道晖（照）诸人，摆落近世诗律，敛情约性，因狭出奇，合于唐人，夸所未有。"[3]四灵诗作不尚文字新奇、少发议论、少用典故，多以白描手法写眼前景、心头事，语言精莹、对仗工整，体现出灵秀莹润的风味。此种诗风与江西诗风截然不同，引起了新鲜的感受。加之水心先生的提倡，四灵诗风为时人效从，蔚然成风。

然四灵竭毕生之力以"合于唐人"，却止于晚唐贾岛、姚合一派，其才力有限，诗作内容陷于贫乏，气局偏于狭小。元方回《瀛奎律髓》称："叶水心适以文为一时宗，自不工诗，而永嘉四灵从其说，改学晚唐，诗宗贾岛、姚合，凡岛合同时渐染者，皆阴挦取摘用，骤名于时，而学之者不能有所加，日益下矣，名曰厌傍江西篱落，而盛唐一步不能少进。"[4]又说："诗家有大判断，有小结裹。姚（合）之诗专在小结裹，故四灵学之，五言八句皆得其趣，七言律及古体则衰落不振，又所用料不过花、竹、鹤、僧、琴、药、茶、酒，于此几物一步不可离，而气象小矣。"[5]《四库全书总目·芳兰轩集提要》亦论"四灵之诗，虽镂心鉥肾，刻意雕琢，而取径太狭，终不免破碎尖酸之病"[6]，切中四灵才思窘迫、局面狭小之病。

继起的江湖派诗人，诗作不限于五律，用笔较为流畅，对江西诗派在一定

---

1 ［宋］魏庆之，《诗人玉屑》，卷十九，"中兴诸贤"之"诚斋白石之评"，清文渊阁四库全书本。

2 ［宋］魏庆之，《诗人玉屑》，卷十九，"中兴诸贤"之"诚斋白石之评"。

3 ［宋］叶适，《水心集》，卷二十九前集，四部丛刊影明刻黑口本。

4 ［元］方回，《瀛奎律髓》，卷二十梅花类"《道上人房老梅》翁卷"条，清文渊阁四库全书补配清文津阁四库全书本。

5 ［元］方回，《瀛奎律髓》，卷十春日类"《游春》姚合"。

6 ［清］永瑢，《四库全书总目》，卷一百六十二集部十五，清乾隆武英殿刻本。

程度上进行了变革、补救与超越。然其诗作取材也偏于琐屑，气格流于卑弱，与四灵一脉有延续、相承的关系。至此，形成了晚唐派与江西派相互对立的局面，这两大诗派也是南宋中后期占据诗坛较为持久的两大诗派。诗派之出现，往往为了矫正已有诗派的弊病、凸显新诗派的纲领而陷入矫枉过正的境地，在发展过程中不能均衡利弊、全面图进，其后学亦难免出现各种新毛病、产生有待矫正的新弊端。然无论江西诗派还是晚唐诗派，都不能很好地解决诗歌情意与法度之间相互依存却又紧张对峙的矛盾。四灵、江湖之晚唐派亦存在明显的缺陷，与江西诗派之弊一起错综交织成了亟待纠正的宋诗发展之弊，也综合构成了严羽论诗的背景。《四库全书总目·沧浪诗话》对此背景提出中肯之论："要其时，宋代之诗竞涉论宗，又四灵之派方盛，世皆以晚唐相高，故为此一家之言，以救一时之弊。"[1]

严羽《沧浪诗话》提出"以盛唐为师"的论点，不取宋诗，降低晚唐诗，试图开辟不同于江西诗派、晚唐诗派的宋诗师法新途径，"突出盛唐这一特殊阶段诗歌的特质与价值，激活被江西诗学束缚、僵化的生命情感体验，使诗歌创作与欣赏重新具有鲜活流动、余味不绝的审美艺术意蕴"[2]。可见，"以盛唐为师"的取径正是为了解决宋代诗歌所面临的发展困境。严羽突出盛唐，颇有见地，因为学习前人非他独创，而是诗坛重视诗歌源流的传统，学习唐人亦非严羽首倡，江西诗派即远宗杜甫，晚唐派也近取姚合、贾岛。因而，沧浪诗学一方面与宋代的这几个主要诗派的学说处于一种"对立的地位"；另一方面，持论或多或少受到他们的影响。《沧浪诗话》的融通性在于自有其诗学渊源、理论承受之处，而最终能融为一家之说，自成体系；《沧浪诗话》的独特性则在于其关注诗歌由唐至宋发展变化，对于宋诗发展困境提出解决方案，即通过复古师法盛唐；《沧浪诗话》的建设性则在于沧浪在前人论诗基础之上，用一个个诗学范畴一步步地构建起立体、多元的古典唐诗学。

1　[清]永瑢，《四库全书总目》，卷一百九十五集部四十八《沧浪诗话》。
2　程小平，《〈沧浪诗话〉的诗学研究》，北京：学苑出版社，2006年，页53。

二、严羽和《沧浪诗话》

(一)严羽生平

知人论世,要了解《沧浪诗话》的诗学旨趣,必先对作者严羽进行一番了解。严羽,南宋人,因未出仕而无官方传记与生平记载。但仍有不少地方志、后人序跋可供钩稽,现按时间顺序摘录大要如下:

宋末邵武黄公绍于南宋咸淳四年(公元1268年)作《沧浪吟卷序》,云:

> 沧浪名羽,字丹丘,一字仪卿,粹温中有奇气。尝问学于克堂包公。为诗宗盛唐,自《风》《骚》而下,讲究精到。石屏戴复古深所推敬。自号沧浪逋客。江湖诗友目为三严,与参、仁同时,皆家莒溪之上。[1]

旧题南宋陈思编、元陈世隆补《两宋名贤小集》卷二二五《沧浪诗集》序云:

> 严羽,字丹丘,一字仪卿,邵武人。粹温中有奇气。尝问学于包克堂,自《风》《骚》而下,讲究精到。石屏戴复古深所推敬。自号沧浪逋客。有《沧浪集》二卷行于世。[2]

明代陈道监修、黄仲昭修纂、刊行于弘治庚戌年(公元1490年)的《八闽通志》载:

> 严羽,字丹丘,一字仪卿,邵武人。有才名,所著《诗辨》[3]议论深到,自号沧浪逋客,有《沧浪集》。[4]

明嘉靖《邵武府志》卷十四载:

> 严羽,字丹丘,一字仪卿,邵武莒溪人也。粹温中有奇气。尝问学于包克堂,自《风》《骚》而下讲究精到。石屏戴复古深所推敬。自号沧浪逋客。有《沧浪集》二卷行世。

---

1 宋李南叔录、黄公绍序本《沧浪吟卷》已经亡佚,但是尚存有黄公绍一序。

2 [宋]陈思编,[元]陈世隆补,《两宋名贤小集》,卷二二五《沧浪诗集》,清文渊阁四库全书本。

3 根据郭绍虞《沧浪诗话校注·诗辨》校注(一),"辨",或"作辩,与辨通",因此严羽《诗辨》或作《诗辩》。

4 [明]陈道撰,《(弘治)八闽通志》,卷七十人物,明弘治刻本。

清《福建通志》云：

> 严羽字仪卿，一字丹邱，自号沧浪逋客，尝作《沧浪诗话》，为世所传。同族参字少鲁，仁字次山，皆有诗才，号三严。自羽以妙远言诗，扫除美刺，独任性灵，邑人上官伟长、吴梦易、朱叔大、黄裳、吴陵盛传宗派，几与黄鲁直江西诗派并行。伟长号阆风山人；梦易字潜夫；叔大号立庵，官至通判；裳号则山；陵字景仙。又光泽李贾字友山，与羽友善，亦工诗。[1]

此外，明何乔远纂修的《闽书》、清咸丰年间刊行的《邵武县志》，也有类似记载。清初朱霞所编的《樵川二家诗》前所附《严羽传》亦较详尽。以上记录皆陈陈相因，大体相类。

综合上述资料及现代学人研究，试将严羽生平概要做出描述。

严羽，字仪卿，一字丹丘，生活于南宋末年，邵武(今福建邵武)人。他一生未曾出仕，大半生隐居乡间，曾离乡避难或客游，自号沧浪逋客。明人有称作"严仪羽卿"者，恐自误刻本而来。严羽与江湖诗人戴复古相交至深，又与江湖诗人刘克庄同交于诗人李贾。

关于严羽的生年，朱东润先从其友人戴复古(约1167—1248)、刘克庄(约1187—1269)、李贾的生年记载、活动时限大致勾画出严羽活动于宁宗、理宗两朝之间，与李贾同辈而晚于戴复古、刘克庄；再从严羽诗作《送赵立道赴阙仍试春官即事感兴因成五十韵》具体判断时值理宗宝庆元年(公元1225年)，而严羽诗中自称"老"，应为三十岁后，故而上溯严羽生年为1195年左右。[2] 而学者王士博、陈定玉则从严羽《促刺行》《将至浔阳途中寄诸从昆弟》及《庚寅纪乱》等诗作联系史料，得知严羽于1229至1231年离乡避乱三年，于1231年岁暮返乡，时年为四十岁，故将其生年推断为光宗绍熙三年(公元1192年)左右。[3] 许志刚专著《严羽评传》也以严羽诗歌创作为内证，其他历史文献为佐证，勾勒出严羽一生的活动轨迹，见解新颖可信，他认为严羽生于光宗绍熙二年(公元

---

1 转引自朱东润，《中国文学批评论集》，卷一《沧浪诗话参证》，北京：中华书局，1983年，页23。

2 朱东润，《中国文学论集》，卷二《沧浪诗话探故》，北京：中华书局，1983年，页319—321。

3 参见王士博《严羽的生平》及陈定玉《严羽考辨》，见：《严羽学术研究论文选》，厦门：鹭江出版社，1987年，页1—5，16—21。

1191年)。[1] 至于严羽的卒年,朱东润《沧浪诗话探故》仍采取诗作与史料互佐的方法,将之定位于1240年或其后;王士博《严羽的生平》推测为1243年至1248年;陈定玉《严羽考辨》也将其卒年推定在1243年后,约淳佑五年(公元1245年);许志刚则将严羽卒年定位在理宗淳佑八年(公元1248年)。

根据以上四位学者的考证,将严羽生年界定于1191年后四年间,卒于1245年左右,是较为合乎逻辑、顺乎情理的。[2] 严羽的生活年代在南宋光宗、宁宗至理宗朝期间,主要活动在理宗在位的1225年至1264年间。此阶段,南宋从偏安一隅到求和苟延,形势日趋严峻。严羽的大好年华就是在民族斗争和阶级矛盾的双重煎迫中度过的。

严羽为人粹温中有奇气,尝从包扬学儒。诗歌多交游酬赠之作,在金人、蒙古人侵扰、国势垂危之际,有《北伐行》《四方行》《有感六首》等爱国感时之作,可谓"飘零忧国杜陵老,感遇伤时陈子昂"。与同族诗人严参、严仁齐名,称"三严",又与严肃、严必大等六人合称"九严"。与戴复古、李贾、王埜、上官良史为诗友。诗集有《沧浪先生吟卷》(或名《沧浪吟卷》《沧浪集》)二卷,收录古今体诗共计一百四十六首、词二首。论诗有《沧浪诗话》一卷,持论甚高,"以禅喻诗",提倡熟参众诗以得"妙悟",追求诗歌"兴趣",推崇汉、魏、晋、盛唐诗为第一义,于盛唐标举李、杜。对于宋诗代表江西诗派"以文字为诗""以议论为诗"的流弊及当时习晚唐诗之四灵、江湖诗人僻局才思、千篇一律的局面,严羽能超脱时代,回归诗旨,表现出了卓越的诗学见解与强烈的批判精神。

(二)严羽著作

明代高儒所撰私家书目《百川书志》卷十五载:"《沧浪吟》二卷、《诗话》、逸诗文,沧浪严羽仪卿著,古近体歌行词操诗余诸作百四十首,书一。"[3] 严羽著作除《沧浪先生吟卷》和附见于此书或单行的《沧浪诗话》外,有人认为尚有严羽评点《李太白诗集》二十二卷,如詹锳、陈定玉等人,本书不作展开。

---

1 许志刚,《严羽评传》,南京:南京大学出版社,1997年,页14—18,90—92。

2 对严羽的生卒年进行讨论的现代学者众多,部分罗列、概括可参见:黄静莹,《严沧浪其人及其诗歌研究》第三章第二节《沧浪生卒年》,硕士论文,台湾南华大学,1990年,页33—37。另,黄静莹于此章节对严羽生卒年进行了重新考索,其推断、论证得出的生卒年限,与本书之总结正相一致,可作为一种详证。

3 [明]高儒,《百川书志》,卷十五,清光绪至民国间观古堂书目丛刊本。

《沧浪吟卷》为严羽诗集，或是诗集加论诗作品的总集。其版本源流可简述如下：

宋季李南叔所录、黄公绍咸淳四年作序（公元 1268 年）的《沧浪吟卷》为行世《沧浪吟卷》的最初本子，黄序既感慨沧浪诗作多有散佚，又庆幸其“犹存什一于千百”。该宋刻至清代尚存，依据是王士禛《跋严沧浪吟卷》云：“余访《沧浪先生吟卷》积有岁年，康熙戊申（公元 1668 年）始得宋刻于亡友程太史翼苍（程邑）。”此时距黄公绍作序约四百年后。今宋刻已佚，目前没有资料能确证此本包括严沧浪论诗诸篇。

元刊本。明代正德庚辰都穆《重刊沧浪先生吟卷叙》云：“是书在元尝有刻本。”据陈定玉称，元刻今亦无传，然尚有清人胡珽据元本手校本和鲍廷博据元本手校本在，均藏北京图书馆，特别是胡珽校本，从目录、版式到正文，均作细致校勘，有较详细的校语，从中尚可约略窥见元刻本面目。[1] 近年，中国台湾学者提出在台北“中央图书馆”所藏《沧浪先生吟卷》为元刻本[2]，共三卷，题“樵川陈士元旸谷编次，进士黄清老子肃校正”，卷首为宋末黄公绍为李南叔录本所作之序，有严羽诗作及诗论五篇，并附《答出继叔临安吴景仙书》。又据张健研究，清代胡珽用以校对明代胡重器明刻本的乃其所藏的元刊本，即为现今中国台湾“中央图书馆”所藏的元刊本《沧浪先生吟卷》，以此书钤有“胡珽藏书”之印为证，且此元刊本的特征与胡珽校记中元刊本的特征皆相吻合。

明代在元刊本的基础上进行了多次重刊，就目前所知，明代收录严沧浪诗论著作的《沧浪吟卷》有以下刻本：

其一，明王蒙溪刻本，正德八年（公元 1513 年）跋刻本。

其二，正德胡重器刻本，也称闽刻本，三卷。其一个版本有正德丙子（公元 1516 年）林俊序及丁丑（公元 1517 年）李坚的后序，为元刊本的重刻本。

1　陈定玉，《严羽集》，附录《严羽及其著作考辨》，郑州：中州古籍出版社，1997 年，页 472。

2　林秀玲称台北国立中央图书馆所保存的《沧浪先生吟卷》为元刊本，并据屈万里与昌彼得著《图书版本学要略》说：“该版本确为元代刊本。”参见：林秀玲，《〈沧浪诗话〉“兴趣”研究》，硕士论文，台湾中山大学，2000 年。又，黄静莹具体称此本为严羽撰、樵川陈士元旸谷编次、进士黄清老子肃校正的元前至元二十七年庚寅（1290）刊本，共三卷。见：黄静莹论文《严沧浪其人及其诗歌研究》。另，张健的《〈沧浪诗话〉非严羽所编》一文中也用大篇幅证实了此元刻本的可能性，但指出此本并非刊于 1290 年，而是不早于泰定四年（公元 1327 年）。参见：张健，《〈沧浪诗话〉非严羽所编——〈沧浪诗话〉成书问题考辨（之一）》，《北京大学学报：哲社版》，1999 年第 4 期，页 70—85。

其三，正德庚辰（公元1520年）尹嗣忠刻本，姑苏刻本，二卷。卷首有都穆正德庚辰《重刊沧浪先生吟卷叙》，他称："是书在元尝有刻本，知昆山县事尹君子贞以骚坛之士多未之见，重刻以传。"可见此本也从属元刻本系统。此本于卷一列《诗辨》等五篇，未标诗话之名，附有《答出继叔临安吴景仙书》，并将诗作合并为一卷。

其四，明代尚有嘉靖十年（公元1531年）郑炯刻本，二卷，为尹本的重刻本。此本严沧浪论诗诸篇也未标《沧浪诗话》之名。明代尚有尹刻本的抄本。另有万历（1573—1620）邓原岳刻本等版本。

以上明刊本皆源自元刻本系统，收录有严羽的论诗著作《诗辨》等五篇。

至清代，收录有严羽论诗诸篇的全集本又有增刻，如清顺治十年（公元1653年）周亮工诗话楼刻本、康熙六十一年（公元1722年）朱霞刻《樵川二家诗》本、咸丰四年（公元1854年）周揆源《樵川四家诗》本、光绪七年（公元1881年）邵武徐干覆刻《樵川二家诗》本。

清代胡校本《沧浪严先生吟卷》，指胡珽以所藏元刊本校对明代正德胡重器刻本，凡三卷。从其校记中能一窥元刊本的特征。

（三）《沧浪诗话》

除收录严沧浪论诗诸篇的全集本外，还应观察单行刻本《沧浪诗话》的体系，方能了解世人对《沧浪诗话》的态度。理宗淳佑四年（公元1244年）刊行的诗话汇编《诗人玉屑》中，曾采录严羽诗论诸篇的全部内容，但不能证明此时《沧浪诗话》已经成书。

黄霖等人认为郭绍虞依据《诗人玉屑》来重新为《沧浪诗话》排序、分合条目有不可靠之处，而元刊本较符合原貌。[1] 然元刊本乃严羽诗作与诗论的合集，并未见诗话独立成书。

至明代，刊行于弘治庚戌年（公元1490年）的陈道《八闽通志》载："严羽，……所著《诗辨》议论深到，自号沧浪逋客，有《沧浪集》。"虽单提《诗辨》，但不能证明它与其他篇章已合编为《诗话》并单独刊行。正德庚辰（公元1520年）尹嗣忠刻本两卷，卷一列《诗辨》等五篇，未标诗话之名，卷二为严羽诗作合编。

1　周兴陆，朴英顺，黄霖，《还〈沧浪诗话〉以本来面目——〈沧浪诗话校释〉据"玉屑本"校订献疑》，《文学遗产》，2001年第3期，页85。

明代高儒所撰的私家书目《百川书志》卷十八则载录：

> 《严沧浪诗谈》一卷，宋莒溪严羽仪卿著，列《诗辨》《诗体》《诗法》《诗评》《诗考证》，定诗宗旨，正变得失，议论痛快，识高格当。[1]

《百川书志》编成于嘉靖十九年(公元1540年)，属明代中期。可见至明代中期，《沧浪诗话》或称《诗话》，或称《严沧浪诗谈》，已独卷刊行，其分篇、篇次、篇名与今日相差不大。

另一个能证明明代已有单行本《诗话》的例证是，上文所提闽中邓原岳，除万历朝刻严羽全集《沧浪吟卷》外，另作《严氏诗话序》，收于其《西楼全集》。由此双证可知，明代中期以后，已有单行本《诗话》行世。

清代单行本沧浪诗说已定名为《沧浪诗话》，如《四库提要》著录：

> 《沧浪诗话》一卷(内府藏本)。又曰：此书或称《沧浪吟卷》，盖闽中刊本，以此置于诗集之前，为第一卷。今依原次晰为五篇，首《诗辨》，次《诗体》，三《诗法》，四《诗评》，五《诗证》。末附《与吴景仙书》一通。

《四库全书总目》集部之诗文评类记《沧浪诗话》云：

> 《沧浪诗话》一卷(内府藏本)，宋严羽撰。羽有诗集，已著录。此书或称《沧浪吟卷》，盖闽中刊本，以诗话置诗集之前为第一卷，故袭其诗集之名，实非其本名也。首《诗辨》，次《诗体》，次《诗法》，次《诗评》，次《诗证》，凡五门。末附《与吴景仙论诗书》。[2]

清代还有《沧浪诗话》(原叙)的朱霞抄、康熙刻本。在复旦大学图书馆古籍部有藏。

它还被先后辑入《百川学海》(重辑本)、《宝颜堂秘籍》本(明万历陈继儒辑)、《天都阁藏书》(明天启七年丁卯程允兆编)、《津逮秘书》(明崇祯毛晋订)、《历代诗话》(清何文焕辑)、《诗学指南》(顾龙振辑)、《说郛》、《诗法萃编》、《谈艺珠丛》等多种丛书，这些丛书又多以诗学、诗法为编辑宗旨，使《沧浪诗话》成

---

1 [明]高儒，《百川书志》，卷十八。

2 [清]永瑢，《四库全书总目》，卷一九五集部四八诗文评类一，清乾隆武英殿刻本。

为研究中国诗学的基本读物。

根据张健的研究结果，严羽身前并未编订自己的论诗著作[1]。细阅《答出继叔临安吴景仙书》，可知《诗辨》已单独面世并与吴景仙讨论过，这与《八闽通志》中单独强调《诗辨》一致。张健还认为，《诗辨》与《诗体》《诗法》《诗评》《考证》诸篇集合，皆于严羽身后由其再传弟子由元入明的黄清老子肃汇集，也与本书推论的《诗话》成于明代中期相一致。

综合以上版本讨论，本书研究采用的版本是陈定玉《严羽集》按众本校勘的《沧浪诗话》，包括《诗辨》《诗体》《诗法》《诗评》《考证》论诗诸篇及所附《答出继叔临安吴景仙书》。此外参之以胡珽以元刊本所校明代正德胡重器刻《沧浪严先生吟卷》本、明毛晋订《津逮秘书》本、宋魏庆之《诗人玉屑》本及郭绍虞先生《沧浪诗话校释》本。

《沧浪诗话》全书以《诗辨》为纲领，后分《诗体》《诗法》《诗评》《考证》，五篇合为一卷。学者蒋寅（1959—）论及《沧浪诗话》的体系时，套用白居易的说法，认为以《诗辨》为根、《诗体》为苗、《诗法》为华、《诗评》为实，即每一件艺术作品本身就是一个统一的整体，有其内部的生命。

第二节　《沧浪诗话》诗学主旨

中国古代诗论，精义颇多，往往习惯表述为象喻之言、简约之语。严羽“以禅喻诗”借用象喻之言，再发以“妙悟”“兴趣”等简约之论，偏于超超玄著、神妙难晓的境地，宜于意会而不便言传。这也给后来学者留下很多钻研和发挥的余地，阐释之、界定之、体系之。

一、以禅喻诗——谈诗方法论

在宋代，诗人们有以“禅悟”论诗的传统。文人士大夫学禅、谈禅蔚然成风，从佛教、禅宗等教义汲取养分，指导诗文创作。佛教各宗派，如天台、慈恩、华严、禅宗等，对宇宙、自然、社会、人生等问题提出不少新观点，而在论理的细

1　张健，《〈沧浪诗话〉非严羽所编——〈沧浪诗话〉成书问题考辨（之一）》，《北京大学学报：哲社版》，1999 年第 4 期，页 70—85。

密、逻辑的严谨及表达方法等方面，又都提供了不少超出中国固有学术的内容及研究方法[1]，对有着儒家、老庄思想素养的中国士大夫，产生了特别的吸引力。唐宋时期，僧人的政治地位、艺术造诣和士大夫有接近的趋势。初唐兴起而到中、晚唐全盛的禅宗，就可视为中国士大夫的佛教。而中、晚唐的不少“诗僧”，即披着袈裟的诗人。至北宋时又确立了通过试经获取出家资格、政府任命寺院住持及定期轮换的制度，使得僧人几乎可谓一种特殊的进士文官了。两者之间拥有相当多的共同点，互相亲近、交流也理所当然。鲁迅先生甚至说：“宋儒道貌岸然，而窃取禅师的语录。”[2]宋代理学也是在佛教特别是禅宗与华严宗影响下形成的。儒、佛两家谈论教化若仍存隔阂的话，谈诗论词则畅通自由得多了，故而诗、禅之间也多了很多共同语言。唐代自王维、诗僧齐己始，就有以禅语、禅趣、禅法入诗的创作尝试，王昌龄《诗格》、皎然《诗式》、齐己《风骚旨格》、徐寅《雅道机要》等论诗著作已注意到诗、禅内在性质有相通、可比之处[3]。至宋代，亦有诗中逗露禅意的，有用禅学谈诗学的，也有以怎样学禅来比喻怎样学诗的，成为一时习尚。

苏轼《夜直玉堂携李之仪端叔诗百余首读至夜半书其后》有云：“暂借好诗消永夜，每逢佳处辄参禅。”禅悟诗之妙处，是为“禅悟派”[4]之始。其后韩驹《赠赵伯鱼》诗云：“学诗当如初学禅，未悟且遍参诸方。一朝悟罢正法眼，信手拈出皆成章。”谓学诗如学禅，有段参悟的过程，应从多方面熟参众诗，最终能领悟诗歌创作规律。同时之吴可，少时曾以诗受苏轼赏识，作三首《学诗》诗，也颇能体现学诗与参禅之关系，现抄录如下：

> 学诗浑似学参禅，竹榻蒲团不计年。
> 直待自家都了得，等闲拈出便超然。
>
> 学诗浑似学参禅，头上安头不足传。
> 跳出少陵窠臼外，丈夫志气本冲天。

1　孙昌武，《佛教与中国文学》，上海：上海人民出版社，1988 年，页 86。
2　鲁迅，《鲁迅全集》，第五卷，北京：人民文学出版社，1981 年，页 310。
3　黄景进，《严羽及其诗论之研究》，台北：文史哲出版社，1986 年，页 131。
4　黄景进，《严羽及其诗论之研究》，页 192。

学诗浑似学参禅，自古圆成有几联。

春草池塘一句子，惊天动地至今传。[1]

学诗要下苦功夫，如参禅时"竹榻蒲团"、面壁观心；学诗要自己参悟，不要"头上安头"、因袭前人；学诗要耐住性子，自古浑然天成的诗句虽然不多，但偶一有之即能流传千古。吴可所著《藏海诗话》主张"学诗当以杜为体，以苏、黄为用"，又说"杜之妙处藏于内，苏黄之妙发于外"，道出江西诗派宗旨；"凡作诗如参禅，须有悟门"，提出诗贵顿悟、不蹈袭前人窠臼的论点。参诗的目的在于悟入，悟入以得诗法，作诗方可"运用自如，豁然无碍"。从苏轼"以禅悟诗"到严羽系统地提出"以禅喻诗"的诗学理论，吴可起着承先启后的作用。

再试看严羽友人戴复古《论诗十绝》[2]之第四、第七两首：

意匠如神变化生，笔端有力任纵横。

须教自我胸中出，切忌随人脚后行。

欲参诗律似参禅，妙趣不由文字传。

个里稍关心有误，发为言句自超然。

第四首前二句可与严羽《沧浪诗话·诗法》所称"及其透彻，则七纵八横，信手拈来，头头是道矣"互为参证；而后二句则与吴可《学诗》诗之二意思相近。第七首则又与严羽"论诗如论禅""禅道惟在妙悟，诗道亦在妙悟"的诗禅论同调，"妙趣"或为"妙悟"与"兴趣"的综合，同严羽所谓"盛唐诸人惟在兴趣，……言有尽而意无穷"，而"不由文字传"则如同严羽反对的"以文字为诗，以才学为诗，以议论为诗"。可见，这是宋人"以禅喻诗"的普遍概念，大量"参诗"以"悟入"，"悟入"质变为"妙悟"即得"诗法"，从而达到作诗的自由王国，达到"运用自如，豁然无碍"的境地，不必"随人脚后行"。

---

1 [宋]魏庆之，《诗人玉屑》，卷一《诗法第二》之"吴思道学诗"条，清文渊阁四库全书本。

2 《论诗十绝》其题目云："昭武太守王子文，日与李贾、严羽共观前辈一两家诗及晚唐诗。因有论诗十绝。子文见之，谓无甚高论，亦可作诗家小学须知。"案，昭武即邵武。"无甚高论"云云，乃王子文自谦之词。时戴复古于邵武当教授。《论诗十绝》乃戴复古参与了王子文、李贾、严羽论诗活动后的总结成果，体现了严羽的诗学思想。钱锺书、郭绍虞两位先生进一步认为戴复古《论诗十绝》诗题及诗意中都表现出受到严羽影响的痕迹。

黄庭坚亦擅谈禅，但较之苏轼、吴可、戴复古至严羽体系的“禅悟派”，其影响更偏重诗法方面，可称为“律法派”。《奉答谢公静与荣子邕论狄元规孙少述诗长韵》道“无人知句法，秋月自澄江”，以禅理证诗法。范温《潜溪诗眼》亦载：“识文章者，当如禅家有悟门。夫法门百千差别，要须自一转语悟入。如古人文章直须先悟得一处，乃可通其他妙处。”范温师承黄庭坚，《潜溪诗眼》多引山谷语，所论重在字眼句法，为其“悟门”。这也是江西诗派为之醉心的炼词作意的工夫。

诚然，严羽“以禅喻诗”与前人、时人有千丝万缕的联系，然其“以禅喻诗”却能融“法”于“悟”，通过自身学诗、作诗的心得体会，将前人诸多“以禅喻诗”零星之语，融会贯通成“以禅喻诗”的诗学体系。严羽于《答出继叔临安吴景仙书》中曾对自己在《诗辨》中运用“以禅喻诗”来攻击江西诗病颇为自负，其言云：“仆之《诗辨》，乃断千百年公案，诚惊世绝俗之谈，至当归一之论。其间说江西诗病，真取心肝刽子手。以禅喻诗，莫此亲切。是自家实证实悟者，是自家闭门凿破此片田地，即非傍人篱壁、拾人涕唾得来者。李杜复生，不易吾言矣。”[1]

由于学禅与学诗确有可比方之处，“以禅喻诗”遂能触及诗歌创作艺术本质问题。此乃严羽自负之本，亦成其诗论之一大特色。严羽在《沧浪诗话·诗辨》中大量运用了“以禅喻诗”的方式，用禅宗的知识比拟诗歌，其喻指内容大概有四种。

其一，借禅为喻，专论诗歌高下等级，提纲挈领地论述了学诗要义：

> 禅家者流，乘有小大，宗有南北，道有邪正。学者须从最上乘、具正法眼，悟第一义，若小乘禅[2]声闻、辟支果，皆非正也。论诗如论禅：汉、魏、晋与盛唐之诗，则第一义也；大历以还之诗，则小乘禅也[3]，已落第二义矣；晚唐之诗，则声闻、辟支果也。学汉魏晋与盛唐诗者，临济下也。学大历以还之诗者，曹洞下也。

---

1 [宋]严羽，《沧浪诗话》，明津逮秘书本。
2 据玉屑本，无“小乘禅”三字。[宋]魏庆之，《诗人玉屑·诗法第二》，清文渊阁四库全书本。
3 据玉屑本，无“小乘禅也”四字。[宋]魏庆之，《诗人玉屑·诗法第二》。

此段严羽用禅来比喻诗，明确将唐诗分为盛唐诗、大历以后诗及晚唐诗三等。学者学汉、魏、晋与盛唐诗，如同修习第一义之大乘、临济宗。学诗若从第一义之汉、魏、晋、盛唐诗入手，其道为正；而从大历、晚唐诗入门，则非正也。佛教大乘、小乘或临济、曹洞二宗，原属教义上的区别，本无所谓高下、等级差异。然唐代以后大乘盛行，小乘声闻、辟支佛乘，不能与之抗衡。至南宋时，同属于大乘南宗禅临济、曹洞二宗亦出现高低差别，临济宗因获士大夫的青睐而地位上升，而曹洞则因讲道偈语浅俗而受冷落。在此背景下，严羽以南宋时期佛家乘果、禅宗家派之盛衰比拟诗歌的时代风会：大乘、临济宗为第一义，比汉、魏、晋与盛唐诗；曹洞宗退为第二义，比大历以还之诗；又以小乘声闻、辟支，比晚唐诗。由汉、魏、晋、盛唐到大历再到晚唐，诗歌发展如佛教演变一样经历了许多起伏变化。严羽看到了两者有相似之处，拈禅喻诗，将前人零散的诗禅说组织起来，配以"大小""正邪""第一义、第二义"等截然对立的概念，构建起复杂而系统的"以禅喻诗"体系。此种自成体系的批评方法是为了将盛唐诗歌推到最高位置，提倡盛唐、批判宋诗与晚唐诗，"截然谓当以盛唐为法"构成了严羽诗学复古思想的基调。

其二，诗歌高下等级确立后，严羽将"须从上做下，不可从下做上"的学诗工夫比作"从顶𩕳上做来"的"顿门"，建议诗家采用广读、熟参、明辨的具体做法，像禅家一样拥有"金刚眼睛"，辨识诗歌体制、风格，确立适合自己的学习目标。《诗法》云："看诗须着金刚眼睛，庶不眩于旁门小法"，以禅家"金刚眼睛"之说比喻诗家识诗、辨诗能力，不为"野狐外道蒙蔽"之"真识"，不让"下劣诗魔入其肺腑之间"之定力。此种"金刚眼睛"般识诗、辨体的工夫，以其"学诗者以诗为主，入门须正，立志须高，以汉魏晋盛唐为师，不作开元天宝以下人物"的当头棒喝，开启了唐、宋诗之争的长期讨论，也对后世格调派诗人产生了深远影响。

其三，严羽认为诗家只有通过广读、熟参、明辨前人佳作，方能"妙悟"诗之本质及诗歌创作的真谛。"妙悟"又叫禅悟，本是中国禅宗理论重要范畴之一。其根本要义在于通过人们的参禅来"识心见性，自成佛道"[1]，从而达到本心清净、空灵清澈的精神境界。"妙悟"一词初见于东晋释僧肇（约公元 384—414）

1　[唐]释慧能，潘桂明译注，《坛经全译》，成都：巴蜀书社，2000 年，页 156。

的《长阿含经序》中:“以右将军使者司隶校尉晋公姚爽,质直清柔,玄心超诣,尊尚大法,妙悟自然,上特留怀,每任以法事。”[1]“论诗如论禅”,严羽将学诗、学禅的契合之处归于“妙悟”二字,认为“大抵禅道惟在妙悟,诗道亦在妙悟。……惟悟乃为当行,乃为本色”。此说继承了苏轼“禅悟派”宗旨,认为诗、禅二者有相通之处,即在“妙悟”。郭绍虞先生赞同道:“大抵沧浪以禅喻诗之旨,不外妙悟。沧浪自言:‘禅道惟在妙悟,诗道亦在妙悟。’这就是诗禅相通之处,所以可以用作比喻。”[2]如此这般,严羽《诗辨》以禅宗“妙悟”比拟诗家习诗的门径,“妙悟”就是识诗,就是通过广读、熟参、明辨的渐修过程,领悟诗歌的本质及诗歌创作的真谛[3]。关于“妙悟”的讨论,将在下文展开。

其四,严羽《诗辨》化用《传灯录》《五灯会元》中的典故,以“羚羊挂角,无迹可求”喻诗歌之化境,赞“盛唐诸人惟在兴趣”,认为他们的诗浑然天成、无斧凿之迹,达到“妙处透彻玲珑,不可凑泊,如空中之音,相中之色,水中之月,镜中之象,言有尽而意无穷”之审美境界。简言之,严羽认为盛唐诸人重视并精通诗歌抒情形象与意境的创造,使诗歌具有无穷的艺术感染力。禅宗标榜“教外别传,不立文字”,不以说教赢得信众。我国台湾学者黄景进引唐代徐寅《雅道机要》“诗者,儒中之禅也”,认为《诗》在儒家经典中属于一种不说教的文字。[4]而严羽从禅宗“不立文字”与诗歌“言有尽而意无穷”的契合点出发,将诗歌的化境用“兴趣”二字表述出来,也是强调诗歌乃不说教的文字,成其“以禅喻诗”体系中代表性的一点贡献。关于“兴趣”内涵的具体讨论亦可见于后文。

以上四点归纳了严羽“以禅喻诗”之主要内容。“以禅喻诗”本身不是炫耀禅学,甚至有不周之处。严羽并未深研禅学,为何采用“以禅喻诗”的方法谈论诗歌呢?这正说明宋代参禅、说禅的普遍性[5],让严羽觉得“以禅喻诗,莫此亲切”。在诗论中运用“以禅喻诗”之法及“妙悟”等语,《沧浪诗话》并非第一家。严羽自称其“以禅喻诗”是“自家实证实悟者,是自家闭门凿破此片田地,即非傍人篱壁,拾人涕唾得来者”(《答吴景仙书》),乃强调他的“以禅喻诗”是在时

1 [晋]释僧肇,《长阿含经》,北京:宗教文化出版社,1999年,页8。
2 郭绍虞,《沧浪诗话校释》,页20。
3 丛金玉,《读诗·识诗·写诗》,《冀东学刊》,1995年第1期,页19。
4 黄景进,《严羽及其诗论之研究》,页132。
5 伏涤修,《从〈沧浪诗话〉的被指斥看宋代文学的审美风尚》,《东南学术》,2003年第4期,页137。

人习见基础上、通过个人实证加以“系统化”“理论化”[1]的谈诗方法，且讲得更为亲切，而不在于标榜自己是“以禅喻诗”的创始者。

二、妙悟——诗歌创作论

“妙悟”又叫禅悟，谓洞达禅理，本是中国禅宗重要理论范畴之一，其根本要义在于通过人们的参禅来“识心见性，自成佛道”[2]，从而达到本心清净、空灵清澈的精神境界。“妙悟”一词较早可见于东晋释僧肇（约384—414）的《长阿含经序》：“以右将军使者司隶校尉晋公姚爽，质直清柔，玄心超诣，尊尚大法，妙悟自然，上特留怀，每任以法事。”[3]其《肇论》中也提到“玄道在于妙悟，妙悟在于即真”[4]，指领悟与把握真如佛性（佛教最高真理）的一种思维方式和过程。[5] 禅宗讲究“自性妙体”“各自观心，自见本性”[6]，使个人参禅、禅悟有了可能性，“悟”“悟门”“顿悟”乃至“妙悟”也能成立，从而揭示出佛法真相为“正法眼藏，涅盘妙心，实相无相，微妙法门，不立文字，教外别传”[7]。

中国士大夫对之应不觉陌生，因其与《庄子·外物》篇所谓“言者所以在意，得意而忘言”有着某种程度上的契合，因此，拥有老庄思想熏染的中国文人对“妙悟”有着充分的接受准备。随着禅宗对中国文人士大夫的影响与渗透，“妙悟”说也同“自然”“境界”等范畴一样，逐步被中国传统的美学理论吸纳、融化、发展，成为诗歌书画创作中常见的美学命题。宋人论诗受到禅宗的第一个影响，就是认为诗、禅皆需要一个“悟门”，诗、禅的共通之处在于“悟”。这是宋人普遍共识，也是严羽“禅道惟在妙悟，诗道亦在妙悟”的所来之处。

然宋人“以禅喻诗”常见仅提“悟”，鲜有人用“妙悟”。稍早于严羽的江湖诗风奠基人姜夔曾以“妙”论诗，表述为“诗有四种高妙：一曰理高妙，二曰意高妙，三曰想高妙，四曰自然高妙”，其中“自然高妙”指“非奇非怪，剥落文采，知

---

1 郭绍虞，《宋诗话考》，北京：中华书局，1979年，页105。

2 [唐]释慧能，潘桂明译注，《坛经全译》，成都：巴蜀书社，2000年，页156。

3 [晋]释僧肇，《长阿含经》，北京：宗教文化出版社，1999年，页8。

4 [晋]释僧肇，《肇论·九折十演者·妙存第七》，大正新修大藏经本。

5 邓新华，《古代文论的多维透视》，武汉：华中师范大学出版社，2007年，页186。

6 [唐]释惠能，《坛经·般若第二》，大正新修大藏经本。

7 [宋]释普济，《五灯会元》，卷第一“释迦摩尼佛”，宋刻本。

其妙、而不知其所以妙”[1]。此外，严羽友人、同样属江湖诗派的戴复古在其《论诗十绝》第七首中有“妙趣不由文字传”之句，拈出“妙趣”二字，似与严羽之“妙悟”“兴趣”皆有关系，因戴之论诗，经历过与严羽、李贾、王埜的讨论，此种“妙趣”应与严羽“妙悟”密切相关。《论诗十绝》之第八首承接第七首之以禅喻诗，云：“诗本无形在窈冥，网罗天地运吟情。有时忽得惊人句，费尽心机做不成。”说明诗靠“妙悟”以吟咏情性，而与“心机”“学力”无关，此点又与严羽《诗辨》进孟浩然而退韩愈的标准相合。因此，论诗用“妙悟”可谓严羽首创，然亦有所承受。

严羽《沧浪诗话·诗辨》中关于“妙悟”的具体阐释可见于下：

> ……大抵禅道惟在妙悟，诗道亦在妙悟。且孟襄阳学力下韩退之远甚，而其诗独出退之之上者，一味妙悟而已。惟悟乃为当行，乃为本色。然悟有浅深、有分限，有透彻之悟，有但得一知半解之悟。汉魏尚矣，不假悟也。谢灵运至盛唐诸公，透彻之悟也。他虽有悟者，皆非第一义也。

其中“大抵禅道惟在妙悟，诗道亦在妙悟。且孟襄阳学力下韩退之远甚，而其诗独出退之之上者，一味妙悟而已”表明：严羽评价诗歌成就高下的标准不在学力，而在于“妙悟”，即诗人能否领悟诗歌精义、创作出符合诗歌本质的作品。“妙悟”不凭借理性思考而能对诗歌形象内容、情趣韵味做出直接领会和把握，是一种优秀的诗歌审美意识活动和艺术感受能力，是诗歌的鉴赏力，亦是创作的原动力。依照“妙悟”创作的诗歌最接近诗的本质，最合于诗道。诗人如孟浩然，从前辈诗人成功的创作经验出发，重视并精通诗歌抒情形象与意境的创造。孟浩然以此创作出清新淡远、写景如画、别具幽情、动人情怀的优秀诗作。而韩愈虽然学力大，但工在散文，在诗歌创作中往往也习惯“以文为诗”，偏重说理、铺陈，反使诗作缺乏艺术感染力。宋代不少诗人跟随韩愈的脚踪，忽视作诗要直抒胸臆、创造诗歌形象与情味，而凭借理性思维以议论为诗、以才学为诗、以文字为诗，误解了诗歌创作艺术，从而失却了诗歌情韵深远

1 [宋]姜夔，《白石道人诗说》，清刻历代诗话本。

的美感。在对孟浩然、韩愈及宋人进行对比的过程中，严羽提出了一个前所未有的从诗歌创作论角度来评论诗人的新标准——“妙悟”。参看严羽自身的诗作，也多为不卖弄学问、不多作议论、带有平易抒情风格之作。严羽以“妙悟”为标准评价孟、韩诗歌，揭示出“妙悟”实为关乎诗歌创作成败的关键因素。

关于“妙悟”的本质，多有讨论，众说纷纭。有将之简单解释为“形象思维”、艺术想象力或“灵感”的，有将之等同于熟读悟入诗法之“悟”的，也有人指“妙悟”为创作上“运用自如，豁然无碍”之境，还有人指“妙悟”为诗境的酝酿。[1] 笔者将“妙悟”说与“以禅喻诗”“别材”“别趣”及“兴趣”进行综合考量之后，倾向于综合陈伯海、施惟达、张少康等前辈学者的表述[2]，认为“妙悟”是从潜心欣赏佳诗中形成的一种不假推理、凭借直觉（“不涉理路”）的审美活动和艺术感受能力，创作时形象想象（“不落言筌”）、无所用意、不假知识学问及理路思维却直达事物本质（“别材”“别趣”），以此达到诗歌蕴含情味、言有尽而意无穷（“兴趣”）之妙境，充满兴发感动的力量。张少康也认为“妙悟”的具体指向与“兴趣”紧密相连，并将“妙悟”贯通学诗、作诗的过程，他称“妙悟”的对象是“兴趣”。学诗时，通过“悟”认识、领会好诗的“兴趣”；而作诗时，“妙悟”则是掌握创作具有“兴趣”之好诗的能力。[3] 好诗“惟在兴趣”，而“兴趣”如何领会、实现则都在“妙悟”，同时“妙悟”又是诗歌创作时引发“兴趣”诗兴的深思。二者的特性都是“不涉理路”“不落言筌”“非关书”“非关理”的，郭绍虞解释为“不借助于才学，不借助于议论”[4]。因“妙悟”源自佛教禅学，故而带有不经生活实践和

---

1 参见黄景进《严羽及其诗论之研究》，页 168—172。

2 陈伯海云：“总之，‘妙悟’是人们从长期潜心地欣赏、品味好的诗歌作品中养成的一种审美意识活动和艺术感受能力，它的特点在于不凭藉理性的思考而能够对诗歌形象内容的情趣韵味作直接的领会与把握，这种心理活动和能力便构成了诗歌创作的原动力。”而施惟达则表述为：“诗歌的审美—艺术思维……是‘不涉理路’。……‘不涉理路’指出了妙悟活动不假推理、凭借直觉的特点。……‘不落言筌’则指出了妙悟活动的形象想象的特点。”以上转引自黄景进《严羽及其诗论之研究》，页 172。张少康亦论述道：“严羽认为诗歌艺术之奥秘，既非语言所能表达清楚，亦非理论所可阐说明白，必须‘自家实证实悟’，‘凿破此片田地’，从大量上乘佳作中，凭借内在的直觉思维，从内心去感受和体验，方能默会艺术三昧，领略其间奥秘。这就是诗家的妙悟，它和禅家的妙悟，又是何等相似！”参见：张少康、刘三富，《中国文学理论批评发展史（下）》，北京：北京大学出版社，1995 年，页 117。

3 张少康，《古典文艺美学论稿》，北京：中国社会科学出版社，1988 年，页 389。

4 郭绍虞，《沧浪诗话校释》，页 22。

理性思考、一悟即至佛地的直觉感悟，又在中国古典诗学领域继承了钟嵘“直寻”[1]的精神内核、结合了姜夔以“自然高妙”论诗的经验，所以“妙悟”可谓严羽“以禅喻诗”的旨归。

严羽继而道：“惟悟乃为当行，乃为本色。然悟有浅深、有分限，有透彻之悟，有但得一知半解之悟。汉魏尚矣，不假悟也。谢灵运至盛唐诸公，透彻之悟也。他虽有悟者，皆非第一义也。”

“妙悟”创作的诗歌合于诗道，是“当行”“本色”，并要求以之为标准来衡量诗人、进行等级划分，遂有“透彻之悟”和“一知半解之悟”的深浅、分限之别。正如张少康所说的“对诗歌艺术特殊规律的掌握有深浅、高下之分，对艺术审美特征的领会也有浮于表面和深入本质之别”。[2] 严羽以汉魏诗人为尚，汉魏诗歌创作多直抒胸臆，直观地表现内心情意，不假思索，无所挂碍，是为“不假悟”；谢灵运至盛唐诗则日益借助外在景物事物，对妆点假借等表现手法多加留意，但本质上仍不失兴发感动的力量，故可称“透彻之悟”；大历以还的中晚唐诗则日益为前人诗法所迷，重词藻、修辞等外在语言形式，而于吟咏情性、兴发感动的诗歌原始生命力，日渐剥离，故“皆非第一义也”。此三类归纳，首先将汉、魏、晋、盛唐诗歌推举为“第一义”，为下文的“学诗者以识为主”“以汉、魏、晋、盛唐为师”做铺垫；其次，严羽以盛唐为“第一义”，复以盛唐为“透彻之悟”[3]，实则认为盛唐诗歌既合于古人“格调”、又拥有莹澈玲珑之“神韵”，两方面有机融合，缺一不可，是后世诗人可资学习的最佳范式。明代前后七子赞同“诗必盛唐”，然片面讲求“第一义”，忽略了严羽更为强调的“透彻之悟”，遂陷入因袭摹拟的境地。

严羽将是否依“妙悟”创作的诗歌做出等级划分，并相当自信地强调：“吾评之非僭也，辩之非妄也。天下有可废之人，无可废之言。诗道如是也。若以为不然，则是见诗之不广，参诗之不熟耳。”若有人反对此种等级划分，则是由

1　钟嵘《诗品》之《中品·序》：“至于吟咏情性，亦何贵于用事？‘思君如流水’，既是即目；‘高台多悲风’，亦惟所见；‘清晨等陇首’，羌无故实；‘明月照积雪’，讵出经史。观古今胜语，多非补假，皆有由直寻。”痛言吟诗是为了抒发感情，古今佳句，多不是拼凑或借作前人语句，而都出于直接创作。

2　张少康，《严羽及其〈沧浪诗话〉》，《文史知识》，1982年第2期，转引自黄景进《严羽及其诗论之研究》，页168。

3　郭绍虞，《沧浪诗话校释》，页21。

于“见诗之不广，参诗之不熟”。于此，严羽提出“熟参”的说法，希望学诗者能广读、熟参以明辨“真是非”，从而信服他的论断。严羽在《诗辨》继而用八个“熟参”依次排列出要研读的对象：

> ……若以为不然，则是见诗之不广，参诗之不熟耳。试取汉、魏之诗而熟参之，次取晋、宋之诗而熟参之，次取南北朝之诗而熟参之，次取沈、宋、王、杨、卢、骆、陈拾遗之诗而熟参之，次取开元、天宝诸家之诗而熟参之，次独取李、杜二公之诗而熟参之，又尽取晚唐诸家之诗而熟参之，又取本朝苏、黄以下诸家之诗而熟参之，其真是非自有不能隐者。傥犹于此而无见焉，则是野狐外道蒙蔽其真识，不可救药，终不悟也。

严羽由上而下、不厌其烦地用“熟参”引出各代诗歌，希望学者依照他的建议去熟参，必能了解他的创作方法决定诗歌等级之说：汉、魏之诗，出于自然、直抒胸臆，创作方法是自在的，不用取法依傍，因而是“不假悟”的；晋、宋、南北朝之诗，沈、宋、王、杨、卢、骆、陈拾遗、开元、天宝诸家、李、杜二公之诗，凭借“妙悟”自觉创作“惟在兴趣”的诗作，那是“透彻之悟”；而晚唐诸家至宋代苏、黄以下诸家“以文字为诗”“以议论为诗”的创作方法是自我创造的，偏离诗道，应属于“他虽有悟者，皆非第一义也”。正是在这种全面的品味、参悟中，方能对诸家细加比较，自辨诗歌高下的“真是非”。可见，“熟参”是体会印证悟有分限、诗有等级的过程，以培养辨别家数的鉴赏力。可惜，不少学者曲解了严羽的“熟参”说，以为“熟参”是获得“妙悟”的途径，失之片面。

禅家的“第一义”是在人心中，而严羽认为诗歌的“第一义”在汉、魏、晋、盛唐诗中。由此，禅道“妙悟”是“直指人心，见性成佛”[1]的，而诗道“妙悟”则是要领悟佳诗之妙，了悟作诗之道，进行直觉地创造，以期合于古人。在“妙悟”的当下，禅悟、诗悟都“不落言筌”“不涉理路”。严沧浪所言“妙悟”，思想上响应着《庄子·外物》篇的“言者所以在意，得意而忘言”的范例，也采用了禅宗所赖以达至“自性妙体”的范例；诗学上则继承了刘勰《文心雕龙·神思》针对创作主体构思过程所作的讨论，如“思理为妙，神与物游”等说，融合钟嵘“直寻”、唐代诗僧皎然“神会”诸论，贯通宋人以禅喻诗谈“悟”与江湖诗人言“妙”，将学诗

---

1 [宋]释普济，《五灯会元》，卷第五“青原下二世”，宋刻本。

的不二法门拓展到作诗的直观创造，即对诗歌吟咏情性的本质内容有最直观的领会与把握，直观表现，不假理性思索，并将之独创性地表述为“妙悟”。要注意的是，严羽一方面要求诗人遍观熟读汉、魏、盛唐诗歌，欣赏其体格声调，于“第一义”有所把握；另一方面又建议抓住盛唐诗歌“透彻玲珑”的实质，不能仿效宋人以才学、议论为诗，否则诗歌势必失去一唱三叹的韵味。严羽“以禅喻诗”，归于“妙悟”，它是学诗应“识”、作诗应“妙悟”、诗境达“兴趣”三步论的中间枢纽，它与“兴趣”“别材、别趣”融通一体，共同揭示了宋诗的流弊，同时推进了诗学的发展。

“妙悟”称得上是一个备受后世诗家关注的核心概念。如明代都穆《南濠诗话》认为严羽“妙悟”说“最为的论”，云：“严沧浪谓论诗如论禅：禅道惟在妙悟，诗道亦在妙悟。学者须从最上乘，具正法眼，悟第一义。此最为的论。……予亦尝效颦云：学诗浑似学参禅，不悟真乘枉百年。切莫呕心并剔肺，须知妙语出天然。”他强调妙悟、妙语十分重要，出自天然，不可强求。安磐，弘治十八年（公元1505年）进士，于其《颐山诗话》中对诗之“妙悟”有很好的阐释，他说：“诗如参禅：有彼岸，有苦海，有外道，有上乘……虽不离乎声律，而实有出于声律之外。严沧浪所谓一味妙悟者盖为是也。”服膺后七子派的胡应麟著有《诗薮》，将“法”与“悟”并提：“汉唐以后谈诗者，吾于宋严羽卿得一悟字，于明李献吉得一法字。”他建议作诗从体格、声调之法入手，强调时日之功，兴象、风神之悟必然能通达。明末复古派后学许学夷在《诗源辩体》赞叹严羽“拈出‘妙悟’‘兴趣’二项，从古未有人道”。而明末清初的钱谦益因反对七子复古遂对严羽的“妙悟”说反应激烈，于《唐诗英华序》指责“妙悟”说：“误入箴芒者，莫甚于妙悟之一言。彼所取于盛唐者何也？不落议论，不涉道理，不事发露指陈，所谓玲珑透彻之悟也。……今任其一知半见，指为妙悟，如照萤光，如观隙日，以为诗之妙解。”钱氏门人冯班《钝吟杂录》卷五《严氏纠谬》认为严羽“以禅喻诗”是“漫漶颠倒”的，而“不落言筌”“不涉理路”则“似是而非”，即从根本上欲否认“妙悟”说的成立。王士禛（1634—1711）对此二人予以驳斥：“严沧浪诗话借禅喻诗归于妙悟，如谓盛唐诸家诗如镜中之花、水中之月、镜中之象，如羚羊挂角、无迹可求，乃不易之论。而钱牧斋驳之，冯班《钝吟杂录》因极排诋，皆非也。”又说：“虞山钱先生不喜妙悟之论，公一生病痛正坐此。”渔洋于

"妙悟"之"透彻之悟"自有体会,对其《唐贤三昧集》《十种唐诗》的诞生有一定催化作用,也完善了他以"神韵"为核心的诗学体系。沈德潜(1673—1769)《说诗晬语》亦称"神明妙悟不专学问",意在申明严说,同样赞同诗歌创作可以不借学力。这些接受实例可谓正反对比鲜明,串起了一条由严羽至明清关于"妙悟"说的形态复杂的接受之链。

宽泛而言,"妙悟"是艺术直觉,是表达"情性""兴趣""意"的心灵动力,是把握、达到诗歌本质的能力。"妙悟"说是中国古典诗学的伟大创造。

三、兴趣——诗歌本质论

严羽定"法盛唐"为"第一义"。他认为盛唐诗歌之所以不可及,正在于其完整的诗歌艺术结构:体制、格力、气象、兴趣、音节,此五部分能浑然一体,其成就正在于镜花水月般、"言有尽而意无穷"的"兴趣":

> 诗之法有五:曰体制、曰格力、曰气象、曰兴趣、曰音节。
>
> 盛唐诸人,惟在兴趣,羚羊挂角,无迹可求。故其妙处透彻玲珑,不可凑泊,如空中之音、相中之色、水中之月、镜中之象,言有尽而意无穷。

"兴趣"说相对于非文艺性的学理著述而言,专用于诗学,当为严羽首创。然从词汇结构来看,"兴趣"一词是由"兴"和"趣"两个名词组成的合成名词,关于"兴"或"趣",在中国传统文学、美学中早已有所运用。"兴"是中国诗歌表现注重内在情志兴发之传统;"趣"于古代文论诗论中亦时有所见,常与"味"连用或同义,指诗歌艺术形象情景交融后产生的深远蕴藉的意趣及诗歌表情达意含蓄不露的艺术特色。

先看"兴"。孔子教导门人小子学《诗》,曰"《诗》可以兴",认为诗三百有生发联想、感动读者的作用。"兴"指诗歌对读者情感的影响。《周礼》载"大师教六诗:曰风,曰赋,曰比,曰兴,曰雅,曰颂",其中"兴者,托事于物也",假托物象以兴起情怀,乃作诗方法之一种,东汉郑玄注曰"兴,见今之美,嫌于媚谀,取善事以喻劝之",含有劝喻、美刺之义,又引郑众(郑思农)"比者,比方于物也;兴者,托事于物"[1]注作补充,该注在后代广为流传、引用;朱熹《诗集传》曰:"兴

---

1 [汉]郑玄注,《周礼注疏》,卷二十三,清阮刻十三经注疏本。

者，先言他物，以引起所咏之辞也。”由此，“兴”的一层义指诗歌的讽喻、美刺作用，用委婉、含蓄的方式讽喻社会现实，“兴”既是诗歌内容又是作诗方法，正如刘勰称“兴则环譬以托讽”[1]，陈子昂批评齐梁诗“采丽竞繁，而兴寄都绝”[2]；“兴”的另一层义专用于表达那种兴发感动、含蓄委婉的诗歌情味，如南朝钟嵘《诗品序》所说“文已尽而意有余，兴也”[3]，已与兴寄讽喻的社会政治功能区分开来，而同时期的沈约于《宋书·谢灵运传》中以“兴会标举”称赞谢灵运诗作的情趣灵动、兴致高超。

从钟嵘言“兴”、沈约倡“兴会标举”逐渐引申出“兴致”“兴象”等词汇，唐人常用以论诗。如殷璠《河岳英灵集》对盛唐诸公的评语常用“兴”：“其旨远，其兴僻”“情幽兴远，思苦语奇”“既多兴象，复备风骨”“兴致繁复”“兴用洪深”“工于兴喻”等。“兴”皆指诗歌形象、语言之外的情趣，悠远婉转、让人回味，是诗歌艺术方面的特点。至中唐诗僧皎然《诗式·用事》认为“兴”指物象所蕴含的意味：“取义曰兴，义即象下之意。”用于诗歌批评时：“‘池塘生春草’，情在言外；‘明月照积雪’，旨冥句中。风力虽齐，取兴各别。”诗作能将情趣与物象融为一体，而情、旨都能蕴藏言、句之中，则可谓“取兴”成功。晚唐司空图《诗品》云“超以象外，得其环中”（“雄浑”品），“不着一字，尽得风流”（“含蓄”品），又于《与李生论诗书》中提到“韵外之致”“味外之旨”，及于《与极浦书》所论“象外之象，景外之景”，皆谓诗歌作品要求情与景、神与形浑然交融，并在表面的景物、境象描写之外还含蕴着深远的、甚至多重的情味、意境。再至南宋朱熹将“兴”与“比”对比着来讲：“比是以一物比一物，而所指之事常在言外；兴是借彼一物以引起此事，而其事常在下句。但比意虽切而却浅；兴意虽阔而味长。”[4]“比”以那一物比这一物，与主题还有一点间隙，“兴”借那一物“引起此事”，触发内在潜伏的感情，“完全是感情的直接流注，而没有渗入理智的照射”[5]，与主题有直接的情感融合。“兴”之感情触发来无端、去无影，其形若有若无，在尽与未

1　[南北朝]刘勰，《文心雕龙》卷八“比兴第三十六”，四部丛刊影明嘉靖刊本。

2　[唐]陈子昂，《陈伯玉集》，卷一“修竹篇并序”，四部丛刊影明本。

3　[南北朝]钟嵘，《诗品·诗品上》，明夷门广牍本。

4　[宋]黎靖德辑，《朱子语类》，卷八十，明成化九年陈炜刻本。

5　徐复观，《释诗的比兴——重新奠定中国诗的欣赏基础》，转自吴俐雯，《严羽〈沧浪诗话〉探析》，《耕莘学报》，2005 年第 3 期，页 77。

尽之间，意味隐微却引人玩味。因此朱元晦感到比意切近但浅短，然兴意阔远而深长。至严羽《沧浪诗话》表述为"兴趣"的"兴"，其"羚羊挂角，无迹可求""言有尽而意无穷"的特点指情趣超越诗歌语言描述的景象，可意会而不可言传，而"兴趣"如"空中之音，相中之色，水中之月，镜中之象"的特质则与司空图"韵外之致，味外之旨，象外之象，景外之景"之"四外"说有异曲同工之处。从钟嵘、沈约、殷璠、皎然、司空图、朱熹到严羽，"兴"是诗歌兴发感动的力量、含蓄委婉的诗歌情味，中间未经过理性构思的过程，而由感性直观倾注而成，故而有"羚羊挂角，无迹可求"的特点。通过以上说明，应已证明严羽所论"兴趣"之"兴"与"理"（逻辑思维）相对，但"兴"本身却不一定等同于形象思维，即重点不在"形象"，而在"情性"。

再来看"趣"。严羽倡导诗贵含蓄，要有余味，"言有尽而意无穷"，诗趣如"羚羊挂角，无迹可求"，与前代以"味"论诗有异曲同工之妙，因"趣""味"二字在论诗中有相通性，皆可指诗歌让人回味的情趣。刘勰、殷璠、司空图等人皆有论述。刘勰《文心雕龙》之《体性》云"风趣刚柔，宁或改其气"，《颂赞》云"杂以风雅而不变旨趣"，《哀吊》云"体旧而趣新"，《章句》云"搜句忌于颠倒，裁章贵于顺序，斯固情趣之旨归，文笔之同致也"，《练字》云"陈思称：'扬马之作，趣幽旨深'"，其中"风趣""旨趣""情趣"等皆谓相对于诗文形式而言的意味、情趣。殷璠《河岳英灵集》评储光羲诗"格高调逸，趣远情深"，即相对于形式上的格调高雅，在内容上是情趣深长的。而司空图《与王驾评诗书》称王、韦诗作"趣味澄敻，若清风之出岫"，则将"趣""味"同义缀合，指诗歌形象情景交融后产出的一种含蓄深远的感动，其《与李生论诗书》又推崇"韵外之致""味外之旨"，如同咸酸之外的"醇美"之味，诗歌亦有超乎文字意象之表的深远趣味，故而苏东坡认为："图诗得味外味。"[1]综上，刘勰、殷璠、司空图所论"趣"与"味"，多指诗歌作品表情达意含蓄婉转的特点，与钟嵘、殷璠、皎然之言"兴"，诗歌要有兴发感动的力量。

到严羽手里，拈出"兴"与"趣"联合成词，或用"别"修饰"趣"，承接以上诸说，乃谓诗有不可言说之妙，"不涉理路""不落言筌"。在《沧浪诗话・诗辨》中"兴趣"的纲领性论述为：

1　[唐]司空图，《司空表圣诗集》，卷二《独望》诗后注，四部丛刊影唐音统签本。

夫诗有别材，非关书也；诗有别趣，非关理也。然非多读书，多穷理，则不能极其至。所谓不涉理路、不落言筌者，上也。诗者，吟咏情性也。盛唐诸人，惟在兴趣，羚羊挂角，无迹可求。故其妙处，透彻玲珑，不可凑泊，如空中之音，相中之色，水中之月，镜中之象，言有尽而意无穷。

所谓“别材”“别趣”，所谓“不涉理路”“不落言筌”，关涉诗歌创作中的最为微妙之处。“别材”指超脱书本知识的、适合于诗歌的、较能直接引人感动的材料，而“别趣”则指诗歌区别于“文”而具有的诗性趣味。当人们创作或欣赏诗作时，往往应该“直寻”，而不是去求得要靠逻辑方能知解的知识、道理、哲理。因为诗之“兴趣”是有赖于直接体味而超出语言文字、说理思辨之外的诗歌美感，是一种醇美状态，是纯粹的审美经验，具有“不涉理路”“不落言筌”的特点——“理路”就是逻辑思辨，“言筌”就是名言知识——也即不以议论说理为诗、不以文字典故为诗。此种超逻辑性、不可分析性、不可解说性，形成诗美含蓄蕴藉的状态，“羚羊挂角，无迹可求”“透彻玲珑，不可凑泊”。很明显，这些主张都是针对宋诗流弊提出的。关于“别材”与“别趣”，下文有专门深入讨论。以下着重讨论“兴趣”。

“诗者，吟咏情性也。盛唐诸人，惟在兴趣，羚羊挂角，无迹可求。故其妙处，透彻玲珑，不可凑泊，如空中之音，相中之色，水中之月，镜中之象，言有尽而意无穷。”此段可谓“兴趣”的最佳注解，现将之进行分解讨论。其一，“诗者，吟咏情性也。”这说明严羽所谓“兴趣”，原是以诗人内心中情趣之感动为主的。[1] 其中“兴”字所蕴含的感兴之意，包含了外物引起内心情感的感发作用，故而“兴趣”当指由于诗人内心之兴发感动融入诗歌形象之后产生的一种深远含蓄的情趣。严羽重视《楚辞》以来“诗缘情”的传统，强调抒情是诗歌“兴趣”的组成部分。严羽在《沧浪诗话·诗评》篇中提到：“唐人好诗，多是征戍、迁谪、行旅、离别之作，往往能感动激发人意。”诗人的亲身经历、真情实感，是诗歌艺术感染力的真正源泉。不仅作诗要重“情性”，品诗更要立足“情性”，因而在同篇中，严羽说：“观太白诗者，要识真太白处。太白天才豪逸，语多卒然而

1 叶嘉莹，《王国维及其文学批评》，石家庄：河北教育出版社，1997年，页284。

成者。学者于每篇中，要识其安身立命处可也。”又说：“读《骚》之久，方识真味。须歌之抑扬，涕洟满襟，然后为识《离骚》。”一个“真太白”，是说观诗要立足诗人的“真情性”、从诗人安身立命之所去体会；另一个“真味”，是说读诗时要与诗人的“情性”产生共鸣方能体悟到诗中“真味”——“兴趣”。严羽将“情性”和“兴趣”结合讨论，此乃他的创新之处。其二，诗歌吟咏的“情性”、蕴含的“兴趣”究竟有何美感呢？其美感是如“羚羊挂角，无迹可求”的。对于“无迹可求”，《沧浪诗话·诗评》中有详细阐述：“诗有词、理、意兴。南朝人尚词而病于理；本朝人尚理而病于意兴；唐人尚意兴而理在其中，汉魏之诗，词、理、意兴，无迹可求。”即指诗歌的语言形式、思想理路、意象情趣及艺术韵味浑然一体、融会贯通，不分彼此。严羽欣赏汉魏诗人将词、理、意兴打成一片如浑然天成，推崇盛唐诗人将理趣蕴藏在意兴之中，然对片面追求词藻、讲求说理而缺乏意兴的宋诗却颇为不满，提出“不落言筌”“不涉理路”的劝告，其实合于僧皎然《诗式》所称“但见情性，不睹文字”及司空图所谓“不着一字，尽得风流”之旨。其三，“故其妙处透彻玲珑，不可凑泊，如空中之音，相中之色，水中之月，镜中之象，言有尽而意无穷”进一步阐释了“兴趣”之妙的特性，诗歌形象与情性浑然一体又不落痕迹，给人“透彻玲珑”又“不可凑泊”的感受，即前称之“如羚羊挂角，无迹可求”。钱锺书云：“水中映月之喻常见释书，示不可捉搦也。”[1]因此“空中之音，相中之色，水中之月，镜中之象”，无外乎强调难以捉摸、不能究实的性质。严羽描绘的此种审美体验与司空图《与极浦书》称引戴叔伦所云“诗家之景，如蓝田日暖，良玉生烟，可望而不可置于眉睫之前”[2]之“象外之象，景外之景”是一脉相承的。诗人将真挚丰富的兴发感动、情感意趣融汇在生动具体的诗歌形象中，之后产生了一种蕴藉深沉、余味悠远的趣味及美感；读者通过对形象的再现，可想象、领略、体味那份深远的意趣，然而那份“兴趣”之妙又是不可捉摸、可意会不可言传的诗美体验。钟嵘所谓“文已尽而意有余”，司空图所称“味”在“咸酸之外”“味外之旨”及“韵外之致”，皆指美好的诗歌应具有余味曲包的美感。而严羽更将诗歌“吟咏情性”的本质、兴发感动的力量加入进来，使诗美不会成为无本之木、无源之水。

1　钱锺书，《管锥编》，第一册，北京：生活·读书·新知三联书店，2007年，页37。

2　[唐]司空图，《司空表圣文集》，卷第三，四部丛刊影旧钞本。

《诗辨》继而说：

> ……言有尽而意无穷。近代诸公乃作奇特解会，遂以文字为诗，以才学为诗，以议论为诗。夫岂不工，终非古人之诗也。

根据“别材、别趣”及“兴趣”的阐释，严羽为提倡“盛唐”诗奠定了理论依据，同时为批评宋诗指明了矛头所向。在“吟咏情性”的诗中，诗人只是提供兴发感动，并没有提出一个“理路”去限制读者，而读者也正因思想感情不受限制而可以进行自己的兴发感动，这种开放性和自由度让读者从容感受诗人的情感脉搏，反而更能感受到诗人情感原有的热度，因此有“言有尽而意无穷”的感觉。铃木虎雄指出严羽所谓“兴趣”是指一种美的感兴，并阐释严羽“兴趣”具有两个要求：一要有真情实感，一要有审美效果。以此二种要求对照以江西诗派为代表的宋诗，可发现宋诗往往缺乏真情实感，对诗材的选择忽略了“吟咏情性”的要求，而选择“以文字为诗，以才学为诗，以议论为诗”，因而审美效果也大打折扣；再对照宋末四灵、江湖派的仿晚唐诗，其真情实感往往局促在花、竹、鹤、僧、琴、药、茶、酒中的小感触，才思窘局，气象狭小，亦不具备感动深远、耐人回味的审美效果。故而，严羽的“兴趣”说在钟嵘、司空图理论基础上加以精炼和系统化，旨在反拨宋诗、回归盛唐。张少康先生亦认为，盛唐诗富有“兴趣”的诗歌意境，从创作论角度、艺术特征角度应包括四方面的要求：其一，有浑然一体的整体意象美，“羚羊挂角，无迹可求”；其二，有韵味深长的朦胧含蓄美，“意忌浅、味忌短，言有尽而意无穷”；其三，有不落痕迹的自然化工美，“透彻玲珑，不可凑泊”；其四，有抑扬顿挫的诗歌格律美，“文从字顺，音韵铿锵”（《诗体》）及“下字贵响，造语贵圆”（《诗法》）。[1] 叶朗对严羽论诗提出“兴趣”有精辟的评价：“严羽认为，‘兴趣’是诗的生命，可是宋代有一些人却不懂得这个道理，他们‘以文字为诗，以议论为诗’，‘其作多务使事’，‘用字必有来历，押韵必有出处’，其结果是破坏了‘兴趣’，破坏了审美意象。”[2] 黄景进归纳道：“兴趣是一种直接触发的情味，比起别的语言，诗的这种情味是非常特别的，故称之为‘别趣’；它又是非常微妙的，所以称之为‘妙趣’，如戴复古《读严粲诗》云：

1　张少康、刘三富，《中国文学理论批评发展史（下）》，北京：北京大学出版社，1995年，页123—128。
2　叶朗，《中国美学史大纲》，上海：上海人民出版社，1985年，页315。

'苦吟非草草,妙趣若平平。'其《论诗十绝》亦云:'欲参诗律似参禅,妙趣不由文字传。'"[1]在严羽《沧浪诗话》中,"兴趣"有时作"兴致";提到诗歌要素时,又作"意兴",与"词""理"并举;而相对于非诗性趣味时又称"别趣",皆为相近相通的概念。

综上可见,严羽的"兴趣"说是继承了前人以"兴""趣"与"味"论诗传统,并结合盛唐诗歌创作经验和宋诗之弊而独创推出的概念。"兴趣"指诗人的"情性"熔铸于诗歌形象整体后所形成的那种浑然无迹、蕴藉深远的艺术境界和情味[2],即由于诗人内心之兴发感动而融于诗歌形象所产生的一种情趣,而又通过诗打动读者。这也是诗歌作品区别于一般记事、说理文章的特殊属性,也是诗歌不能"以文为诗""以理为诗"的本质要求。然盛唐诗却能熔冶词、理、意兴于一体,"尚意兴而理在其中"。

四、别材别趣——诗材诗旨论

严羽《沧浪诗话·诗辨》有云:

> 夫诗有别材,非关书也;诗有别趣,非关理也。然非多读书,多穷理,则不能极其至。所谓不涉理路,不落言筌者,上也。诗者,吟咏情性也。盛唐诸人,惟在兴趣,羚羊挂角,无迹可求。故其妙处透彻玲珑,不可凑泊,如空中之音,相中之色,水中之月,镜中之象,言有尽而意无穷。近代诸公,乃作奇特解会,遂以文字为诗、以才学为诗、以议论为诗。夫岂不工,终非古人之诗也。盖于一唱三叹之音,有所歉焉。且其作多务使事,不问兴致,用字必有来历,押韵必有出处,读之反覆终篇,不知着到何在。

从上下文文意来看,"别材""别趣"与"读书""穷理"和"言筌""理路"及"以文字为诗""以才学为诗""以议论为诗"相对,而与"吟咏情性"及"兴趣""兴致"相关联。"别材""别趣"说反对的是"近代诸公……以文字为诗、以才学为诗、以议论为诗……多务使事、用字必有来历、押韵必有出处"的作诗方法;肯定的

1 黄景进,《严羽及其诗论之研究》,页107。
2 陈伯海,《严羽和沧浪诗话》,上海:上海古籍出版社,1987年,页87。

是诗歌吟咏性情、一唱三叹的兴致，赞赏的是“盛唐诸人”在诗中表露的兴趣和妙处。以唐诗为法而不以宋诗为师，即为严羽此说的向背。

“别”字乃区别、差别之义，“诗有别材”“诗有别趣”重在强调诗歌不同于文而特有其诗材、诗趣。我国古代重视辨体，产生了文、笔（文学作品与非文学作品）之分。南朝梁萧统（501—531）于《文选序》中即规定对应文学作品的“文”必须是“事出于沉思，义归于翰藻”的。而同属文学作品的诗、文两体也是分别发展的，如西晋陆机（261—303）于《文赋》所称的“诗缘情而绮靡”，可视作区分诗、文而突出诗之特性的纲领性表述，他把诗与赋、碑、诔、铭、奏、说等文体并举，探讨众体风格之别，实则也表现出诗歌日渐独立的文体特征；之后南朝刘勰（约465—520）于《文心雕龙·风骨》篇中点明“诗总六义，风冠其首，斯乃化感之本源、志气之符契也”，“怊怅述情，必始乎风，沉吟铺辞，莫先于骨，故辞之待骨，如体之树骸，情之含风，犹形之包气”，也是阐释“风骨”之于诗的独特含义。词体的产生、兴起虽大大晚于诗歌各体，李清照南渡前作《词论》，称“乃知（词）别是一家”，要求区分词、诗的差别。严羽把握住从陆机、刘勰一路强调的诗歌特性，或又受到李清照“别是一家”注重诗、词之“别”的启发，于《沧浪诗话》开创性地提出“别材别趣”之说，探讨诗与文有别的特质属性。那严羽是为了区分什么而提出“别材别趣”之说呢？“别材”与“别趣”又究竟指什么？

先观察严羽提出“别材别趣”说的理论背景及诗坛状况。宋代以苏、黄为代表的诗歌不同于唐诗传统，此种新体诗逐渐发展成宋诗的主流。苏、黄作诗，主张多读书，以书为诗材，穷搜博讨，古今典籍皆供驱使，以“点化”之法扩大了诗材，但对钟嵘“吟咏情性、不贵用事”及萧纲反对以经籍为诗材的理论界限进行了无畏突破；苏、黄作诗，连诗意情趣也可借自古人，以“换骨法”改换语句而不易其意，用“夺胎法”规摹其意再作形容，此外还打破诗歌旨趣的框架，将周孔之道、老庄之说都拿来入诗，甚至还在诗中大谈佛学、性理，对刘勰、钟嵘以来反对诗谈老庄的意见进行了大胆反拨，以致在诗中难再见诗歌特有的旨趣；苏、黄将文章作法带入诗中，“嬉笑怒骂，皆成文章”被运用、贯彻到诗歌作法中，不拘束于诗歌的体裁和形式，以议论为诗，以文为诗，任意发挥，成为苏、黄作诗的主流。[1] 这样的诗歌发展趋势形成了宋诗的主流，与唐诗形成截

1 郭晋稀，《诗辨新探》，成都：四川出版集团巴蜀书社，2004年，页23。

然不同的风格。这样发展到江西末流，不免走入“为文而造情”的不堪境地。对此，严羽认为诗人读书不必为诗用，但要读透书。他还反对应酬和韵诗中无情却炫才，主张“为情而造文”。“别材别趣”可谓与“点铁成金”“夺胎换骨”的观点相对立，严羽是针对宋诗的流弊而提出了“别材别趣”及“兴趣”说的。

再讨论“别材”及其与“书”的关系。苏轼、黄庭坚作诗，多从书本中精心挑选诗材以供驱使，以书为诗材。苏轼甚至以材料的有无来判定诗人才能的高低[1]，黄庭坚亦主张以书为诗材，较之东坡尤甚。他在《答洪驹父书》中有段名言云：“老杜作诗、退之作文，无一字无来处。盖后人读书少，故谓韩、杜自作此语耳。”梳理苏、黄关于“诗材”与“书”的言论，可以看出三种倾向：一是强调无论作诗或作文，措辞用字皆要有“来处”，谓材料要出自书本典籍，方显读书精博，方能提升诗、文的价值；二是有混同诗、文做法的倾向，认为作诗与作文都要讲究材料来自书中，从而忽略了诗歌不同于文章的独特性质；三是以诗材运用的多少为标准，评价韩愈学博为才高、孟浩然无材料为才短，即材料运用的多寡代表了诗才的高低，在这种标准下，“以书为诗材”的作诗方法渐成北宋诗坛主流。至南宋，严羽于《诗辨》中对宋诗的此种发展倾向表达不满：“夫诗有别材，非关书也。”其中“诗有别材”的“材”，“非关书也”之“书”，正是从苏、黄标举的“读书可为诗材”“以书为诗之材料”承继下的关键词“材”与“书”，并通过“别”与“非”字加以否定，作出反面接受，批评苏、黄以书为诗材。据此，严羽对孟浩然、韩愈诗才高下的判断势必与苏、黄截然相反。他于《诗辨》中说“孟襄阳学力下韩退之远甚，而其诗独出退之之上者，一味妙悟而已”，认为学力并不等同于诗才，又在《诗评》中说：“孟浩然之诗，讽咏之久，有金石宫商之声。”严羽认为“诗材”与“书”并不是等同的关系，诗歌需要“别材”，这“别种材料”不是援引书本、堆积故典，而要“一味妙悟”而得，有关于诗歌之“别趣”。诗歌兴发感动的特殊属性决定了诗歌作法不应等同于作文，作文可以引经据典、堆积故实、谈理说道，诗歌若也这般作来，则为“事障”“理障”，了无情趣。诗歌不是以书卷、文字、才学、议论为材料的载体，而要通过妙悟，运用具有“一唱三叹”之美的诗材表达诗情、抒发兴致。严羽承认孟浩然来自书本的学力不如韩愈，但

1　陈师道于《后山诗话》记载：“子瞻谓孟浩然之诗，韵高而才短，如造内法酒手，而无材料耳”及“苏子瞻曰：‘子美之诗、退之之文，皆集大成者也。……退之于诗，本无解处，以才高而好尔。’”

诗歌却作得比韩愈高妙，以此劝诫诗人重视诗歌不同于文的特性，从故纸堆中抬起头来，尚直寻而不重用事，回归诗歌兴发感动的本质，正如诗人毛滂所谓“过眼尽诗材，有欲天必借”[1]。

同样，“别趣”区别于文理，“别趣”说从诗趣角度强调诗之个性。自刘勰、殷璠、司空图以来，多有以“趣”指诗文意味者，宋人也爱以“趣”言诗。《诗人玉屑》“诗趣”项收录了苏、黄以“趣”论诗的言论。如东坡评柳子厚《渔父》“诗以奇趣为宗，反常合道为趣。熟味之，此诗有奇趣”。山谷评庾子山诗“涧底百重花，山根一片雨”句“有以尽登高临远之趣。”[2]《苕溪渔隐丛话》也载：“江西平日语学者，为诗旨趣，亦独宗少陵一人而已。”[3]然由于理学的浸染，宋人认为于诗中说理也是一种情趣，“宋世诸儒，一切直致，谓理即诗也”[4]，与刘勰、殷璠、司空图以趣言诗渐相违背。苏、黄诗中之趣，有一大部分是偏向于理的，谈禅说道也属常见。如东坡《送参寥师》道：“欲令诗语妙，无厌空且静。……咸酸杂众好，中有至味永。”黄庭坚《次韵盖郎中率郭郎中休官》称：“世态已更千变尽，心源不受一尘侵。”皆是在诗中谈理。黄庭坚甚至有混同文理、诗理的倾向，其《与王观复书》云：“好作奇语，自是文章一病，但当以理为主。理得而辞顺，文章自然超群拔萃。观子美到夔州后诗，退之自潮州后文，皆不烦绳削而自合矣。”[5]认为诗、文皆以理为主。严羽评论道：“诗有词理意兴，本朝人尚理。”又道：“诗有别趣，非关理也。”此论明确针对宋人尚理，反对宋诗中理的比重压过了趣。纵观宋代，濂、洛理学远胜其诗学，欧、王文名超过诗名，真正能作为宋诗代表的，非苏、黄莫属。因此，严羽“别趣”说批判宋诗尚理，主要是针对苏、黄及江西诗派诗中以理为主的倾向而发的。

“别趣”其实就是严羽一再强调的诗歌“兴趣”“兴致”，用“别”字以示与文章理趣的不同。严羽主张作诗要注意以下几点：其一，作诗的出发点是即目直寻、“吟咏情性”，而不是讲道理、发议论，诗歌如此作来方能感发人意，即严羽

1　[宋]毛滂，《东堂集》，卷一“累蒙周开祖使君贶示佳章才拙思荒愧不能报谨勉次韵一篇少叙敬避老匠之意”，清文渊阁四库全书本。

2　[宋]魏庆之，《诗人玉屑》，卷十，清文渊阁四库全书本。

3　[宋]胡仔，《苕溪渔隐丛话前集》，卷四十九山谷下，清乾隆刻本。

4　[元]袁桷，《清容居士集》，卷第四十九“书栝苍周衡之诗编”，四部丛刊影元本。

5　[宋]黄庭坚，《豫章黄先生文集》，第十九，四部丛刊影宋干道刊本。

赞赏的“唐人好诗，多是征戍、迁谪、行旅、离别之作，往往能感动激发人意”；其二，“诗有别材”，诗材的选取要围绕吟咏情性，不似宋人以书卷、用事、议论、说理为主，诗材的运用要融化和谐、浑成自然，即“透彻玲珑，不可凑泊”；其三，追求“别趣”，诗人有感而发，又选取了适合于诗歌的、较能兴发感动的材料，内外结合，用含蓄悠婉的诗歌语言表达出来，产生“言有尽而意无穷”的诗歌趣味，此乃诗歌区别于“文”中之“理”的诗性趣味，即为“别趣”。概言之，严羽认为诗有“别”于文理之“趣”，要抒情，要含蓄，“别趣”是诗歌深远的兴发感动。

严羽谓“诗有别材，非关书也；诗有别趣，非关理也”，后世因有版本作“别才”及“非关学也”，引起了不少不必要的争论，又因严羽诗学在论述上超越玄著，使得“别材”“别趣”的概念较难落到实处。但经过对上下文的研读及时代背景的理解，平心而论，严羽此说并无大碍。其所谓“别材”“别趣”，所谓“不涉理路”“不落言筌”，关涉诗歌创作中的最微妙处，指向诗歌区别于“文”的别样的题材与别样的趣味，跟高深广博的书本典籍和道理教条无关。“别材”指超脱书本知识、适合于诗歌的、较能直接引人感动的材料，而“别趣”则指诗歌区别于“文”的、抒情的、深远曲婉的诗性趣味。当创作或欣赏诗作时，往往应该“即目”“直寻”，注重感情的触动、形象的生发，而不是去求得要靠逻辑方能知解的知识、道理或哲理。因此，严羽认为，相较于苏、黄体即以书为诗材、作诗尚理的宋诗主流，盛唐体才合乎诗之正常大道，因为它有别材、别趣，“诗”与“文”的界限明显。

《沧浪诗话》行文接着以“然非多读书，多穷理，则不能极其至”之语为前面的论述进行补充。此语也是针对宋代诗坛的实际局势而有感而发的，“非多读书则不能极其至”用以批评晚唐派“捐书以为诗”。苏、黄及江西诗派对“以书为诗”的偏执，被后世嘲笑为“除却书本子，则更无诗。[1] 江西极盛后，以四灵、江湖为代表的晚唐诗派“诗主于野逸清瘦，以矫江西之失”[2]，一改江西诗风。南宋哲学家、文学家叶适为四灵之首徐照作墓志称其诗“然无异语，皆人所知

1 [清]王夫之，《姜斋诗话》，卷二，四部丛刊影船山遗书本。

2 [清]永瑢，《四库全书总目》，卷一百六十二集部十五“赵师秀〈清苑斋集〉提要”，清乾隆武英殿刻本。

也，人不能道耳”[1]，又序翁卷诗云：“自吐性情，靡所依傍。”[2]然四灵“立志未高，而止于姚、贾也”[3]，“而开、宝遗风则不复沿溯也”[4]，其后学末流诗风更是“尖纤浅易、万喙一声”[5]。元方回《瀛奎律髓》称：“诗家有大判断，有小结裹。姚(合)之诗专在小结裹，故四灵学之，五言八句皆得其趣，七言律及古体则衰落不振，又所用料不过花、竹、鹤、僧、琴、药、茶、酒，于此几物一步不可离，而气象小矣。”[6]《四库全书总目·芳兰轩集提要》亦论：“四灵之诗，虽镂心鉥肾、刻意雕琢，而取径太狭，终不免破碎尖酸之病”[7]，切中四灵才思窘迫、局面狭小之病。继起的江湖派诗人，诗作不限于五律、用笔较为流畅，力图对江西诗进行变革、补救。然其诗作取材也偏于琐屑，气格流于卑弱，与四灵一脉有延续、相承的关系。后人评价江湖诗人薛师石曰：“不似四灵以尖新字句为工……至于边幅太窄，兴象太近，则与四灵同一门径。”[8]究其原因，四灵、江湖厌傍江西篱落，不取江西以书为诗，不以书本为诗材，然其极端之处是以学问为无用。因此四灵、江湖作诗往往“窘材料”，流于空疏，竭毕生之力以“合于唐人”，却止于晚唐贾岛、姚合一派，又因其才力有限，诗材陷于贫乏，气局偏于狭小。四灵、江湖不但窘于诗材，理趣不够也是客观事实。而严羽强调“识”，要保证“识”之正，其实就必须有“理”。他在《沧浪诗话·诗评》中说：“诗有词理意兴。南朝人尚词而病于理；本朝人尚理而病于意兴；唐人尚意兴而理在其中；汉魏之诗，词理意兴，无迹可求。”严羽并不否定诗中要有“理”，但他认为“理”不能以抽象概念的形式出现，而应该隐含于“意兴”之中。所以，四灵、江湖“捐书以为诗”、作诗轻理亦引起严羽的不满，他批评道：

> 近世赵紫芝、翁灵舒辈，独喜贾岛、姚合之诗，稍稍复就清苦之风。江湖诗人多效其体，一时自谓之唐宗，不知止入声闻辟支之果，岂盛唐

---

1 [清]永瑢，《四库全书总目》，卷一百六十二集部十五“徐照〈芳兰轩集〉提要”。
2 [清]永瑢，《四库全书总目》，卷一百六十二集部十五“翁卷〈西岩集〉提要”。
3 [宋]范晞文，《对床夜语》，卷二，清知不足斋丛书本。
4 [清]永瑢，《四库全书总目》，卷一百六十二集部十五“赵师秀〈清苑斋集〉提要”。
5 [宋]范晞文，《对床夜语》，卷二。
6 [元]方回，《瀛奎律髓》，卷十春日类“《游春》姚合”条，清文渊阁四库全书补配清文津阁四库全书本。
7 [宋]范晞文，《对床夜语》，卷二。
8 [清]永瑢，《四库全书总目》，卷一百六十二集部十五“薛师石《瓜庐诗》提要”，清乾隆武英殿刻本。

诸公大乘正法眼者哉。嗟乎！正法眼之无传久矣！唐诗之说未唱，唐诗之道或有时而明也。

严羽“夫诗有别材，非关书也；诗有别趣，非关理也。然非多读书，多穷理，则不能极其至”之说形成了理论内在的完整性，不曾因强调“别材”“别趣”而忽视读书与穷理，既反对苏、黄以书为诗材、以议论为师，也不满晚唐派捐书以为诗、轻视理趣。不同于文材适宜使事用典，诗材要“兴发感动”，能引起兴趣的、直接触发诗歌情绪的花草景物人事，皆为诗材。不同于文理讲求逻辑论说，诗趣要“透彻玲珑”，无论高、古、深、远、长、雄浑、飘逸、悲壮、凄婉，只要“言有尽而意无穷”的都是悠远曲婉的诗歌情趣。严羽讨论“词、理、意兴”，其中“理”即诗理带来的情趣，又谓“诗者，吟咏情性也”。故推知在严羽诗论中，“意兴”或“兴致”“兴趣”，是诗人情性在诗中产生的意趣，可以统摄“词”“理”，是兼容并包的关系。“词”“理”若割裂“意兴”，即使达到极致，也不能使诗歌富有情趣，因此，严羽指明诗歌“非关书也”“非关理也”。同时，他并非虚无论者，高超的诗歌兴象及意趣要靠诗人读书、明理以妙悟而得，故又曰：“然非多读书、多穷理，则不能极其至。”以此故，严羽赞许“不涉理路、不落言筌”，推崇不靠用词、书材的诗作为“上也”，赞赏“盛唐诗人惟在兴趣”。严羽“别材”“别趣”说成为其诗学体系中不可分割的一个有机部分，并对后世诗家也产生过重大的影响。

五、以盛唐为法——诗体风格论及师法对象论

严羽《诗辨》讨论了“妙悟”“熟参”“真识”诸说，指出诗按悟的分限有高下等级之分，如有人不承认这种等级区分，则是由“见诗之不广，参诗之不熟”所致，故《诗法》章倡言“辨家数如辨苍白，方可言诗”。他又特辟《诗体》章以证明自己见诗之广、参诗之熟，能分辨各种家数，为其得出“第一义”的师法对象做出理论支持。严羽所重之“体”，是“以时而论”的建安体、黄初体、正始体等，与“以人而论”的苏李体、曹刘体、陶体、谢体等，即时代与作者风格之“家数”。当“家数”发展到超越时代、个人而形成了稳定的形式，则等同于“体制”，具有形式要求。如后人作诗往往模仿陶体、杜甫体，若模仿不到家，则被认为不得体。在众家数、众体制中，严羽推崇的“第一义”为“汉、魏、晋与盛唐之诗”。

在得出“悟第一义”在于“汉、魏、晋与盛唐之诗”中之后，学诗者的“向上一

路”就水到渠成地铺设而就了：“学诗者以识为主，入门须正，立志须高，以汉、魏、晋、盛唐为师，不作开元、天宝以下人物。若自退屈，即有下劣诗魔入其肺腑之间，由立志之不高也。行有未至，可加工力；路头一差，愈骛愈远，由入门之不正也。”而《诗辨》末了，严羽又称“推原汉、魏以来，而截然谓当以盛唐为法”并自注曰：“后舍汉、魏而独言盛唐者，谓古、律之体备也。”“第一义”诗歌包括汉、魏、晋、盛唐诗歌，然归根结底，学诗者辨尽众体最终所要诗法的独为盛唐诗歌。严羽辨析诗体的宗旨与目的是“以盛唐为法”，他向学诗者倡议应以“法盛唐”为“向上一路”。

（一）诗分唐宋

在诗歌取法对象的确定上，严羽是苦心积虑、一步一步操作实现的。首先，他实行了“尊唐抑宋”。在中国诗歌发展史上尊唐派与宗宋派的论争对立[1]，始自南宋张戒、严羽等人的诗论。王水照先生指出：“在宋代诗歌史上，最先开启唐宋诗轩轾之争的，当属魏泰、陈岩肖、叶梦得诸人。从诗歌发展史以及创作规律的角度来区分唐宋诗界限的，首推张戒。”[2]诚然，张戒以前，诸如欧阳修等人，只是在个人喜好层面上来区分唐宋诗之风格[3]，而欧阳公是尊宋贬唐的。南宋张戒则发难苏、黄及江西诗派，其诗学专著《岁寒堂诗话》以唐诗作为学习的楷模，称“国朝诸人诗为一等，唐人诗为一等，六朝诗为一等，陶、阮、建安七子、两汉为一等，风骚为一等”[4]，将宋诗、唐诗置于不同等级。杨万里《读唐人及半山诗》亦云：“半山便遣能参透，犹有唐人是一关。”（《诚斋集》卷三十八）即使能参透王安石，要参透唐人则难。继而永嘉四灵及江湖诗派以晚唐为宗，在诗歌创作层面与江西诗派对抗。至严羽出，自信能“辨尽诸家体制”来“断千百年公案”，他“辨白是非”，“说江西诗病”，“定其宗旨”，“以盛唐为法”，明确摆出尊唐抑宋的立场。

针对以江西诗派为代表的宋诗，严羽先厘清其发展脉络，道出宋诗对唐诗先继承后背离的关系。《诗辨》云：

1　高小慧，《杨慎论唐宋诗之争》，《中州学刊》，2007 年 3 月，第 2 期，页 204。

2　王水照，《宋代文学通论》，开封：河南大学出版社，1997 年，页 472。

3　欧阳修在《梅圣俞墓志铭》中道：“其（梅尧臣）初喜为清丽，闲肆平淡”，而不喜唐诗之“僻固而狭隘”。从梅尧臣喜好角度，表达了自身尊宋贬唐的倾向。

4　［宋］张戒，《岁寒堂诗话》卷上，清武英殿聚珍版丛书本。

国初之诗尚沿袭唐人：王黄州（禹偁）学白乐天，杨文公（亿）、刘中山（筠）学李商隐，盛文肃（度）学韦苏州，欧阳公学韩退之古诗，梅圣俞（尧臣）学唐人平澹处。至东坡、山谷始自出己意以为诗，唐人之风变矣。山谷用工尤为深刻，其后法席盛行海内，称为江西宗派。

早期宋诗较多地因袭唐人，尚未脱离唐诗的轨迹：王禹偁学习白居易，杨亿、刘筠效法李商隐作"西昆体"，盛度、欧阳修分别师法韦应物和韩愈古诗，梅尧臣则倾心唐人平澹处。然仁宗时的欧阳修、梅尧臣、苏舜钦等人逐渐不满专尚文辞、气格萎靡之时风，将韩、孟一派散文化的诗风融入诗歌创作，发展变化，逐渐萌发宋诗的独特风貌。至神宗、哲宗朝时，苏轼、黄庭坚将之发扬光大，进一步将宋诗建设成与唐风迥然不同的新面貌，"唐人之风变矣"。苏轼诗歌重才气、任天分，笔意放纵不加约束；黄庭坚诗则尚法度、重锤炼，自成一家格律。因黄庭坚之诗有法可循，效法之徒日众，形成了江西诗派，从北宋后期绵延至南宋末期，成为宋诗的主流，黄庭坚亦被奉为"宗祖"[1]。然严羽并不赞赏宋诗的这种新变，于《诗辨》指责道：

近代诸公乃作奇特解会，遂以文字为诗，以才学为诗，以议论为诗，夫岂不工，终非古人之诗也。盖于一唱三叹之音有所歉焉。且其作多务使事，不问兴致，用字必有来历，押韵必有出处，读之反覆终篇，不知着到何在。其末流甚者，叫噪怒张，殊乖忠厚之风，殆以骂詈为诗。诗而至此，可谓一厄也。

宋诗脱离了唐诗的轨道，刻意追求好奇尚硬[2]的诗风。散文化、嬉笑怒骂尚议论、炼字琢句、讲究用字押韵及搬弄典故成为宋诗的标志，而古人"吟咏情性""一唱三叹"的诗歌传统却被牺牲殆尽，因而，严羽反对"以文为诗""以议论为诗"及"以才学为诗"的宋诗弊病，对江西诗派的末流"叫嚣怒张，殊乖忠厚之

1　刘克庄《江西诗派小序》"黄庭坚"条称其："荟萃百家句律之长，究极历代体制之变，搜猎奇书，穿穴异闻，作为古律，自成一家，虽只字半句不轻出，遂为本朝诗家宗祖"。参见《后村集》，卷九十五，四部丛刊景旧钞本。

2　《苕溪渔隐丛话》引黄庭坚语云："宁律不谐，不使句弱；宁用字不工，不使语俗。"即追求峭健、新奇的诗风。黄庭坚采用压缩、倒装句子结构，使句意曲折、突兀，给人新奇的印象；又重视炼字，打造"句中眼"，使整句峻拔新异；他还讲求对仗灵活多变，运用新巧的比喻、死典活用、押险韵、多用拗句等，使得诗风"好奇尚硬"。

风，殆以骂詈为诗”的情形尤为反感，予以激烈攻击。他还将这种意见落实到诗歌批评实践中，《诗评》称：“大历以前分明别是一副言语；晚唐分明别是一副言语；本朝诸公分明别是一副言语。如此见，方许具一只眼。”可见，严羽正是在此种辨体意识的基础上，区分唐、宋诗的诗歌面貌与风格的。

（二）唐诗风格特征

> 唐人与本朝人诗，未论工拙，直是气象不同。（《诗评》）
>
> 诗有词、理、意兴。南朝人尚词而病于理，本朝人尚理而病于意兴，唐人尚意兴而理在其中，汉魏之诗，词、理、意兴，无迹可求。（《诗评》）

此两则在历时比照的视野中探讨唐诗的审美特质，重点对比了唐、宋诗的美学差异。首先从诗作整体面貌上，唐诗“气象”宏大，与宋诗不同。其次，严羽细化诗歌所包含的美学质素，以“词、理、意兴”讨论宋诗与唐诗、汉魏诗的不同。其中，唐诗继承了汉魏诗歌的传统，崇尚意兴，又能融理于诗，整体浑然和谐；而南朝人诗、宋诗则或重于词、或重于理，缺乏意兴，而走向歧路，破坏了诗歌浑融自然的美感。

关于唐诗风格，宋人评论颇丰。在前人基础上，严羽赋予了唐诗风格学以较为平正的视点。[1] 他首先按照诗歌风格给唐诗进行分期、分体。他于《诗辨》为学诗者指点门径，以禅喻诗，要求“从最上乘、具正法眼”，学诗辨体，云：“论诗如论禅，汉、魏、晋与盛唐之诗则第一义也；大历以还之诗则小乘禅也，已落第二义矣；晚唐之诗则声闻辟支果也。”盛唐、大历、晚唐，是严羽给唐诗的初步区划，唐诗由盛唐经大历至晚唐，是不断衰变的过程，学者要把握源流，力学上乘。之后，严羽建议学者熟参众诗，盈科后进，以期实证实悟何为“第一义”诗，此时他又运用到了对唐诗的辨体、分期论，“次取沈宋王杨卢骆陈拾遗之诗而熟参之，次取开元天宝诸家之诗而熟参之，次取李杜二公之诗而熟参之，又尽取晚唐诸家之诗而熟参之”云云，分列“沈宋王杨卢骆陈拾遗”、“开元天宝诸家”（包括“李杜二公”）、“晚唐诸家”[2] 三条。王杨卢骆及陈子昂诸人，处于初

---

1 胡建次、邱美琼，《严羽对古典唐诗学的建构及其贡献》，《南昌大学学报（人社版）》，2004 年 1 月，页 109。

2 《诗人玉屑》本于晚唐前另有“又取大历十才子之诗而熟参之，又取元和之诗而熟参之”两条，更接近严羽《诗体》篇中的五体分唐。

唐，而李杜则处于开元、天宝盛唐之世。至此，初、盛、晚唐之界已具规模。加之严羽于《诗评》中屡称“大历以前分明是一副言语，晚唐分明别是一副言语”，“大历之诗，高者尚未失盛唐，下者渐入晚唐矣”，可见严羽又将大历为断代之限，区分其前后诗作风貌，这时段诗人高下之别体现出沟通盛唐与晚唐的过渡状态。而在《诗体》篇，严羽更明确、更细致地通过区分诗体对唐诗发展历程做出了切分：

> 以时而论，则有建安体。……唐初体。唐初犹袭陈、隋之体。盛唐体。景云以后，开元、天宝诸公之诗。大历体。大历十才子之诗。元和体。元、白诸公。晚唐体。

这种清晰可辨的诗体流变，体现出诗随时变的唐诗五体，实则唐诗演进的五个阶段。这一方面方便突出盛唐，另一方面体现出诗歌流变的盛衰正变是个连续的过程，不能截然断裂，故而严羽补充道：“盛唐人诗亦有一二滥觞入晚唐者，晚唐人诗亦有一二可入盛唐者，要当论其大概耳。”（《诗评》）

他又公正评价唐人各家风格。对于盛唐代表的李、杜二公，他称：

> 李杜二公，正不当优劣。太白有一二妙处，子美不能道；子美有一二妙处，太白不能作。子美不能为太白之飘逸，太白不能为子美之沉郁。（《诗评》）
>
> 论诗以李杜为准，挟天子以令诸侯也。少陵诗法如孙吴，李白诗法如李广。少陵如节制之师，少陵诗宪章汉魏而取材于六朝，至其自得之妙，则前辈所谓集大成者也。观太白诗者要识真太白处，太白天才豪逸，语多卒然而成，学者于每篇中要识其安身立命处可也。（《诗评》）

严羽认为李、杜二人风格处于对立互补的关系，各尽奇妙。他一反前人尊李抑杜或尊杜抑李的态度，将二人推举至诗史上最崇高的地位，并作为论诗的参考准则。他以“飘逸”“沉郁”分别概括李、杜二人诗歌的整体风貌，对二者皆加以肯定，认为其各有所长，彼此不可替代、无法比较优劣。在讨论二人诗法时，严羽同样持论公正，对二人诗法特征、渊源进行了深入探讨，从而印证了二人风格之差异。

对唐代其他诗家，严羽则有褒有贬，但都视为艺坛一景，缺之不可。《诗评》云：“人言太白仙才、长吉鬼才，不然，太白天仙之词、长吉鬼仙之词耳。”“玉川之怪、长吉之瑰诡，天地间自欠此体不得。”又，“唐人惟柳子厚深得骚学”，“韩退之琴操高古，正是本色”云云，皆能从风格特色、体制擅长角度辨析各家个性特征。严羽对唐人诗评，体现出一个批评倾向，即风格是不能以优劣来评价的，只要深具个性风采，即有存在的价值。这无疑丰富了唐诗批评的视角和原则。

（三）盛唐兴趣

崇唐抑宋、分期唐诗后，严羽进而于唐诗中析出盛唐，把盛唐诗之地位在唐诗各阶段中凸显出来，特别与开元、天宝以下之唐诗对立起来。《诗辨》有云：

> 学诗者以识为主，入门须正，立志须高，以汉、魏、晋、盛唐为师，不作开元、天宝以下人物。若自退屈，即有下劣诗魔入其肺腑之间，由立志之不高也。行有未至，可加工力；路头一差，愈骛愈远，由入门之不正也。

这一旨归贯穿《沧浪诗话》各章。《诗辨》中称盛唐诸公独有“透彻之悟”，诗作“惟在兴趣”。严羽认为“妙悟”而不假言辞、义理是盛唐人创作与思维的内在机制，靠直寻、颖悟而吟咏情性，诗作中兴象浑然，虚实相生，韵味深永，是为“兴趣”。盛唐诗独特的审美特质与高超的艺术成就，构成了具有鲜明时代特色的盛唐气象。严羽因之于《诗评》中又突出评析了“盛唐气象”“盛唐风骨”，化用殷璠之论，以“气象”“风骨”概括了盛唐诗歌的美学质性。而在《答出继叔临安吴景仙书》中，严羽又以“雄浑悲壮”之语概述盛唐诗体，称：

> （叔）又谓盛唐之诗雄深雅健，仆谓此四字但可评文，于诗则用“健”字不得，不若《诗辨》“雄浑悲壮”之语为得诗之体也。毫厘之差不可不辨。坡、谷诸公之诗如米元章之字，虽笔力劲健，终有子路未事夫子时气象，盛唐诸公之诗，如颜鲁公书，既笔力雄壮，又气象浑厚。

在与吴陵的书信论诗中，严羽以书法喻诗歌，辨析了盛唐诗歌的整体艺术风格。他纠正以“雄深雅健”论盛唐的缺陷，因盛唐诗风乃雄浑深雅气脉贯通，兴象浑融，但不是劲健，宋人诗作才是尚“健”求“劲”，意理卓然的。综合以上诗美质素，盛唐诗之气象、之兴趣是严羽极力推崇的。因而他于《诗辨》末了称盛唐诸公为“大乘正法眼者”，而当时“正法眼之无传久矣”，故而“借禅以为喻，推原汉、魏以来，而截然谓当以盛唐为法”。

同时严羽降低晚唐诗人地位以示区别，与“不作开元、天宝以下人物”印证。因此，严羽不赞成南宋四灵、江湖诗派效法晚唐。“永嘉四灵”徐照、徐玑、翁卷、赵师秀在学者叶适的启发下，学习以贾岛、姚合为代表的晚唐诗。四灵诗风一反欧、梅、苏、黄至江西诗派的宋诗特色，作诗不议论、少用典，文字不求新奇而有晶莹质感，善用白描手法写景、抒情，力求表达一种灵秀、清润的诗意，逐渐形成“晚唐体”，与江西派宋诗对抗。然四灵的硬伤在于专攻五言律，取径过狭；所用料不过花、竹、鹤、僧、琴、药、茶、酒数物，内容贫乏；缺少真实生活、丰富情感的兴发感召，气象过小。四灵末流陷入才思窘薄、破碎尖酸的境地。由四灵一脉相承而来的江湖诗派，仍然取材琐屑、气格孱弱。四灵、江湖虽号宗唐、为唐律，但与“众体皆备”“惟在兴趣”的盛唐诗之高下差异仍是截然可判的，这一点严羽洞察明晰：

> 近世赵紫芝、翁灵舒辈独喜贾岛、姚合之诗，稍稍复就清苦之风，江湖诗人多效其体，一时自谓之唐宗，不知止入声闻辟支之果，岂盛唐诸公大乘正法眼者哉。

攻击、评判之余，严羽指明诗之宗旨唯有盛唐的“向上一路”，并不惜得罪其他诗家。他态度坚决地倡议“以盛唐为法”，作为《诗辨》的小结：

> 故予不自量度，辄定诗之宗旨，且借禅以为喻，推原汉、魏以来，而截然谓当以盛唐为法(后舍汉、魏而独言盛唐者，谓古、律之体备也)，虽获罪于世之君子，不辞也。

可见严羽“以禅喻诗”、归于“妙悟”、重在“兴趣”，其最终落脚点是在“以盛唐为法”的取法宗旨。[1]

独标盛唐后，严羽又将李、杜在盛唐中又推举出来。唐人殷璠著名的盛唐

1　张少康、刘三富，《中国文学理论批评发展史(下)》，北京：北京大学出版社，1995年，页122。

诗选集《河岳英灵集》，从常建到阎防等二十四家，从开元二年（公元 714 年）到天宝十二年（公元 753 年）四十年间的作品，并未包括杜甫[1]。而自韩愈、白居易、元稹起，渐将李、杜并称，一边推崇盛唐，一边只抬高杜甫。而严羽则看到这种“未包括”到“只抬高”的强烈反差，认同少陵乃属于盛唐的“集大成”者，又觉察到李、杜二人不可以优劣论的互补性，称：“以李、杜二集枕藉观之，如今人之治经。然后博取盛唐名家酝酿胸中，久之自然悟入。”“诗而入神至矣！尽矣！蔑以加矣！惟李杜得之，他人得之盖寡也。”可见李、杜二公是高出一般盛唐名家的。严羽进一步指出二人风格的互补性差异：

> 李杜二公正不当优劣。太白有一二妙处子美不能道；子美有一二妙处太白不能作。子美不能为太白之飘逸；太白不能为子美之沉郁。
>
> 太白《梦游天姥吟》《远离别》等，子美不能道；子美《北征》《兵车行》《垂老别》等太白不能作；论诗以李杜为准，挟天子以令诸侯也。
>
> 少陵诗法如孙吴，太白诗法如李广。少陵如节制之师。

由此，严羽提出盛唐这个时段，提出李、杜两位楷模，要求学者追随他们，走“以盛唐为法”的“向上一路”。

（四）悟第一义诗

然这条道路不是自在的，而是需要学者具备真识、从“第一义”诗的体制形式中去悟得的。严羽给出具体的学诗方法，即“熟读”第一义诗。若要学习、渐修、悟入前人佳诗，唯一的方法是“熟读”。“悟”在佛家禅宗可以通过面壁十年一朝“顿悟”而得，在学诗则要求从古人佳作、“第一义”诗中去学习、去“悟入”，而非面壁从心而得。因此，《诗辨》在劝人“悟入”之前，先强调“熟读”这个概念。“熟读”要求先后次序，遵循“向上一路”从上往下读“第一义”诗：

> 工夫须从上做下，不可从下做上。先须熟读《楚辞》，朝夕讽咏，以为之本；及读《古诗十九首》；乐府四篇，李陵、苏武、汉魏五言皆须熟读；即以李杜二集枕藉观之，如今人之治经；然后博取盛唐名家酝酿胸中，

---

1 究其原因，乃时间的局限。杜甫于天宝十载（公元 751 年）始进三大礼赋，得待制集贤院。少陵集中诗，成于此时者，不过二十分之一，遂不入《河岳英灵集》之选。

久之自然悟入。

通过熟读，受到第一义诗品味的熏陶并逐渐打开视野，提高对诗歌艺术特征的认识，久而久之，能找到“悟入”之门径。而对诸家第一义诗的熟读要有情感上的共鸣。严羽在《诗评》中屡次陈述这样的读诗经验：

> 观太白诗者，要识真太白处。太白天才豪逸，语多卒然而成者。学者于每篇中，要识其安身立命处可也。
>
> 高岑之诗悲壮，读之使人感慨。孟郊之诗刻苦，读之使人不欢。
>
> 读《骚》之久，方识真味。须歌之抑扬，涕洟满襟，然后为识《离骚》。否则如戛釜撞瓮耳。

明代“后七子”之一的谢榛继承此法，对初盛唐十四家进行熟读，于《诗家直说》（即《四溟诗话》）卷三中形象地描述了自己熟读、歌咏、玩味至有所悟的过程：“历观十四家所作咸可为法。……熟读之以夺神气，歌咏之以求声调，玩味之以裒精华。……夫万物一我也，千古一心也，易驳而为纯，去浊而归清，使李杜诸公复起，孰以予为可教也。”谢榛法古的最终目的是悟古，严羽熟读的目的是培养起妙悟、辨识第一义诗的能力。

熟读时，势必对前人诗作反复吟咏、体味并详加研究、比较，久而久之，诗歌艺术特有的奥秘和规律展示眼前，即《诗辨》所称“悟入”：

> 先须熟读《楚辞》，朝夕讽咏，以为之本；及读《古诗十九首》；乐府四篇，李陵、苏武、汉魏五言皆须熟读；即以李杜二集枕藉观之，如今人之治经；然后博取盛唐名家酝酿胸中，久之自然悟入。

对《诗辨》篇稍加留意，即可发现这“熟读”的范围不如之前严羽强调的“熟参”的广度大。原因在于“熟读”是在已指明“入门须正”的“向上一路”，所列皆为经筛选的“第一义”之诗；而“广见”“熟参”是为了让学诗者辨识“第一义”之悟、“透彻之悟”与“一知半解之悟”的深浅、高下之分，为了让学诗者获得“真识”以明了何为“第一义”诗歌，故而罗列巨细，其中南北朝诗、初唐之诗或非第一义诗，而晚唐诸家、本朝苏黄以下诸家之诗或为反例，以期让学者“熟参”各家以识见诗之“真是非”：

试取汉、魏之诗而熟参之，次取晋、宋之诗而熟参之，次取南北朝之诗而熟参之，次取沈、宋、王、杨、卢、骆、陈拾遗之诗而熟参之，次取开元、天宝诸家之诗而熟参之，次独取李、杜二公之诗而熟参之，又尽取晚唐诸家之诗而熟参之，又取本朝苏、黄以下诸家之诗而熟参之，其真是非自有不能隐者。

简言之，“熟参”培养的是鉴赏力，即评定各体诗之“真是非”的能力；而“熟读”则是待“熟参”得出何为“第一义”诗之后熟读、涵泳诗歌的写作能力、创作能力。

（五）以盛唐为法

严羽在《答吴景仙书》中也说：“作诗正须辨尽诸家体制，然后不为旁门所惑。今人作诗差入门户者，正以体制莫辨也。”《诗法》亦称：“辨家数如辨苍白，方可言诗（自注：荆公评文章先体制而后文之工拙）。”此种“辨体制”“辨家数”的基本功，严羽认为对作诗、言诗都尤为重要，具体是指从诗歌体制这一客观存在上，把握诗歌的时代、个人艺术风格差异，评析诗歌形式的邪正新变、诗歌意境的高下深远等基础能力。具备此种基本功，方可建立对诗歌的“真识”。“识”即对诗歌艺术的识别能力，从诗歌意象、意境、风格角度总体把握、区分诗歌高下的能力，是主观意识上对诗歌的评价标准，是断定何为“第一义”诗歌的“正法眼”，也是“妙悟”形成的凭借。严羽《诗法》云“看诗须着金刚眼睛，庶不眩于旁门小法”，正是指这种对诗歌正邪、高下的识别能力；《诗辨》称“学诗者以识为主，入门须正，立志须高，以汉、魏、晋、盛唐为师，不作开元、天宝以下人物”及“推原汉、魏以来，而截然谓当以盛唐为法”，即为“识”的正确指向。至此，通过“熟参”“真识”“熟读”，第一义诗为盛唐诗已再三确认，严羽以“法盛唐”为归趋的诗体论遂建立起来。

罗根泽先生对严羽推崇“上学”盛唐，探究过原因并肯定其价值：

始创江西派的黄庭坚本来学杜，可是年事稍晚的陈师道就以学黄为学杜楷梯，宋末的江西余裔更以稍前的江西诸子为学黄陈楷梯，四灵矫正江西，也止能溯至晚唐，都是下学法，严羽卑江西四灵，由是改创上学说。……稍前的朱熹张戒虽也有学上之意，但没有像严羽这样的彰明较著的提出。宋代的诗学本来是模仿，江西派从脚下做，虽目标在头,往往做不到头,严羽从头上做来,确是“直截本源”。这是严羽的重要诗说,也是重要贡献,可惜后人往往忽略。[1]

此段强调“上学盛唐”是“严羽的重要诗说,也是重要贡献”。有学者认为严羽的“上学盛唐”乃要学者模仿盛唐诗作、标举诗歌体制以古为尚并影响到重格调的一派,而“妙悟”“兴趣”倡导自悟诗歌精义、强调诗歌情味深远婉转并由此申发出神韵一路,两方面有矛盾之处。亦有些学者虽重视“以禅喻诗”“妙悟”“兴趣”及“别材别趣”,却割裂了诸说与“上学盛唐”的联系,显得超超玄著、无处落脚。他们忽略了“妙悟”“兴趣”“别才别趣”这些诗学观点之所以重要,即在于它们以盛唐佳诗为实际典范,其理论指向的具体实践即在于“上学盛唐”,“法盛唐为第一义”。如果不能抓住这个根本问题,看《沧浪诗话・诗辨》必将觉得杂乱无绪,时而谈“学诗者以识为主”,时而谈“禅道惟在妙悟,诗道亦在妙悟”,时而谈“诗有别材、别趣”,又谈“盛唐诸人,惟在兴趣”,似乎头绪众多,又不相连贯。但若抓住了“以盛唐为法”这一点,便如网在纲,且诸说皆有归宿。因而,严羽之明言“向上一路”“诗法盛唐”与提倡“以禅喻诗”“妙悟”“兴趣”“别材别趣”等说不但不矛盾,反而能起到提纲挈领的作用。

要言之,严羽论诗重视体制辨别,激励学者“辨家数”,“辨体制”,要求“熟参”以得“真识”,“熟读”“第一义”诗。《诗辨》首先提出“诗之法有五”,第一条提纲挈领即为“体制”;后特辟《诗体》一章,“以时而论”“以人而论”各种体制、流变及按修辞、用韵等分类的各体诗歌;《诗法》又强调“辨家数如辨苍白,方可言诗”;《诗评》则讨论各个时代、各个作家诗体的特点。重视诗歌体制,渐渐悟入诗门,可期获得诗“识”以达“妙悟”,领会“词、理、意兴”为诗之构成,“别材”“别趣”为诗文异趣的诗材、诗旨,最终把握盛唐诗人兴象浑融、意在言外的“兴趣”之旨。认同盛唐诗为“第一义”诗,是严羽强调进入“向上一路”习诗门径的关键。

唐代尤其是盛唐的诗歌传统,由严羽辈在南宋举起了继承的大旗。而元明以来,不断有诗家站在这条传承脉络上。

下文分期讨论明代诗家、论家对《沧浪诗话》的接受与评价,以此展开明代诗学的构建样貌与特征。

1　罗根泽,《中国文学批评史》(三)之第六篇:两宋文学批评史,上海:中华书局,1962 年,页 247—248。

第二章　《沧浪诗话》明代前期接受分析

元明之际是探究明代诗学的起始时间，也是《沧浪诗话》对后世产生影响的重要阶段。此际诗坛聚焦诗歌创作与复古的关系，讨论诗歌的本质与要素、价值与功用等问题，各家诉求各异，格局多元开阔。朱明王朝建立后加强思想控制，以“崇儒重道”方略要求文坛尚教化、重实用。作为响应，诗坛泛起回归传统诗教、规范抒情导向、期冀诗歌发挥经世济用功能等论调。最能代表王朝气象的盛唐诗歌，成为元末明初以来选诗、学诗的宗仿对象。元末杨士弘编选《唐音》，明初高棅编纂《唐诗品汇》《唐诗正声》，推进了唐诗在明代的经典化进程，且皆以盛唐诗歌为中心的品鉴审美路线，上承南宋严羽《沧浪诗话》以唐为尚、尤推“盛唐诸人”的师法途径，下启明人复古诗学的宗唐倾向。

洪武至成化（1368—1487）约 120 年间，为明代文学的第一阶段。这时期活跃在诗坛的诗派有“闽中十子”“北郭十友”“台阁派”“性气派”及“茶陵派”等。诗派而外，另有宋濂、方孝孺、高启、瞿佑、解缙、周叙等一批诗人及诗论家，皆为明初诗坛的著名人物。其中，闽中派诗人前辈黄子肃撰有《诗法》，承启严羽尊唐的传统，接受其“妙悟”说，推崇诗意自然浑成、诗境清虚空灵、诗味含蓄蕴藉；“闽中十子”之一的高棅则编撰了《唐诗品汇》，以彰显诗派“以开元、天宝为楷式”的论诗主张，传承严羽“以盛唐为法”之宗旨；才子解缙作《说诗三则》，“论诗以唐为尚”，推崇严羽的“别材、别趣”说、“兴趣”说，接受“以禅喻诗”及“去五俗”之论，阐发以“神来、气来、情来”说，讨论诗歌意境的创造问题；明初诗坛领袖人物李东阳撰《怀麓堂诗话》，承接严羽宗唐抑宋，对严羽“别材、别趣”等说进行了接受与改造。然而，此阶段瞿佑所著的《归田诗话》，则承接方回推崇宋诗，反拨严羽、元好问以来的宗唐传统，鼓吹宋金元诗，成为明初继方孝孺后推崇宋诗的另类，形成了明初对严羽诗学对比鲜明的两种接受倾向。

第一节　遵从严羽尊唐抑宋的主要倾向

一、黄清老《诗法》：妙悟者，意之所向，透彻玲珑

明初诗人和诗论家多由元入明，论诗仍较多承袭严羽至元人宗唐抑宋之习。闽中一带作为严羽故里，诗歌传统深厚，论诗亦推崇盛唐。

前文提到台北“中央图书馆”所藏《沧浪先生吟卷》元刻本三卷，题“樵川陈士元旸谷编次，进士黄清老子肃校正”，这位黄清老奉严羽为乡先贤，以严羽再传弟子身份自勉，除校正《沧浪先生吟卷》外，更作《诗法》一卷，从理论上运用严羽诗学。

黄清老(1290—1348)，字子肃，号樵水，邵武人(今属福建)，泰定三年(公元1326年)浙江乡试第一，元泰定四年(公元1327年)举进士。曾任翰林供奉[1]，累官翰林国史院，终湖广行省儒学提举。少治《春秋》，为文驯雅，诗飘逸有盛唐风。著有《黄子肃诗集》及《黄子肃诗法》一卷。虽活动于元代，然对传承严羽诗学、对明初闽诗派的走向有着重要影响。据其同年张以宁在黄氏卒后为撰《黄子肃诗集序》，能明确看出黄子肃师承严羽诗学：

> 邵武严氏痛矫于议论援据、烂漫支离之余，亦以禅而喻诗，不堕言筌，不涉理路，一主于悟矣。……逮于我朝盛际，若樵水黄先生，噫，其志于悟之妙者乎！盖先生之于诗，天禀卓而涵之于静，师授高而益之以超。由李氏而入，变为一家。其论具《答王著作书》及衰严氏诗法，其自得之髓，则必欲蜕出垢氛，融去查滓，玲珑莹彻，缥缈飞动，如水之月，镜之花，如羚羊之挂角，不可以成象见，不可以定迹求，非是莫取也。噫，何其悟之至于是哉！[2]

1　[明]蒋一葵，《尧山堂外纪》，卷七十二元，明刻本。
2　[明]张以宁，《翠屏集》，卷之三“黄子肃诗集序”，钞明成化刻本。

张氏认为子肃以诗鸣于世，因其诗歌创作贯彻、实践了严沧浪提倡的“妙悟”说，既高度评价了黄子肃的诗歌造诣，又是对严羽诗学的间接推崇。所谓“由李氏而入，变为一家”，是指子肃崇尚李白的诗歌风格而有所悟入、自成一家。张以宁、黄子肃既有同年之谊，又代表了闽中诗坛的新兴力量，其推崇盛唐李、杜，论诗主“悟”，同样透露出对乡先贤严羽诗学的推崇和对严羽以来闽诗新传统底蕴的自信。

该序中提及的《答王著作书》，即黄子肃所著并被一再传刻的诗话专著《黄子肃诗法》[1]。吴文治主编的《明诗话全编》，根据我国台湾广文书局 1972 年影印名家诗法汇编本收录了《黄子肃诗法》全文[2]。

《诗法》从“立意”“得句”“得字”三个层次逐层讨论严羽“妙悟”之法的具体运用。在“立意”这个层次上，黄子肃将“作诗立意”、得“意之妙”与严羽所论“妙悟”“兴趣”联系起来，云：

> 诗如马，意如善驭者，折旋操纵，先后疾徐，随意所之，无所不可。此意之妙也。又如将之用兵，或攻或战，或屯或守，或出奇以取胜，或不战以收功，虽百万之众，多多益办，而敌人莫能窥其神。此意之妙也。意在于假物取意，则谓之比；意在于托物兴辞，则谓之兴；意在于铺张实事，则谓之赋。但贵圆活透彻，辞语相颉颃。常使意在言表，涵蓄有余不尽，乃为佳耳。是以妙悟者，意之所向，透彻玲珑，如空中之音，虽有所闻，不可仿佛；如象外之色，虽有所见，不可描模；如水中之味，虽有所知，不可求索。

从这段话，不难联想到严羽《诗法》中说过的“意贵透彻，不可隔靴搔痒”，“意忌浅”“味忌短”，“词气可颉颃，不可乖戾”等讨论诗法之语。黄子肃先用两个比喻形容“意”对“诗”驾驭与指挥的关系，强调诗人立意要灵动多变、讲究策略，诗歌方得“意之妙”。再将诗歌传统创作方法的“比”“兴”“赋”归纳为“意”的不同运用方式。最后点出诗歌之意贵在“圆活透彻”“意在言表”“涵蓄有余

1　陈广宏，《元明之际唐诗系谱建构的观念及背景》，《文学遗产》网络版，2012 年第 4 期，http://wxyc.literature.org.cn/journals_article.aspx? id=2156。

2　[明]黄清老撰，石牧编纂，《黄子肃诗法》，见：吴文治主编，《明诗话全编》，第二册，南京：江苏古籍出版社，1997 年，页 959—961。

不尽”，并整句接受、化用严羽“妙悟”与“兴趣”说主旨，认为“妙悟”是诗人立意达到了“透彻玲珑”的境地，而“空中之音”“象外之色”“水中之味”之喻也明显承受严羽以“空中之音”“相中之色”“水中之月”“镜中之象”喻“兴趣”之妙。这不仅是黄子肃从“立意”角度讨论的创作手法，也是他所推崇的诗歌审美特征。他与严羽都主张“诗意”与“语词”的合适关系是：不执着文字，意在言表，圆活透彻，这样写出的诗歌才不会为言辞所拘、所累，富有无穷的韵味。再回顾张以宁序中称黄子肃“裒严氏诗法，其自得之髓，则必欲蜕出垢氛，融去查滓，玲珑莹彻，缥缈飞动，如水之月，镜之花，如羚羊之挂角，不可以成象见，不可以定迹求”，证明黄子肃无论从诗歌创作实践角度抑或诗学理论阐释角度，对严羽诗法都有着完整、明确的接受，且蕴藏着“神韵”说的些许色彩。

黄清老接着对严羽推崇的诗之极致的“入神”进行了接受与阐释，道：“剖出肺腑，不借语言，是为入神。”可见，黄子肃接受的“入神”说，是指诗人发自内心、超脱语言文字的“言外之意”，正契合了严羽对诗歌“吟咏情性”而又“不涉理路，不落言筌”“言有尽而意无穷”的特质要求，又透露出“性灵”的萌芽。

在“得句”这第二层次，黄子肃开门见山地点出：“句有法，当以妙悟为上。”并将“得于天然，不待雕琢”之句推为“妙句”，将“造诣精工”“变化仿佛”之句归为“佳句”，也体现出他对严羽“不假悟”与“透彻之悟”在句法层面上的应用与定位。在“得字”的第三层面，黄子肃也是推崇句中之字以“浑然天成者为佳”，要求“下字必须清、必须活、必须响”，并套用“本色”之语，形容下字“与一篇之意、一句之意相通，各自卓立而复相成”的创作佳境。

最终，黄子肃综合诗歌创作的“立意”“得句”“得字”三个层次，认为“意也、句也、字也，三者全备为妙悟；意与句皆悟而字有亏欠，则为小疵。若有意无句，则精神无光；有句无意，则徒事妆点；句意俱不足，而惟于一字求工，保足取哉！”点明三者全备于一诗，方为妙悟，方为对诗法的彻底领悟，其中他对“意”是最为看中的。他还告诫学诗者意、句、字各有所忌：

> 意之所忌者，最忌用俗，最忌议论，议论则成文字而非诗，用俗则浅近而非古。句之所忌者，最忌虚中之虚，实中之实；须虚中有实，实中有虚。字之所忌者，最忌妆点，最忌衬贴，盖非本句中所有，而强牵合以成之，是又不可不知。

严羽不满宋诗重议论、多使事、尚说理、以文为诗、以议论为诗的不良倾向，故而提出“不落言筌”“不涉理路”之说，推崇盛唐诗“兴趣”无迹可求、意在言外的艺术美感，并奉之为“本色”“当行”。他于《诗法》曾给出诸多诗法建议，如告诫学者“学诗先除五俗”，“五俗”谓“俗体，俗意，俗句，俗字，俗韵”；又提出作诗有“五忌”，是“语忌直，意忌浅，脉忌露，味忌短，音韵忌散缓，亦忌迫促”；还有“四贵二最忌”，云“下字贵响，造语贵圆；意贵透彻，不可隔靴搔痒；语贵洒脱，不可拖泥带水，最忌骨董，最忌衬贴”，及“须是本色，须是当行”等等。黄子肃所谓“意之所忌者，最忌用俗，最忌议论”承受自严羽反对“以议论为诗”及主张“去俗意”之说，体现出黄清老也从“立意”的最高层面杜绝“议论”“用俗”两种损害诗歌内容、风格的不良倾向。他进而在句法上要求诗句自然生动，不假雕琢，虚实交融，在字法上重视下字当活，须清须响，与句、与意遥相呼应，绵绵如绳，全篇生色，而切不可以字害意，牵强合成，皆是在接受严羽诗法的基础上进行细化与应用。

总之，黄清老对严羽“妙悟”说的接受是落到诗歌创作的具体方法上，并细化到意、句、字三个层次上的。《诗法》全篇一方面从诗美本质上承袭了严羽尊唐抑宋的师法取向，另一方面显示了对严羽诗学观念的应用，其侧重由意而句而字，从而把握作诗的能力，不再超超玄著，也脱离了熟读熟参的准备，将严羽诗法理论细化为作诗技巧的探讨，变得简单易行。

二、宋濂：儒道论诗，宗法古人，吟咏性情

师古风潮将明诗推向“盛于国初”[1]的盛况，诗歌也带上了新兴王朝政治需要的痕迹。宋濂等提倡“文道合一”，认为诗歌亦合于儒道。一方面称“诗缘情而托物者也”，“发挥其性灵”[2]，另一方面强调“君子之言，贵乎有本，非特诗之谓也，本乎仁义者，斯足贵也”，“诗皆由祖仁义，可以为世法”[3]，即谓诗要本于仁义，才能有情性之正。

---

1 较早提出“盛于国初”之说的是明代弘、正间的徐泰，于《诗谈》中称：我朝诗莫盛国初，莫衰宣、正。间至宏（弘）治，西涯倡之，空同、大复继之，自是作者森起，虽格调不同，于今为烈。此外，黄宗羲的《南雷集》卷一之《明文案序上》亦有“有明之文，莫盛于国初”之说，皆肯定明初的文学成就。

2 ［明］宋濂，《宋学士文集》，卷第十三銮坡集卷第三“刘兵部诗集序”，四部丛刊影明正德本。

3 ［明］宋濂，《宋学士文集》，卷第七十五朝京稾卷第五“林氏诗序”。

宋濂(1310—1381),字景濂,号潜溪,浦江(今浙江金华)人。明初大儒,以文学见长,博洽经史。宋濂论诗所称的"缘情""性灵",实则皆符合儒家正心诚意的道德情感规范,与严羽"诗者,吟咏情性"、通过诗歌自由抒发情感并不完全一致。严羽是针对宋代理学干扰诗歌创作、诗人以理入诗的弊病有感而发的,希望诗人回归吟咏情性、自由抒发感兴之情,以修正宋诗的说理倾向。

宋濂于《答章秀才论诗书》中称:

> 诗乃吟咏性情之具,而所谓风、雅、颂者,皆出于吾之一心,特因事感触而成,非智力之所能增损也。古之人,其初虽有所沿袭,末复自成一家言,又岂规规然必于相师者哉。呜呼,此未易为初学道也。近来学者类多自高,操觚未能成章,辄阔视前古为无物,且扬言曰:曹、刘、李、杜、苏、黄诸作虽佳,不必师,吾即师,师吾心耳。故其所作,往往猖狂无伦,以扬沙走石为豪,而不复知有纯和冲粹之音,可胜叹哉!可胜叹哉![1]

宋濂认为"诗乃吟咏性情之具",风、雅、颂皆从"吾之一心,因事感触"吟咏而出,与智力无关,然皆合于道德教化。因此,诗歌的学习起初要先"有所沿袭",以期符合正轨,最后方能"自成一家",不必再"规规然"合于前人。此论一方面肯定了师古沿袭的价值,另一方面否定了模拟或师心成为学诗出路的可能性,然根本上还是希望诗歌应是"纯和冲粹之音"。

宋濂对唐诗论述详尽,《答章秀才论诗书》将唐诗的发展衍变划分为五个阶段——唐初阶段、开元天宝之盛唐时期、大历时期、元和时期、晚唐时期,显然与严羽的唐诗分期论完全一致。不同之处是,宋濂明确提出分期的标准为能否继承风骚、风雅及汉魏传统。以此标准,宋濂推及宋诗衍变,认为其背离了古雅之旨、盛唐之风,对宋诗持批评态度,于《答章秀才论诗书》中称:

> 宋初,袭晚唐五季之弊。天圣以来,晏同叔、钱希圣、刘子仪、杨大年数人,亦思有以革之,第皆师于义山,全乖古雅之风。迨王元之以迈世之豪,俯就绳尺,以乐天为法;欧阳永叔痛矫西昆,以退之为宗;苏子

---

1 [明]宋濂,《答章秀才论诗书》,见:[明]程敏政,《明文衡》,卷之二十五,四部丛刊影明本。

美、梅圣俞介乎其间。梅之覃思精微，学孟东野；苏之笔力横绝，宗杜子美，亦颇号为诗道中兴。至若王禹玉之踵微之，盛公量之祖应物，石延年之效牧之，王介甫之原三谢，虽不绝似，皆尝得其仿佛者。元祐之间，苏、黄挺出，虽曰共师李、杜，而竞以己意相高，而诸作又废矣。自此以后，诗人迭起，或波澜富而句律疏，或煅炼精而情性远，大抵不出于二家。观于苏门四学士及江西宗派诸诗，盖可见矣。陈去非虽晚出，乃能因崔德符而归宿于少陵，有不为流俗之所移易。驯至隆兴、乾道之时，尤延之之清婉，杨廷秀之深刻，范至能之宏丽，陆务观之敷腴，亦皆有可观者。然终不离天圣、元祐之故步，去盛唐为益远。下至萧、赵二氏，气局荒颓，而音节促迫，则其变又极矣。"

宋初诗人取法中、晚唐，至苏、黄，虽号称学李、杜，但"以己意相高"。之后，益加忽视风雅内容而醉心于技巧形式，仅得"或波澜富而句律疏，或煅炼精而情性远"两种局面，"去盛唐为益远"，到晚宋，更显"气局荒颓"。因此，宋濂主张恢复古雅之风、宗法盛唐的用意是极为明显的。

宋濂主张师古、推原汉魏、崇唐贬宋的师法取向与《沧浪诗话》完全一致，都对有明一代的崇唐风向产生了深远影响。而其学习风雅、明道致用、以仁义浸润情性的诗学主张又区别于严羽诗学，是明初庙堂之声在诗坛的回响。

三、高启：情致意趣，推崇盛唐

明初亦有不以儒道论诗者，如江南吴中地区的诗人团体，往往重视诗歌的情致意趣，追求诗歌的艺术美感。这一团体为"吴中四杰"及"北郭十友"，皆以高启为首。

高启（1336—1374），字季迪，号槎轩，又自号青丘子，长洲（今江苏苏州）人，力学工诗，才华横溢，率真旷达。明初诗坛领袖李东阳作《怀麓堂诗话》称："国初称高（启）、杨（基）、张（羽）、徐（贲）。高季迪才力声调，过三人远甚。"[1]明代中期诗论家徐泰于《诗谈》中称赞："姑苏高启，岱峰雄秀，瀚海浑涵，海内诗人，岂惟吴下。"[2]顾起纶《国雅品》亦将高启列于"士品一"首名，称："高侍郎季

1　[明]李东阳，《怀麓堂诗话》，清知不足斋丛书本。
2　[明]徐泰撰，《诗谈》，见：《学海类编》，第五十九册。

迪，始变元季之体，首倡明初之音。发端沉郁，入趣幽远，得风人激刺微旨。故高、杨、张、徐，虽并称豪华，惟季迪为最。其古体咀嚼刘桢，近体厌饫李欣。……《卮言》云'季迪如射雕胡儿，伉捷急利，往往命中'，亦是名鉴。"又称："七言律不易得，元和以还，千百年之中，仅见高侍郎一家，何其寥寥也！"

高启作诗，注意师法前人，十分推崇盛唐诗的写作规范。如其送别诗《送沈左司》可谓模拟盛唐诗歌如王维《送杨少府贬郴州》等作的样板[1]，无论从诗歌体制或是诗歌内容，都热忱反映出当时汉族士子久经压抑、勃发而出的恢复汉唐盛世的信心。《岳王庙》《登金陵雨花台望大江》等诗作皆激扬着这种情绪。古典主义或复古主义在明代的勃兴是汉文化复苏、兴盛的产物。明初高启，无疑也在诗作中自然地表达着这种复古情绪，这无疑和严羽诗学之复古、崇唐十分契合。

高启论诗，强调诗歌的抒情本质，认为诗人应表达自得的所感、所思。他于《缶鸣集序》中称：

> 古人之于诗，不专意而为之也。《国风》之作发于性情之不能已，岂以为务哉？后世始有名家者，一事于此而不他，疲殚心神，搜刮物象，以求工于言语之间。有所得意，则歌吟蹈舞，举世之可乐者，不足以易之。深嗜笃好，虽以之取过，身罹困逐而不忍废，谓之惑非欤？余不幸而少有是好，含毫伸牍，吟声咿咿不绝于口吻，或视以废事而丧志，然独念才疏力薄，既进不能有为于当时，退不能服勤于畎亩，与其嗜世之末利汲汲者，争骛于形势之途，顾独事此，岂不亦少愈哉？遂为之不置。且时虽多事，而以无用得安于闲，故日与幽人逸士唱和于山颠水厓，以遂其所好。虽其工，未敢与昔之名家者比。然自得之乐，虽善辩者未能知其有异否也。[2]

此序突出诗歌应回归"发于性情"之创作本源，表达诗人的"自得之乐"，而不要劳心费力地"求工于言语之间"。可见他推崇表达真情实感的诗歌。

1　郭建军，《明初文学复古思潮的社会动因探析——以高启诗文为例》，《厦门教育学院学报》，2008年6月，页5。

2　[明]高启，《凫藻集》，卷三，四部丛刊影明正统刊本。

在创作论上，他提倡要融会“格”“意”“趣”，兼师众长，浑然自成。《独庵集序》云：

> 诗之要：有曰格，曰意，曰趣而已。格以辩其体，意以达其情，趣以臻其妙也。体不辩则入于邪陋，而师古之义乖；情不达则堕于浮虚，而感人之实浅；妙不臻则流于凡近，而超俗之风微。三者既得，而后典雅、冲淡、豪俊、秾缛、幽婉、奇险之辞，变化不一，随所宜而赋焉。如万物之生，洪纤各具乎天；四序之行，荣惨各适其职。又能声不违节，言必止义，如是而诗之道备矣。夫自汉、魏、晋、唐而降，杜甫氏之外，诸作者各以所长名家，而不能相兼也。学者誉此诋彼，各师所嗜，譬犹行者埋轮一乡，而欲观九州岛之大，必无至矣。盖尝论之：渊明之善旷，而不可以颂朝廷之光；长吉之工奇，而不足以咏丘园之致，皆未得为全也。故必兼师众长，随事摹拟，待其时至心融，浑然自成，始可以名大方，而免夫偏执之弊矣。[1]

“格以辩其体，意以达其情，趣以臻其妙也”之说展现了高启所构建的诗学体系，透露出与严羽诗学相通之处。

“格”，谓诗之体格法度，是经一代代诗家创作实践积累而来的规范模式；“意”，即表意达情，是诗人旨意蕴含于字句、形象间的情感；“趣”，则指诗之兴趣，乃诗歌超越言象、妙韵深远的境界。高启将“格”“意”“趣”视作诗歌艺术整体的三项有机要素，缺一不可。三者兼备，诗人方可“辩体以师古”“达情以感人”“臻妙以超俗”，方能在“典雅、冲淡、豪俊、秾缛、幽婉、奇险”各体风格间变幻优游。此即为合于自然的“诗之道”。而诗人如何相兼各体、避免偏执呢？只有学习杜甫之兼师众长、随事摹拟，以期时至心融、浑然自成。

“辩体”“师古”契合严羽“熟参”众体而悟得“以汉、魏、晋、盛唐为师”之论，倡导诗人由师法古人而参悟诗歌之体格法度，从而把握各体诗歌的创作规范及审美特征，不辩体则将入于邪陋；“达情”“感人”诸论响应严羽“诗者，吟咏情性”之说，诗人的情意要通过诗歌意象、言辞等媒介表达出来，诗歌情意深厚，方能感人至深，情不达则诗浮虚，无以感人；“趣以臻妙”则直接涵盖严羽的“兴

1　[明]高启，《凫藻集》，卷二。

趣”“妙悟”两个概念，直达诗歌审美本质，要求诗歌有“意在言外”的兴趣，不落浅近，超凡脱俗，拥有不可凑泊、浑然一体的美感。高启认为学诗须先把握体格、情意、妙趣三者，有所自得后方能在创作中自如体现典雅、冲淡、豪俊、秾缛、幽婉、奇险等多样风格，运于笔端、合乎自然。若能使诗歌音节合律、遣词合义，则形式和内容皆能合于诗道。在诗道上探索的诗人中，汉唐以来能兼各家所长、风格多样的惟杜甫一人，后学则多各师所好，不能兼善，限于一隅。以此故，高启倡议学诗者应向杜甫学习，能兼师众长、随事摹拟，而又风格多样、浑然自成。

高启以“格”“意”“趣”三者论诗，并要求诗人在此基础上师法古代名家、兼师众长以期浑然自成。这继承了严羽诗学中辨体、熟参、师古、吟咏情性、兴趣及妙悟诸论，又接受了严羽所称“诗之法有五：曰体制、曰格力、曰气象、曰兴趣、曰音节”，尝试细分诗歌的艺术结构以构建自己的诗学体系。

高启的诗歌理论，一方面重视诗人这一创作主体，强调诗人之性情、诗人之自得，另一方面又对诗歌本体要素之格、意、趣十分看重。格，即要求诗人研习古人法度、摹仿古调；意与趣，则要在师古中得其精神气脉，于创作中贯入自己的情意与趣味。可见，高启是将诗歌之格调与性灵、神韵同等看待的，是将严羽诗学中蕴含的格调、性灵、神韵之要素全面接受下来并运用于明初诗论中的。但可惜高启英年早折，诗歌理论未及发扬光大，未及对明代诗坛造成更为深远的影响。

后来七子派李梦阳、何景明、李攀龙等人独举格调，不再兼顾性灵与神韵，又倡言“诗必盛唐”，不能兼师众长、随事摹拟，因此未能在模仿古调之余得古人精神，也迷失了一己之心，未曾达到“时至心融，浑然自成”之境。唯同样来自吴地的徐祯卿能较全面地承接严羽、高启，带来一丝重情韵的灵气，稍稍起到以情韵济格调的作用。

四、林鸿和高棅《唐诗品汇》：诗宗盛唐，四期分唐

在明代初年，除吴中地区外，闽地亦涌现出以林鸿、高棅为代表的“闽中十子”这一地域性诗人集团。此派诗论以林鸿为首、为先，通过高棅选撰《唐诗品汇》标宗旨，成为明初最早明确提倡“诗宗盛唐”的诗派，上承沧浪宗唐之说，下

启七子派复古之风，风气所染，彬彬称盛。闽中诗派的形成和活动，推进了明初闽地诗歌创作和提倡复古的高潮，逐渐于东南地区形成与吴中、浙江、江右、岭南齐名的明初诗坛五大文人集团之一[1]。

林鸿（约 1368—?），字子羽，福建福清人。明代顾起纶《国雅品》称其“才思藻丽，如游鱼潜水，翔鸾薄天，高下各适情性”。[2] 其论诗主旨标举盛唐，以开元、天宝为楷式。林鸿于元明之际已有诗名，不过当时还未达到“开元之盛风”的境界。至洪武十三年（公元 1380 年），林鸿诗歌结集曰《鸣盛集》，庐陵刘嵩序其集始称：“窥陈拾遗之阃奥而骎骎乎开元之盛风，若殷璠所论‘神来、气来、情来’者，莫不兼备。虽其天资卓绝，心会神融，然亦国家气运之盛驯致然也。”林鸿以“鸣盛”题其集，一是因其诗作仿效唐朝“开元之盛风”，二是欲以之共鸣“国家气运之盛”，对盛唐盛世的向往昭然可见。李东阳在《怀麓堂诗话》中点出林鸿学唐本质：“林子羽《鸣盛集》专学唐，袁凯《在野集》专学杜，盖皆极力摹拟，不但字面句法，并其题目亦效之”。[3] 林鸿以盛唐诗歌“为楷式”的主张，旗帜鲜明，影响很大，故《明史·林鸿传》称“闽人言诗者率本于鸿”，认为林鸿引领了明代闽中论诗之风向。

林鸿论诗承袭沧浪之旨，《明史》中高棅引其论诗之语：

> 汉、魏骨气虽雄，而菁华不足；晋祖玄虚，宋尚条畅；齐、梁以下，但务春华，少秋实；惟唐作者，可谓大成，然贞观尚习故陋，神龙渐变常调，开元、天宝间，声律大备，学者当以是为楷式。[4]

此论中“以开元、天宝为楷式”“开元、天宝间，声律大备”之说，正如严羽《沧浪诗话·诗辨》所谓“截然谓当以盛唐为法”，“独言盛唐者，谓古、律之体备也”，也强调诗至盛唐乃各体皆备，盛唐诗是学诗者的师法对象、正宗楷式。林鸿的诗歌创作也是严格遵循他的诗歌理想，摹拟盛唐，故而钱谦益称他：“膳部（林鸿）之学唐诗，摩其色象，按其音节，庶几似之矣。”[5] 林鸿诗确能“声调圆稳，

1　刘海燕，《试论明初诗坛的崇唐抑宋倾向》，《文学遗产》，2001 年第 2 期，页 66。

2　［明］顾起纶撰，《国雅品》，见：丁福保，《历代诗话续编》，北京：中华书局，1983 年，页 1094。

3　［明］李东阳，《怀麓堂诗话》，清知不足斋丛书本。

4　［清］张廷玉，《明史》，卷二八六列传第一七四文苑二“林鸿传”。

5　［清］钱谦益，《列朝诗集》，乙集卷三“高典籍棅”条，清顺治九年毛氏汲古阁刻本。

格律整齐"，一洗元代诗人纤弱之习，堪称明代开国后第一诗人。

林鸿诗论未成专书，但在明代却起到了定位、导向的作用。更因地域、派系之渊源，对高棅诗学产生了直接影响。高棅诗学远绍严羽，近承林鸿，推崇盛唐诗风，发展了唐诗分期，在明初诗歌理论批评上以其创见性和影响力而著称。

高棅(1350—1423)，字彦恢，后更名廷礼，号漫士，福建长乐人。《国雅品》称其"才识博达，尝辑《唐诗品汇》，世称精鉴"。[1]

高棅编撰《唐诗品汇》[2]，成于洪武二十六年(公元1393年)，初编九十卷，选唐诗六百二十家，诗五千七百六十九首。洪武三十一年(公元1398年)，又作拾遗十卷，增补作者六十一家，诗九百五十四首。此书以"声律""兴象""文词""理致"等作为铨衡唐诗的审美指标，以选、评结合的方式体现选诗者推崇盛唐的诗学思想，又细分风格流变，以提供"学唐诗者之门径"，从声律、格调形式上追步唐人。《唐诗品汇》是明初诗坛复古思潮的突出表现，获得广泛的响应，对明代尊唐诗风影响深远。因此《明史·文苑》称："(高棅)所选《唐诗品汇》《唐诗正声》，终明之世，馆阁宗之。"《品汇》之"博""备"，《正声》之"精""纯"，互补而成一个系统的、完备的唐诗范本，其中心是盛唐诗歌。

细查高棅之诗学思想，主要受林鸿和严羽的影响。《唐诗品汇·凡例》云：

> 先辈博陵林鸿尝与余论诗：上自苏李，下迄六代，汉、魏骨气虽雄，而菁华不足；晋祖玄虚，宋尚条畅；齐、梁以下，但务春华，殊欠秋实；唯李唐作者，可谓大成，然贞观尚习故陋，神龙渐变常调，开元、天宝间，神秀声律，粲然大备，故学者当以是楷式。予以为确论。后又采集古今诸贤之说，及观沧浪严先生之《辨》，益以林之言可征，故是集专以唐为编也。

高棅"以开元、天宝为楷式"的诗学复古思想来自乡贤林鸿与严羽的濡染，清晰可见严羽"以汉、魏、晋、盛唐为师，不作开元、天宝以下人物"的诗论痕迹。

---

1 [明]顾起纶，《国雅品》，见：丁福保，《历代诗话续编》，北京：中华书局，1983年，页1095。

2 本书研究采用：[明]高棅，《唐诗品汇》，明嘉靖十六年序刊本；参以：《明诗话全编》第一册之《高棅诗话》，南京：江苏古籍出版社，1997年，页349—363。

高棅在《唐诗品汇·历代名公叙论》三十四条中载严羽诗论达十四条之多，足见其对严羽诗学的推崇和接受。以这种诗学渊源传承为背景，高棅《唐诗品汇》是对严羽《沧浪诗话》"以盛唐为法"思想的进一步细化、发挥。

第一，高棅接受严羽的唐诗"五体"说，将唐诗分期确定为"初、盛、中、晚"四期，倡言以盛唐为楷式。

对有唐一代诗歌发展史，首先着手进行分期的，当推严羽。《沧浪诗话·诗辨》为辨别诗歌高下，将唐诗做了初步切分。如：

> 论诗如论禅，汉、魏、晋与盛唐之诗，则第一义也；大历以还之诗，则小乘禅也，已落第二义矣；晚唐之诗，则声闻辟支果也。学汉、魏、晋与盛唐诗者，临济下也；学大历以还之诗者，曹洞下也。

严羽进行分期旨在强调盛唐诗与大历以后诗之分别，并明确将大历作为盛、中唐之分的时代界限，大历以前的盛唐诗歌，是第一义的，大历以后的诗是小乘禅，是第二义的，再之后的晚唐诗则如声闻辟支果矣。既然唐诗以时期而论有高、下之分，那么最好的学诗途径就是分先后地熟参各阶段唐诗，《诗辨》建议熟参汉魏、晋宋、南北朝诗后：

> 次取沈宋、王杨卢骆、陈拾遗之诗而熟参之，次取开元、天宝诸家之诗而熟参之，次独取李、杜二公之诗而熟参之，又取大历十才子之诗而熟参之，又取元和之诗而熟参之，又尽取晚唐诸家之诗而熟参之……

此论着眼于熟参先后五个阶段的唐诗：初唐（沈宋、王杨卢骆、陈拾遗之诗）、盛唐（开元、天宝诸家之诗，李、杜二公之诗）、大历（大历十才子之诗）、元和（元和之诗）、晚唐（晚唐诸家之诗），稍透露出严羽的唐诗分期理念。除了于盛唐特标举李、杜两家并将之单列出来以外，严羽还把中唐诗按照风格差异特分为"大历"与"元和"两个阶段。

与此相对应地，是严羽在《沧浪诗话·诗体》"以时而论"诗体流变时，将整个唐代诗歌划分为"五体"："唐初体（唐初犹袭陈、隋之体）""盛唐体（景云以后，开元、天宝诸公之诗）""大历体（大历十才子之诗）""元和体（元、白诸公）""晚唐体"。然，严羽对唐诗分期只是"论其大概耳"（《沧浪诗话·诗评》），具体操作时也常流露出将盛、晚唐之间的“大历体”“元和体”混而为一的倾向。

后经元代方回《瀛奎律髓》、杨士弘《唐音》对唐诗分期的再探讨，迨高棅衰辑《唐诗品汇》之时，终于确立起唐诗“四期”说。《唐诗品汇・总叙》云：

有唐三百年诗，众体备矣。故有往体、近体、长短篇、五七言律句、绝句等制，莫不兴于始，成于中，流于变，而陊之于终。至于声律、兴象、文词、理致，各有品格高下之不同。略而言之，则有初唐、盛唐、中唐、晚唐之不同。

高棅将有唐三百年各体诗用“始”“中”“变”“终”四字概括出发展规律，并按声律兴象、文词理致之品格高下，对应其发展规律，切分出“初唐”“盛唐”“中唐”“晚唐”四期。

进而，高棅对此四期作了较为扼要精到的阐述，使唐诗分期臻于严整化、系统化。《唐诗品汇・凡例》云：

大略以初唐为正始，盛唐为正宗、大家、名家、羽翼，中唐为接武，晚唐为正变、余响，方外异人等诗为傍流。间有一二成家特立与时异者，则不以世次拘之，如陈子昂与太白列在正宗，刘长卿、钱起、韦、柳与高、岑诸人同在名家者是也。

高棅明确提出“初唐、盛唐、中唐、晚唐”四期，“正始、正宗、大家、名家、羽翼、接武、正变、余响、傍流”九格，其分“四唐”、列“九格”，目的是区分唐诗不同阶段的时代特色、不同诗人的诗艺高下，“以为学唐诗者之门径”。

最后，高棅又将“四期”具体的时间划分辅以各期的代表诗人表述如下：

贞观、永徽之时，虞（世南）、魏（征）诸公稍离旧习，王、杨、卢、骆因加美丽，刘希夷有闺帷之作，上官仪有婉媚之体，此初唐之始制也；神龙以还洎开元初，陈子昂古风雅正，李巨山（峤）文章宿老，沈、宋之新声，苏、张之大手笔，此初唐之渐盛也。

开元、天宝间，则有李翰林之飘逸，杜工部之沉郁，孟襄阳之清雅，王右丞之精致，储光羲之真率，王昌龄之声俊，高适、岑参之悲壮，李欣、常建之超凡，此盛唐之盛者也。

> 大历、贞元中，则有韦苏州之雅澹，刘随州之闲旷，钱郎(起)之清赡，皇甫之冲秀，秦公绪之山林，李从一之台阁，此中唐之再唐也。
>
> 下暨元和之际，则有柳愚溪之超然复古，韩昌黎之博大其词，张、王乐府得其故实，元、白序事务在分明，与夫李贺、卢仝之鬼怪，孟郊、贾岛之饥寒，此晚唐之变也；降而开成以后，则有杜牧之之豪纵，温飞卿之绮靡，李义山之隐僻，许用晦之偶对，他若刘沧、马戴、李频、李群玉辈，尚能黾勉气格，特迈时流，此晚唐变态之极而遗风余韵犹有存者焉。

不仅时段划分明确，且诗人品格各异，体现出不同阶段唐诗的不同风貌。尽管后世在“四唐”起讫上时有出入，宗法上也各有侧重，但大多未越出高棅的指划。

第二，高棅“四期”说虽源自严羽，但已经超越了严羽的“五体”论。

以时而论，严羽《沧浪诗话·诗体》虽将唐诗划为“五体”，但只列名称，用小注略加解释，对诗体特征、时代风貌、作者特色全不作讨论。而高棅“四期”说则详其时限，列举各期名家及其诗风特色，唐诗人之盛，如众星丽天，而唐诗之流变，亦清晰可辨。

以人而论，严羽《诗体》罗列的唐诗有“沈宋体”“陈拾遗体”“王杨卢骆体”“张曲江体”“少陵体”“太白体”“高达夫体”“孟浩然体”“岑嘉州体”“王右丞体”“韦苏州体”“韩昌黎体”“柳子厚体”“韦柳体”“李长吉体”“李商隐体”“卢仝体”“白乐天体”“元白体”“杜牧之体”“张籍、王建体”“贾浪仙体”“孟东野体”“杜荀鹤体”。诗人数比高棅所列少 22 人，且有重叠、重复(如韦苏州体与韦柳体、白乐天体与元白体)，而于众类体例、各家风格则语焉不详，众体、各家又独立于时代分期之外，无法体现与时代的联系。高棅所列代表性诗家体例与时代分期结合紧密，且以区别性词汇将其诗品、诗风形容总括出来，了然可知某家某体归于何期、具有何种风格，唐代诗人风貌，栩栩如生，有唐诗歌四期之发展、流变，亦清晰可见。

再以推崇盛唐来说，严羽的理由是各体皆备于盛唐，是从形式着眼，偏于理论化。而高棅则利用裒辑《唐诗品汇》的选诗实践，将推崇盛唐落到实处，用诗例来说明其理论取向。高棅所选诗以盛唐为主，数量最多，而盛唐又以李、杜为主。他以李白为正宗，选诗 408 首，以杜甫为大家，选诗 301 首，而王维、孟浩然亦被推为正宗，选诗分别为177首、87首，说明高棅推崇盛唐李、杜雄浑精深的气象，亦不贬抑王、孟恬淡深远的风格。再者，高棅"九格"之品目中，"正宗"是指远绍风雅，开创并展示盛世正派之音；"大家"是兼善众体的集大成者；"名家"是指鸣其所长，偏于一格的诗人；"羽翼"则是指辅弼、光大之人，将此四目对应盛唐诗，可见高棅认为盛唐之诗代表了唐诗成就最突出的阶段。高棅用选诗实践更充分、更具体地落实了盛唐诗之所以为盛、之所以为楷式的理由。

第三，高棅在严羽基础上继续强调"辨体"的重要性。

《唐诗品汇》按时代分体将唐诗编排为五古、七古、五绝、七绝、五律、五言排律、七律共七类。高棅重视辨体，重视考查各体诗歌的基本风格及其演变情况，也重视辨别各诗家的个人风格特色。其来源可追溯到严羽《沧浪诗话·诗法》，他曾强调"辨家数如辨苍白，方可言诗"，声明辨体对于学诗的重要作用。高棅《唐诗品汇·总序》回应道：

> 今试以数十百篇之诗，隐其姓名以示学者，须要识得何者为初唐，何者为盛唐，何者为中唐、为晚唐，又何者为王、杨、卢、骆，又何者为沈、宋，又何者为陈拾遗，又何为李、杜，又何为孟，为储，为二王，为高、岑，为常、刘、韦、柳，为韩、李、张、王、元、白、郊、岛之制，辨尽诸家，剖析毫芒，方是作者。

高棅分唐、辨体的选诗实践，已开复古"格调"说之端。高棅承接严羽《沧浪诗话》以唐为尚、尤重"盛唐诸人"的师法途径，开明代"以盛唐为法"的先河。之后二百余年间，涌起两次复古大潮，皆要求严辨众体、诗崇盛唐、推举李杜。"严羽—高棅—李东阳—七子派"传统构成了明清时期复古格调派的诗学基础。然高棅之推崇盛唐，主要是标举以"体制"为纲，是对严羽诗论中"诗体"（诗歌体制，以盛唐为标准）部分的直接接受，而对严羽诗论的终极精神实质"兴趣"则所论甚少，故《国雅品》称其诗作"文多而意少，且乏新兴"，这方面的缺失为明代中后期诗论突出"神韵"预留了接受空间。

五、解缙《说诗三则》：别长别趣，直悟上乘

解缙（1369—1415），字大绅，号春雨、喜易，谥文毅，江西吉水人。洪武进

士，授中书庶吉士，为明太祖朱元璋赏识。成祖朱棣时入直文渊阁，主持纂修《永乐大典》。解缙才气横溢，为明初著名才子。其诗风豪宕丰赡，豪迈不羁，想象丰富，极富激情；论诗推崇盛唐，倾向复古。解缙以才高言直为人所忌，屡遭贬黜，晚年饱经忧患，诗风转向悲愤忧郁。今存《文毅集》《春雨杂述》。

作为台阁重臣，解缙论诗与台阁派诗人相类，以唐人为宗。不同之处在于不喜儒家"发乎性情，止乎礼义"的说教之论，尊唐的出发点也不似杨士奇等人所推崇的贞观、开元之际"以其和平易直之心，发而为治世之音"[1]。他推崇诗歌具文质之中、得华实之宜，不涉理路、不落言筌，接受严羽的"别材""别趣"说，重视神、气、情三者兼备，关注诗歌本质及意境创造问题。解缙论诗主旨见于《说诗三则》，抄录如下：

> 汉魏质厚于文，六朝华浮于实。具文质之中，得华实之宜，惟唐人为然。故后之论诗，以唐为尚。宋人以议论为诗。元人粗豪，不脱北鄙杀伐之声，虽欲追唐迈宋，去诗益远矣。诗有别长，非关书也；诗有别趣，非关理也。不落言筌，不涉理路，如水中月、镜中象、相中色。学诗者如参曹溪之禅，须使直悟上乘，勿堕空有。严生之论，可谓得其三昧。
>
> 学诗先除五俗，后极三来。五俗：一曰俗体，二曰俗意，三曰俗句，四曰俗字，五曰俗韵。此幼学入门事。三来者，神来、气来、情来是也。盖神不来则浊，气不来则弱，情不来则泛。苟不关于神、不属于气、不由于情，此外道也，非得心得髓之妙也。
>
> 《诗》三百篇之作，当世闾巷小子能之；后世之作，虽白首巨儒莫臻其至。岂以古人千百于今世，遽如是哉？必有说矣！前人之诗，未暇论，爰以国初枚举之。刘基起于国初，极力师古，锻炼其词旨，能洗前代膻酪之气。仆向选其集，首推重乐府，古调较之近体尤胜。江右则刘崧擅场，彭镛、刘永之相望，并称作者。[2]

解缙论诗的基本倾向是崇唐抑宋，倡言"论诗以唐为尚"，反对"宋人以议论为诗"。究其褒贬之由，乃因汉魏诗歌质胜于文，六朝诗歌华浮于实，只有唐

1　[明]杨士奇，《东里文集》，卷五"玉雪斋诗集序"，清文渊阁四库全书本。
2　[明]解缙，《文毅集》，卷十五，清文渊阁四库全书本。

人诗作能质文并胜，华实并茂。至于宋人则"以议论为诗"，太尚议论、说理，脱离了诗歌传统，失却了诗歌真趣。这一师法取向与严羽同调。严羽论诗推崇盛唐，提倡"兴趣"，强调诗歌的审美特征。解缙接受严羽之观点，从诗歌的审美特征出发，反对在诗歌中说理、议论，这在当时仍具有针对性和现实意义。明初的诗歌创作受"文治""诗教"约束，强调"诗之为学"[1]的功用，倡教化、重说理。解缙重倡严羽诗论，是要恢复唐诗的抒情传统，是对当时诗歌创作政治功用化的一种反拨。

进而，解缙接受严羽的"别材""别趣"说，作为反对宋诗、说理诗的理论依据。既然宋诗"以书本为诗""以议论为诗"，犯了"落言筌""涉理路"的毛病，那么，与之相对的"不落言筌""不涉理路"的唐诗自得胜出，严羽的"别材""别趣"说也水到渠成地被承接了下来。解缙道："诗有别长，非关书也；诗有别趣，非关理也。不落言筌，不涉理路，如水中月、镜中象、相中色。"几乎搬用严羽原话，同时推崇诗歌要如"水中月"般，拥有"象外之象"的诗歌形象与"言有尽而意无穷"的诗歌韵味。

解缙在诗法层面上也接受严羽的训诫，要求学诗者将"先除五俗"作为"幼学入门"的基础。而其"五俗"的定义也完全借鉴自严羽。"五俗"包括了诗歌的立意、体格、字句、韵律等内容，"除五俗"即要反平庸、反浅陋，即要创新。[2]在此基础上，他又引申了唐代殷璠的"神来、气来、情来"说，称：

> 三来者，神来、气来、情来是也。盖神不来则浊，气不来则弱，情不来则泛。苟不关于神、不属于气、不由于情，此外道也，非得心得髓之妙也。

从诗歌形式上去"五俗"外，还需诗歌风格在"神、气、情"层面的提升。其"三来"说引自殷璠《河岳英灵集》自叙所谓"夫文有神来、气来、情来"之说，"三来"既指创作状态，又指诗美风貌。所谓"神来"，是在心中酝酿一种情景交融、有着无穷韵味的传神境界，并把它表现出来；所谓"气来"，是创作前酝酿、饱含

1　[明]宋濂，《宋学士文集》，卷第七銮坡集卷第七"清啸后稿序"，四部丛刊影明正德本。

2　魏崇新，《明初才子解缙的诗文创作》，《淮阴师范学院学报(哲学社会科学版)》，2002年，第24卷，页381。

一种激奋刚健的感情气势，并在创作时表现出气扬采飞的风骨之美，让读者感受到感情气势的激荡回旋；所谓“情来”，是一种婉曲深情之美、一种深婉细润平和之美，是创作时让这样一种深婉之情在心中酝酿到来。[1]

解缙阐释诗歌创作中的“三来”，对严羽提倡“入神”“气象”“兴趣”及“吟咏情性”诸论都有承接，目的在于突出诗人在诗歌创作中的主体意识和创作才能，以期创作出兴趣悠远、婉曲深情、富有审美情趣的诗歌。以此故，不难理解解缙为何将这种“先除五俗，后极三来”的学诗体悟上升到“直悟上乘”的高度，称“学诗者如参曹溪之禅，须使直悟上乘，勿堕空有。严生之论，可谓得其三昧”。

六、周叙《诗学梯航》：吟咏性情，求古人心

周叙（1392—1453 左右），字公叙，一作功叙，江西吉水人。永乐十六年（公元 1418 年）进士，选庶吉士，授编修职。历官侍读、直经筵，官至南京侍讲学士。周叙继承先祖遗志，请旨修辽、金、元三史，未及成而卒。编有《唐诗类编》十卷，有《石溪集》八卷、《石溪类集》十一卷及诗学专著《诗学梯航》一卷。

《明史・艺文志》载《诗学梯航》一卷为周叙等人于宣德中奉敕编撰[2]，有成化刊本、天一阁藏明钞本[3]，集中体现了周叙的诗学理念。他于《诗学梯航・通论》自称创作缘由为：“前后论诗者多矣，或泛而不切，或僻而不当，使学诗之士无以遵守。”周叙长期担任史官及宫廷重臣的经历，使得他的诗学批评注重传统，带有明显的复古、崇唐倾向，因此极为赞赏严羽的诗学观点，论诗提倡复古师古，以汉、魏、晋、唐为宗，扬唐抑宋，并重申“夫诗者，吟咏性情者也，及其至，可以动天地感鬼神”的诗歌本质。

《诗学梯航》全书分列《叙诗》《辨格》《命题》《述作上・总论诸体》《述作中・专论五言古诗》《述作下・专论唐律》《品藻》《通论》等目，除辑录了一些诗法外，还论说了诗歌源流、诗格变化、诗体发展等关涉诗歌发展史的内容，并品

1　卢盛江，《殷璠“神来、气来、情来”论——唐诗文术论的一个问题》，《东方论坛》，2006 年第 5 期，页 28。

2　［清］张廷玉等撰，《明史》，卷九十九志第七十五，清乾隆武英殿刻本。

3　本书研究采用：《明诗话全编》第二册之《周叙诗话》，页 968—989，乃据天一阁明抄本收录《诗学梯航》全文。

评了自魏至唐间百余名作家诗作，既有理论色彩，又自成批评体系。其论诗主旨可归纳为：以汉、魏、晋、唐为宗的诗歌渊源论，主张师古与摹拟的诗歌创作论，辨体别格的诗歌师法路径。皆与严羽诗学有相类之处。

周叙的诗歌渊源论，仿效严羽，以汉、魏、晋、唐为宗。《诗学梯航·叙诗》开宗明义，叙述诗歌之源流发展，认为诗歌起源于上古舜、禹、皋陶之君臣唱和，并历数周之《诗经》、汉之柏梁诗、五言、乐府至魏、晋、南北朝、唐、宋、元、明各代诗歌，探考诗歌的源流变化、时代特征：

> 诗之起自舜、禹赓歌，其源远矣。逮周之《三百篇》，作诗之为体始具，及经孔圣删定，四诗六义之说以明。以之被弦歌、荐郊庙，而诗之为用益著。秦、汉以来，歌曲浸盛，至柏梁之赋而七字成，苏、李诸作而五言出……五七言之俱起于汉无疑。然汉去古未远，风气淳厚，惜乎汉诗传于今者绝少，其可见不过乐府之类数章，固非后世所能及也。魏、晋作者渐多，格制渐众，视汉犹近，尚多渔猎，讫乎太康，诗体变矣。其后沈约，既为增崇韵学，徐陵、庾信之流，专以音律相谐属对是尚。江左词人遂皆抽奇摘巧，摛藻纷葩，其气魄已不充实，致后世有“读之令人四肢无气力”之诮。犹可取者，古诗之法存焉。
>
> 至唐沈佺期、宋之问始定着律诗，回忌声病，约句准篇，如锦绣成文，而唐诗遂自成一体，于是诗之与法始皆大变。陈子昂首唱于前，王勃、杨炯、李白、杜甫、韦应物、柳宗元诸公继踵其后；朝廷又以词章铨取科第，试省题诗。自开元、天宝以至大历、元和，其间法度盛行，格制百出。诗人才士肩摩武接，并驾争驱；篙人思妇皆能吐奇弄秀；俳优妓女务取唱庸歌吟。每有佳句，旬日之间传满天下，唐之音诗于斯为盛，存于今者尚五百余集。方之前古，虽变制不同，揆于风、雅，概得诗人之趣焉，其成一代之声鸣。有唐之业，后世始有不可及也，以故诗家至今莫不宗之。唐诗之体自分而为四，唐诗之格遂离而为十。何为四？初唐（景云以前）、盛唐（景云以后，天宝之末）、中唐（大历以下，元和之末）、晚唐（元和以后至唐季年）也。初唐之诗，去六朝未久，余风旧习犹或似之；盛唐之诗，当唐运之盛隆，气象雄浑；中唐之诗，历唐家文治日久，感习既深，发于言者，意思容缓；晚唐之诗，丁唐祚衰歇之际，王风颓圮之

时，诗人染其余气，沦于萎靡萧索矣。诗系国体，不虚言也。其格之十：五七言律诗、排律、绝句、古诗、乐府、长短句之类。是自唐而后，历五代之乱，作者罕闻。

宋初言诗，犹袭晚唐。杨大年、刘子成等出，遂学温飞卿、李商隐，号西昆体，人争效之。其语多僻涩细碎，甚至不可省识。欧阳永叔欲矫其弊，专以气格为诗，其言平易疏畅，学之者往往失于快直，倾囷倒廪，无复余地。其后黄山谷别出机杼，自谓得杜子美诗法，海内翕然宗之，号江西派。学之者不失之奇巧，则失之麄鄙，间有名士如苏东坡辈，又皆以己意为诗，不复以汉、唐宗祖。故宋之声诗卒复不振，独得朱子《感兴》二十章，幸有以纲维诗道，主鸣绝唱。逮末年咸淳之声出，诗之厄运已极，质之风雅盖荡然矣。

元兴，赵子昂力欲攻革宿弊，唱为音诗，深得唐人之风致。至天历中，杨仲弘、范德机、虞伯生、揭曼硕相继迭起，以唐自信，中外作者更相仿效，遂成一代之词，较之宋世大有径庭。

国朝隆兴，正声丕变，浑涵光芒，蔚然炳然，规模远矣。大抵诗之盛衰与世升降。由今观之，岂持追复有唐，侪休两汉，得不骎骎闯于古乎？姑述其源，以俟后之作者。[1]

《叙诗》追溯了诗歌的兴起发展，梳理了诗歌发展中的承传变化，揭示了其中可取法与须避犯之处，以示后来学诗者。周叙对汉、魏、晋、唐都较为推崇，并为后学点明不少值得学习宗法之处，体现出较为宽泛、融通的诗歌源流观。从中不难看出严羽"汉、魏、晋与盛唐之诗则第一义也"对周叙源流观的影响。而在汉、魏、晋、唐中，周叙又是明显偏重于唐的，这又与严羽"后舍汉、魏而独言盛唐"相契合。对于唐诗，周叙赞赏唐律自成一体，称赞唐诗"成一代之声鸣"，归功于"揆于风雅""得诗人之趣"，并将之推高至后世应积极宗法的高度："有唐之业，后世始有不可及也，以故诗家至今莫不宗之"。此论完全契合严羽之崇唐。其后，周叙又远承严羽之"唐诗五体分期"(唐初体、盛唐体、大历体、元和体、晚唐体)、近接高棅之"四唐分期"(初、盛、中、晚唐)，对"初唐""盛唐"

1　吴文治，《明诗话全编》，页 968—970。

"中唐""晚唐"之年代分界及各阶段的诗歌特色细加阐述、做出归纳,足见其对唐诗的尊崇。

宗唐的观点屡现于《叙诗》外的其他部分,如《命题》称唐诗有"诗无闲句"的切题之妙:"观唐人之作,一诗之意具见题中,更无罅隙",而"宋人命题虽曰明白,而其造语陈腐,读之殊无气味,有非唐人之比"。对比唐、宋诗在命题、立意与造语、措辞方面的得失、高下,极力称赞唐诗"规矩",有周人传统。

周叙推崇唐诗,往往能将诗人风格与诗歌体式结合起来论析。如其《述作上・总论诸体》论琴操之体有云"至唐,始有昌黎韩子所拟《将归》等操,非特独步有唐,直欲翱翔两汉之上,后世莫之与京",此论与严羽《沧浪诗话・诗评》中"韩退之琴操极高古,正是本色,非唐贤所及"之说如出一辙。又称"琴操之后,乐府继兴,由汉及唐为体不一。……至唐之盛年,作者尤众,然皆各具一长,若杜子美之典重,李太白之豪放,白乐天之指实,温飞卿之纤秾,卢仝之怪,刘驾之悲,长吉之鬼仙,义山之风流,皆足名家"。较之严羽之独尊盛唐、盛推李杜,周叙更建议放眼唐代诗人各家出类拔萃的风貌,取法唐代众多的诗歌体式,如韩愈的琴操、乐府,李、杜的古体,都可成为后世创作的师法对象。

周叙并未将宋诗列入师法范围,其抑宋倾向也与严羽一样鲜明:"宋人不可学","夫宋以来,岂无作者?时代既殊,声韵不谐,已无取式,何必繁文",足见其舍弃态度之决绝。若再细究取舍扬抑背后的理论依据,能看出周叙与严羽之间的差异。周叙认为汉、魏诗"去古未远",唐诗虽然在体式上有所变化,但依然"揆于风雅",所以为"正",可为后人取法对象;宋诗则"质之风雅盖荡然",所以为"变",不应取法。这符合周叙作为史官、重臣"奉旨编撰"的身份,为将明诗带上风雅正大的发展之路,难免抬出传统的"风雅"与"正变"观作为取舍标准。而严羽则以"兴趣"许盛唐,以"议论"贬宋诗,一针见血地直击诗歌审美价值这一内核。是为严羽诗学高于周叙的根本所在,也是周叙接受严羽但尚未参透之处。

周叙以汉、魏、晋、唐为宗,响应着严羽至高棅以来宗法唐诗的主流趋势。崇唐成为明人的诗学基因,定下了明代整体诗学复古崇唐的基调。面对古人的诗歌成就,周叙继续承袭严羽的学古主张,进而一一细化、列举出各诗体可供摹拟效仿的对象。他宣称:

凡作五言古诗，必以汉、魏为法。汉、魏之诗，最近风雅，语意圆浑，理趣深长，动出天然，不假人力。……故学五言者，必以《毛诗》为祖，魏为宗。

律诗必截然祖于唐人。盖唐以前，未有此体；景云以后，此体始出，中唐尤甚。……在宋人则尤有不可学者，又非元人类矣。余故断以律诗必取唐人为法，识者试以五言辨之。

（排律）五言者，唐人须推杜工部为第一，如《上韦左丞》之类，当反复评味，更以盛唐、中唐诸家参取之。七言者，唐诗亦不多见，杜工部《赠郑广文虔》一诗可取为式。比之五言句语，特加清新雅健耳。

七言律诗至难作，在唐人中亦历历可数。杜工部最为浑成……要当立二杜、岑、王及盛唐名家为标准，以诸子为衡卫可也。[1]

周叙提倡古诗可摹拟汉、魏诗歌，绝句、律诗则可效仿唐诗尤其是杜甫之佳作，这与其诗歌渊源论相一致，也与严羽倡导的诗歌取法范围相一致。只是他加入了中唐诗人，提及了晚唐诗人，取径范围稍为宽大。若再与复古高峰时期“前后七子”所倡“诗必盛唐”的限制性范围相比，则更显宽泛。这种兼师众长的师法倾向，在明初具有一定的代表意义。

周叙重视复古、学古、摹拟之余，并不将之与诗人性情对立。《通论》总结道：

夫诗者，吟咏性情者也。及其至，可以动天地感鬼神。……学者先务立志坚确，必欲造乎古人然后已。于是凝心定气，聚精会神，求古人所以用心。汉诗之所以为汉诗，唐诗之所以为唐诗，三代之所以不可及，与夫宋人之所以不可学。[2]

周叙此论将“吟咏性情”与“求古人心”有机结合为一体了，认为诗歌应体现诗人“性情”，而诗人在进行创作、传情达意时可以参取古人，“求古人所以用心”，“造乎古人然后已”，深入领会古人精神，真实传达自身情意。因而，周叙

1 吴文治，《明诗话全编》，页979—983。
2 吴文治，《明诗话全编》，页987。

的师古与摹拟，主张“旧诗不可盗袭，但可脱胎换骨，默会方知本元”[1]，是“活学活用”的方法，而非他人在字法、句法、诗法、声律层面的具体模仿，更非机械摹拟。这对之后李东阳以“眼”辩体、参习古人“格调”等观点，都有启迪意义。可惜，再之后的“前后七子”及其后学渐行渐远，舍弃了这些平衡于复古摹拟与抒发性情之间的有益思考。

周叙师法古人的具体路径是辨体别格，这也是严羽一再强调的学诗基本功。所谓“辨体别格”，即辨析不同体式、不同时期的诗歌风格特征，并以此为依据提出创作要求，以更好地师法古人。[2]《诗学梯航・辨格》分列古今诗歌体制格调之流变，甚为详密，如，“古诗、绝句，又有五言七言之异。律诗皆以五七字为句，而排律之格亦然”。“若古诗有选诗、古风之称，律诗有今律、古律之辨”。[3] 另有以时名者、以代名者、以人名者等诸多分法。不难看出严羽、高棅等人论诗辨体的影响痕迹。

周叙于《辨格》开头即提出：“凡诗格不同，措辞亦异。”可见其“别体制”的目的在于警示：不同的诗歌体制，应注意营造对应的措辞立意，而不仅限于“审音律”。他对一些专于音律、文字技巧上下工夫的诗体，表示不要取法，而应着眼于各体诗歌的审美特征。他于三篇《述作》中，论说了诸体、五古、唐律的多样性艺术特征与美学风格，作为《辨格》篇的有力补充。如论元稹、张籍、王建三人乐府道：“三子之作，思远格幽，材俊巧拙，唯题适从，各当其可；置于铺叙转换，断论出场，莫不曲妙，真所谓出类拔萃者耶。”又论五古云：“其间若李太白《古风》五十首、杜子美秦蜀纪行诸诗，率皆古雅，又非陈子昂《感遇》之可及。独韦应物、柳子厚二家，情思萧散，意趣冲澹，最能兴发，尤当熟玩。盖韦得《选》为多，柳得陶为近。”[4]不取声律句法，专从诗人艺术风格、诗作审美特征入手，周叙的辨体别格融合了严羽《诗体》“以人而论”及《诗评》比较各家风格的批评方法，重视诗歌风雅内涵及审美批评，较明初高棅等人从形式上“审音律”以“别体制”更为深刻。

1 吴文治，《明诗话全编》，页 987。

2 邱美琼，《周叙的诗学批评与明前期诗学风尚》，《井冈山大学学报(社会科学版)》，2011 年，第 32 卷第 2 期，页 92。

3 吴文治，《明诗话全编》，页 970。

4 吴文治，《明诗话全编》，页 982。

周叙于《诗学梯航》最末篇《通论》中，多处征引严羽《沧浪诗话·诗法》中“学诗有三节”等诗学论点，以期在理论总结的高度上给后学者造成强大、重要的印象：

初时好恶未辨，连篇累牍，肆笔而成，不暇改抹，既识羞愧，始生畏缩，成之极难。及其透彻，纵横纷错，随吾所用，天人一矣。

词忌直，意忌浅，脉忌露，味忌短，音韵忌散缓，亦忌迫促。篇章忌堆积，亦忌贴儭。发端忌作举止，收拾贵有出场。意贵通透，语贵脱洒，语忌须除，语病必去。

须是本色，须是当行。

难处尤在收拾，譬若番刀，须用北人结裹，南人便非本色。

中间必能状写物之景，如在目前；含不尽之意，见于言外。[1]

周叙《诗学梯航》体现出丰富、多样的诗学批评，在以汉、魏、晋、唐为宗、师古与模仿、辨体别格等方面都有受自严羽诗学的影响，其《通论》篇更可视为对严羽《沧浪诗话》的致敬。他的诗学批评代表了明代初期诗学的主流风尚，奠定了明代诗学朝着复古崇唐方向前进的基调，也预示了严羽诗学将继续被接受、应用的趋势。

七、李东阳《怀麓堂诗话》：留心体制，识其时代格调

李东阳(1447—1516)，字宾之，号西涯，卒谥文正，祖籍长沙府茶陵州(今属湖南)人。天顺八年(公元 1464 年)至正德七年(公元 1513 年)他在朝为官计四十八年之久，其间供职翰林三十年，入内阁参赞机务十八年并有六年为内阁首辅。他不仅是明朝时期声望极高的贤相，也是当时享誉文坛的诗文领袖。《明史》称他为：

自明兴以来，宰臣以文章领袖缙绅者，杨士奇后，东阳而已。[2]

弘治时，宰相李东阳主文柄，天下翕然宗之。[3]

1　吴文治，《明诗话全编》，页 987—988。

2　[清]张廷玉，《明史》，卷一八一列传第六九“李东阳传”。

3　[清]张廷玉，《明史》，卷二八六列传第一七四“李梦阳传”。

确实，李东阳既有卓著的诗歌创作实绩，又在诗歌理论上颇有建树，因而"如帝释天，人虽无与宗派，实为法门所贵"[1]，吸引了同年进士、同僚官员中一批趣味相投、才华洋溢的诗人及后起之秀，形成后人所称道的"茶陵派"。在当时针对"台阁体"，能起衰救弊、扬榷风雅，为诗坛带来了一丝清风。

李东阳在诗歌理论方面留下了传世之作《怀麓堂诗话》。《怀麓堂诗话》[2]写于政治清明的孝宗年间，较能体现融通清宁的时代特色。最早的版本由王铎在明朝正德初年刊印，王铎序云："惟严沧浪诗谈，深得诗家三昧。是编(指西涯李先生之《怀麓堂诗话》)立论皆先生所独得，实有发前人之所未发者。……评骘折衷如老吏断律，……与沧浪并传。"此番推崇当有抬高奉承之处，李东阳诗话观点其实融通多、独造少[3]，但认为可与《沧浪诗话》并传，却道出了东阳论诗对严羽诗学的传承关系，体现出继承、融通的特点。这一点，日本学者铃木虎雄早已指出："东阳诗论与宋代严羽之论颇有契合之处，但与严羽又有不尽相同之处。他在推崇唐代的李杜的同时，亦不排斥元白，同时又高度评价王、孟、韦、柳，可见其论诗趣旨是较为广阔的。"[4]

这种广阔的诗学取向使其对严羽《沧浪诗话》的接受较为融通，主要表现出继承与阐述的直接接受、改头换面的间接接受及拓展扩大的创新接受三方面的态度与策略。

李东阳直接接受严羽，强调辨体，将诗歌辨体作为其诗学高扬的旗帜。辨体在《怀麓堂诗话》中体量近半[5]，乃西涯所谓"予辈留心体制"(第九十五则)的实际表现。他倡言：

> 诗与文不同体。(第十四则)
>
> 诗太拙则近于文，太巧则近于词。宋之拙者，皆文也；元之巧者，皆词也。(第四十七则)

西涯力倡诗、文、词辨体，强调诗文有别，认为诗和文的不同在于声，诗之

1 [清]朱彝尊，《明诗综》，卷二六"李东阳"条引陈子龙语，清文渊阁四库全书本。

2 本书研究采用：[明]李东阳撰，《怀麓堂诗话》，清知不足斋丛书本；参以：[明]李东阳撰，李庆立校释，《怀麓堂诗话校释》，北京：人民文学出版社，2009年。

3 赵伯陶，《李东阳〈怀麓堂诗话〉的融通意识》，《社会科学辑刊》，2011年第4期，页184。

4 [日]铃木虎雄，《中国诗论史》，南宁：广西人民出版社，1989年，页125。

5 李庆立，《怀麓堂诗话校释》，按语第一则，页5。

“有异于文者，以其有声律风韵，能使人反复讽咏以畅达情思、感发志气”[1]。他反对以文字为诗，认为黄庭坚诗“筋骨有余，而肉味绝少”“不足以厌饫天下”，与严羽批评黄庭坚等人“盖于一唱三叹之音，有所欠焉”是一脉相承的，都指出黄诗所欠缺的乃是诗的本色。追溯李东阳“诗文异体”意识的来源，除严羽的影响外，也是对明代前期成、弘之际“崇儒重道”政策下“专尚经术、悉罢词赋”诗道沦落的反思与呼救。严羽反对“以文为诗”，李东阳面临的则是“因文废诗”更严峻的境地，因此，更迫切地需要从诗文异体角度，厘清并抬高诗歌的创作地位，赋予其应有的、独特的审美空间。

诗歌内部诸体之别也是西涯要求辨别的。“古诗与律不同体”（第二则）、“古、律诗各有音节，然皆限于字数，求之不难。惟乐府、长短句，初无定数，最难调叠”（第五则）等说法又进而细化了诗歌内部诸体存在差异，提醒学诗者于古诗、近体律诗、乐府、长短句都应极力辨析。

西涯还讨论诗歌的时代风格差异：“汉、魏、六朝、唐、宋、元诗，各自为体”；“试取所未见诗，即能识其时代格调”（第六则）。这些诗论都旨在辨别诗歌的时代风格。同时，《怀麓堂诗话》又指出：“然则人囿于气化之中，而欲超乎时代土壤之外，不亦难乎？”进而说明诗歌的时代风格深受时代、地域、社会风气的影响。

李东阳亦注重辨析诗歌的个人风格，对严羽“辨家数如辨苍白”的要求深有体会。他认为：“王诗丰缛而不华靡；孟却专心古澹，而悠远深厚，自无寒俭枯瘠之病。”严羽《沧浪诗话》对“孟浩然体”“王右丞体”只点名、区分，却未置一字一语具体说明。李东阳则对孟、王二人的风格作了具体阐述，指出王维的个人风格是丰缛而不靡丽，孟浩然则是古淡悠深却不寒枯。这是对“辨家数”的进一步细化与落实。

李东阳由于力倡辨体，遂又直承严羽论诗主“识”，看重诗人的辨识能力，强调“识高方能作多”“识先力后”。东阳云：

> 诗必有具眼，亦必有具耳。眼主格，耳主声。闻琴断，知为第几弦，此具耳也；月下隔窗辨五色线，此具眼也。费侍郎廷言尝问作诗，予曰：

1 ［明］李东阳，《怀麓堂集》，卷二五《文稿》五“沧洲诗集序”，清文渊阁四库全书本。

"试取所未见诗,即能识其时代格调,十不失一,乃为有得。"费殊不信。一日与乔编修维翰观新颁中秘书,予适至,费即掩卷问曰:"请问此何代诗也?"予取读一篇,辄曰:"唐诗也。"又问何人,予曰:"须看两首。"看毕曰:"非白乐天乎?"于是二人大笑,启卷视之,盖《长庆集》,印本不传久矣。(第六则)

此论标举"格调",谓诗歌外在的体格、声调,需有识者方能得之。诗歌辨体,对不同时代、不同诗人格调的把握,是学诗、作诗、赏诗的基本学识。他以实例展示自己辨识时代格调、诗家风格的能力,曾当众掩卷辨识出两首白居易的诗。他还将此种辨识能力细分为"具眼辨格""具耳知声"两种,即眼睛"别体制"、耳朵"审音律",又上升到对诗歌的整体风格都有分辨、把握的能力,东阳本人于此颇感自负。

在尊体旗帜下,李东阳直接效法严羽,师法唐风,贬抑宋调,归根结底体现出西涯的复古取向。

唐人不言诗法,诗法多出宋,而宋人于诗无所得。所谓法者,不过一字一句,对偶雕琢之工,而天真兴致,则未可与道。其高者失之捕风捉影,而卑者坐于粘皮带骨,至于江西诗派极矣。惟严沧浪所论,超离尘俗,真若有所自得,反复譬说,未尝有失。(第七则)

此则对唐、宋诗之不同在诗法角度作了比较分析。李东阳推崇唐诗是因为他认识到诗歌本质重在"天真兴致",而不以一字一句形式上的"对偶雕琢之工"为诗法。李东阳对严羽诗论极力推许,严羽的理论能超离诗法形式而追求诗歌本质的天真兴致,也深刻影响了李东阳。严羽在《沧浪诗话》中对于江西诗派的批判,就从此被明人接受了过来,成为崇唐抑宋的理论依据之一。

宋诗深,却去唐远;元诗浅,去唐却近。顾元不可为法,所谓"取法乎中,仅得其下"耳。(第八则)

李东阳于此讨论了明诗取法对象的问题。他以唐诗为准绳,衡比宋诗、元诗。唐诗主性情,兴象高远;"宋人务离唐人以为高",宋诗刻意不似唐,主议论,理义深沉,不可为法;"元人求合唐人以为法",元诗学唐诗,然境象浅近,亦不可为法。“宋诗不可为法”是为定论，“元诗亦不可为法”则是针对明初诗坛习元崇唐的风气而发的。当时很多诗人以师法元诗作为通入唐诗的门径，而李东阳力主“元不可为法”，明显是受到严羽《沧浪诗话·诗辨》中反复强调的“入门须正，立志须高”，“学其上，仅得其中；学其中，斯为下矣”，“工夫须从上做下，不可从下做上”，“从顶𩕳上做来，谓之向上一路，谓之直截根源，谓之顿门，谓之单刀直入也”等论断的影响，即对严羽“学其上”“取法乎上”的学诗等级顺序完全达成共识并接受了下来[1]。西涯采用沧浪的话语风格总结道：“六朝、宋、元诗，就其佳者，亦各有兴致，但非本色。只是禅家所谓‘小乘’，道家所谓‘尸解’仙耳。”（第六十七则）由此可见，李东阳在明诗取法问题上遵从严羽，是崇唐黜宋抑元的。

李东阳于盛唐诗也和严羽一样首推李杜，称李白“天才绝出”，“真所谓‘清水出芙蓉，天然去雕饰’”，赞叹杜甫“真可谓集诗家之大成者”（第一百三十五则），认为他们二人的一些名篇“尽善尽美”，“二公齐名并价，莫可轩轾”。除李、杜二人外，他对盛唐名家还欣赏王、孟：“唐诗，李杜之外，孟浩然、王摩诘足称大家。”

以上崇唐复古取向均影响了“前七子”的论诗主张。王世贞《艺苑卮言》点明：“长沙公少为诗有声，既得大位，愈自喜携拔，少年轻俊者，一时争慕归之。虽模楷不足，而鼓舞攸赖。长沙之于何、李也，其陈涉之启汉高乎？”[2]

《怀麓堂诗话》中涉及“别材”“别趣”论及“兴趣”说等严羽诗学的部分，李东阳均在接受基础上做出了一些改动，将之分别阐述为“诗有别材，非关书也；诗有别趣，非关理也。然非读书之多、明理之至者，则不能作”及“意致”“意象”“兴致”。这些概念本非其独创之论，承袭自严羽诗论，但用旧瓶装上新酒，为己所用，可谓改头换面的间接接受。

西涯认为文人诗创作若限于“读书之多”“明理之至”，则不如民间百姓仅凭“真情实感”作诗或能得诗之妙，对严羽“别材”“别趣”说与“读书”“穷理”进行了改造、加工。李东阳说：

1　周寅宾，《李东阳诗话对严羽诗话的继承发扬》，《衡阳师范学院学报》，2005年，第26卷第1期，页50。

2　［明］王世贞，《艺苑卮言》，增补艺苑卮言卷之四，明万历十七年武林樵云书舍刻本。

“诗有别材,非关书也;诗有别趣,非关理也。然非读书之多、明理之至者,则不能作。”论诗者无以易此矣。彼小夫贱隶妇人女子,真情实意,暗合而偶中,固不待于教。而所谓骚人墨客学士大夫者,疲神思,弊精力,穷壮至老而不能得其妙,正坐是哉。(第四十则)

西涯于此引严羽“诗有别材,非关书也;诗有别趣,非关理也。然非多读书、多穷理,则不能极其至”(《沧浪诗话·诗辨》),并将“不能极其至”变为“不能作”,抬高了“读书、明理”的地位,直接成为诗歌创作的必要条件,而不是严羽所说是作诗“极其至”的必要条件,且强调这一点对论诗者尤为重要。这是为下文的转折、对比作铺垫。他接着举“小夫贱隶妇人女子”和“骚人墨客学士大夫”作对比,却重点强调了“别材”与“别趣”比“读书”与“明理”更为重要,甚至认为只要有“真情实感”,不一定“多读书”“多穷理”,也能“暗合而偶中”作诗之道。这时的村夫贱隶,简直等同于严羽推崇的“不假悟”却又超妙的汉魏诸人了。与严羽协调平衡“读书、穷理”与“别材、别趣”不同,也是李东阳针对时代诗歌崇尚对严羽诗论进行的接受后的改造、再加工。

那么明代前中叶的诗歌崇尚有何变化呢?明末卓人月道出此中奥秘:“我明诗让唐,词让宋,曲让元,庶儿吴歌《挂枝儿》《罗江怨》《打枣杆》《银绞丝》之类,为我明一绝耳。”即认为明代诗歌的发展特色并非文人诗,而是民歌。李东阳所论言中明代中叶后崇尚民歌之实,开启“真诗乃在民间”之说。复古派如李梦阳、何景明、李开先等人继而加以提倡,性灵派袁宏道、冯梦龙等人更是倾心此论。可见,严羽的“别材”“别趣”说经过李东阳的加工改造已肇性灵之端。

《怀麓堂诗话》颇为重视诗歌的艺术形象与本质特点,屡称“意致”“兴致”“意象”等概念,改造自严羽“兴趣”说,是一种间接接受。李东阳重视辨体、讲求格调,认定此种见识势必从古人诗中求得,脱不开复古的取向。但之所以说西涯诗学“融通”,是因为他没有一味走上泥古之路,而是在重格调的前提下,力图有所作为:反对模拟及用俗句俗字;提倡真情实意;重视诗的时代特色与诗的本质,即意味、兴致。《怀麓堂诗话》中,多次称道“意致”“兴致”“意象”,这与严羽《沧浪诗话》中屡屡称道的“兴趣”“兴致”“意兴”“别趣”相承相通。然而表达出来的语词稍有差异,李东阳运用这些诗学概念,更清晰、明确地指向诗歌中的艺术形象和意境,不能太拘泥于言辞,而要“不落言筌”,也不能太执着于说理，而要“不涉理路”，方能有“一唱三叹”“言有尽而意无穷”的诗味。

具体而言，西涯赞同沧浪《诗法》“意忌浅”“味忌短”之说，阐释为诗意贵在“淡远”，倡言“意贵远不贵近，贵淡不贵浓”（第三则）。他评诗时也贯彻、运用此论，认为“‘乐意相关禽对语，生香不断树交花’，论者以为至妙，予不能辩，但恨其意象太着耳”（第四十六则），而赞叹韩愈《雪》诗能“意象超脱，直到人不能道处耳”（第七十则）。这些关于“意象”的讨论也是改造自严羽“盛唐诸人惟在兴趣，羚羊挂角，无迹可求。故其妙处透彻玲珑，不可凑泊，如空中之音，相中之色，水中之月，镜中之象，言有尽而意无穷”（《沧浪诗话・诗辨》）之论。严羽标榜“兴趣”，要“言有尽而意无穷”，李东阳则要求诗歌中的“意象”不能“太着”，即艺术形象不能太直白、浅近，又不能多说理、讲逻辑。二者有相通之处，而西涯假借刘勰、司空图所用过的“意象”一词[1]来表达严羽“反复譬说”但仍超超玄箸的“兴趣”概念，并结合以诗评实例，直指诗人心中或借诗歌表现出来的艺术形象，显得较为明确、显豁。他还进一步强调要实现诗意“淡远”，今之为诗者要忌用或善用“俗句”“俗字”，要脱去“千方一味”（第五十六则），要脱去“头巾气”“馂馅气”“脂粉气”（第六十九则），方能实现诗意的“雅健脱俗”[2]。

从诗歌鉴赏角度而言，李东阳较严羽更融通、宽泛，体现出其诗学批评有拓展、扩大的创新接受能力。他推崇李杜，亦不排斥元白，同时又高度评价王、孟、韦、柳。他称赞刘长卿“自成一格”，韩愈《雪》诗“冠绝古今”，刘禹锡“《竹枝》亦入妙”，苏轼“才甚高”，刘静修（刘因）、虞伯生（虞集）“皆能名家，莫可轩轾”及赵孟頫“诗律清丽”（第七十三则），甚至对明初陈献章、庄昶以性气扩展诗意有所肯定。

在对待“俗句”“俗字”的态度上，李东阳也较为宽容。严羽《沧浪诗话・诗法》断然要求“除五俗”：“学诗先除五俗：一曰俗体，二曰俗意，三曰俗句，四曰俗字，五曰俗韵。”根除以上“五俗”是严羽对学诗的最基本要求。李东阳则观察到“质而不俚，是诗家难事。……唐诗，张文昌善用俚语，刘梦得《竹枝》亦入妙”（第二十四则），说明他不反对使用“俚语”或“俗句”“俗字”入诗，而是强调

1　刘勰《文心雕龙・神思》云：独照之匠，窥意象而运斤；司空图《二十四诗品・缜密》也说过：意象欲出。

2　［明］李东阳，《怀麓堂集》，卷七一《文后稿》十一“蒙泉公补传”，清文渊阁四库全书本。

对之要善加点化、改造。这体现了西涯对诗境扩大的理解，也可以解释他对民歌、民谣的肯定态度。

较之严羽对“格调”论的界定，李东阳较为清晰、明确。李东阳在对严羽诗学进行补充、扩展最明显的一点就是对“格调”的定义与阐释。关于“调”，李东阳“拈调入格”，强调诗歌的音律、声调。唐、宋、元诗在诗律（字数、平仄）形式方面并无多大差异，它们的主要区别是在声调上：

> 今之歌诗者，其声调有轻重、清浊、长短、高下、缓急之异，听之者不问而知其为吴、为越也。汉以上古诗弗论，所谓律者，非独字数之同，而凡声之平仄，亦无不同也。然其调之为唐、为宋、为元者，亦较然明甚。此何故耶？大匠能与人以规矩，不能使人巧。律者，规矩之谓；而其为调，则有巧存焉。苟非心领神会、自有所得，虽日提耳而教之无益也。（第四十一则）

“律”指律诗形式，是一种既定规矩，唐、宋、元之律诗于字数、平仄并无不同；而“调”即声调，有“轻重、清浊、长短、高下、缓急”变化的无穷奥妙，听其声调就能分辨出何为唐音，何为宋调。这正是李东阳“格调”说的主要部分。《怀麓堂诗话》全书贯穿音律、声调，李东阳论诗，特别看重音乐性，再三言及诗的音律、声调问题，可谓“以声辨体”。

对于“格”，西涯也注意从题材、立意角度进行扩展。他说：

> 汉魏以前，诗格简古，世间一切细事长语，皆著不得。其势必久而渐穷。赖杜诗一出，乃稍为开扩，庶几可尽天下之情事。韩一衍之，苏再衍之，于是情与事无不可尽。而其为格，亦渐粗矣。然非具宏才博学，逢原而泛应，谁与开后学之路哉？（第七十九则）

就格调论者常谈的体格、声韵而言，西涯承认诗歌随着时代变迁“格亦渐粗”，然他并不株守于此。他又从题材、立意“开扩”角度，肯定了韩愈、苏轼对诗歌发展的贡献，归纳出中国古典诗歌由盛唐杜甫、中唐韩愈、宋代苏轼相继进行了三次大的开拓。反观严羽《沧浪诗话·诗辨》云：“国初之诗尚沿袭唐人，……至东坡、山谷始自出己意以为诗，唐人之风变矣”，西涯卓见独出，亦已超脱明代盛行的崇唐黜宋思潮，找到了复古与自创相结合的发展开拓之路，真可谓“开后学之路”，也是对“格调”说最融通的一种界定。

因此，《明史·文苑传序》说：“弘正之间，李东阳出入宋元，溯流唐代”，《四库全书简明目录》也说李东阳诗“导源唐宋”。这些评论，都说明李东阳的诗歌、诗论，既以盛唐诗为宗，又对中唐、宋、元诗的长处，出入学习，综合互补。这种全面的有选择的继承态度，对严羽诗学作了重要的发挥、拓展，并影响了公安派、钱牧斋等人。

综合以上所述的直接、间接、拓展这三类接受倾向，李东阳《怀麓堂诗话》总体上是正面直接受到严羽《沧浪诗话》影响的，他也在一定程度上发挥、扩展了严羽诗学，有时甚至不惜进行改动为己所用，以更加贴合时代诗歌发展的脉搏。其诗学主旨重在辨体、复古，推崇汉魏古诗和盛唐近体之音韵、格调，也充分肯定真情实感在诗歌中的作用，因此他代表并指导了明代诗歌理论主流的崇尚取向和发展态势，开明代“格调派”之先。又因其反对模仿，与前后七子的复古有所差别。加之他的诗歌创作实绩与名气，都使得李东阳及其《怀麓堂诗话》在明代诗歌史上占有一席之地，也是严羽《沧浪诗话》接受之链上重要的一环。

第二节　反拨严羽、推崇宋诗的另类声音

一、方孝孺《谈诗五首》：难诋熙丰作后尘

宋濂的学生方孝孺以文章理学著称于时，其论诗亦以明道益教为宗旨。方孝孺(1357—1402)，字希直，又字希古，号逊志，人称正学先生，浙江宁海人。

方孝孺在《刘氏诗序》中称“古之诗，其为用虽不同，然本于伦理之正，发于性情之真，而归乎礼义之极”，“近世之诗，大异于古，工兴趣者超乎形器之外，其弊至于华而不实，务奇巧者窘乎声律之中，其弊至于拘而无味”，并对比古今之诗，将诗界定为：“苟出乎道，有益于教而不失其法，则可以为诗矣。”[1]此三论皆从明道立教的视域来考量诗歌价值。

1　[明]方孝孺，《逊志斋集》，卷之十二，四部丛刊影明本。

方孝孺还认为:“体之变,时也;不变于时者,道也。因其时而师古道者,有志于诗也。”诗歌体裁随着时代而发展变化,然“道”是不会随时代而流转改变的。诗歌宗旨若为明道,则自然不会有古今之分限了。据此,方孝孺反对诗歌取法对象上崇唐抑宋,而力主以诗文新意、真情流露来评论诗歌。他赞赏庄子、李白、苏轼之诗文,《苏太史文集序》称:“庄周之著书,李白之歌诗,放荡纵恣,惟其所欲,而无不如意,彼岂学而为之哉。其心默会乎神,故无所用其智巧。……苏子之于文,犹李白之于诗也,皆至于神者。”[1]赞扬三位诗人皆非有意为之,亦非利用智巧为之,而能达到心会于神的境界。

方孝孺在一定程度上打破了崇唐或宗宋的对立局面,大开门径。他作《谈诗五首》,宣告其诗学思想云:

举世皆宗李杜诗,不知李杜更宗谁?能探风雅无穷意,始是乾坤绝妙词。

前宋文章配两周,盛时诗律亦无俦。今人未识昆仑派,却笑黄河是浊流。

发挥道德乃成文,枝叶何曾离本根。末俗竞工繁缛体,千秋精意与谁论。

天历诸公制作新,力排旧习祖唐人。粗豪未脱风沙气,难诋熙丰作后尘。

万古乾坤此道存,前无端绪后无垠。手操北斗调元气,散作桑麻雨露恩。[2]

方孝孺批评世人只知崇尚李、杜,而不知李、杜二人能取得如此伟大的诗歌成就又是以谁为宗。学诗之人不应自限于宗法李、杜或某一时代,而要探究风雅、发挥道德,方能写出乾坤中的绝妙好词。两宋诗文自有其价值,可追配两周,义理为内容方面的成就,诗律则是其形式方面的成就。后人舍本求末,只重诗歌形式,追求繁缛,却舍弃了诗歌的道德精义。元人弃宋祖唐,诗风粗豪未脱,远不及宋。此五首《谈诗》皆以诗道为本,将风雅作为诗歌的根底。都

1 [明]方孝孺,《逊志斋集》,卷之十二。
2 [明]方孝孺,《逊志斋集》,卷之二十四。

穆于《南濠诗话》中引方孝儒《谈诗》五首之二、四，用以反对"诗盛于唐，坏于宋"之说，并称赞方孝孺"具正法眼"，认为宋诗不但胜过元诗，且有匹敌唐诗者。

方孝孺以伦理道德、宗经明道来要求诗歌，区别于严羽以情性、兴趣论诗；诗歌取法上也不同于严羽之崇唐抑宋，他要求打破唐宋壁垒，提高宋诗价值，虽然主观上不离明道的诗歌价值观，客观上却广开学诗门径，在明初举世尊唐的风潮中，有一定积极意义。

宋濂、方孝孺皆要求诗道合于儒道、诗人情性合于仁义，反对诗作忽视风雅内容。这与严羽诗学"以禅喻诗"、推崇"妙悟"与"兴趣"有本质区别。宋濂推崇风雅传统，诗人务先沿袭传统，得古人情性之正，再求自成一家，并以风雅作为评判标准，崇唐抑宋。这与严羽诗学有一致之处，在客观上开明代复古崇唐风气之先，而其于沿袭后"自成一家"之论已超越严羽求诗合于古人的"真古人"[1]之说，是诗家中肯之论。而方孝孺则认为诗之宗旨为明道，宋诗说理亦是发挥道德，因而反对抑宋，这是对严羽、宋濂贬抑宋诗之反拨，也有意打破唐宋诗对峙壁垒，融会唐宋诗学，对有明一代自有其不可忽视的影响，对清诗的意义则更为深远。

二、瞿佑《归田诗话》：举世宗唐恐未公

瞿佑（1341—1427），字宗吉，号存斋，钱塘（今浙江杭州）人，明初著名文人，杭州诗群后期的代表人物。与高棅同时期的瞿佑，以其文言短篇小说《剪灯新话》在中国古代文学史上占有一席之地。同时，他又是明初诗人，其论诗并不专主一代，对唐、宋、元至明初诗歌皆有品评，并不强分畛域，在众推盛唐的明初诗坛能保持自己独立的思考。所撰诗学专著《归田诗话》[2]共三卷，计一百二十条，据瞿佑自序称皆"有关于诗道者"。卷上主要录评唐诗（后十一则论

1　严羽《沧浪诗话·诗法》有云：诗之是非不必争，试以己诗置之古人诗中，与识者观之而不能辨，则真古人矣。

2　本文研究采用：[明]瞿佑撰，《归田诗话》，清知不足斋丛书本。参以：[明]瞿佑撰，《归田诗话》，见：丁福保辑，《历代诗话续编》，北京：中华书局，1983年，页1231—1296；[明]瞿佑撰，乔光辉校注，《瞿佑全集校注》，杭州：浙江古籍出版社，2010年。

宋诗）；卷中主要录评宋诗；卷下则主要录评元人及近人诗。[1] 又据朱文藻之跋，《诗话》为瞿氏洪熙乙巳（公元1425年）还乡后所作，佑之前于"永乐初以诗祸谪戍保安"，曾因诗遭谪并流放边境保安十年。此段经历使瞿佑接触边境战事，体会人世沧桑，也使其诗话能重视思想内容，对宋代爱国诗歌颇多共鸣，成为明初崇唐抑宋主流中的异类声音。

柯潜《归田诗话序》云："瞿存斋公著《归田诗话》三卷，盖述其师友之所言论，宦游四方之所习闻，而有关于诗道者。……因得以温燖旧学，其所造诣尤深，时时发为诗歌，寄兴高远。……晚岁，归休故里……间录是卷，谓将时加披览，如见师友，聆其训诲之勤，而受其劝勉之益。……余观卷中所载，如谓陆秀夫殉国，家铉翁持节，汪水云赐远，实足以愧奸臣、壮义士，岂独娱戏风月以资人之笑谈而已哉。"钱塘木讷亦于《归田诗话序》中指出："先生不以夷险易心，暇日则笃嗜评古人篇什，取其旨趣微妙者著之。及触景动情、形于吟咏以自遣者，亦录之。凡百十二条。"可见，瞿佑论诗、赏诗，重"旨趣微妙"及"触景动情，形于吟咏"二义。前者"旨趣微妙"是瞿氏评价古人篇什时的标准，合乎严羽"兴趣"之论，即推崇诗歌"透彻玲珑，不可凑泊"之"妙处"，着眼于"言有尽而意无穷"的"旨趣"；后者"触景动情，形于吟咏"则是瞿氏作诗自遣的创作动机，又与严羽强调的"诗者，吟咏情性也"同义，强调的是"兴发感动"的诗歌内在力量。

瞿佑论诗能历观汉、魏、晋、唐、宋、元直至明初诗歌，对前代优秀诗人的优秀诗作不分畛域，皆有品评，提倡兼容并蓄地学习取法，体现出较为宽泛的诗歌取法范围，显示出较严羽更宽容的复古师法观。木讷序中称："余观历代工诗者，在汉、魏、晋则有曹、刘、陶、谢辈，在唐则有李、杜、柳、岑辈，在宋则有欧、苏、黄、陈辈，在元则有虞、杨、揭、范辈。诸贤诗，刊行久，固足以为后学法矣。"这遵循了瞿佑选择较为宽泛的诗歌取法观，木讷对前代各阶段诗歌皆有过系统研修后认为，汉、魏、晋、唐、宋、元各代皆有为后学取法的优秀诗家。该序中又道："先生诵少陵诗则有识大体之称；诵太白诗则有大胸次之美；诵唐人采莲诗则美其用意之妙；诵晦庵感兴诗则知其辟异端之害；诵东野诗而服前人穷苦

1　李圣华，《瞿佑与〈归田诗话〉及其诗歌创作——兼论〈剪灯新话〉诗歌与小说之关系》，《北方论丛》，2012年第2期，页7。

终身之论；诵晏元献诗则叹斯人富贵气象之豪；及见前人林景熙《咏陆秀夫诗》而知表殉国之忠，《咏家铉翁诗》而知表持身之节。……非先生以诚而得古人作诗之要，蕴蓄之久，安能记之详而评之当哉?”遍数杜甫诗、李白诗、王昌龄《采莲词》、朱熹《感兴诗》、孟郊诗、晏殊诗至南宋林景熙等的爱国诗作对瞿佑的影响。除李、杜、王属盛唐外，其余诸家分属晚唐、北宋、南宋，足见瞿佑参诗之广。若参照严羽强调的要“熟参”众诗之论，“次取开元、天宝诸家之诗而熟参之，次独取李、杜二公之诗而熟参之，又尽取晚唐诸家之诗而熟参之，又取本朝苏、黄以下诸家之诗而熟参之”，可见瞿佑赏诗、论诗、悟诗的范围与严羽“熟参”说正相契合，此其一。其二，瞿佑论诗之所以能“记之详而评之当”，是因为“以诚而得古人作诗之要”，用诚心参悟古人作诗的要紧处、高妙处，这表明瞿佑是延续严羽以来学诗的复古、师古取向的，只是瞿佑的取法范围较为宽泛而已。

瞿佑不但对唐、宋、元、明初诗不强分畛域，对宋、金、元诗与唐诗一视同仁，更是着意提高宋诗的价值和地位。他于《归田诗话》“鼓吹续音”条云：

> 元遗山编《唐鼓吹》专取七言律诗，郝天挺为之注，世皆传诵。少日效其制，取宋、金、元三朝名人所作，得一千二百首，分为十二卷，号《鼓吹续音》。大家数有全集者，则约取之。其或一二首仅为世所传，其人可重，其事可记者，虽作未尽善，则不忍弃去，存之以备数，此著述本意也。又谓“世人但知宗唐，于宋则弃不取。众口一词，至有诗盛于唐、坏于宋之说。私独不谓然，故于序文备举前后二朝诸家所长，不减于唐者。附以己见，而请观者参焉。”仍自为八句题其后云：“骚选亡来雅道穷，尚于律体见遗风。半生莫售穿杨技，十载曾加刻楮功。此去未应无伯乐，后来当复有扬雄。吟窗玩味韦编绝，举世宗唐恐未公。”

在体制上，瞿佑将金人元好问的唐诗选本《唐诗鼓吹》视为自己选诗的启蒙教材，自称“少日效其制，取宋、金、元三朝名人所作，得一千二百首，分为十二卷，号《鼓吹续音》”。而从《归田诗话》之“山石句”“东野诗囚”“华清宫”等条，亦可见元好问《论诗绝句三十首》等作也是瞿佑喜欢研读的论诗著作。但应注意的是，瞿佑仿效的是元好问的选诗体例，虽命己作亦称“鼓吹”，然选诗范围、内容则完全没有重合之处:元好问钟情唐诗,选诗成《唐诗鼓吹》;而瞿佑则选取宋、金、元三朝诗,号《鼓吹续音》,以示续补。

实际上,瞿佑《鼓吹续音》体现出来更为重要的是其选诗取向,即瞿佑的选诗精神实乃承接方回而推崇宋诗的。元朝时,方回把杜甫和黄庭坚、陈师道、陈与义推举为江西诗派的"一祖三宗",其唐宋律诗选本《瀛奎律髓》详尽阐述了江西诗派的创作宗旨。而《归田诗话》用近一半的篇幅评说唐以后的宋诗,对方回鼓吹宋诗尤表赞赏,可见也具有其为反对崇唐贬宋而编选《鼓吹续音》的相似意图。他反拨了严羽、元好问以来诗必称唐的传统,鼓吹宋、金、元诗,形成了明代最早对严羽崇唐贬宋持反拨、补充态度的代表性诗论。

瞿佑崇唐扬宋,是对严羽"以盛唐为法"、崇唐贬宋之诗歌取法观的"崇唐"部分的肯定与"贬宋"部分的反拨。瞿佑明确表明反对崇唐贬宋的立场,在《归田诗话》"鼓吹续音"条称:"世人但知宗唐,于宋则弃不取,众口一辞,至有诗盛于唐、坏于宋之说。私独不谓然。"并题诗云:"举世宗唐恐未公"。"《唐三体诗》序"条具引方回《唐三体诗序》云:

> 唐诗前以李、杜,后以韩、柳为最。姚合而下,君子不取焉。宋诗以欧、苏、黄、陈为第一,渡江以后,放翁、石湖诸贤诗,皆当深玩熟观,体认变化。虽然,以吾朱文公之学而较之,则又有向上工夫,而文公诗未易可窥测也。

方回论诗以"思无邪"为体,以"兴观群怨"为用,以《诗》为本,不以"晚唐体"为法,称周伯弜"三体法"为律诗而设,实不可倡。唐人前有李、杜,后有韩、柳可法,宋人欧、苏、黄、陈、陆、范可法,朱熹之诗亦不可轻。可见,方回将宋诗与唐诗并举,不分轩轾。他于唐仅举李、杜、韩、柳四人,一笔带过;于宋则先罗列欧、苏、黄、陈、陆、范六人之多,用"深玩熟观"推举之,再笔锋一转,以"未易可窥测"之语推高朱熹诗歌的地位。再次,方回推崇晚唐韩愈、柳宗元,与盛唐李、杜并列。

瞿佑推崇方回此序,认为:"此序议论甚正,识见甚广,而于周伯弜所集三体诗,则深寓不满之意","故特全录于此,与笃于吟事者,共详参之。"足见瞿佑对方回此序的赞赏与尊崇。综观《归田诗话》三卷,卷上论唐诗,标举李、杜、韩、柳，卷中论宋诗，推崇欧、苏、黄、陈、陆、范、朱，卷下论元代及明代诗，大抵是与方回《唐三体诗序》相符的。“《唐三体诗》序”乃卷上第二条，位于首条“乡饮用古诗”后，其论诗总纲的意味显豁。瞿佑诗学整体上承接方回推崇宋诗，反拨严羽崇唐贬宋。

瞿佑盛推韩愈诗歌，参以“淮西碑”“陆浑山火”“示儿诗”诸条，不难发现瞿佑对韩诗的赞誉溢于言表。韩诗尚“以文为诗”，以散文句法写诗，又善发议论开创了“说理诗派”诗风，如《桃园图》《忽忽》《嗟哉董生行》等诗直如散文，有的句法长短错落，似诗非诗，后来宋代一些诗人便继续下这个传统，作诗如作文，多发议论，可以说，这是韩诗的一个流弊。[1] 严羽《沧浪诗话·诗辨》曾比较孟襄阳与韩退之诗作高下道：“孟襄阳学力下韩退之远甚，而其诗独出退之之上者，一味妙悟而已。”在严羽心目中，韩愈学力虽高，却反而限制了诗作达至“妙悟”之境。严羽反对从韩愈直至宋诗“以文为诗”“以议论为诗”的发展倾向。而瞿佑推崇昌黎诗，正体现了他与严羽相左的诗歌取径、相异的诗美旨趣。

1　张天健、崔炳扬，《“抑孟扬韩”辩》，镇江师专《教学与进修》（语言文学版），1983年第4期，页22。

第三章 《沧浪诗话》明代中期接受分析

从弘治至隆庆(1488—1572)约85年间,为明代文学发展中期。这一时期,经济发展迅猛,城市恢复繁荣,文学亦从压抑衰落中恢复生机。一些影响较大的文学流派先后出现,如前七子派、吴中诗派、后七子派、唐宋派等,互相冲突又互有融合,整体上重情反理,追求心性自由与文学独立。然各派实际的诗文创作又期待于复古中求得高古格调与盛世风貌。这些因素又分别与严羽诗学所倡复古格调、盛唐气象、吟咏情性有合拍之处。

复古格调派的前后七子继李东阳后,追求严羽"诗之法有五"中的"体制""格力""音节"与"气象",讲究诗歌体制的格、体、调,认为体正格高,自有盛世气象,并以情思补济格调。李梦阳等据此高倡"诗必盛唐",强调主情为诗之所本,批评"宋人主理做理语";何景明区分诗文"诗之道,尚情而有爱;文之道,尚事而有理",反复明确诗歌的抒情本质,排斥宋人"主理"诗风;徐祯卿于《谈艺录》谈"因情立格",为格调加入情思的因素;谢榛《四溟诗话》以唐为法而要求"自成一家";王世贞《艺苑卮言》引才思入格调;王世懋《艺圃撷余》则"本性求情""自运成家";胡应麟《诗薮》严辨各体而崇尚汉唐。整个明代文学批评的方向,尤其是诗学思想,受到了前后七子的重大影响。作为严羽诗学在明代最重要的承继者,前后七子的诗论也构建起明代诗学的基本架构。

吴中诗派则延续严羽"五法"之中的"兴趣",并汇入"吟咏情性"说,重视诗歌形象格调外的情韵流转,取法门径较格调派宽广。如都穆《南濠诗话》反拨严羽诗学宗宋而不贬唐;朱承爵《存余堂诗话》赞赏吴中派重性情、重独创的诗歌创作传统,学唐外又上溯六朝、下观宋代,以意境融彻为诗趣旨归。徐泰《诗谈》、俞弁《逸老堂诗话》、杨慎《升庵诗话》纷纷响应，推崇诗歌思致，而不以唐、宋轻论之，欲承认宋诗价值、扩大师法范围。唐宋派亦不满七子派自限取径，要求学习唐宋各大家的变化与独创，故汲取严羽之“本色”论，要求作诗“寓性情”，渐开“性灵”之说。

明代中期诸诗论家对《沧浪诗话》的接受呈现多样态势，正面接受、反面接受、改造发挥，为已所用，标志着对严羽诗学的接受进入了高潮时期。

第一节　正面接受严羽诗学的主要倾向

前文讨论《沧浪诗话》版本时，曾提及万历年间有邓原岳《沧浪吟卷》刻本。在邓原岳的《西楼全集》中，有一篇《严氏诗话序》道：

> 诗话之流，莫盛于宋。由晚唐而五季，间亦有之。宋人布侯于杜陵，议论为宗，差之毫厘谬以千里。迨宋之将社也，衣冠之裔，十九化于腥膻鴃舌侏离，于正声何有？盖国统垂绝而诗统亦亡矣。独瓯闽之间有严仪卿者，别具心肾，嘐嘐反古，祢汉唐而祖初盛，庆历而下禁勿谭，从最上乘、具正法眼，其斯为先觉也乎哉。仪卿之言曰：“诗有别才，非关书也；诗有别趣，非关理也。”论诗者未尝不沐浴其言。夫昌穀之为《谈》也，奥而奇；元美之为《卮》也，辩而核；元瑞之为《薮》也，博而丽。自三子之书出，而严氏若左次矣。要以功在反正，延如线之脉，以俟后人。如“一苇西来，玄风大鬯”，亦安能竟废之？吾故并其集为序次而行于世，勿谓予闽人知管晏而已。[1]

邓原岳为万历二十年（公元1592年）进士，从他的这篇序中可以了解到：他活跃的时期，严羽论诗诸篇已以《诗话》的面貌问世，且对明代中期诗坛如徐祯卿（昌穀）《谈艺录》、王世贞（元美）《艺苑卮言》、胡应麟（元瑞）《诗薮》等复古格调派的代表性诗话作品产生了一脉传续的深远影响。

1　[明]邓原岳，《西楼全集》，卷十二“严氏诗话序”，明崇祯元年邓庆寀刻本。

一、李梦阳等前七子复古派：诗必盛唐，情以发之

明代中期，于弘治、正德年间崛起了“前七子”复古派，以李梦阳、何景明为首，成员有徐祯卿、边贡、康海、王九思和王廷相。七子皆为弘治间进士，李、何二人更是“尚节义，鄙荣利”[1]，有国士之风。在政治思想上，他们锐意革新，反对宦官专权，反对程朱理学，渴望恢复隆汉盛唐国容赫然、威加海内的博大气象及民族信心。在文学思想上，他们时常相聚“讨订文史，朋讲群咏”[2]，对诗坛上以理道为归的“陈庄体”性气诗、装点盛世的“台阁体”及扫除台阁流弊不力的李东阳茶陵派均有所不满，故而以复古为号召，倡言“文必秦汉，诗必盛唐”，即主张以秦汉之文、盛唐之诗来恢复盛世文学所具有的雄浑壮丽的气象。在诗歌领域，标举“诗必盛唐”的大旗，于近体奉盛唐为正宗，其实也就是追随严羽学“盛唐诗”以悟“第一义”的脚踪，承接自严羽、元好问、林鸿、高棅、李东阳以来的诗美理念，希冀在明代中期能打破“颂圣德，歌太平”却毫无新趣的“台阁体”垄断诗坛的格局。这在当时确有振聋发聩之作用，代表着一股激进的文学潮流，影响遍布全国。

首先，前七子论诗普遍接受严羽推崇“汉、魏、晋与盛唐之诗为第一义”的师法取向。对待唐宋诗歌的态度上，他们都采取严羽一样的策略，即抑宋、贬宋以尊唐。其次，七子派一般都接受严羽对汉魏诗“自然浑成”、盛唐诗“透彻玲珑”及汉魏人“不假悟”、盛唐诸公“透彻之悟”的区分，认为古人已悟得作诗之法，今人应守其成法。最后，七子派诗家响应严羽“诗者，吟咏情性”之论，论诗注重真情。七子虽格外重视诗歌外在的体制、格调，但对吟咏情性的本质是放在更高的追求层面上的，然而因其复古策略，“真情”是在“形似”之后的要求。因为七子派认为，复古创作亦有循序渐进的过程，他们对“格调”的实现是有先后顺序、高低层次的：首先是“体制”，即外形上的拟古是最低纲领；其次，实现“格高调古”是七子派诗歌复古的主要目的；最后，徐祯卿的“因情立格”说或李梦阳的“情以发之”论，乃最高理想。

---

1 [清]张廷玉，《明史》，卷二百八十六列传第一百七十四“何景明传”。

2 [明]李梦阳，《空同集》，卷五十二序“熊士选诗序”，清文渊阁四库全书补配清文津阁四库全书本。本文所引《空同集》俱从此本，下略。

李梦阳(1473—1530),字献吉,号空同子,庆阳(今属甘肃)人。祖父经商,父习儒,后任周王府教授,举家迁居河南开封。弘治六年(公元1493年)李梦阳乡试第一,翌年中进士。弘治十一年(公元1498年)出任户部主事。他为官正直刚劲,不畏权贵,气节惊世[1],有《空同集》。《明史》称其:

> 梦阳才思雄鸷,卓然以复古自命。弘治时,宰相李东阳主文柄,天下翕然宗之,梦阳独讥其萎弱。倡言文必秦汉,诗必盛唐,非是者弗道。……迨嘉靖朝,李攀龙、王世贞出,复奉以为宗。天下推李、何、王、李为四大家,无不争效其体。华州王维桢以为七言律自杜甫以后,善用顿挫倒插之法,惟梦阳一人。而后有讥梦阳诗文者,则谓其模拟剽窃,得史迁、少陵之似,而失其真云。

李梦阳强调"高古者格,宛亮者调"(《驳何氏论文书》),倡言"诗必盛唐",以"盛唐之音"的高格朗调来开拓"明音之盛"[2]。实际操作上以古体必汉魏、近体必盛唐[3],这接受了严羽对学诗的师法要求。严羽《沧浪诗话·诗辨》云:"学者须从最上乘,具正法眼,悟第一义。若小乘禅、声闻辟支果,皆非正也。论诗如论禅:汉、魏、晋与盛唐之诗则第一义也;大历以还之诗则小乘禅也,已落第二义矣;晚唐之诗则声闻辟支果也。学汉、魏、晋与盛唐诗者,临济下也;学大历以还之诗者,曹洞下也。"李梦阳秉承严羽学诗"以识为主"的训诫,立志"入门须正,立志须高,以汉、魏、晋、盛唐为师,不作开元、天宝以下人物",他自称"学不的古,苦心无益"(《答周子书》),又说"三代以下,汉魏最近古"(《与徐氏论文书》),而认为元白、韩孟、皮陆之诗不足学,强调古体学汉魏,近体以盛唐为典范。郭绍虞先生判断其诗歌取径与诗学宗趣为:"论诗,空同并不专主盛唐,他只是受沧浪所谓第一义的影响,而于各体制之中,都择其高格以为标的

---

1 李梦阳曾与权宦、皇戚作对,多次获罪。他上书孝宗,弹劾皇后之弟张鹤龄招纳无赖、扰害百姓,又获罪入狱。出狱后,与张鹤龄狭路相逢,梦阳上前痛斥张氏并用马鞭击落其牙齿两颗。武宗朝,他还替尚书韩文起草文书弹劾权宦刘瑾,事败入狱,康海为其向刘瑾求情方得获免。以此二事可见梦阳之"气节"。

2 [清]王士禛,《带经堂诗话》,卷四,清乾隆二十七年刻本。

3 钱谦益《列朝诗集小传》丙集"李副使梦阳"条称:"献吉以复古自命,曰古诗必汉魏,必三谢,今体必初盛唐,必杜,舍是无诗焉。"

而已。古体宗汉魏，近体宗盛唐，而七古则兼及初唐。”[1]所论中肯地道出李梦阳论诗对严羽诗学的继承关系。

李梦阳响应严羽“第一义”之学诗标准，古体宗汉魏、近体宗盛唐，从而切断宋诗影响，让诗歌恢复高古的格调。他贬抑宋诗，在《潜虬山人记》中道“宋无诗”，应“弃宋而学唐”。又称：

> 宋人主理不主调，于是唐调亦亡。黄、陈师法杜甫，号大家。今其词艰涩，不香色流动，如入神庙坐土木骸，即冠服与人等，谓之人可乎？夫诗比兴错杂，假物以神变者也，难言不测之妙，感触突发，流动情思，故其气柔厚，其声悠扬，其言切而不迫，故歌之心畅，而闻之者动也。宋人主理，作理语，于是薄风云月露，一切铲去不为。又作诗话教人，人不复知诗矣。诗何尝无理，若专作理语，何不作文，而诗为耶？（《缶音序》）

他认为宋“无诗”，乃因“宋人主理不主调，于是唐调亦亡。……宋人主理，作理语，于是薄风云月露，一切铲去不为”。由于宋人作诗尚理，而无诗歌情致，李梦阳反对宋诗，实际也是反对理学凌驾于诗歌之上。明初洪武帝、永乐帝倡导程朱理学，禁锢士人思想，约束文学正常发展。李梦阳于诗反对宋人，推崇唐人，即对理学禁锢的一种反拨。破而有立，李梦阳称：“夫追古者，未有不先其体者也。”（《徐迪功集序》）意思是说，要追古而不标榜体格，是不行的。在复古派看来，每种诗文体式，在其出现、产生时是最纯粹、最完美的。因此李梦阳在诗歌方面，古体诗标榜汉魏，而近体诗，则以盛唐为楷模。

李梦阳论诗，是将“格调”与“情”密切联系起来的。他论诗重情，并把情提高到了影响诗歌产生、决定诗歌本质的高度。这是对严羽“诗者，吟咏情性也”诗歌抒情论的进一步深化、扩展：

> 夫诗发之情乎？声气其区乎，正变者时乎。（《张生诗序》）
>
> 情者，动乎遇者也。……遇者物也，动者情也。情动则会，心会则契，神契则音，所谓随遇而发者也。（《梅月先生诗序》）

1　郭绍虞，《中国文学批评史》，“明代”之“五四李梦阳”，上海：上海古籍出版社，1979 年，页 341。

诗有七难：格古、调逸、气舒、句浑、音圆、思冲、情以发之，七者备而后诗昌。(《潜虬山人记》)

严羽批评宋人以理为诗、以议论为诗、以文字为诗、以才学为诗，更主要还因宋诗缺乏兴发感动、以情动人的力量。他从汉、魏、晋及盛唐诗中重新发掘出此种关乎诗歌本质的力量并界定为“诗者，吟咏情性也”。李梦阳在面对明人性气诗、台阁体末流时，也发现其以理、道代替情感的倾向。然诗歌中的“情”该如何产生呢？李梦阳认为是“遇物动情”，从“物”“情”“音”有一系列触发的关系，都是根据所遇之物有感而发的。李梦阳认为“情以发之”是“七难”中最关键的一部分，是诗歌外在格调、字句、音律的统摄力量，是诗歌内在气、思的决定因素。这符合诗歌创作中“触物生情”的传统，将“情”置于决定因素，比严羽之论更为详尽。李梦阳眼中，诗歌是抒情的，可以反映理，蕴含理，但不应全作理语，因此“情”是七子派用以反对宋明理学统领诗歌的重要武器。

李梦阳强调诗情是对现实感受的自然抒发，诗乃“吟之章而情之自鸣者也”(《鸣春集序》)，吟咏之声调与诗人之内心情感有必然联系，言有隐，而声不可隐情：

夫诗者，人之鉴者也。夫人，动之志必著之言。言斯永，永斯声，声斯律，律和而应，声永而节，言弗睽志，发之以章，而后诗生焉。故诗者，非徒言者也。是故端言者未必端心，健言者未必健气，平言者未必平调，冲言者未必冲诗，隐言者未必隐情。谛情探调，研思察气，以是观心，无廋人矣。……是故后世于诗焉，疑诗者亦人自疑，雕刻玩弄焉，毕矣。于是情迷调失，思伤气离，违心而言，盛异律乖，而诗亡矣。……夫林公者，道以正行，标古而趋，有其心矣；行以就政，执意靡挠，有其气矣；政以表言，嚣华是斥，有其思矣；言以摛志。弗侈弗浮，有其调矣；志以决往，遁世无悔，有其情矣。故其诗玩其辞端，察其气健，研其思冲，探其调平，谛其情真。(《林公诗序》)

在此，李梦阳提出“以诗观人”之论。诗何以观人？因言可隐伪，而声律则是诗人情感的直接反映，不可作伪。故可从诗之声调、节奏、气脉间探究诗人真情。而后世诗乏真情，乃因诗人雕刻玩弄辞藻偶对，以致情迷调失，故于诗作中无从观得诗人真心、真情。严羽"诗者,吟咏情性"尚属诗歌反映论,而李梦阳更能深挖一步,从声调节奏间探求诗人情感之真伪,有真情方为真诗,从而上升到诗歌理论批评的层面。

李梦阳理想中的真诗,是真情的抒发,是自然之情的抒发。因此,他对风诗、民歌十分看重,认为是对文人诗重词忘情的有益补救。《诗集自序》中,李梦阳载曹县王叔武言:

> 夫诗者,天地自然之音也。今途咢而巷讴,劳呻而康吟,一唱而群和者,其真也,斯之谓风也。孔子曰:"礼失而求之野。"今真诗乃在民间。而文人学子,顾往往为韵言,谓之诗。……故真者,音之发而情之原也,非雅俗之辩也。……诗有六义,比兴要焉。夫文人学子,比兴寡而直率多。何也?出于情寡而工于词多也。

他后来赞成王叔武"真诗在民间"之论,还建议文人学子作诗要学习民间歌谣。李梦阳、何景明都喜爱民歌的真情实感,认为是对文人诗的一种补救,将之视为诗歌发展的一种方向。这一观点对"嘉靖八子"的李开先、晚明李贽、"公安三袁"、冯梦龙等人都产生了一定的影响。

前七子之一的康海论诗也有同调:"夫因情命思,缘感而有生者,诗之实也;比物陈兴,不期而与会者,诗之道也。"[1]李、康二人不仅将情感作为诗歌最实在的部分,还倡导以"比兴"手法与诗人"情感"相合相会。这种作诗之道,较之严羽所称的"吟咏情性",更明确要求回溯到"风人之诗"的传统。复古派认同情性,其出发点仍是学古、复古,因为《诗经》三百篇之源正是民间百姓的真情流露。

前七子的另一位首脑是何景明。何景明(1483—1521),字仲默,号白坡,又号大复山人,信阳(今属河南)人。弘治十五年(公元1502年)进士,授中书舍人,官至陕西提学副使,与李梦阳并称文坛领袖。其诗取法汉唐,一些诗作颇有现实内容。有《大复集》[2]。他论诗同李梦阳一样,重视诗之真情:

> 诗本性情之发者也,其切而易见者,莫如夫妇之间。是以三百篇首

---

1 [明]康海,《对山集》,卷三三"太微山人张孟独诗集序",明万历十年潘允哲刻本。

2 [明]何景明,《大复集》,明嘉靖刻本。本文所引俱由此本,下略。

乎雎鸠。(《明月篇并序》)

夫诗之道，尚情而有爱；文之道，尚事而有理。是故，召和感情者，诗之道也，慈惠出焉；经得纬事者，文之道也，礼义出焉。(《内篇二十五篇》)

何景明接受严羽论诗区分唐宋，崇唐抑宋。他认为宋人近体缺乏抒情与比兴，“宋人似苍老而实疏卤”(《与李空同论诗书》)，但若论古诗，则“唐诗工词，宋诗谈理”，皆缺乏“汉魏之风”(《汉魏诗集序》)，其所称“汉魏之风”，指风雅浑厚之气象，如何景明曾称：“盖自汉魏后，而风雅浑厚之气罕有存者。右丞以清婉峭拔之才，一起而绰然名世，宜乎就速而未之深造也。”(《王右丞诗集序》)何景明认为唐以来，包括王维，皆缺乏风雅浑厚之气。他关于诗歌气象浑厚的批评意见，应来自严羽所谓“汉魏古诗，气象混沌，难以句摘”之论。何景明欣赏诗歌的浑厚气象，而非王维清婉峭拔的诗风，与李梦阳欣赏唐诗的气势雄壮是一致的，也与严羽以“雄浑悲壮”概称盛唐一体是一致的，是时代呼唤盛唐气象在诗歌审美领域的反映。重视诗歌的气象浑成，不仅应着眼于词、理、字、句之形式美，而要对诗歌整体艺术性进行关注。因而在师古策略上，何景明亦称“景明学歌行、近体，有取于二家(指李白、杜甫)，旁及唐初、盛唐诸人，而古作必从汉魏求之”(《海叟集序》)。这同于李梦阳，遵守严羽所说的“第一义”，学古诗法汉魏，近体则取盛唐：

夫周末文盛，王迹息而诗亡，孔子、孟轲氏盖尝慨叹之。汉兴，不尚文，而诗有古风，岂非风气规模，犹有朴略宏远者哉？继汉作者，于魏为盛，然其风斯衰矣。晋逮六朝，作者益盛，而风益衰，其志流，其正倾，其俗放，靡靡乎不可止也。唐诗工词，宋诗谈理，虽代有作者，而汉魏之风蔑如也。(《汉魏诗集序》)

盖诗虽盛称于唐，其好古者自陈子昂后莫若李、杜二家，然二家歌行、近体诚有可法，而古作尚有离去者，犹未尽可法之也。故景明学歌行、近体有取于二家，旁及唐初、盛唐诸人，而古作必从汉、魏求之，虽迄今一未有得，而执以自信，弗敢有夺。(《海叟集序》)

何景明对诗歌的声调也和李梦阳一样重视。他认为汉魏及初唐四杰诗，妙处在于声调宛亮，“汉魏固承《三百篇》之后，流风犹可征焉，而四子虽工富丽，去古远甚，至其音节往往可歌”，相较于四杰，杜甫“辞固沉着，而调失流转，虽成一家语，实则诗歌之变体也”(《明月篇并序》)。从声调不再宛亮、流转这一点，景明判断杜甫诗已不同于《三百篇》、汉魏以来的诗歌传统，乃诗之“变调”。这和李梦阳从声调否定宋诗如出一辙。李梦阳称“高古者格，宛亮者调”，“宋人主理不主调，于是唐调亦亡”，认为调之宛亮是格调高古的重要因素，而宋诗尚杜甫之“变调”，破弃声律，多用拗体、险韵、散文写法来争奇斗才，打破了诗歌传统。可见，声调宛亮是复古派区分唐宋、择定师法对象的标准。他们都重视声调，视之为维系古今诗歌传统的纽带，声律婉转流畅，情韵自然流动，诗歌富含一咏三叹之意趣、情致。

总体上，何景明重视诗歌抒情、比兴的传统，崇尚诗歌气象浑厚，主张诗歌声调宛亮、兴象宛然。这几近于严羽概括的诗歌审美结构“诗之法有五：曰体制，曰格力，曰气象，曰兴趣，曰音节”，又符合严羽论盛唐诗之审美特质“盛唐诸人惟在兴趣，羚羊挂角，无迹可求。故其妙处透彻玲珑，不可凑泊，如空中之音、相中之色、水中之月、镜中之象，言有尽而意无穷”及“盛唐诸公之诗，如颜鲁公书，既笔力雄壮，又气象浑厚”诸说。

何景明固然是坚定的复古派，却因如何“法古”“悟新”的问题与李梦阳意见相左，引发了前七子首脑李、何二人间的著名论争。“仲默初与献吉创复古学，名成之后互相诋諆，两家坚垒，屹不相下于时。”[1]二人的最终理想都是要宗汉崇唐、复臻古雅，然在复古方法上，李梦阳要求“尺寸古法”，而何景明在肯定“诗文有不可易之法”的基础上要求悟法以自得，主张“领会神情，临景构造，不仿行迹”，并提出“舍筏登岸”(《与李空同论诗书》)之说，劝诫李梦阳勿模拟太甚，应自辟途径。而若将放弃古法视为舍筏，就能达岸，这是李梦阳所极力反对的，也是二人在方法论上的矛盾所在。其实，若回归严羽诗学，不难看出他既重视体格之辨、师法第一义之旨，又讲究“熟参”与“妙悟”，二者应相辅相成、融会贯通。所幸，复古派对“法”与“悟”的关系有着持续不断的讨论，王世贞要求运法于神，学古而不“痕迹宛露”，胡应麟融合仪卿之“悟”与献吉之“法”，受“法”约束而求自“悟”，都比严羽单论“妙悟”更为实在，更好操作。而学习者在

1 [清]钱谦益，《列朝诗集》，丙集卷十二“何副使景明”条，清顺治九年毛氏汲古阁刻本。

创作实践中往往将“悟”视作对“法”的恪守，过分囿于格调、拘于成法，无法独自成家，是为复古创作不能长保活力的弊病之一。

概言之，七子派论诗之大旨，于师法上强调学习古人之法，于审美上重视真情气象，于体制上讲究声调，于创作上注意兴象。综合这些要素，推举出汉魏古诗、盛唐近体为取法对象。不难看出各部分对严羽诗学的传承与接受，师法盛唐对明清诗学意义重大。

二、徐祯卿《谈艺录》：因情立格，妙骋心机

徐祯卿（1479－1511），字昌穀，又字昌国，常熟人，迁吴县（今属苏州）。天性聪颖，十六岁即著有《新倩集》，享有诗名，“吴中四才子”之一，属“吴中派”诗人。徐祯卿屡试不第后读《离骚》有感作《叹叹集》，“文章江左家家玉，烟月扬州树树花”为集中警句。登第后入京成为“前七子”之一，虽追随李梦阳，而梦阳犹讥其守而未化，蹊径存焉。亦有人反而因此称赞他“标格清妍，摛词婉约，绝不染中原伧父槎牙奡兀之习，江左风流，故自在也”[1]，可见徐诗本色仍在六朝。后七子王世贞评其诗，谓“其语高者上仿佛齐梁，下亦不失温李”[2]，亦指明了其诗的特色。徐祯卿断作诗之妙为《谈艺录》[3]，论诗重情贵实，颇多精辟警策见解。

《谈艺录》全篇仅谈古诗，将“情”作为论诗主旨，贯穿始终。徐祯卿响应严羽“诗者，吟咏情性也”的主张，在格调与情感的天平上，他更倾向于将“情”放在第一位。短短一篇《谈艺录》，谈到“情”二十七次，如：

> 情者，心之精也。……盖因情以发气，因气以成声，因声而绘词，因词而定韵，此诗之源也。
>
> 夫情能动物，故诗足以感人。
>
> 诗以言情，故名因昭象，合是而观，则情之体备矣。夫情既异其形，故辞当匠其势。譬如写物绘色，倩盼各因其状，随规就矩，圆方巧获其则。此乃因情立格，持守圜环之大略也。

---

1 [清]钱谦益，《列朝诗集》，丙集卷九“徐博士祯卿”条。。

2 [明]王世贞，《像赞》，《弇州四部稿》续稿卷一四八，台北：文海出版社，1970年，页6809。

3 [明]徐祯卿，《谈艺录》，明夷门广牍本。本书所引《谈艺录》俱由此本，下略。

徐祯卿如此重视"情"在诗歌中的地位,认为诗歌的本源在于"情","气""声""词""韵"都由它发起、决定,故而诗的词韵气格,就其本质上讲,还应追溯到"情"这个源头[1]。"诗者乃精神之浮英,造化之秘思也",诗人情感的表达就是内在的心灵情思外现于诗,情能动物,因此,诗能感人。每个人的情各不相同,故其表现方式也各异,应根据各自情的特点来选择和运用文辞,所以"辞"的选择也应根据"情"的不同而不同:不同的情,有不同的势;不同的势,有不同的辞。

他提出"因情立格"这一诗学概念,是要在符合风雅的前提下,根据表情达意的不同要求来选择相应的体制、风格,其复古创作论是先从"情"的立场出发,以合乎风雅的感情来创作格高调古的优秀诗作,而且不同的诗人因各自"情"之不同,诗作的辞、格都会有不同。这对复古摹拟创作思想有一定的纠正与突破。《诗三百》、汉魏古诗是《谈艺录》崇尚和追求的境界,不像唐诗那么精严且有外在的"律法"可求,因此,徐祯卿从古诗充盈真情的本质着手,由内在的"真情"向外建立格调,因"情"而"格",做到"情"与"格"的有机统一。他无疑指出了一条不同于李梦阳等人"规规模拟,由外着手,先求形似"的复古创作之路。

徐祯卿强调"情"是诗的本源,又进一步指出"心""心机"与"思"等主观力量乃诗歌创作的动因。

> 夫任用无方,故情文异尚:譬如钱体为圆,钩形为曲,箸则尚直,屏则成方。大匠之家,器饰杂出。要其格度,不过总心机之妙应,假刀锯以成功耳。
>
> 若夫神工哲匠,颠倒经枢,思若连丝,应之杼轴,文如铸冶,逐手而迁,从衡参互,恒度自若。此心之伏机,不可强能也。

诗歌是诗人"妙骋心机,随方合节"的产物,诗歌乃"精神之浮英,造化之秘思也"。然不同的诗人,其"心""思""气""质"各有差异、长短,故而各人的创作没有一定的常法可套用,"或约旨以植义,或宏文以叙心,或缓发如朱弦,或急张如跃楛,或始迅以中留,或既优而后促,或慷慨以任壮,或悲凄以引泣,或因拙以得工,或发奇而似易。此轮匠之超悟,不可得而详也"。

---

1 刘化兵,《徐祯卿"因情立格"诗论的形成背景和意义》,《西华师范大学学报(哲社版)》,2004年第6期,页42。

此观点点出“心”“思”在诗作中的重要作用，表明他与故地适情达意的吴声意蕴之间的联系，江左风流犹存，对中原格调有所裨益。

三、李攀龙等后七子复古派：汉魏盛唐，尺寸摹拟

“后七子”或“嘉靖七子”，指嘉靖、隆庆年间活跃于文坛的李攀龙、王世贞、谢榛、宗臣、梁有誉、徐中行、吴国伦。七人结成诗社，互相标榜，继续倡导前七子的复古运动，与唐宋派进行抗衡。他们“文主秦汉，诗规盛唐，王、李之持论，大率与梦阳、景明相倡和也”。[1] 另还有后五子、广五子、续五子、末五子等壮大门户。后七子的复古立场对前七子有所承袭，然时代在推进，二者复古诗学系统势必存在内在差异，折射出明代中期以来复古风潮的新动向。

李攀龙（1514—1570），字于鳞，号沧溟，济南府历城（今属山东济南）人，故又称历下、济南。他是“后七子”的发起者和核心领袖，进一步明确了诗文复古的宗尚目标和对象，并提出了相关的法度与规则[2]。钟惺在总结嘉、隆至万历年间诗风变化时道：“今称诗不排击李于鳞，则人争异之；犹之嘉、隆间不步趋于鳞者，人争异之也。”[3]指李攀龙生前叱咤文坛，身后则评价不一，也道出晚明对复古思潮的反拨。

李攀龙本人没有诗话专作传世，但撷取其论诗的只言片语，结合其诗歌创作实践以及《古今诗删》，进行综合考察，尚能体现沧溟之诗学追求。

他于《选唐诗序》云：“唐无五言古诗，而有其古诗。陈子昂以其古诗为古诗，弗取也。七言古诗唯杜子美，不失初唐气格，而纵横有之。太白纵横，往往强弩之末，间杂长语，英雄欺人耳。”[4]他对唐代古诗多有贬斥，只承认其近体，气格纯正是他论诗的标准。可见他的复古辨体比前七子要求更严苛。

李攀龙崇尚汉魏古诗、盛唐近体，并以之为学习楷模，不取宋诗。其编选的《古今诗删》，也贯彻了复古派“古体尊汉魏，近体宗盛唐”的诗学主张，选诗始于古逸，次以汉魏、南北朝，次以唐，唐之后直接继以明，而不选宋、元诗。

---

1 [清]张廷玉，《明史》，卷二八五列传第一七三文苑一。

2 郑利华，《后七子师法理论探析——以王世贞、谢榛相关论说考察为中心》，《中国韵文学刊》，2009年，第23卷第3期，页21。

3 [明]钟惺，《隐秀轩集》，隐秀轩文昃集序二“问山亭诗序”，明天启二年沈春泽刻本。

4 [明]李攀龙，《古今诗删》，卷十“选唐诗序”，清文渊阁四库全书本。

出于尊古、复古的需要，李攀龙等人继承严羽的"妙悟"说，主张以"悟"古的方式学习创作。李攀龙"悟"的方式有二：第一，不作诗话限定学诗条框，而通过编选《古今诗删》，让人们诵读、涵泳、熟参，自主、自觉地领悟古今诗歌之格调、古今诗人之才情；第二，通过摹拟前贤诗作以期达到古代诗人之境地。其实，第二点是第一点的必然，熟参、涵泳后，自然而然会用烂熟于胸的字句来表达。然其弊端是尺尺寸寸不敢有失，那势必还是通过字摹句拟来创作。

正是由于李攀龙于尺寸间进行摹拟，后七子的拟古倾向日益显露。到王世贞主掌文坛时，逐渐对此进行反思，对格调说进行了调整。而严羽诗论中既有强调崇尚古人、维持高古格调的一面，也有提倡诗人自行思悟、追求诗趣透彻的一面。因此，王世贞增加了后一方面在后期复古派诗论中所占的比重，努力使形式和内容两方面比重趋向平衡。

四、王世贞《艺苑卮言》：熟读涵泳，一师心匠，神与境会

后七子中学问最为渊博、诗学成就最高、影响最深远的，当属王世贞。

王世贞（1526—1590），字元美，号凤洲，又号弇州山人，太仓（今江苏太仓）人。嘉靖二十六年（公元 1547 年）进士，历嘉靖、隆庆、万历三朝，官刑部主事，累官刑部尚书，卒赠太子少保。在京时结交李攀龙并组建文盟，为后七子之代表、领袖。他所处的时代与前七子李、何时已不同，市民经济繁荣兴起，民歌、戏曲、小说等俗文学日益风靡，同时阳明心学的影响使文人更关注"吾心"，文学趋向自我情感的抒发。王世贞在明代前、后期分水岭的嘉靖朝度过了前四十年，经历了嘉靖朝文学思想的重大转变，他又于晚明万历朝即李攀龙身后独主文坛二十载，得及见证重性灵、重自我思潮的兴起[1]。加之其才气高[2]、著作

1　罗宗强，《序》，见：孙学堂《崇古理念的淡退——王世贞与十六世纪文学思想》，天津：天津古籍出版社，2004 年，页 3。

2　王世贞在诗歌艺术领域的才气、造诣高于后七子其他成员，此论断可参见钱谦益《列朝诗集》丁集卷六："元美之才，实高于于鳞。其神明意气，皆足以绝世。……迨乎晚年，阅世日深，读书渐细，虚气销歇，……自悔其不可以复改矣。"又《明史》卷二八七列传一七五亦称"世贞始与李攀龙狎主文盟，攀龙殁，独操柄二十年，才最高，地望最显，声华意气笼盖海内。……其持论，文必西汉，诗必盛唐，大历以后书勿读，而藻饰太甚。晚年，攻者渐起，世贞顾渐造平淡"。另，汪道昆之序其《弇州四部稿》亦对比了王、李二人之异趣："于鳞与古为徒，祖三坟而称六籍，其书非先秦两汉不读，其言非古昔先王不称；元美上窥结绳，下穷掌故，于书无所不读，于体无所不谙。……于鳞之业专，专则精而独至；元美之才敏，敏则洽而旁通。"

勤，诗论方面有著名的《艺苑卮言》及《明诗评》，可与谢榛《四溟诗话》一道作为后七子诗学造诣的代表，也是真正能代表嘉、隆、万时期诗歌主流风貌、审美旨趣的人物。到了晚年，他的文学思想更有一些明显的变化。他自悔四十岁前所作的《艺苑卮言》，并悟出“代不能废人，人不能废篇，篇不能废句”（《宋诗选序》）[1]的道理，有取于宋元之诗，还称赏归有光的散文“不事雕饰而自有风味”（《归太仆赞》）。王世贞作为后七子的首领，觉察到复古的流弊，这标志着主导明代中期一百余年的复古思潮已渐趋式微。总体而言，王世贞的早期诗论基本在复古格调论藩篱，但反对李攀龙“似临摹帖耳”的创作，后期因世风浸染及对格调立论之反思，亦时有“诗以陶写性灵”“自心而声之”、追求“性情之真”的创作倡言，能探究诗歌本质，开公安派“性灵”说同调之先。学者孙学堂称：“从性灵说的立场看，王世贞没有从格调说的立场走出来。从这一意义上说，其理论仍然可以归入格调说的范畴；但从前后七子的格调派的立场看，他则是走出了很大的一步。”[2]

王世贞的诗话《艺苑卮言》[3]前后费时十四载，成自嘉靖戊午年（公元1558年），乙丑（公元1565年）脱稿付梓，其时王世贞未满四十岁，后又有增益二卷，是体现其早期诗学“未定之论”的诗学著作。至其晚年，经历风尚变化，对其中附和李攀龙复古、拟古的一些言论心生悔意，希望“惟有随事改正，勿误后人”[4]。《艺苑卮言》的主导思想仍以崇尚格调为主，评诗专注于辨析体貌，认同盛唐为“第一义”。如《艺苑卮言》论诗云：

> 世人《选》体，往往谈西京建安，便薄陶谢，此似晓不晓者。毋论彼时诸公，即齐梁纤调，李杜变风，亦自可采。贞元而后，方足覆瓿。大抵诗以专诣为境，以饶美为材，师匠宜高，捃拾宜博。（卷一）

“师匠宜高”云云，持论大抵与严羽、李梦阳、李攀龙一致，但他论《选》体不薄陶、谢又兼及李、杜，则与高谈汉魏者不同。“捃拾宜博”之论，又于格调说中

---

1 [明]王世贞，《弇州山人四部续稿》，卷四十一文部，清文渊阁四库全书本。

2 孙学堂，《崇古理念的淡退：王世贞与十六世纪文学思想》，天津：天津古籍出版社，2004年，页3。

3 [明]王世贞，《艺苑卮言》，增补艺苑卮言卷之一，明万历十七年武林樵云书舍刻本。本文研究所引《艺苑卮言》皆采自此版本，参之以：《明诗话全编》第四册之《王世贞诗话·艺苑卮言》。

4 [清]陈田，《明诗纪事》，己籤卷一“王世贞”，清陈氏听诗斋刻本。

加入了变化、扩展的因素。说明王世贞“欲于第一义之诗取其格，于第一义以外之诗博其趣”[1]，与严羽、李梦阳要求严守“第一义”稍有不同，与谢榛取向则大抵相类，都在坚持“第一义”外，建议有所扩展，以丰富其诗趣。这固然是其才气的一种外现，也说明在明代中期，诗家除对汉、魏、盛唐“高山仰止”外，也有承认六朝、宋、元诗有可取之处的意见。拓宽门径，踵事增华，是诗歌创作发展的必然趋势。

王世贞赞同秦汉之文、盛唐之诗是最高境界，是师法的楷模，但不赞成学习时拘守尺寸，而应“琢磨之极，妙亦自然”，强调对古人法度心神领会、化用无迹，这与严羽的“熟参”“妙悟”遥相呼应。他描述道：

> 曹溪汗下后，信手拈来，无非妙境。（卷一）
>
> 熟读涵泳之，令其渐渍汪洋。遇有操觚，一师心匠，气从意畅，神与境合。分途策驭，默受指挥，台阁山林，绝迹大漠，岂不快哉？世亦有知是古非今者，然使招之而后来，麾之而后却，已落第二义矣。（卷一）
>
> （盛唐七律）篇法之妙，有不见句法者；句法之妙，有不见字法者，此是法极无迹。人能之至，境与天会，未易求也。（卷一）
>
> 情景妙合，风格自上，不为古役，不堕蹊径者，最也。（卷七）

他认为对古法的把握，正如同禅宗的妙境，要通过熟读涵泳古人优秀诗文，方能领悟。而悟后，要超越法度门限，作诗时气从意畅，神与境合，信手拈来，一师心匠。运法于无迹，妙合而自然，这样才是“第一义”的学诗、作诗方法。严羽以“汉魏晋与盛唐诗”为第一义之诗、以“汉魏不假悟，谢灵运至盛唐诸公透彻之悟”为第一义之悟，是从学习对象、学诗方法而言的。王世贞接下这个话头，解释了复古派应如何学古、如何师法的问题。学古不是循法、拘于法，而是要消化古人“第一义”佳诗、琢磨化解其诗法作为创作根据，使自己的才情、神思与遭遇之境相合，创作文思泉涌，而又契合于古人法度。与谢榛所谓“熟读之以夺神气，歌咏之以求声调，玩味之以裒精华，得此三要则造乎浑沦”的学诗方法如出一辙。而“一师心匠，气从意畅，神与境合”之论则逗露出类似性灵说的见解，差异之处是王氏“师心”的前提是将古人诗文了然于胸作

1　郭绍虞，《中国文学批评史》（下卷），天津：百花文艺出版社，1999年，页173。

为创作准备的。

因此，格调在王世贞处，是“不法而法”，是参悟后的自然而然，而并非如李攀龙似的拘守尺寸。他批评于鳞摹拟蹈袭，称其古乐府“无一字一句不精美，然不堪与古乐府并看，看则似临摹帖耳”(卷七)。以模仿为务，亦步亦趋，唯恐有违法度，难见作者真情性，是能力孱弱的师古者常见之病，王世贞早年也难免此病，然待诗艺精进之后正视此种弊端，幡然悔悟，亦属不易。

对于格调，严羽、李东阳等人都视之为诗歌本身自备的特点[1]，而未与作者即诗人联系起来，他们都没有解释为何不同的诗人会写出格调完全不同的诗歌。而王世贞则继徐祯卿后，又深入讨论了这一问题。《艺苑卮言》有云：

> 才生思，思生调，调生格。思即才之用，调即思之境，格即调之界。(卷一)

各人的才思产生不同的情思，特定的情思促发特定的声调韵律，从而生成一定的格。格调即是才思的表现形式及界域规范。王世贞认为格调基于诗人的才思，这一点超越以往复古派主张，能直击诗歌根源，不拘泥于模仿形貌。格调的高古在于诗人才思的深远广博，因此后人要学习前人的格调，不能仅于外在形貌上摹拟因袭，而要深入扩展训练自己的才思。徐祯卿“因情立格”，王世贞则要求诗人在“才思”上下功夫，由才思而格调，都是对李梦阳、何景明、李攀龙复古、学古偏重形式的有益补充。

除理论外，在具体的诗歌批评方面，他也运用才思决定格调的方法，进行人物、诗作的对比品评。例如谈李、杜，他就能在严羽推尊二人的基础上，不囿于后人的取舍偏向，结合二人不同的性情、才思，来谈论李、杜在不同诗歌体式上表现出的不同格调，如：

> 李杜光焰千古，人人知之。沧浪并极推尊，而不能致辨。元微之独重子美，宋人以为谈柄。近时杨用修为李左袒，轻俊之士往往傅耳。要其所得，俱影响之间。五言古、选体及七言歌行，太白以气为主，以自然为宗，以俊逸高畅为贵；子美以意为主，以独造为宗，以奇拔沈雄为贵。

---

1 孙学堂，《王世贞才思格调说辨析》，《聊城师范学院学报(哲学社会科学版)》，2000 年第 1 期，页 97。

其歌行之妙，咏之使人飘扬欲仙者，太白也；使人慷慨激烈，嘘唏欲绝者，子美也。《选》体，太白多露语率语，子美多稚语累语，置之陶、谢间，便觉伧父面目，乃欲使之夺曹氏父子位耶！五言律、七言歌行，子美神矣，七言律，圣矣。五七言绝，太白神矣，七言歌行，圣矣，五言次之。太白之七言律，子美之七言绝，皆变体，间为之可耳，不足多法也。（卷四）

他甚至批评严羽论诗犀利、自己作诗却缺乏才情。《艺苑卮言》卷四称："严沧浪论诗，至欲如哪吒太子析骨还父，析肉还母，及其自运，仅具声响，全乏才情，何也?"足见元美论诗于格调外，十分重视讨论诗人才情的自然表达。

他反对诗歌描画太过刻意、细致，诗意表达过于切题、直白，认为这些都妨碍了诗人才思、情感的自然兴发。卷四称："严又云：'诗不必太切。'予初疑此言，及读子瞻诗，如'诗人老去'、'孟嘉醉后'各二联，方知严语之当。"此论受严沧浪诗论及苏东坡诗作的启发，与谢榛《四溟诗话》"诗不可太切，太切则流于宋矣"之说互通声气，探讨了诗歌趣味如何在创作中体现的问题。过于切题或直白，则如说理议论，成宋诗流弊，而应在不即不离、不近不远、有意无意之间，方有蕴藉、悠远、意在言外的韵致。清代朱庭珍《筱园诗话》云："诗以超妙为贵，最忌拘滞呆板。……诗之妙谛，在不即不离，若远若近，似乎可解不可解之间。即严沧浪所谓'镜中之花，水中之月，但可神会，难以迹求'是也。"可谓阐释得当。严羽《沧浪诗话・诗法》"不必太着题，不必多使事"及钟嵘《诗品》"吟咏性情，何贵用事?"等论，都在提醒后人不可太拘于诗歌形式而舍弃了诗歌吟咏情性的本质。

据此，元美承接下严羽"诗者，吟咏情性"之论，将学古与"心声"结合起来，建议诗人要善于表达"性情之真"，批评机械摹拟剽窃，称：

自昔人谓言为心之声，而诗又其精者。予窃以诗而得其人：若靖节之言，澹雅而超诣；青莲之言，豪逸而自喜；少陵之言，宏奇而饶境；左司之言，幽冲而偏造；香山之言，浅率而尚达。是无论其张门户、树颐颏，以高下为境，然要自心而声之，即其人亦不必征之史，而十已得其八九矣。后之人好剽写余似，以苟猎一时之好，思踳而格杂，无取于性情之真，得其言而不得其人，与得其集而不得其时者，相比比也。[1]

他肯定心与言的关系，“言为心声”，作诗要“自心而声之”，善于表达“性情之真”，而不能“因调生意”——如谢榛所谓“诗以一句为主，落于某韵，意随字生”（《诗家直说》卷二）；更不能为格调所拘而剽窃摹拟，“剽写余似”造成“思踳而格杂”的恶性循环。

他认为“剽窃摹拟，诗之大病”，而对“神与境触，师心独造，遇合古语者”（卷三）则是承认赞同的。《艺苑卮言》定稿于嘉靖四十四年（公元1564年），时年王世贞未满四十岁，而李攀龙尚在世，书中已反复批评了剽窃摹拟之弊：“然而正变云扰，剽拟雷同，信阳（何景明）之舍筏，不免良箴，北地（李梦阳）之效颦，宁无私议？”“中兴之功，则济南（李攀龙）为大矣。今天下人握夜光，途遵上乘，然不免邯郸之步，无复合浦之还，则以深造之力微，自得之趣寡。”（卷七）这些都在肯定复古派功绩的基础上，对其发展中剽窃、摹拟的弊病作了总结、清算，也标志着复古之风渐趋式微。

破而有立，王世贞力避摹拟之迹，要求学古而化，作家不应孤立地“尚法”，应该把“达意”与“尚法”综合起来，即“意在笔先，笔随意到，法不累气，才不累法”。元美认为创作完美的境地就是自然天成的化工之美，体现在汉魏古诗中是“忽然而来，浑然而就，无岐级可寻，无色声可指”，在盛唐近体中则是“意融而无迹”。他说：

> 西京、建安，似非琢磨可到，要在专习凝领之久，神与境会，忽然而来，浑然而就，无岐级可寻，无色声可指。（卷一）
>
> 盛唐之于诗也，其气完，其声铿以平，其色丽以雅，其力沉而雄，其意融而无迹，故曰盛唐其则也。[2]

王世贞认为，汉魏古诗之境界，并非琢磨、摹拟可到，而是神与境会，浑然而就的，“无岐级可寻，无色声可指”；而盛唐律诗律法严格，之所以也算第一义诗，因其“意融而无迹”。这和严羽推崇的“羚羊挂角，无迹可求”“不涉理路，不落言筌”的“兴趣”这一诗歌特质是相承相接的。这种文学思想和当时的阳明

---

1 ［明］王世贞，《弇州四部稿》，卷六九文部“章给事诗集序”，明万历刻本。

2 ［明］王世贞，《弇州四部稿》，卷六五“徐汝思诗集序”。

心学对文学的渗透也不无关系，也是元美作为吴地文人重视性情、崇尚自然的审美传统的外在表现。同样不容忽视的是，这两点理论皆带有类似神韵说的色彩。据此，王世贞之格调论，更强调变化，乃于“正”之外，较为重视“变”，即在追求法式规模方面的高格之外，要求加入新创变化，反对邯郸学步、印模临帖：

> 今天下人握夜光，途遵上乘，然不免邯郸之步，无复合浦之还，则以深造之力微，自得之趣寡。《诗》云：“有物有则。”又曰：“无声无臭。”昔人有步趋华相国者，以为形迹之外学之，去之弥远。又人学书，日临《兰亭》一帖，有规之者云：“此从门而入，必不成书道。”然则情景妙合，风格自上，不为古役，不堕蹊径者，最也。随质成分，随分成诣，门户既立，声实可观者，次也。或名为闰继，实则盗魁，外堪皮相，中乃肤立，以此言家，久必败矣。（卷五）

此处“有物有则”指学古之规范法度，“无声无息”则指新变了无痕迹。王世贞认为从形迹学古，去之弥远，步趋和临帖都将失败，只有不为古役、不堕蹊径而情景妙合者，方有所成。师古而能自创，其实合于何景明之“领会神情，临景结构”，也同于谢榛之“从神情入”的观点，仍属复古格调论的诗学主张。

总体而言，王世贞秉承严羽诗学盛唐的“第一义”准则，主张师法古人的高古格调，又注意学习李梦阳、李攀龙师法古人、重视法度的复古态度，讲求研习古人的创作技法。此外，其论诗能努力沟通社会动态、文学思潮与诗歌理论的互动关系，将“古”“今”与“正”“变”的辩证关系融入复古派的格调论，使之在诗歌的形式平面上增加了时间变化的维度。王世贞将“才”“思”引入“格”“调”，这种诗歌本质观可以认为是受严羽“诗者，吟咏情性”的启发，汲取了何景明、徐祯卿强调诗人情性、才思的思想，也可说是当时心学普遍流行的产物，是王世贞反映在诗学中的一种时代思潮和诗学新变。因此，他重视诗歌的抒情本质及审美特质，倡导才情与格调相剂，要求表达性情之真，使诗歌理论更贴近诗歌创作的本质形态，与“性灵”说的立场有契合之处；而推崇“神与境会，浑然而就，无岐级可寻，无色声可指”“意融而无迹”的诗美境界，则又开“神韵”说之端。在此意义上，王世贞是《沧浪诗话》较为全面的接受者。

后七子复古派的诗话作品除王世贞的《艺苑卮言》外，尚有谢榛《四溟诗话》堪为代表，而王世贞之弟王世懋的《艺圃撷余》、胡应麟的《诗薮》，是对机械模拟复古流弊的反思、补救之作。

五、谢榛《四溟诗话》：诗以兴为主，非悟无以入其妙

"后七子"在诗学方面有所建树的除王世贞外，谢榛影响亦颇为深远。谢榛诗学一方面承接严羽，其诗论在许多方面清晰可见严羽诗学的影子，如谢榛所谓"以盛唐为法"，提倡熟参"第一义诗"以得"妙悟"，以"兴"论诗并追求诗歌最高境界的"入神"；一方面又体现出接受严羽之说后的细化、创新与发展；而在"情景"关系论方面，则有对严羽诗论的补充和超越。

谢榛(1495—1575)，字茂秦，自号四溟山人，临清(今山东省临清市)人，嘉隆间著名诗家，诗作诗论皆精，乃"后七子"初期的布衣领袖。其作品有《四溟山人全集》二十四卷，后四卷即为《诗家直说》。《诗家直说》[1]，又名《四溟诗话》，计四百一十六条，成于作者晚年，可视为谢榛对后七子复古运动在诗学方面的总结与反省，亦是复古格调派中全面接受严羽诗学的极佳范例。谢榛对严羽《沧浪诗话》的接受情况可归纳概括如下：

其一，谢榛接受严羽以古为尚的复古取向，具体提倡"以盛唐为法""夺盛唐律髓"。《诗家直说》第一条云：

> 《三百篇》直写性情，靡不高古，虽其逸诗，汉人尚不可及。今学之者，务去声律，以为高古。殊不知文随世变，且有六朝、唐、宋影子，有意于古，而终非古也。(卷一)

此条开宗明义，肯定了《诗经》之所以篇篇"高古"，源自"直写性情"，而不在于近人以为的没有声律之故。因此，谢榛认为诗的本质内容是抒写性情，这一点等同于严羽所谓"诗者，吟咏情性也"。他进一步讲，时代变迁造成了诗体变革与演变，于古体后人终不及古人。今学诗之人，崇尚高古，以为去掉近体声律这一外在形式就能实现高古气格，其实乃"有意于古，而终非古也"。原因

1　本文研究采用：[明]谢榛撰，《诗家直说》四卷，明万历山东登州刻本；参以：[明]谢榛撰，李庆立、孙慎之笺注，《诗家直说笺注》，济南：齐鲁书社，1987年。

是即便舍弃了声律也恢复不了古人性情，时世环境已不再了。之后，谢榛在谈论《诗经》佳句时称引严羽的话："圣经若论佳句，譬诸九天而较其高也。严沧浪曰：'汉魏古诗，气象浑厚，难以句摘，况三百篇乎？'沧浪知诗矣。"（卷一）谢榛赞同严羽，推崇《诗经》和汉魏古诗结构紧凑、浑然一体、难以句摘。因此可见，谢榛意虽推崇《诗经》之高古，实则道出古体之难学难拟，为他强调唐诗近体做好了铺垫。综合谢、严二家诗论来看，谢榛在骨子里是一脉相承自严羽的，他们都自觉或不自觉地流露出强烈的以古为尚的情绪。然两人对学古的具体对策不同：严羽熟参古人以期自悟，以期做出逼肖古人之诗，如《诗法》云"试以己诗置之古人诗中，与识者观之而不能辨，则真古人矣"；而谢榛虽也推崇古人，然时移世易，因难肖古，遂倡近人作近体。

近体之法，谢榛认为是"当取材于汉魏，而音律以唐为宗"。他师法盛唐的切入点首先是承袭严羽关于唐诗分期的观点，言必称盛唐。他又进一步详言盛唐诗之特色乃在声律，要求学诗者"夺盛唐律髓"。这可谓正中要綮，因为严密的格律规范正是近体诗的标志。有关诗歌声律的演进，谢氏归纳道："诗以汉、魏并言，魏不逮汉也。建安之作，率多平仄稳帖，此声律之渐。而后流于六朝，千变万化，至盛唐极矣。"（卷一）谢榛此条采自严羽、高棅以来的唐诗分期说，言称盛唐达声律之极。关于唐诗分期，严羽《沧浪诗话·诗辨》中提到"盛唐之诗、大历以还之诗、晚唐之诗"的区分，而《沧浪诗话·诗体》专"以时而论"诗体，明确提出唐诗"五体"说，将整个唐代的诗歌标为唐初体、盛唐体、大历体、元和体、晚唐体五个发展演变阶段。谢榛之前，高棅的《唐诗品汇》则在严羽唐诗"五体"说基础上，明确归纳出"初唐、盛唐、中唐、晚唐"之"四唐"分期。

谢榛远绍严羽，近接高棅，将声律之渐与唐诗之盛结合起来讨论：唐诗虽然无法与汉、魏比拟古人之风，但诗歌随世递迁，声律的加入使盛唐诗达到了形式上的极致。这是符合诗歌发展史实的，声律胚胎自魏、晋，由齐、梁而流行开来，"才子比肩，声韵抑扬……动合宫商，韵谐金石"[1]，至盛唐达到诗律极致，"又加靡丽，回忌声病，约句准篇，如锦绣成文"[2]。此乃诗歌发展的客观规律，

---

1 [日]弘法大师原撰，王利器校注，《文镜秘府论校注·四声论》，北京：中国社会科学出版社，1983年，页81。

2 [元]辛文房，《唐才子传》，卷一"沈佺期"条，清佚存丛书本。

诗体益加丰富多样，诗律愈加繁复谨严。严羽《沧浪诗话·诗辨》中有一小注解释其推崇盛唐的原因之一为："后舍汉魏而独言盛唐者，谓古、律之体备也。"诗歌发展到盛唐，近体律诗绝句的加入，与古体会合，使得诸体具备，是盛唐诗达到诗歌高峰的外在表征之一。

以盛唐为法，并不是空洞的口号，谢榛结合七绝的用韵，具而言之：

> 七言绝句，盛唐诸公用韵最严；大历以下，稍有旁出者。作者当以盛唐为法。盛唐人突然而起，以韵为主，意到辞工，不假雕饰；或命意得句，以韵发端，浑然无迹：此所以为盛唐也。宋人专重转合，刻意精炼；或难于起句，借用旁韵，牵强成章：此所以为宋也。（卷一）

盛唐诸公之近体以韵为主，然意、辞自然无迹；宋人刻意首句出韵、借用旁韵，反而牵强了诗意。谢榛注意到唐人用韵严格，至大历以下，稍有旁出，宋人则更为牵强。此点明显受到严羽"汉、魏、晋与盛唐之诗，则第一义也；大历以还之诗，则小乘禅也，已落第二义矣；晚唐之诗，则声闻辟支果也"观点的影响，并细致地为严羽推重盛唐之论给出了一个充分、具体的例证。

后七子的复古特征：一是强化技术理念，二是提升法度意识。谢榛提倡学近体，近体最外现的表征在声律，谢榛遂将诗歌体制这一基本问题更加聚焦到诗歌的声律上，反复强调诗歌用韵，严格要求近体诗的用韵必须"以盛唐为法"。他评论张说律诗《送萧都督》、李贺绝句《咏马》用古韵，"二诗不可为法"（卷一）。可见在用韵问题上，他不仅反对盛唐以后的险韵、进退韵、首句借韵等手法，而且也反对在近体中用"古韵"。

其二，盛唐之则还在气格、气象、感兴等方面，而非仅限气、声、色、力的简单模拟。除"音节""声律"之外，严羽从诗歌艺术的特殊性和风格特色等方面，强调盛唐诗歌特别是李杜诗歌的"格力""气象""体制"及"兴趣"，对后世影响重大。谢榛亦秉承此论，认为作诗如作文，不可无者为"体""志""气""韵"四个方面，并以"气格"概括之，"体贵正大，志贵高远，气贵雄浑，韵贵隽永"（卷一）具体道出了谢榛推崇的"盛唐气格"的内涵，而由上文所论的"声律""用韵"的"格调"论更向内挖进了一步，涉及了"神韵"说的部分。

盛唐李、杜既以韵胜，又能格高。严羽在《沧浪诗话·诗评》中品评陶渊明

"采菊东篱下，悠然见南山"句胜过谢灵运"池塘生春草"，是由于康乐之诗精工，而渊明之诗质而自然。谢榛将之归纳为：康乐属"韵胜者易"，而如渊明"格高者难"（卷二）。可见，在谢榛诗论体系中，"韵"属诗歌外层，可加雕琢使之精工的部分，而"格"则为诗歌内核，难加揣摩因其乃自然品质决定的内在。能二者兼美的，唯李、杜而已。求"格高"难，然谢榛忍不住泄露了"天机"，认为"格由主（警句）定""作诗先得警句，以为发兴之端""主客同调"（卷三），就能如李、杜般将自然之美和精工之妙完美和谐于一诗，可谓将严羽诗论阐释了具体可操作性。然而总体上，在"气格"论的批评实践中，谢榛常囿于气格的条框禁锢，而忽略作品立意、意境、结构、字句之整体，屡逞一字师之能替前人改诗，反失却自然美妙。如评价杜牧之《清明》末句"宛然入画，但气格不高"（卷一）。这样的诗评屡见不鲜，也使《四溟诗话》得"多学究气"之讥。

盛唐之则还体现在"气象"中。谢榛认为贾岛的"秋风吹渭水，落叶满长安"比"鸟宿池边树，僧敲月下门"更佳，因前者"气象雄浑，大类盛唐"（卷二）。严羽《沧浪诗话》九次强调"气象"，在《答吴景仙书》中又云："盛唐诸公之诗，如颜鲁公书，既笔力雄壮，又气象浑厚。"用颜真卿书法的笔力比拟盛唐诗歌的气象，是盛唐诗歌呈露于外的整体风貌[1]，"雄壮浑厚"乃其总体特征。"盛唐气象"遂成为后代文学批评的专门术语。谢榛沿袭严羽此说并举以诗句实例，强调气象要峥嵘、雄浑、深厚、氤氲一气，方可比拟"盛唐气象"，这也是气格论者所一再强调的。

严羽强调诗学汉、魏、盛唐，尤以盛唐为宗，因其诗体完备，诗法井然，而不似汉魏古诗浑然天成，不可字拟句摹。之后被高棅、李东阳、李梦阳等人一步步将其"体制"论完善化、极端化为"格调"说。而谢榛却有意地避开了"前七子"的格局门限，而直取于严羽的《沧浪诗话》。他接受"体制""格调"说的同时，亦继承、发展了严羽关于诗歌艺术特性和风格特色的观点，因而论诗较符合诗歌艺术发展的客观规律。而如李攀龙等人将"格调"说孤立于诗歌内容、诗人特性之外，只能在歧路上愈骛愈远、流荡莫返了。

1　关于严羽所谓"气象"，郭绍虞先生在《中国文学批评史》下卷中有所讨论。他认为严羽是一个善观气象的诗论家，此种能力来自他对历代诗歌的熟参、入悟，严羽所谓"气象"，即现在所谓风格。郭先生以风格释气象，看到了气象与风格在含义上的接近，但又并不等同，气象是艺术形象所焕发出的神采，是诗歌呈露于外的气韵、风貌、整体风格，如"人之仪容"，然与风格仍有细微差别。

在“师法”问题上谢榛先要求“遍考”“熟读”唐诗，受严羽“博取”“熟参”“熟读”诸说影响，与王世贞“熟读”“涵泳”相合，为“悟”准备前提条件，之后“酝酿胸中，久之自然悟入”(《沧浪诗话·诗辨》)。而谢氏对严羽师法取径加以拓宽，于盛唐外又加入初唐，建议学诗者宜集各家所长，融会贯通，自成一家。他多次强调：

熟读初唐、盛唐诸家所作……见诸家所养之不同也。学者能集众长，合而为一，如易牙以五味调和，则为全味矣。(卷三)

夫大道乃盛唐诸公之所共由者，予则曳裾蹑屩，由乎中正，纵横于古人众迹之中。及乎成家，如蜂采百花为蜜，其味自别，使人莫之辨也。(卷三)

历观十四家(初唐、盛唐)所作，咸可为法。当选其诸集中之最佳者，录成一帙，熟读之以夺神气，歌咏之以求声调，玩味之以裒精华。得此三要，则造乎浑沦，不必塑谪仙而画少陵也。(卷三)

因“气格”是由初唐逐渐积累而氤氲成盛唐气象的，且初、盛唐众诗人风格多样，在于“诸家所养不同”。其所谓“养”，不同于儒者所谓“内修”，而是“外入”，要善于“集众长”，然后“成一家”。这一点也表现出谢榛和李攀龙等人在“师法盛唐”的具体做法上具有明显区别，其融通性超越了李攀龙、王世贞等人，也导致“布衣高论不为同社所安”(朱彝尊《静志居诗话》卷十三)的矛盾。

对待宋诗的态度方面，谢榛也比严羽及其他复古派通融，稍近唐宋派持论。严羽《沧浪诗话·诗辨》云：“唐人与本朝人诗，未论工拙，直是气象不同。”“大历以前，分明别是一副言语；晚唐分明别是一副言语；本朝诸公分明别是一副言语。”谢榛同时代人也将唐诗比作贵介公子，而宋诗如三家村乍富人。谢榛则比严羽、时人更为融通，承认宋诗亦有佳句，未可全废。他举宋代林逋诗句“茂陵他日求遗稿，犹喜曾无封禅书”[1]，认为“此乃反唐人之意”而更能体现诗人自身的品行操守，谢氏以此叹赏宋人能锤炼诗理：“殊不知老农亦有名言，贵介公子不能道者。”(卷一)谢榛不满宋诗的方面是以意为先，“涉于理路，殊无思致”。他将唐、宋诗之立意进行了对比：“诗有辞前意、辞后意。唐人兼之，

1 此句表明诗人绝不像司马相如那样，临死前还歌功颂德、邀宠求荣。

婉而有味，浑而无迹。宋人必先命意，涉于理路，殊无思致。”（卷一）这点承接严羽反对宋诗先立意、多涉理，然更明确强调作诗之旨应以兴为主，不以意为主，更不以词为主，含蓄托讽的“辞后意”才更能体现诗味。

总体上看，在师法前贤的宗旨上，谢氏如严羽，要求“学其上”“法前贤”、师法盛唐，认为“学宋者，则堕下乘而变之难矣”，但他更融通地加入初唐甚至晚唐诗歌（“有学晚唐者，再变可跻上乘”），并认为宋诗亦有佳句，不可全废。

其三，谢榛也谈“悟”，同样主张通过熟参“第一义诗”以“入悟”“透悟”，但他对严羽诗论的发展体现在更加关注诗人的主体性因素，讲求悟出“活法”，是对“格调”说的有力修正。

谢榛谈诗屡称“悟”：“（诗不可无者体、志、气、韵）四者之本，非养无以发其真，非悟无以入其妙”（卷一）；“作诗有专用学问而堆垛者，或不用学问而匀净者，二者悟不悟之间耳”（卷三）。“悟”是谢榛“法盛唐”的主要途径，是为了领悟诗歌的独特艺术特性，而非仅仅把握诗歌的外形、体制、声律、格调，更非为了堆垛学问。学诗之初当如临字，然“久而入悟，不假临矣”（卷二）。若“摹拟太甚”，则“非性情之真也”（卷二）。“……夫百篇同韵[1]，当试古人押字不苟处，能造奇语于众妙之中，非透悟弗能也。或才思稍窘，但搜字以补其缺，则非浑成气格，此作近体之弊也”（卷三）。其所谓“透悟”，源自严羽“第一义之悟”、盛唐诸公“透彻之悟”。由于谢榛是针对近体而言，因此其“透悟”乃谓：初唐时沈、宋之律诗，有开创之功，然化机尚浅，非透彻之悟；惟盛唐诸公，领会神情，愈加锤炼，终不落形迹，方为透彻之悟。这合于严羽之论，然更详细，能从唐律角度具体道出盛唐诸公透彻之悟的内涵。此论也是符合律诗新出时造诣不深、发展后日益精纯的演变规律的。随后，谢榛又提出“但搜字以补其缺，则非浑成气格”之说，有两层意思：其一，批评时人搜字为诗、不顾气格浑成的作诗之法，也是他与李攀龙等人意见不合的主要方面；其二，悟的最终目的是厚积薄发、自成一家，作出气格浑成的好诗，而非外形上、字句上似古。对风靡当时的拟古之风，谢榛更是大胆地有的放矢：“今之学子美者，处富有而言穷愁，遇承平而言干戈；不老曰老，无病曰病。此摹拟太甚，殊非性情之真也。”（卷二）

1　指明代康麟所编《雅音会编》，将平声三十韵为纲，以诸诗汇韵分隶。谢榛与友人讨论此书中百篇同韵，可助学诗者透悟出盛唐诸公近体之妙。

此论批评了脱离时代、无病呻吟的泥古之风，“性情之真”要结合时代、结合现实，这是谢榛诗论超越严羽之处。

“悟”之外，谢榛更给出另一个熟参的基本条件，即“勤”。以此点，谢榛点破渐修方有顿悟，悟后仍需修行：“其悟如池中见月，清影可掬；若益之以勤，如大海息波，则田光无际。悟不可恃，勤不可间。悟以见心，勤以尽力。此学诗之梯航，当循其所由而极其所至也。”（卷三）悟和勤，“悟以见心，勤以尽力”，对学诗者来说，都是应该做到的。但若以之为“学诗之梯航”，则犯了和严羽一样的毛病，眼睛一味向上，误导学诗者脱离现实，忽略在周遭的现实生活中陶冶、积累、锤炼，入门虽高，然缺乏后续补养，会导致作诗时识高作低、手不应心。

其四，谢榛对严羽的“兴趣”说加以吸收改进，论诗重“感兴”，反对用难字、多用事、多藻饰、字繁辞拙、流于议论而损害了情感的兴发。谢榛以“感兴”论诗，相对于严羽“兴趣”说在主体论上超超玄箸，更能从创作论角度进行落实与细化，强调创作过程中主体感情的抒发。谢榛的“兴、趣、意、理”之“四格”较之严羽“词、理、意兴”之说，向“神韵”说更近了一步。

谢榛强调要避免字繁辞拙、两句诗才说完一层意思，力避“流于议论”之弊（卷三）。严羽以“不落言筌”为诗之上乘，反对以议论为诗。谢榛也正承袭了这种观点。二人皆反对以文为诗、以议论为诗，可谓抓住了诗歌自身的本质特点。然则，诗歌的本质应该是什么呢？谢榛将诗的产生归于“兴”：“凡作诗，悲欢皆由乎兴，非兴则造语弗工。……熟读李、杜全集，方知无处无时而非兴也。”（卷三）“太白夜宿荀媪家，闻比邻舂臼之声，以起兴，遂得‘邻女夜舂寒’之句。”（卷二）“宋人谓作诗贵先立意。李白斗酒百篇，岂先立许多意思而后措词哉？盖意随笔生，不假布置。”（卷一）李、杜皆擅兴，而太白尤佳。可见，谢榛之谓“兴”，是指诗歌创作时之感兴、之兴发感动，即“外感于物，内动于情，情不可遏”[1]之“兴”，而不是具体的表现手法。他归纳道：

诗有四格[2]：曰兴，曰趣，曰意，曰理。太白《赠汪伦》曰：“桃花潭水深千尺，不及汪伦送我情。”此兴也。陆龟蒙《咏白莲》曰：“无情有恨何

1 [唐]贾岛，《二南密旨》，见：[宋]陈应行，《吟窗杂录》卷三，明嘉靖二十七年崇文书堂刻本。

2 格，在此指艺术表达的体式和特点。谢榛所谓四格，改造自王昌龄《诗中密旨》诗有“趣、理、势”三格、贾岛《二南密旨》“情、意、事”三格，也承受了严羽“诗有词、理、意兴”之论及“兴趣”说。

人见，月晓风清欲堕时。"此趣也。王建《宫词》曰："自是桃花贪结子，错教人恨五更风。"此意也。李涉《上于襄阳》曰："下马独来寻故事，逢人惟说岘山碑。"此理也。悟者得之，庸心以求，或失之矣。(卷二)

严羽《沧浪诗话·诗评》相应的说法是："诗有词、理、意兴。南朝人尚词而病于理，本朝人尚理而病于意兴，唐人尚意兴而理在其中。汉魏之诗，词理意兴，无迹可求。"严羽所谈"兴"，是"唐人尚意兴"之"意兴"，或"盛唐诸人惟在兴趣"之"兴趣"，乃"言有尽而意无穷"诗意蕴藉之趣。而谢榛则将"意兴""兴趣"作了进一步的切分与细化，并举出诗句为例，将诗歌艺术表达特点做出更细致的划分，其"兴"更强调作诗时触物起兴、兴发感动的情感起因。而且谢氏将"兴"置首，可看出他对"感兴"论诗的重视。

"诗有不立意造句，以兴为主，漫然成篇，此诗之入化也。"(卷一)"以兴为主"，是谢榛论诗宗旨之一。他既强调"走笔成诗"之兴，又重视"琢句入神"之力(卷三)，方能将诗打造成完美的整体。然其"发兴之端"(卷四)在实际创作中往往建立在前人旧作、故纸堆上，虽有些切身体会，然而却脱离实际，容易缺乏更深刻的内容。

除作诗时"兴发感动"、乘兴"走笔成诗"之外，"兴"在谢榛诗论中还强调"辞后意"的"婉而有味，浑而无迹"(卷一)及"含蓄托讽"(卷一)，并称"诗有可解、不可解、不必解，若水月镜花，勿泥其迹也"(卷一)。其论"辞后意"的特点，合于严羽所谓"兴趣""羚羊挂角，无迹可求""如空中之音、相中之色、水中之月、镜中之象""言有尽而意无穷"之义。

在"兴"的前提下，谢榛认为诗是神气流动、浑然一体的"造物"，因此他反对用难字、多用事、流于议论、堆垛古人等破坏诗意连贯的作法。且"兴起"之后，仍需琢磨、修改之工，因而谢榛强调"苦思"，赞赏少陵的"新诗改罢自长吟"，并劝诫学诗者要"深入溟渤"，花工夫多思考多琢磨，方能写出高妙之诗，"得骊颔之珠"(卷二)；修改以"一悟得纯"，得"无瑕之玉"(卷三)；"苦心不休，则警句成"(卷三)。可见，谢榛将"苦思"视作"以兴为主"的必要辅助和补充，也是与其崇尚"自然高妙"相反而相成的方面。

其五，谢榛论诗以格调、气格为主，亦重视诗人主体之"情"与客观之"景""适会"。他反对尺寸间蹈袭古人成句，而主张根据眼前景，翻出新意，渐开"性

灵”“神韵”之说。因此，其友杜约夫称赞谢榛：“子能发情景之蕴，以至极致，沧浪辈未尝道也。”（卷二）

“作诗本乎情景，孤不自成，两不相背。”“景乃诗之媒，情乃诗之胚，合而为诗，以数言统万形，元气浑成，其浩无涯矣。”（卷三）因此，“情景适会”方使诗作自然高妙，谢榛选子美诗句“细雨荷锄立，江猿吟翠屏”。评价道：“此语宛然入画，情景适会，与造物同其妙。”（卷二）又赞誉司空曙“雨中黄叶树，灯下白头人”之句“善状目前之景，无限凄感，见乎言表”（卷一）。谢榛把握住司空此句写景蒙太奇般的镜头剪切，自然包含“已秋”“人老”之概念而含蓄不露，自然带有悲秋之况味而引人体味。他的赞赏也正体现了诗歌写景不求概念认识的明确，而在于形象感染力的明确。

“情景相触”“情景相因”过程中，“情”“景”之接触相交具有非人为性、必然的随机性，而“情景适会”是二者不至于失衡的状态，得靠“兴”“思”来权衡。谢榛“景出想像，情在体帖，能以兴为衡，以思为权，情景相因，自不失轻重也”的建议，将上文讨论的“兴”在创作阶段的情景关系处理中进行了实操性阐释，将严羽玄虚的“兴趣”或“意兴”做出了创作层面的落实。

谢榛谈到了写景的虚实问题、情与景在诗篇中的比例问题及具体作法。他归纳出“景实而无趣，景虚而有味”（卷一）、“写景述事，宜实而不泥乎实”（卷一）写景宜虚的规律。在一诗中“景多则堆垛，情多则暗弱”（卷一），而在具体诗评中，谢榛能联系诗体来讨论情与景的比例关系，如“子美五言绝句皆平韵，律体景多而情少；太白五言绝句平韵，律体兼仄韵，古体景少而情多：二公各尽其妙”（卷一）。最后，他又示人以具体操作方法：“夫欲成若干诗，须造若干句，皆用紧要者，定其所主，景出想象，情在体贴，能以兴为衡，以思为权，情景相因，自不失重轻也。”（卷三）这些持论，确实乃“发情景之蕴，为沧浪所未发”。

综合以上五点，谢榛对严羽的接受态度以积极、正面为主，另有细化补充、加工创造和发展。他们皆提倡“复古”与“格调”，然并不匍匐古人脚下，而是打出复古旗号，借助古代典范的影响，号召与流俗抗争，革除时弊，确保诗歌循着正常的轨道发展。谢榛推举李白、杜甫及“盛唐诸公”等历代受人敬仰的楷模，也不忽略初、晚唐和宋之佳诗，最终目的是要与之比肩，自成一家。尽管他的认识并不全部正确，主张并非全部切实可行，批评实践也不是一无偏差[1]，然其胸襟、气魄是值得肯定的。

其次，在“格调”的基础上，谢榛强调“气格”，称“诗之四格”为“兴、趣、意、理”，把发自诗人内心深处的“兴”“趣”“意”“理”也包罗在他的“气格”说之中。此说继承了严羽以“兴趣”“词、理、意兴”言诗的传统，并在“格调说”的基础上开启了“神韵”说的境界。

此外，应注意到谢榛之主张：学古重在“神气”，作诗重在“性情”；要能出入于古人之间，“俾人莫知所宗”（卷三），以期卓然自立，自成一家。这与七子派的拟古主义已有极大不同，可以窥见谢榛在“格调”论基础上，带有了一些“性灵”说的味道。如，谢榛反对“立意”而主张“意随笔生，不假布置”（卷一），就体现出这种“性灵”说的倾向。他对《三百篇》“直写性情”、唐人“漫然成诗”（卷一）的推崇也是对严羽推崇“诗者，吟咏情性”及唐人“惟在兴趣”部分的、片面的接受，按照谢榛的观点，学古是打基础，漫然成诗是目标。作诗不以“意”为先，乃谢榛重“兴”的立论条件，本质上合于严羽不“以议论为诗”的要求。

六、顾起纶《国雅品》：格高调雅，嗣响唐音

对前七子、后七子复古成就作一总结并将其诗论运用于明诗批评的是顾起纶。

顾起纶（1517—1587），字玄言，号九华山人，江苏无锡人，王渔洋诗所称“诗好官卑顾九华”[2]是也。顾起纶极受李东阳门人邵宝器重，曾与杨慎、皇甫汸唱和。著《昆明集》，杨慎、皇甫汸为之序。又辑《国雅》二十卷。据《古诗类苑》载，《国雅》二十卷，首附：《国雅品》一卷，附一卷，《续国雅》四卷，明万历元年癸酉奇字斋刊，此书系选明诗汇次成书者。《国雅品》即《国雅》前的“品目”一卷，由丁福保编入《历代诗话续编》，属诗评类专门著作。此书仿钟嵘《诗品》体例，以人系品，又不同于《诗品》以上、中、下三品定诗人优劣，而是根据时代先后、按诗人身份分为士品一、士品二、士品三、士品四、闺品、仙品、释品、杂品

1　李庆立，《再论谢榛“以盛唐为法”》，《中国文学研究》，1996年第2期，页66。

2　[清]王士禛，《带经堂集》，卷十四渔洋诗十四“戏效元遗山论诗绝句三十六首”，清康熙五十年程哲七略书堂刻本。

等目。评骘明诗，上自士大夫，下逮倡优，无不恰到好处。顾起纶于《国雅品序》自称："余作《国雅》既成，复就选中若干名家，溯自洪初，以迄嘉末，怜高哲之既往，嘉英篇之绝倒，辄一赏誉之。偶有所得，僭附鄙见，只从世代编次，非敢谬诠甲乙。"

《国雅品》[1]论明诗推崇严羽论诗之说及徐祯卿、谢榛、王世贞等七子派诗学。《国雅品序》中称："若夫品之源流，前贤叙论，代有高鉴，惟严仪卿一家，颇称指南。至我盛明弘、嘉间，又谆谆刻迪。如昌穀《谈艺》，足起膏肓；茂秦《诗说》，切于针砭；用修《诗话》，深于辩核；子循《新语》，详析品汇；元美《卮言》，独擅雌黄。五家大备，将何复云。"

严羽诗学及七子派诗论对顾起纶的指南意义，在《国雅品》中首先体现在推尊唐人的诗歌取径之上，顾起纶屡以唐人、唐诗作为品评明诗的参照标准。如《士品一》称：

> 高侍郎季迪(《秋兴》、《寒山寺》等)佳在实境得句，足以嗣响唐音。
>
> 杨廉访孟载《挂剑台》诸作，全篇幽畅，方之钱、刘或未追，元、白斯有余；七言如"六朝旧恨斜阳里，南浦新愁细雨中"，又仿佛唐中兴语矣。
>
> 杨廉夫上法汉魏，出入李唐。其古乐府有旷世金石之声。
>
> 倪隐君元镇……读其词，足以陶性灵，发幽思……《江南曲》诸篇，振秀绝响，不忝韦柳。
>
> 汪忠勤朝宗词新调闲，不失唐人大检。
>
> 林员外子羽才思藻丽，如游鱼潜水，翔鸢薄天，高下各适情性。五言……七言……信不在大历下也。

此外，《士品二》云："曾少詹子启……《行路难》《敦煌》二作，颇不失唐家声。"《士品三》称："徐博士昌穀……《迪功》二集，豪纵英裁，格高调雅，驰骋于汉、唐之间，婉而有味，浑而无迹。"并称王吏部敬夫七言如"天外行云难入梦，手中团扇易惊秋"之语"直造盛唐佳境矣"。熊士选"才华警拔，一句一字，酷尚初唐"。湛元明"其诗颇得唐人古澹处"。又，《士品四》称陆浚明、屠文升、袁永

1　本书研究采用：[明]顾起纶撰，《国雅品》，见：丁福保，《历代诗话续编》之《国雅品》，北京：中华书局，1983年，页1089—1132。

之、王汝化亦“李唐四杰之选”；称傅山人木虚、孙渔人可宜“其品当在李唐二孟之间”；读白贞甫诗如《明月》等篇，谓“出建安风骨，兼贞观思致，故宗子相谓总之诗不离唐五言者，最乎亦足振响长庆，继轨太傅矣”；并评高文中“许多萧瑟意，总是乱离心”是中唐语，并流丽有情；论李武选应祯，“其集中皆擢第后所辑，并朗秀冲间之辞，已造中唐佳境”等。

《士品三》中对“前七子”颇多赞誉，开章即赞：“李献吉、何仲默二学宪，气象弘阔，词彩精确。力挽颓风，复臻古雅。遴材两汉，嗣响三唐。”又引《国宝新编》“李朗畅玉立，傲睨当世。何身不胜衣，赋陵作者”之语赞李、何“二公皎然风度，又可想矣”。《士品三》怜惜徐祯卿之才，云：“假天老其才，而追述大雅，则有唐大家，不当北面邪！”《士品四》除赞誉“前七子”外，对“后七子”之李攀龙等人亦十分推崇，称：“余观李、何之为诗，如良畯乂田，辟草艺禾，油然生矣。若夫勃然之机，至观察（李攀龙）而始化。”“歌行如《金谷》《刁斗》《送谢茂秦》《击鹿》等篇，一一高唱，足以感荡心灵，岂直气吞储韦，辉掩钱郎邪？”而“梁比部公实、宗学宪子相”条曰：“嘉中，海内崛然奋有七隽，即梁、宗暨李、吴、徐三宪副，张中丞、王廉访七公也。梁与宗相继中折，若夫文麟方角冢而避世，灵鹫既苞彩而阅劫。览兹遗响，未尝不掩帙而吁也！”并称宗之七言“才情竞秀，已入开元二李妙乘”。

顾起纶以唐人论明诗的批评方法，是对严羽倡导崇唐的应和，也与嘉靖、隆庆年间后七子“诗必盛唐”的诗学主张密切相关。而且，顾起纶的崇唐有其家族渊源。顾氏家族多能习诗者，文采为时所称，在对古诗文的校注与选集方面也有家族传统，如顾可久的《王右丞诗集注》，顾起纶兄顾起经的《笺唐右丞诗集》，顾道洪的《孟浩然诗集》《襄阳外编》及顾治的《编注王司马百首宫词》《唐诸家宫词》等[1]，皆对唐诗给予最高关注。

在崇唐的基础上，顾起纶对粗浅豪放的元诗风格表示不满，对明人学元不以为然。如评杨聘君廉夫“才高情旷，词隽而丽，调凄而惋，特优于古乐府。而近体不免无元人风气，故《元音》所载者悉略之。……廉夫上法汉魏，出入李唐。其古乐府有旷世金石之声”。而赞张志道“野烟乔木晚”诗“思深且幽，非

1　童岳敏，罗时进，《明清时期无锡家族文化谈论——兼论顾氏家族之文学实践》，《苏州大学学报（哲学社会科学版）》，2010 年第 1 期，页 101。

元调也”。他还反对师心、求奇，评“李长吉师心，故尔作怪，亦有出人意表者。然奇过则凡，老过则稚”。有鉴于顾起纶的以唐为准绳，可将其阑入复古派。

然顾起纶并未落入复古格调派末流僵硬拟古的境地，因其甚为重视情境真实性对佳句的作用。他赞高季迪《秋兴》《寒山寺》等诗“佳在实境得句，足以嗣响唐音”。《士品三》又赞严惟中：“真境与秀句竟胜，杂之《极玄》，亦足矜赏”，称陈约之“篇篇都秀润，句句少警拔，亦就色象中自然写出”，文征仲“诗亦从实境中出”。

《沧浪诗话》对顾起纶《国雅品》的又一影响表现在“诗有别材”“诗有别趣”的诗论上。《国雅品》赞成严羽“诗有别才”“诗有别趣”之论，赞扬孙太初诗作的才清趣逸，虽用“才”以替“材”，然并无误解：

> 孙山人太初，初号吟啸，更太白山人，朗姿美髯，飘然风尘外物也。其才清趣逸，颇擅诗名。曾寓先公蓉湖别墅，时与殷靖江近夫游，先公每论其高致。一日，费阁老访之，竟日旷谈，率就偃卧，去不相顾，其落魄多类是。费大奇之，曰：“我接海岱奇士多矣，未有此人。”后浪游西湖苕溪间，一时名士咸钦其风。其佳句有：“山根晴亦湿，湖气夜难昏。”“长天下远水，积雾带岩扉。”“僧归虹外雨，云抱水边楼。”“浪花迎棹尾，山影上人衣。”“清流梳石发，远雾着山巾。”“酒醒灯晕里，秋堕叶声边。”又：“百年知己长镵在，万事无心拄杖间。”“远江天入星河湿，高木溪回风露稀。”严仪卿曰：“诗有别才，非关书也。诗有别趣，非关理也。”岂不然哉？大都孙诗五言得孟襄阳幽处，七言得张句曲旷处，遂致迳庭悬绝。故献吉恒云读书断自汉魏以上，盖取诸上乘，庶得中乘。

此条评价才清趣逸的孙山人太初，飘然风尘外，流连山水间，颇有魏晋人物的风采。其诗作多山水清音、游子心声，多从真情实境入手，与书本知识、理路思维无关，故以“别才（材）”“别趣”论之，十分妥帖。

除“别材”“别趣”外，顾起纶对严羽“兴趣”说也颇有领会。严羽《沧浪诗话·诗辨》举“兴趣”为唐诗灵魂：“盛唐诸人惟在兴趣，羚羊挂角，无迹可求。故其妙处透彻玲珑，不可凑泊，如空中之音、相中之色、水中之月、镜中之象，言有尽而意无穷。”唐诗注重兴发感动的趣味，不议论、不说理，意在言外，旨趣隽永。顾起纶论诗讲究“兴”与“趣”，善用“僻”“远”“幽”“秀”等词作修饰与描述，如《士品一》称杨孟载“才长逸荡，兴多隽永，且格高韵胜，浑然无迹”；《士品二》中赞姚广孝“其兴弥僻，其趣弥远”；《士品三》称徐祯卿《迪功》二集“豪纵英裁，格高调雅，驰骋于汉唐之间，婉而有味，浑而无迹”，称其师湛元明“为文章平易质实，诗词颇酝藉逸秀”，又赞万民望“其诗如空岩曲濑，……得幽闲真趣”。“幽致”“幽逸”“幽闲真趣”及“浑然无迹”等语皆是对“兴趣”说的极佳阐释，因其强调“幽远”的诗趣，已开“神韵”派论诗风气之先河，而“格高韵胜”“格高调雅”等词，仍是秉承七子派以来高唱的格调说。

综上，顾起纶《国雅品》推崇严羽及七子派的诗论，按时代、人物品评明诗，却以唐诗作为参照标准，是崇唐复古主流的评诗法。他对严羽“别材”“别趣”及“兴趣”等诗学概念亦有一定程度的理解与接受，并贯彻到自身的诗学批评实践之中。

七、王世懋《艺圃撷余》：本性求情，自运成家

“后七子”复古风潮之后，记录诗风转变期诗学新风尚的代表性作品有二：一为王世懋之《艺圃撷余》，一为胡应麟的《诗薮》。

王世懋（1536—1588），字敬美，号麟州，明代太仓（今江苏太仓）人。为王世贞胞弟，善诗文，名虽不如兄，然世贞以为胜己，极力推荐。王世懋于嘉靖三十八年（公元 1559 年）举进士，历陕西、福建提学，擢南京太常少卿。王世懋虽未名列“后七子”，但他对李攀龙、王世贞是极为推崇的，故《明史》附其传于王世贞传后。有《王奉常集》六十九卷，其中包括《艺圃撷余》等。

《艺圃撷余》[1]为王世懋的论诗著作，其中透露的诗学观点对七子派诗学有所修正甚至突破。《四库全书总目提要》称其“能不为党同伐异之言”，虽仍将王世懋视为格调派同类，但认为他能公允地指出格调派的流弊。因此，可以认为王世懋是格调派的转变者[2]甚至蜕变者[3]。在“严于格调”“作古诗先须辨体”的格调派诗学基础上，他以“破此一关，沉思忽至”“本性求情”“以深情胜”

1　本书研究采用：[明]王世懋撰，《艺圃撷余》，钦定四库全书本，集部九；参以：[清]何文焕辑，《历代诗话》下册之《艺圃撷余》，北京：中华书局，1981 年，页 774—784。

2　郭绍虞，《中国文学批评史》下卷，天津：百花文艺出版社，1999 年，页 188。

3　王英志，《王世懋不属复古格调派——〈艺圃撷余〉论析》，《江苏社会科学》，2003 年第 5 期，页 153。

及“高韵”“逗”变等诗论作为格调派诗学的有益补充，补偏救弊，对严羽诗学的承接也较为全面、透彻。

无论王世懋是否属于格调复古派，他的诗学辨体批评是贯彻始终的。因为在诗歌取法方面，走格调派辨体的路线，无疑是承接诗歌传统的合理方式。王世懋心目中要辨明的“体”，既指体裁创作规范，也与诗歌的时代风貌相关。其论古诗，就要求坚守古代风貌及代表诗人的创作风格，这与严羽“学诗者以识为主，入门须正，立志须高”，“不作开元、天宝以下人物”的“当头棒喝”相似：

> 作古诗先须辨体。无论两汉难至，苦心模仿，时隔一尘；即为建安，不可堕落六朝一语；为三谢，纵极排丽，不可杂入唐音；小诗欲作王韦，长篇欲作老杜，便应全用其体。第不可羊质虎皮，虎头蛇尾。词曲家非当家本色，虽丽语博学无用，况此道乎？

敬美提倡辨体，但不主张模仿。要作古诗，先须辨析其在两汉、建安、三谢时期的体制规范与风格特征，不可相互混淆；古体小诗应取法王维、韦应物，长篇则要师法杜甫。要作哪一代的古诗，就坚守哪一代的体制规范，高自规格方能实现“当家本色”，不可混入他体或规摹后人致使“羊质虎皮”、风格不纯。

同样，对七子派后学诗法前贤，王世懋也给出了自己的思考和意见。以七言律之取法为例：“予谓学于鳞不如学老杜，学老杜尚不如学盛唐。何者？老杜结构自为一家言，盛唐散漫无宗，人各自以意象声响得之。”此论也不因老杜七律能成“一家言”而无视盛唐整体之格调，学者仍需直截根源，标举“第一义”之准则，律诗学盛唐诸公。严羽曰：“汉、魏、晋与盛唐之诗，则第一义也”(《沧浪诗话·诗辨》)，从取法对象上标举盛唐诗为“第一义”。王世懋认同严羽之说，要求严辨诗体，但强调实现条件则是通过诗歌创作实践实现“自运”“成家”，《艺圃撷余》有云：

> 今世五尺之童，才拈声律，便能薄弃晚唐，自傅初、盛，有称大历以下，色便赧然。然使诵其诗，果为初邪、盛邪、中邪、晚邪？大都取法固当上宗，论诗亦莫轻道。诗必自运，而后可以辨体；诗必成家，而后可以言格。晚唐诗人，如温庭筠之才，许浑之致，见岂五尺之童下，直风会使然耳。览者悲其衰运可也。故予谓今之作者，但须真才实学。本性求

情，且莫理论格调。

以此故，敬美在“第一义”之取法准则上有所突破，不限于独尊盛唐，晚唐诗歌之高格逸调亦能提供创作养料。他鼓励学诗者先通过创作实践“自运”“成家”，无论是学习古诗典范抑或同代大家，都必须遵循以我为主的原则，方能有“辨体”“言格”的切身体会。于创作中摸索诗之真谛，而并非在模仿中空言诗之格调，是王世懋有针对性的创作主张。

对唐诗的分析考察，严羽初创唐诗分期说，即以“唐初体”“盛唐体”“大历体”“元和体”“晚唐体”之“五体”来概括切分唐诗发展各阶段风格，经明代高棅演进为“初、盛、中、晚”“四期”说，格调派谢榛、胡应麟等人将此奉为准则。王世懋《艺圃撷余》诗论，则提出“逗者，变之渐也”的诗歌发展观，以此考察唐诗，道出了唐诗“四期”切分不能绝对化、呆板化的告诫：

> 唐律由初而盛，由盛而中，由中而晚，时代声调，故自必不可同。然亦有初而逗盛，盛而逗中，中而逗晚者。何则？逗者，变之渐也，非逗，故无由变。如《诗》之有变风、变雅，便是《离骚》远祖，子美七言律之有拗体，其犹变风、变雅乎？唐律之由盛而中，极是盛衰之介。然王维、钱起，实相倡酬，子美全集，半是大历以后，其间逗漏，实有可言，聊指一二。如右丞“明到衡山”篇，嘉州“函谷”“嶓溪”句，隐隐钱、刘、卢、李间矣。至于大历十才子，其间岂无盛唐之句？盖声气犹未相隔也。学者固当严于格调，然必谓盛唐人无一语落中，中唐人无一语入盛，则亦固哉其言诗矣。

此段与严羽《沧浪诗话·诗评》所论“盛唐人诗，亦有一二滥觞晚唐者，晚唐人诗，亦有一二可入盛唐者，要当论其大概耳”之大旨如出一辙，皆谓辨析诗歌风格可“以时而分”，但强调不可拘泥。严羽继而以戎昱、权德舆等诗人为例，“戎昱在盛唐为最下，已滥觞晚唐矣。戎昱之诗有绝似晚唐者，权德舆之诗却有绝似盛唐者”云云，证明唐代诗人风格亦不能截然以时而论。王世懋亦举出盛唐王维、岑参、杜甫与中唐大历诗人之钱起、刘长卿、卢纶、李端等人前后声气相通的例证，论证“逗”变是唐律由初、盛而中、晚的发展形态，而“不相隔”是唐律前后相承、得以“逗”变的深层原因。是为王世懋的诗歌发展观。

王世懋之云“逗”，或能与严羽之谓“滥觞”对等并提，然更侧重“变之渐”，即重视诗歌发展过程中出现的渐变现象。唐诗的演化发展由初、盛而中、晚，时有“变”的存在，特别是由盛唐而中唐，乃盛衰变化的临界。然而“变”从来不是骤变，而是由细微的“逗”积累而成的。“逗”是渐变，是量变，其不断积累壮大，最终造成初、盛、中、晚的阶段性诗风差异。如《诗经》的变风、变雅，又如杜甫七律的拗体，都逗漏出变的消息。同时，“逗”的过渡性、渐变性又使时代风貌、诗家风格前后相承、遥相呼应：盛唐王维、中唐钱起能隔着时空唱和；子美诗多半带有大历后风貌；王维、岑参或大历十才子之诗风，也是不能截然以时间来划定的。盛唐较之大历以后，唐诗并未成为异质的两样事物，只是发展史上的前后两个阶段，而中间“声气”相通，“犹未相隔”。敬美以渐变的、发展的、连续的眼光来看待唐诗，能公允地将盛唐视作与初、中、晚一样的过程阶段，盛唐诗歌的成就理应取法，但并不以此抛弃其他，可谓学诗、评诗的科学方法。据此，王世懋能超越七子“诗必盛唐”的藩篱，中肯地指出：“学者固当严于格调，然必谓‘盛唐人无一语落中，中唐人无一语入盛’，则亦固哉其言诗矣。”

王世懋运用“逗”变的理论，同样阐释了杜甫诗风与众不同的多样性。杜甫属于盛唐，可又与盛唐格调并不一致。严羽曾说“五言绝句，众唐人是一样，少陵是一样”，并用“前辈所谓集大成者”推誉杜甫；至明代高棅将杜甫独尊为五言“大家”；稍后李东阳亦称：“学者不先得唐调，未可遽为杜学。”皆注意到杜甫与盛唐诸公有所不同，但未做出理论上的阐释与论证。王世懋在此基础上，提出“少陵故多变态”，结合逗变说，对杜诗区别于盛唐的新变做出了合理恰当的理论阐释：

> 少陵故多变态，其诗有深句，有雄句，有老句，有秀句，有丽句，有险句，有拙句，有累句。后世别为大家、特高于盛唐者，以其有深句、雄句、老句也。而终不失为盛唐者，以其有秀句、丽句也。轻率子弟往往有薄之者，则以其有险句、拙句、累句也。不知其愈险愈老，正是此老独得处，故不足难之。独拙、累之句，吾不能为掩瑕。虽然，更千百世无能胜之者何？要曰：无露句耳。

杜甫属于盛唐诗人，因其秀句、丽句，体现着盛唐风貌；然其高于盛唐处，乃深句、雄句、老句，“逗”变出区别于诸公的“自为一家言”；而其险句，更显露出杜甫“愈险愈老”的独造之处。王世懋否定的是杜甫的拙句、累句，肯定杜甫“千百世无能胜之”的终结原因是“无露句”，对学晚唐诗、宋诗之人提出了诗忌“快心露骨”的忠告。此外，对于晚唐诗，敬美也能公允看待它的“逗”：晚唐自有“七言绝句脍炙人口”，然也含有“快心露骨，便非本色，议论高处，逗宋诗之径”的倾向。而至于“今世（明代）五尺之童”在世风熏染下“薄弃晚唐，自传初盛”的局面，敬美认为大可不必尽弃晚唐，劝诫道：“取法固当上宗，论诗亦莫轻道。”

王世懋《艺圃撷余》体现出“逗”变、“逗漏”的诗歌发展观，能更准确阐述文随世变的含义，也能劝导学者们平等看待唐诗的各个阶段及杜甫诗的各种“变态”。此种诗论相较七子“诗必盛唐”的口号更符合诗歌发展的客观实际。敬美承接严羽“以盛唐为法”取向的同时，加以合理扩展：学诗取法的辨体工夫固然宜从上做下，但论诗则应注重诗歌本质及发展规律，应圆融，忌局限。

至于诗歌创作，严羽要求“妙悟”，王世懋“破此一关，沉思忽至”的阐释也告诫学诗者“作诗到神情传处，随分自佳，下得不觉痕迹”，方可谓“妙悟”。此外，创作不是简单模仿前人诗作形式，应先求“自运”，即通过自身的创作实践体认诗歌创作的规律，方能“破此一关”获得辨体真知，达到“自运”的自由王国，实现诗风“成家”的自成一格。这与严羽所谓“妙悟”是殊途同归的。

“自运”“成家”要求学者具备“真才实学”“本性求情”。王世懋认识到宗法格调往往使学者囿于规矩，难以“自运”之弊，以此提醒后学，并批评无真才实学者徒袭声貌、空套格调、模袭前人影子，致使后学误会了格调本质，实际上是破坏了格调。与其如此，还不如“莫理论格调”。据此可知，王世懋是坚决反对摹拟、剽窃的。《艺圃撷余》载：“李于鳞七言律，俊洁响亮，余兄极推毂之。海内为诗者，争事剽窃，纷纷刻鹜，至使人厌。”“自李、何之后，继以于鳞，海内为其家言者多，遂蒙刻鹜之厌”，指格调后学流弊日显，吠声吠影，却不知其所宗为何。因此故，王世懋虽推崇古诗，但毕生反对摹拟乐府。他称：“乐府两字，到老摇手不敢轻道。李西涯、杨铁崖都曾做过，何尝是来。”又称：“生平闭目摇手，不道《长庆集》。如吾吴唐伯虎，则尤长庆之下乘也。”

《艺圃撷余》论诗周密，没有因为反对七子流弊而滑向格调的反面，他随即反对另一种倾向道：

> 骤而一士能为乐府新声，倔强无识者，便谓不经人道语，目曰上乘，足使耆宿尽废。不知诗不惟体，顾取诸情性何如耳？不惟情性之求，而但以新声取异，安知今日不经人道语，不为异日陈陈之粟乎？

既反对七子派后学造成的摹拟、刻鹜之流弊，又更加反对毫无情性地创造“不经人道语”、勉强“以新声取异”的倾向，道出“诗不在体，顾取诸情性”的学诗不二法门，规劝强为新声者“才难，识亦不易”。

严羽论诗尚“兴趣”，王世懋“绝句之趣”及“高韵”说亦重视诗歌的审美特质。首先，敬美注意到盛唐诗“即景造意”及老杜“即景下意”的创作方法，发觉其好处是便于意景交融、神与境会，产生浑然一体、言有尽而意无穷的诗歌韵味。如其论近体绝句云：

> 绝句之源出于乐府，贵有风人之致，其声可歌，其趣在有意无意之间，使人莫可捉着。盛唐惟青莲、龙标二家诣极，李更自然，故居王上。晚唐快心露骨，便非本色，议论高处，逗宋诗之径，声调卑处，开大石之门。

绝句贵在深邃悠长的风致，意在言外，无迹可寻。李白、王昌龄堪称诣极，晚唐至宋变以说理、议论，失却韵致，实非本色。

其次，王世懋推崇明代徐祯卿诗之“高韵”，认为其诗“有蝉蜕轩举之风”。“蝉蜕轩举”即指隽永超逸的意蕴风致，可谓“兴趣”与“神韵”的同调。无怪乎清代神韵派诗家王士禛肯定敬美此论道：“此真高识迥论。令于鳞、大美早闻此语，当不开后人抨弹矣。”[1]透露出“高韵”或“神韵”正乃王、李所缺，却由严羽经徐祯卿、王世懋得以相传相承。

借此，王世懋在一定程度上弥补了格调论之流弊。进而，他重视情性的抒发，将之视作诗歌的本质意义。“诗者，吟咏情性”乃严羽之论，“诗以言情”及“因情立格”为徐祯卿之谈，敬美继以推崇情性之抒发，于《艺圃撷余》开卷第一则讨论诗的本义：

---

1 ［清］王士禛，《池北偶谈》，卷十二，清文渊阁四库全书本。

《诗》四始之体，惟《颂》专为郊庙颂述功德而作。其它率因触物比类，宣其性情，恍惚游衍，往往无定，以故说诗者，人自为说。若孟轲、荀卿之徒，及汉韩婴、刘向等，或因事傅会，或旁解曲引，而春秋时王公大夫赋诗，以昭俭汰，亦各以其意为之，盖诗之来固如此。后世惟《十九首》犹存此意，使人击节咏叹，而未能尽究指归。次则阮公《咏怀》，亦自深于寄托。

"触物比类，宣其性情"是《诗经》风雅之旨，"未能尽究指归""深于寄托"也是古诗传统。接着，他批评后世诗人："潘、陆而后，虽为四言诗，联比牵合，荡然无情。盖至于今，饯送投赠之作，七言四韵，援引故事，丽以姓名，象以品地，而拘挛极矣。岂所谓诗之极变乎？"古诗之"荡然无情"及律体之滥用"故事"，都是造成诗之极变的根由。至于论本朝诗，其兄王元美于《艺苑卮言》曾历评明代开国以来各诗家，对与七子派异调的高叔嗣、薛蕙二人能肯定其诗动人心的抒情特征。敬美亦推重高季迪（启）之才情、徐昌榖（祯卿）之高韵及高子业（叔嗣）之深情：

高季迪才情有余，使生弘正李、何之间，绝尘破的，未知鹿死谁手。

诗有必不能废者，虽众体未备，而独擅一家之长。……我明其徐昌榖、高子业乎？二君诗大不同，而皆巧于用短。徐能以高韵胜，有蝉蜕轩举之风；高能以深情胜，有秋闺愁妇之态。更千百年，李、何尚有废兴，二君必无绝响。

李、何为求"宽袍大袖"的汉唐盛世诗风，古体学汉魏、近体法盛唐，取法渐趋狭窄，后学遂生剿袭雷同之弊。敬美特举高启、徐祯卿、高叔嗣三人之"独擅一家之长"能"绝尘破的"，将"高韵""深情"与"才情"作为李、何风格的补充，以匡助时弊，倡导诗人能抒发真情性。

从本质上抓住诗歌重情性的特质，势必反对学者于形式上拘于诗法、陷于诗病、病于故事，因而王世懋曰：

谈艺者有谓七言律一句不可两入故事，一篇中不可重犯故事。此病犯者故少，能拈出亦见精严。然吾以为皆非妙悟也。作诗到神情传

> 处，随分自佳，下得不觉痕迹，纵使一句两入、两句重犯，亦自无伤。如太白《峨眉山月歌》四句，入地名者五，然古今目为绝唱，殊不厌重。蜂腰、鹤膝、双声、叠韵，休文三尺法也，古今犯者不少，宁尽被汰邪？

过于强调诗法则禁锢创作，也是格调派之弊。有些精于诗法、善于拈出诗病者，沾沾自喜，而敬美则驳之以“皆非妙悟”，劝之以“作诗到神情传处，随分自佳，下得不觉痕迹”及不循“三尺法”之论，直如严羽所谓“妙悟”诗法，方能有“兴趣”。

“故事”运用于诗，即一般所说的“使事”。严羽的意见是“不必多使事”（《诗法》），对宋代诸公“其作多务使事，不问兴致，用字必有来历，押韵必有出处，读之反覆终篇，不知着到何在”（《诗辨》）颇为不满，认为使事若妨碍了兴致，乃是喧宾夺主。而王世懋则将诗歌由简趋繁、踵事增华、情性渐为故事冲淡的现象视为诗歌发展“古今之变”的一种表现，并认为至杜甫达到“诗之变极”：

> 今人作诗，必入故事。有持清虚之说者，谓盛唐诗即景造意，何尝有此？是则然矣。然亦一家言，未尽古今之变也。古诗，两汉以来，曹子建出而始为宏肆，多生情态，此一变也。自此作者多入史语，然不能入经语。谢灵运出而《易》辞、《庄》语，无所不为用矣。剪裁之妙，千古为宗，又一变也。中间何庾加工，沈宋增丽，而变态未极。七言犹以闲雅为致，杜子美出而百家稗官，都作雅音，马浡牛溲，咸成郁致，于是诗之变极矣。

王世懋又称：“子美之后，而欲令人毁靓妆，张空拳，以当市肆万人之观，必不能也。其援引不得不日加而繁。”可见，敬美肯定曹植、谢灵运、杜甫等对诗歌的创变，使事、援引的趋势必然是“日加而繁”，遂将问题的关键指向应该如何使事：

> 然病不在故事，顾所以用之何如耳？善使故事者，勿为故事所使。如禅家云：“转《法华》，勿为《法华》转。”使事之妙，宋人使事最多，而最不善使，故诗道衰。我朝越宋继唐，正以有豪杰数辈，得使事三昧耳。

第恐数十年后，必有厌而扫除者，则其滥觞末弩为之也。

唐诗既能"即景造意"，又得"使事之妙"，而宋诗坏于使事多且不善。此种见解显露出王世懋总体上延续了严羽至七子派尊唐抑宋的批评基调。由使事之妙"在有而若无，实而若虚，可意悟不可言传，可力学得不可仓卒得也"，可见王世懋"力学""意悟""有而若无""不可言传"诸论深得严羽学"第一义""妙悟"及"兴趣"说的影响。

王世懋《艺圃撷余》借鉴严羽论诗取法"第一义"、讲"妙悟"、重"情性"的诗学经验，以自身的阐释发挥拓宽了七子格调派诗学的视野。在诗歌取法上讲求辨体、注重高格；论诗则在"逗"变前提下要求博采众长，于盛唐外不忘初、晚；并以神韵、情性对格调说进行补充，既尊重二李，又推崇徐、高。王世懋建议学者不囿于"理论格调""诗必盛唐"而忘了"本性求情"的诗歌本质，希望在七子"诗必盛唐"的规范外，能拓宽眼界，对晚唐诗、宋诗要宽容对待。王世懋要求作者先具备"真才实学"，作诗"本性求情"，先"自运"、后"辨体"，先"成家"、后"论格"，皆为学诗、作诗、论诗的圆融态度，也是对严羽诗学全面接受后的一种反馈。

八、胡应麟《诗薮》：体格声调，兴象风神

胡应麟在王世贞所谓"末五子"之列，其诗学观点虽多本自王世贞，然多有发展突破。这表现在他在"格调"说中引进了"神韵"和"性灵"的因素，从某种意义上讲，也是较为全面地接受了严羽诗学多方面的影响。

胡应麟(1551—1602)，字元瑞，又字明瑞，号少室山人，又号石羊生，兰溪(今属浙江)人，少有诗名。万历四年(公元1576年)举于乡，后久不第，谒王世贞获赏识，得列名于"末五子"之中。嗜好藏书、读书、著书，才高著富，有《少室山房类稿》《少室山房笔丛》等。《诗薮》[1]为其论诗专著，评论古今诗歌，共二十卷，包括：《内编》六卷，分古、近体各三卷；《外编》六卷，从周至元以时代为序次；《杂编》六卷，分遗逸、闰余各三卷；及《续编》二卷，论明初至嘉靖诗作。汪

1　本书研究采用：[明]胡应麟撰，《诗薮》，清广雅书局丛书本；参以：[明]胡应麟撰，《诗薮》，上海：中华书局，1958年。

道昆称之"将轶《谈艺》,衍《卮言》,廓虚心,采独见"[1],《明史》亦称其"奉《卮言》为准绳"[2]。《诗薮》推许明代前后七子李、何、李、王诗作与论诗之言,对他们的复古功绩推崇备至,其中又特举王世贞为诗家集大成者。

《诗薮》于诗学上,承认严羽《沧浪诗话》识见高超,对严羽诗学多有褒奖,如"宋末严仪卿识最高卓"(《内编》卷二),"严仪卿之诗品独探玄珠"(《外编》卷四),"宋以来评诗不下数十家,皆嗥呓语耳。铲除荆棘、独探上乘者一人,严仪卿氏"以及"南渡人才,远非前宋之比,乃谈诗独冠古今。严羽卿崛起烬余,涤除榛棘,如西来一苇,大畅玄风。昭代声诗,上追唐汉,实有赖焉,惟自运不称,故诸贤略之"(《杂编》卷五)等语。胡应麟将严羽视为有宋以来诗评家中的开创性人物,认为他见识高卓、独探上乘,改变了宋人论诗的面貌,并带动明代诗歌追汉摹唐。

胡应麟明确指出"昭代声诗,上追唐汉,实有赖焉",即明代诗歌能上追汉唐,得益于严羽诗学中的复古思想。"体以代变""格以代降","体格声调,兴象风神"是胡应麟论诗的主旨,细辨之,与严羽强调"辨家数"、详辨各家诗体以"学其上"、推崇汉魏古诗与盛唐近体为"第一义"、习"第一义"之诗要领悟诗之法有"体制、格力、气象、兴趣、音节"诸论密切相接。总体而言,胡应麟对《沧浪诗话》中强调辨体、崇尚汉唐诗歌体正格高、"妙悟"诗法及盛唐"兴趣"诸论都有所接受。

在诗歌形式方面,胡应麟之"辨体"继承了严羽诗学的精髓,他于《诗薮》提出"体以代变""格以代降"及"体格声调"说,对《沧浪诗话》详辨诗体流变、讲求体制格调的方面进行正面接受。严羽在《沧浪诗话》中除主"妙悟"、重"兴趣"外,又开诗歌批评中辨体的风气,其《诗体》一篇,专论辨体。严羽所谓"体",一指体式,二指风格。如其云"风雅颂既亡,一变而为离骚,再变而为西汉五言,三变而歌行杂体,四变而为沈宋律诗",此处当指体式;其后又有"以时而论"之"建安体""正始体""唐初体""盛唐体""大历体""晚唐体"等,是谓时代特色;又有"以人而论"之"少陵体""太白体""李长吉体""山谷体""东坡体""王荆公体"等,是谓作家风格。他又屡称"辨家数如辨苍白,方可言诗"(《沧浪诗话·诗

---

1 [明]汪道昆,《诗薮序》,见:[明]胡应麟,《诗薮》,清广雅书局丛书本。
2 [清]张廷玉,《明史》,卷三八八文苑传。

法》),"作诗正须辨尽诸家体制,然后不为旁门所惑"(《答吴景仙书》)。严羽辨体之精辟详审,多为宋、元以后诗评家所取法。明代胡应麟、许学夷于"辨体"都受严羽启发。胡应麟《诗薮·内编》各卷宗旨即在讨论各体诗歌之兴替及"当行本色"。"文章自有体裁,凡为某体,务须寻其本色,庶几当行"(《内编》卷二)是胡氏秉承自严羽的"辨体"宣言,《诗薮》整体则是对严羽诗学正面接受的典范之作。

试将胡应麟之论与严羽对举:

> 四言变而离骚,离骚变而五言,五言变而七言,七言变而律诗,律诗变而绝句,诗之体以代变也。(胡应麟《诗薮·内编》卷一)
>
> 风雅颂既亡,一变而为离骚,再变而为西汉五言,三变而为歌行杂体,四变而为沈宋律诗。(严羽《沧浪诗话·诗体》)

两论的承接关系不言自明。严羽论诗体从《诗经》、离骚、汉五言、歌行杂体[1]至唐律,凡历"四变"。胡应麟在此基础上,总结出"诗之体以代变"的规律:从四言、离骚、五言、七言、律诗到绝句,这些诗体都在时代的坐标上变化、更迭、演进。他接着说:

> 三百篇降而骚,骚降而汉,汉降而魏,魏降而六朝,六朝降而三唐。诗之格以代降也。(《内编》卷一)
>
> 楚一变而为骚,汉再变而为选,唐三变而为律,体格日卑。(《内编》卷一)
>
> 七言律声长语纵,体既近靡;字栉句比,格尤易下。材富力强,犹或难之;清空文弱,可登此坛乎。(《内编》卷三)

"格以代降"谓诗歌随时代递相承接,不同时代有不同特色,即"国风雅颂,温厚和平;离骚九章,怆恻浓至;东西二京,神奇浑璞;建安诸子,雄赡高华;六朝俳偶,靡曼精工;唐人律调,清圆秀朗。此声歌之各擅也"(《内编》卷一)。而不同诗体又有不同的美学风格,如"风雅之规,典则局要;离骚之致,深永为宗;

---

1 明代吴纳《文章辨体》将古诗分为四言、五言、七言和歌行等,他把歌行看作古诗中的一体。以此而论,严氏所谓"歌行杂体"、胡氏所论"七言",都指古诗而言。胡氏在《诗薮·内编》卷三中有云:"七言古诗,概曰歌行。"

古诗之妙，专求意象；歌行之畅，必由才气；近体之攻，务先法律；绝句之构，独主风神。此结撰之殊途也”（《内编》卷一）。但详参胡氏诗评，“格以代降”确实有“体格日卑”的意味，即认为某诗体自兴盛后格调代代递减，后不如前，表明胡氏以古为尚的立场。他总结汉至隋八代间的诗歌流变道：“其文日变而盛，而古意日衰也；其格日变而新，而前规日远也。行远自迩，登高自卑，造道之等也。”（《外编》卷二）并举例论证曰：

> 今人律则称唐，古则称汉，然唐之律远不若汉之古。汉自十九首苏、李外，于郊庙、铙歌、乐府及诸杂诗，无非神境，即下者犹踞建安右席。唐律惟开元、天宝，元、白而后，浸入野狐道中。今人不屑为者，往往而是。亦时代使然哉。（《内编》卷二）

元瑞崇尚汉之古诗，认为汉古体高于唐律诗，汉各体“无非神境”，下者仍高于建安，至于唐律，唯开元、天宝尚可称道。他推崇汉诗“格高体正”：“四言汉多主格”“汉人（五言）诗，质中有文，文中有质，浑然天成，绝无痕迹”；他称赞汉人在创作上能“直写胸臆”“无意于工而无不工”，遂形成了汉诗无句可摘、兴象浑沦而又意致深婉的风格。

胡应麟指出，同一诗体内部，也经历着“代变”。《内编》卷五讨论七言律诗，道出其首创、大备、纵横、新变直至衰亡的发展轨迹：

> 唐七律自杜审言、沈佺期首创工密，至崔颢、李白时出古意，一变也。高、岑、王、李，风格大备，又一变也。杜陵雄深浩荡，超忽纵横，又一变也。钱、刘稍有流畅，降而中唐，又一变也。张籍、王建略去葩藻，求取情实，渐入晚唐，又一变也。李商隐、杜牧之填塞故实，皮日休、陆龟蒙驰骛新奇，又一变也。许浑、刘沧角猎俳偶，时作拗体，又一变也。至吴融、韩渥香奁脂粉，杜荀鹤、李山甫委巷谈丛，否道斯极，唐亦以亡矣。

胡应麟又认为“元和如刘禹锡，大中如杜牧之，才皆不下盛唐，而其诗迥别。故知气运使然，虽韩之雄奇，柳之古雅，不能挽也”（《内编》卷五）。尽管中、晚唐诗人才气不亚于盛唐诗人，然诗格却仍有差异，胡应麟认为这是时代气运的作用。

可见,元瑞并没有止步于表面上的高下比较,他还深究“体以代变”“格以代降”的深层原因,屡称:“诗文固系世运”“亦时代使然”“气运使然”“文逐运移,格以人变”,并将其“盛衰”的动因归纳为“势”与“时”的综合作用,“四言不能不变而五言,古风不能不变而近体,势也,亦时也”(《内编》卷二)。此论道尽各体诗歌源起、兴盛、衰退的发展趋势,为其复古诗论奠定了理论基础:各体诗歌发展由盛及衰,后人若无法复兴救弊,则应学其高处。

然而,胡元瑞对严羽将“汉魏”诗并称这一做法并不赞同,评价道:“严氏往往汉魏并称,非笃论也。”(《内编》卷二)“严羽卿论诗,六代以下甚分明,至汉、魏便鹘突。由此处勘核未破,黄蘖所谓融大师横说竖说,尚未得向上关捩子也。昌穀始中要领,大畅玄风。”(《内编》卷二)究其原因,胡氏认定唯汉代古诗方可称气象浑沦,至魏已渐露字法、句法用工之迹。因此,汉、魏诗还是存在格调高下差异的:

> 严谓建安以前,气象浑沦,难以句摘,此但可论汉古诗。若“高台多悲风”,“明月照高楼”,“思君如流水”,皆建安语也。子建、子桓工语甚多,如“丹霞夹明月,华星出云间”,“秋兰被长坂,朱华冒绿池”之类,句法字法,稍稍透露。仲宣、公干以下寂寥,自是其才不及,非以浑沦难摘故也。(《内编》卷二)
>
> 汉人诗不可句摘者,章法浑成,句意联属,通篇高妙,无一芜蔓,不着浮靡故耳。子桓兄弟努力前规,章法句意,顿自悬殊,平调颇多,丽语错出。王、刘以降,敷衍成篇。仲宣之淳,公干之峭,似有可称,然所得汉人气象音节耳,精言妙解,求之邈如。严氏往往汉、魏并称,非笃论也。(《内编》卷二)
>
> 古诗自质,然甚文;自直,然甚厚。“上山采蘼芜”……等,皆闾巷口语,而用意之妙,绝出千古。建安如应璩《三叟》,殊愧雅驯;阮瑀《孤儿》,毕露筋骨。汉、魏不同乃尔。(《内编》卷二)

至于唐诗,胡应麟则完全接受自严羽、方回、杨士弘、高棅直至前后七子以来不断完善的唐诗分期说,认定“初、盛、中、晚”四期可以区分唐诗的时代风格，称："初唐体质浓厚，格调整齐，时有近拙近板处。盛唐气象浑成，神韵轩举，时有太实太繁处。中唐淘洗清空，写送流亮，七言律至是，殆于无可指摘，而体格渐卑，气韵日薄，衰态毕露矣。"(《内编》卷五)

除以时代区分唐诗总体风格演变走向外，胡氏对体制完备的唐代众诗体也尽力区分考察，态度较严羽更为细致，他认为：古体如短歌，盛唐李、杜诸公亦可取法，因为"汉、唐短歌，各为绝唱，所谓异曲同工"(《内编》卷三)；于近体则标举盛唐，云"近体盛唐至矣，充实辉光，种种备美"(《内编》卷五)，这种由衷的赞美是和严羽如出一辙的。他也将盛唐集大成者归于杜甫，认为他体格正、规模大、善变化，字法、句法、篇法皆入于"化境"。

胡元瑞对盛唐句法亦十分推崇，称"盛唐句法浑涵如两汉之诗，不可以一字求"(《内编》卷五)，"至绝句则晚唐诸人愈工愈远，视盛唐不啻异代"(《内编》卷六)。他接受了严羽对盛唐、晚唐的对比区分与内在联系，道："盛唐有偶落晚唐者，如李欣《卢五旧居》、岑参《秋夕读书》之类，不必护其所短，亦不得掩其所长"，"许浑《题潼关》五言，李频《乐游原》七言，中四句居然盛唐，而起结晚唐面目尽露"(《内编》卷五)，"五七言律，晚唐尚有一联半首可入盛唐；至绝句，则晚唐诸人愈工愈远"(《内编》卷六)云云，可谓是对严羽"盛唐人诗，亦有一二滥觞晚唐者，晚唐人诗，亦有一二可入盛唐者"(《沧浪诗话·诗评》)之论的注脚。

胡应麟对严羽"以禅喻诗"归于"妙悟"十分推崇。在诗歌批评方面，他利用严羽之"以禅喻诗"，对唐人诸古体进行了"以禅论诗"：

> 唐人诸古体，四言无论。为骚者太白外，王维、顾况三二家，皆意浅格卑，相去千里。若李、杜五言大篇，七言乐府，方之汉、魏正果，虽非最上，犹是大乘。韩《琴曲》、柳《铙歌》，仿佛声闻阶级，此外，蔑矣。(《内编》卷一)

他将汉、魏古体论作最上乘正果，唐人诸古体唯李、杜五言大篇与七言乐府，可称大乘，韩、柳之曲、歌，只能仿佛声闻乘。

学诗方面，元瑞也能融通诗道与禅道，称赞"严氏以禅喻诗，旨哉！"但进一步指出两者差异："禅则一悟之后，万法皆空，棒喝怒呵，无非至理。诗则一悟之后，万象冥会，呻吟咳唾，动触天真。然禅必深造而后能悟，诗虽悟后，仍须深造。自昔瑰奇之士，往往有识窥上乘、业阻半途者。”(《内编》卷二)此论指明诗道更艰难于禅道：禅道于深造后能悟，以悟为止境；诗道深造熟参后能悟，悟后仍须深造。这是对严羽“以禅喻诗”归于“妙悟”的有益补充，也对该论引起的接受偏误进行了补救，对识高作低、“识窥上乘、业阻半途”的诗家提出了相当于禅家顿悟后仍需渐修的建议。

在诗法方面，胡氏希冀融“悟”入“法”，寻求二者平衡。对于严羽“妙悟”说，元瑞积极接受，他亲口称：“汉唐以后谈诗者，吾于宋严羽卿得一悟字，于明李献吉得一法字，皆千古词场大关键。”(《内编》卷五)元瑞为“格调”论重诗歌形式声律章法之“法”加入了“悟”的灵动因素，认为“二者不可偏废”：学诗、作诗不可拘泥陈法，也不可师心自用，应善于通过熟读熔冶古人佳诗，以悟出适合自己的作诗之法。

要达到“悟”的境界，胡应麟与王世贞的观点相仿，都认同严羽“熟参”之途径。王世贞说：“熟读涵泳，令其渐渍汪洋。遇有操觚，一师心匠，气从意畅，神与境合。”(《艺苑卮言》)胡应麟也强调通过“烂读”“熟读”以“悟入”：

> 若烂读上古歌谣三百篇、两汉诸作，溯其源流，得其意调，一旦悟入，真有手舞足蹈，乐不自支者。(《内编》卷一)
>
> 五言古，先熟读《国风》《离骚》，源流洞彻。乃尽取两汉杂诗，陈王全集，及子桓、公干、仲宣佳者，枕藉调咏，功深日远，神动机流，一旦吮毫，天真自露。(《内编》卷二)
>
> 学五言律……先取沈、宋、陈、杜、苏、李诸集，朝夕临摹，则风骨高华，句语宏赡，音节雄亮，比偶精严。次及盛唐王、岑、孟、李，永之以风神，畅之以才气，和之以真澹，错之以清新。然后归宿杜陵。(《内编》卷四)
>
> 五言绝，须熟读汉、魏及六朝乐府，源委分明，径路谙熟；然后取盛唐名家李、王、崔、孟诸作，陶以风神，发以兴象。真积力久，出语自超。(《内编》卷六)

诸论皆强调不管学哪类诗体，得通过“烂读”“熟读”方可辨清诗之源流、高下，才能领会语句格调外的兴象、风神。熟读、习法、悟入诗道，是胡应麟从严羽处直承而来的学诗门径。

据此，胡氏接下严羽反对宋诗“以文字为诗”“以理为诗”的话头，称“事障”“理障”乃宋人诗病，评曰：

> 禅家戒事理二障。余戏谓宋人诗病政坐此。苏、黄好用事而为事使，事障也。程、邵好谈理而为理缚，理障也。(《内编》卷二)
>
> 项王不喜读书，而《垓下》一歌，语绝悲壮。“虞兮”自是本色。屈子孤吟泽畔，尚托寄美人公子，羽模写实情实事，何用为嫌。宋人以道理言诗，故往往谬戾如此。(《内编》卷三)

元瑞将“本色”视为合理的作诗方法，是对严羽“本色”“当行”说的共鸣，而其“写实情实事”之论则是对严羽诗学的落实与补充。

胡应麟更反对“以议论为诗”，对极为推崇的老杜也敢提出非议，批评其咏物诗有“鸟兽花木等多杂议论”(《内编》卷四)的毛病。同样，他也反对作诗不悟而极意摹拟：“诗不易作者五言古，尤不易作者古乐府。然乐府贵得其意。不得其意，虽极意临摹，终篇剿袭，一字失之，犹为千里；得其意，则信手拈来，纵横布置，靡不合节，正禅家所谓悟也。然殊不易言矣。”(《内编》卷二)他还反对以“儒者语言”入诗，称：“曰仙曰禅，皆诗中本色。惟儒生气象，一毫不得著诗，儒者语言，一字不可入诗。”(《内编》卷五)李东阳、李梦阳等论诗，尚强调诗之“取类于鸟兽草木之微，而有益于名教政事之大”(《沧州诗集序》)，明中叶以后，后七子、末五子则多倾向于谈诗人之“悟”，谈体现诗人个性的“性情”与“兴趣”，儒家诗教观渐趋式微。

在诗歌艺术审美方面，胡应麟欣赏格调的同时，又提出“兴象风神”说，由格调之美转向追求神韵、风神之美。胡应麟继承严羽“兴趣”说，赞同“盛唐诗人惟在兴趣，羚羊挂角，无迹可求，故其妙处，透彻玲珑，不可凑泊，如空中之音，相中之色，水中之月，镜中之象，言有尽而意无穷”(《沧浪诗话·诗辨》)之论。格调派中、后期诗家多继承这一观点，十分重视诗之“兴趣”，而反对“诗以意为先”。谢榛说：“诗有不立意造句，以兴为主，漫然成篇，此诗之入化也。”(《四溟诗话》卷一)认为唐人以“辞后意”为主，并能与“辞前意”浑然融合，因“漫然成诗，自有含蓄托讽”而能“婉而有味，浑而无迹”(《四溟诗话》卷一)。王世贞也强调了创作要“神与境会，忽然而来，浑然而就”（《艺苑卮言》卷一）。这两位后七子的诗学代表均主张在储备了前人“第一义”佳诗底蕴之后，诗人创作应当乘兴而作、情境交融，用触发的灵感描写当时的情境，创作出含蓄委婉、韵远思深、带有“辞后意”但浑然无迹的诗歌。这样，“兴趣”就由《沧浪诗话》中提及的一种诗歌审美论发展成为明人诗歌的创作方式。不仅如此，格调派的诗人还对诗歌创作中如何产生“兴趣”进行了探索。作为对“兴趣”说的发展，《诗薮》指出：

> 作诗大要，不过二端。体格声调、兴象风神而已。体格声调有则可循，兴象风神无方可执。故作者但求体正格高，声雄调鬯，积习之久，矜持尽化，形迹俱融，兴象风神，自尔超迈。（《内编》卷五）

胡应麟认为“兴趣”或“兴象风神”本身是抽象的、难以捕捉的，只有从诗歌文本直观的“体格声调”入手，进行长期的创作积累，才能达到“兴象风神，自尔超迈”的化境，实现严羽推崇标举的“兴趣”。

然而，胡应麟继承自严羽的“兴象风神”具体指向什么呢？在其诗学中，“兴象风神”与“神韵”关系密切。胡应麟在《诗薮》中，屡用“神韵”品评诗之意趣，实际上接近于前后七子何景明、谢榛、王世贞之诗论，倡“格调”而兼“神韵”。如称：“诗惟咏物不可汗漫，至于登临、燕集、寄忆、赠送，惟以神韵为上，使句格可传，乃为上乘。”（《内编》卷五）此论是在诗歌题材方面讨论“神韵”的必要性，登临、燕集时诗不可作得粘皮带骨、过于落实，而要以“神韵”为上。又称：“古人之作，往往神韵超然，绝去斧凿。宋元虽好用事，亦间有一二，未若近世之拘。”（《内编》卷五）认为古人诗之“神韵”与“斧凿”“用事”之工无涉，要去除无用的人工雕饰，留下自然、超然、浑然的诗歌韵味方为“神韵”。他还称：“大率唐人诗主神韵，不主气格，故结句率弱者多。惟老杜不尔，如‘醉把茱萸仔细看’之类，极为深厚浑雄。然风格亦与盛唐稍异。”（《内编》卷五）则在结句风格上将“神韵”与深厚雄浑之“气格”对比，取清淡幽远、韵远思深的诗味。而“杜陵律多险拗，太白绝间率露，大家故宜有此。若神韵干云，绝无烟火，深衷隐厚，妙协箫韶，李欣王昌龄，故是千秋绝调”（《内编》卷六）及“（孟浩然）野旷天低树，江清月近人。神韵无伦”（《内编》卷六）两论更明显地将“神韵”引向李欣、王昌龄、孟浩然之绝无烟火、清远深隐的诗歌境界。清代黄宗羲(1610—1695)认定严沧浪论诗虽宗李杜,实为王孟家数。清末许印芳(1832—1901)及今人郭绍虞等认为"严氏名为学盛唐、准李杜,实则偏嗜王孟冲淡空灵一派"。含蓄蕴藉、意在言外的诗歌韵味确实是严羽诗学审美中的一个有机部分,严羽标识以"兴趣",经过传承到了胡应麟诗学,或冠以"神韵"之名,或作为与"体格声调"对举的"兴象风神",实则都反映出《诗薮》对《沧浪诗话》的接受关系。

胡应麟的"体格声调"或"骨力""筋骨",与明代前期李东阳、李梦阳的主"格调"颇有一致之处,指向一种雄浑厚重的力度。然他也警惕李梦阳等人学杜而涉"粗豪"、过于偏重骨力的倾向,提出加入"风神"以救偏,在力度之维上制衡以词采洋溢、深婉隽永的韵度,使得诗歌之骨长出血肉、神采。"兴象风神"这一标志性的审美特征,既关乎诗歌词采的精妙构设,又关乎诗歌神韵的蕴藉传达,既重视词藻瑰丽,又标举"兴象玲珑,句意深婉,无工可见,无迹可寻"(《内编》卷六)的创作风韵。可视为在何景明、王世贞等人铺垫之后,胡应麟加入了自身的体察与探索,进一步从"格调"走向"神韵",是对严羽诗学的历史承接与现时发展,又是对明七子复古派格调局限的补充和超越,并对全面认识明中叶七子派之文学思潮很有裨益。

第二节　局部反拨严羽诗学的接受倾向

前后七子把持文坛近百年,其间不乏与七子派持不同诗学见解和创作主张的文学流派、诗论家。他们虽也浸染复古风潮,但具体主张与七子复古格调论不尽相同。他们对严羽崇唐抑宋、七子派"诗必盛唐"的限定感到不满,代表诗家有吴中诗派的祝允明、都穆、朱承爵、俞弁等人及茶陵门人杨慎、唐宋派的唐顺之、王慎中,属于复古格调派尊唐主流外的别派、异类。他们有的论诗尊唐不贬宋,甚至尊宋不贬唐,要求正视宋诗的价值;有的则要求于盛唐外上溯六朝,下探中、晚唐,与前后七子唱起了异调、反调。他们对严羽《沧浪诗话》也持接受的态度,选取或直承其中的有用成分,反拨或改造其中有局限的部分,以之作为理论武器,反对七子一家之言。从地域上考察,以七子派为代表的中原诗家,是当时诗坛主流,一般取严羽的"诗宗盛唐"及体制格调说;而不属主流诗派的俞弁、杨慎、唐宋派等人，则多为吴、楚、闽地南方诗家，持论往往汲取严羽诗学中关于诗歌艺术本质、审美特征的“吟咏情性”“兴趣”“妙悟”“本色”诸说，更强调“兴趣”“情性”乃诗歌本质。

一、祝允明等吴中诗派：缘情随事，不拘一格

继明初高启后，明代正德、嘉靖年间，吴地涌现出以徐祯卿、祝允明、唐寅、文征明“吴中四才子”[1]及吴县都穆、江阴朱承爵为代表的优秀诗人群体，世称“吴中诗派”。他们不喜拟古，而在诗文上都能表现出一点清新的情趣[2]，使吴中成为明代中叶的诗歌重镇。徐祯卿后入前七子之列，但仍可谓“吴中诗冠”，声动南北，其《谈艺录》也透露出不同于七子派的旨趣，重情外，还期冀超越盛唐上溯六朝。至清初王夫之仍盛赞希哲（祝允明）、子畏（唐寅）等人“领袖大雅，起唐宋之衰，一扫韩苏淫诐之响，千秋绝学，一缕系之，北地、信阳尚欲赪颊而争，诚何为耶？”

吴中诗派诗人才华横溢、性情洒脱，然又多失利于科场，政治地位不高。此种境遇反而能使之真切冷静地省察自我、反映现实。他们的文学创作，处于江南苏州及周边城市经济特别繁盛的环境之中，与市民阶层的思想文化息息相通，具有很多新鲜的内涵及地域特色，值得重视。且他们活跃在格调论、复古风大盛之时，能够不依傍门户，卓然自立，诗歌以抒写性情为第一义，在当时来说，确属难能可贵。诗歌理论上，他们尊崇性情，强烈反对理学抑制感情的倾向，这一点与七子派并无本质差异，和严羽诗学也是一致的。

祝允明（1460—1526），字希哲，因右手生有六指，故号枝山、枝指生，长洲（今江苏苏州）人，善诗文，多奇气，工书法。弘治五年（公元 1492 年）三十三岁时举于乡，后七应会试屡落第，正德九年（公元 1514 年）五十五岁赴京谒选，方授广东兴宁知县。嘉靖元年（公元 1522 年）迁南京应天通判，后谢病归。著有《怀星堂集》《祝子罪知录》等。

祝允明认为创作是“心动情之，自鸣于口”[3]，并谓“人之性情，惟言可测，而

1 ［清］张廷玉，《明史》，卷二百八十六列传第一百七十四。

2 吕士朋，《晚明公安派兴起的时代背景及其精神》，《史学集刊》，1999 年第 4 期，页 22。

3 ［明］祝允明，《祝子罪知录》，卷八，明刻本。

因言识情，诗赋尤易，故古人之用诗赋以求性情也”[1]，认为诗缘于情，从诗赋可求见诗人之性情。他反对明初宋濂“文道合一”的主张，斥其《文原》“腐颊烂吻，触目可憎”[2]，主张诗文应抒发个性与才华。

因之，祝允明推尊李白“为唐诗之首”，而“不可以杜甫为冠”[3]，反对宋人舍李取杜，理由是李白诗情奔放澎湃，更符合其尊情的诗歌审美观。希哲反拨宋人舍李取杜，是将严羽“论诗以李杜为准，挟天子以令诸侯”之论实际运用到诗评实践之中，但扬李抑杜的态度则不取严羽“李杜二公正不当优劣”的持平之论，走向与宋人舍李取杜相反的另一极端。

对于诗歌取法对象，祝允明亦因唐诗抒情、宋诗说理而接受严羽尊唐抑宋的取法策略，主张可绕开宋诗直接去宗法唐人或六朝诗，但并不从根本上完全否定宋诗。反观七子派因重情而反对宋诗及明人性气诗、台阁体，然过于在意师法、摹拟对象的形制格调而并未将真情彻底贯彻到诗歌创作中，往往造成徒袭形貌、不取精神的不良影响。而祝允明能更深入一层，论诗注重“趍(趋)识”与“齐量”，于《朱性父诗序》指出明诗的“四病”：“篇句之就……不敢超夐常状之一二”的“趍识凡近”，“言梅必著和羹，道鹤不脱九皋”之“齐量寒薄”，“命题发思”之缺乏性情“不由己主”，以及“摹仿师法，泄迩忘远”不能正确继承诗歌传统，并且，他将明诗四病总括为既“陋”又“浮”，称“陋与浮皆非诗道，与古背驰”[4]，可谓抓到了明中期诗坛的通病。祝允明认为，从宋、元讫明，诗人中提倡学唐者相当普遍，但并非都能把唐诗的优良传统了解透彻、领悟精神。当前七子倡导“诗必盛唐”之际，祝允明提出这样的批评，无疑是有针对性的，也是十分切中要害的。

其他吴中派诗人习诗、论诗皆不拘于盛唐一代，六朝甚至宋代之佳作也都是他们的师法对象。相较于诗歌的时代体制，他们更关心诗作内容风格的自由表达。文征明子文嘉谓其父“诗兼法唐、宋，而以温厚平和为主，或有以格律

1 [明]祝允明，《怀星堂集》，卷十一论议“贡举私议”，清文渊阁四库全书本。
2 [明]祝允明，《祝子罪知录》，卷八。
3 [明]祝允明，《祝子罪知录》，卷九。
4 [明]祝允明，《朱性父诗序》，见：[明]钱穀，《吴都文粹续集》，卷五十六诗文集序，清文渊阁四库全书补配清文津阁四库全书本。

气骨为论者，公不为动”。[1] 说明文征明诗歌兼学唐、宋，重视诗歌温厚平和的内容及风格，而不以格律气骨的形制标准作为取法标准。文征明于《沈先生行状》中叙沈周诗作云：“其诗初学唐人，雅意白傅，既而师眉山为长句，已又为放翁近律，所拟莫不合作。然其缘情随事，因物赋形，开阖变化，纵横百出，初不拘拘乎一体之长。”[2]他描述沈周的诗歌以习中晚唐白居易及宋代苏轼、陆游为主，同样不拘一“体”，最终达到开阖变化、纵横百出的境界。此外，唐寅诗作偏近南朝风格，其中色泽秾艳的作品几乎占了近半数；而徐祯卿诗“其语高者上仿佛齐梁，下亦不失温李”[3]；祝允明亦“效齐梁月露之体，高者凌徐庾，下亦不失皮陆”[4]，写过不少摹拟南朝诗风之作。吴中诗派见证并响应了明代中叶南朝诗风的重兴。这股诗风对晚明徐渭、汤显祖、公安三袁偏好“性灵”影响重大。

吴中派诗人都通过自己的习诗实践，来响应严羽广见、熟参的学诗建议。能出入唐宋的底气则是坚信诗歌“缘情随事、因物赋形”的创作本质，不拘于一体而开阖纵横为之，已达到严羽“学诗有三节”之中的最后境界：“及其透彻，则七纵八横，信手拈来，头头是道矣。”

吴地诗风，雅好靡丽，重才尚情，率性自适，与以前后七子为代表的中原主流诗风是教外别传。王运熙先生评价道：“吴中之风，文法齐梁，诗沿晚唐，在辞句上毕竟华靡轻丽，然又不拘一格，一任性情。”[5]“不拘一格，一任性情”，乃谓吴中诗派与同时期的诗派相比，除才气横溢外，能够不拘一格、兼师众长，而又个性鲜明、卓然独立。他们的诗论不重格调而直指诗歌抒情的审美本质，拉开了明末公安派以“性灵”论诗的序幕。

二、都穆《南濠诗话》：雅意于宋，性情之真

都穆（1458—1525），字玄敬，一作元敬，吴县（今江苏苏州）人，后徙居城区南濠里，郡人称南濠先生。弘治十二年（公元 1499 年）进士，官至礼部主客郎

---

1 [清]钱谦益，《列朝诗集》，丙集卷十“文待诏征明”条，清顺治九年毛氏汲古阁刻本。
2 [明]文征明，《甫田集》，卷二十五，清文渊阁四库全书本。
3 [明]王世贞，《弇州四部稿》续稿卷一四八“像赞”，台北：文海出版社，1970 年，页 6809。
4 [清]钱谦益，《列朝诗集》，丙集卷九“祝京兆允明”条。
5 王运熙、顾易生主编，《明代文学批评通史》，上海：上海古籍出版社，1996 年，页 171。

中、加太仆寺少卿。《明史·文苑传》称其"七岁能诗",及长,遂博览群籍,与沈周、祝允明、文征明、杨循吉、唐寅、徐祯卿等为明代吴中文风极盛时的代表人物。有《南濠诗话》[1]一卷。

黄桓《都南濠先生诗话序》云:"偶得都公是集,俯而读,仰而思,知其学问该博,而用意精勤,钩深致远,而雅有枢要,诚足以备一家之体,而与诸公并驰焉。如读太宗之诗,而知贞观之治;诵清碧之集,而慨宋室之亡。王孟端感久客之娶妇,曹子建助老瞒之奸雄,是又即其人知其世,而良有深意。公之诗话,大率类此,非琐琐章句之末耳。"文璧(征明)《南濠居士诗话序》道:"君于诗别具一识,世之谈者,或元人为宗,而君雅意于宋;谓必音韵清胜,而君惟性情之真。倚马万言,莫不韪叹;而碧山双泪,独有取焉。凡其所采,率与他为诗者异,而自信特坚,故久而人亦信之。观其所著《南濠诗话》,玄辞冷语,居然合作,而向之三言具在,是知君所为教余者,皆的然有见,而非漫言酬对也。"可见,都穆诗话多记载古今诗人遗作轶事,论诗别具见识,宗宋不贬唐,主性情,不主一家,颇有精彩之论。

都穆曾于正德庚辰(公元1520年)为尹嗣忠刻本作《重刊沧浪先生吟卷叙》,称:"是书在元尝有刻本,知昆山县事尹君子贞以骚坛之士多未之见,重刻以传。"[2]此语说明都穆或亲见元刻本,正德重刻本当从属于元刻本系统,也说明都穆与严羽《沧浪诗话》颇有渊源。都穆于《南濠诗话》称引严羽"妙悟""别材"诸论,认为严羽"诗道亦在妙悟"之说"最为的论",推崇严羽"诗有别材,非关书也",赞同萧千岩"诗不读书不可为,然以书为诗,则不可也"。然,都穆论诗特色乃不主一家,于体统意识上未有明确的划界。因而,他认同严羽"妙悟""别材"说的同时,又推苦吟之功,称"诗须苦吟,则语方妙"。诗话中数度引用严羽的诗学理论,但又有明显为宋诗辩护的迹象,如"予观欧梅苏黄二陈至石湖放翁诸公,其诗视唐未可便谓之过,然真无愧色者也"等。可见元敬就诗论诗,持论不主一家,并不囿于门户之见。

都穆等吴中诗人在前七子"诗必盛唐"笼罩明中期诗坛之时,坚持吴地诗

---

1 本书研究采用:[明]都穆撰,《南濠诗话》,清知不足斋丛书本;参以:丁福保,《历代诗话续编》下册之《南濠诗话》,北京:中华书局,1983年。

2 [明]都穆序,见:陈定玉,《严羽集》,页433。

学传统，于盛唐之外能上探六朝，下涉晚唐、宋、元，借此纠正前七子以来“宗唐抑宋”一边倒的诗坛风尚。诗分唐宋，主要是诗歌风格的差异，后世古典诗歌的发展，大体未能超越此二种风格范围之外。由于时代风气、个人喜好、诗学主张的不同，在中国诗学批评史上形成了尊唐与宗宋两个派别的争论。王水照先生于《宋代文学通论》中指出：“在宋代诗歌史上，最先开启唐宋诗轩轾之争的，当属魏泰、陈岩肖、叶梦得诸人。从诗歌发展史以及创作规律的角度来区分唐宋诗界限的，首推张戒。”南宋张戒发难苏、黄及江西诗派，其《岁寒堂诗话》更以唐诗作为学习的楷模。继而四灵、江湖派诗人以晚唐为法，与江西诗派对峙。至严羽出，自信能“辨尽诸家体制”来“断千百年公案”（《答吴景仙书》），“说江西诗病”并“定其宗旨”为“以盛唐为法”。金代元好问也推崇唐诗，要求作诗为文要“诚”，要写“情性”，反对生硬晦涩、乱排典故的宋诗流弊。元代方回则倡江西诗派“一祖三宗”之说，诗学黄庭坚、陈师道，回击尊唐派的进攻，形成了唐宋诗之争的来由。经历了南宋、金、元对宋诗的不断反思，加之严羽取径唐诗对明代的深远影响，闽中十子、前后七子逐渐形成了黜宋尊唐的主流势力。到都穆所处的时代，对宋诗的贬斥可谓达到了顶峰。洪武时刘绩《霏雪录》称“唐人诗一家自有一家声调，高下疾徐，皆合律吕；吟而绎之，令人有闻韶忘味之意。宋人诗，譬则村鼓岛笛，杂乱无伦。”又说：“唐人诗纯，宋人诗驳；唐人诗活，宋人诗滞；唐诗自在，宋诗费力；唐诗浑成，宋诗饾饤；唐诗缜密，宋诗漏逗；唐诗温润，宋诗枯燥；唐诗铿锵，宋诗散缓；唐人诗如贵介公子，举止风流；宋人诗如三家村乍富人，盛服揖宾，辞容鄙俗。”[1]稍早于都穆的叶盛则较早转录明人全篇否定宋诗的极端言论，他于《水东日记》中称“刘子高（崧）不取宋诗，而浦阳黄容极非之”，并引黄容《江雨轩诗序》云：“近世有刘崧者，以一言断绝宋代，曰‘宋绝无诗’。”[2]刘崧乃元末明初文学家，以雅正为正宗，黜宋尊唐，为江右诗派的代表人物，追随者甚多。他的论断延续了严羽“以盛唐为法”之说并启发了七子派“宋无诗”之论。

面对如此极端的取舍态度，都穆远承江西、方回，近绍瞿佑，下启俞弁、杨慎等人，于尊唐主流之外，主张客观、公正地对待宋诗的价值，眼界、勇气尤为

1　[明]刘绩，《霏雪录》，明弘治刻本。
2　[明]叶盛，《水东日记》，卷二十六，清康熙刻本。

可嘉。《南濠诗话》云：

> 昔人谓“诗盛于唐，坏于宋”，近亦有谓元诗过宋诗者，陋哉见也。刘后村云：“宋诗岂惟不愧于唐，盖过之矣。”予观欧梅苏黄二陈至石湖放翁诸公，其诗视唐未可便谓之过，然真无愧色者也。元诗称大家，必曰虞杨范揭。以四子而视宋，特太山之卷石耳。方正学诗云：“前宋文章配两周，盛时诗律亦无俦。今人未识昆仑派，却笑黄河是浊流。”又云：“天历诸公制作新，力排旧习祖唐人。粗豪未脱风沙气，难底熙丰作后尘。”非具正法眼者，焉能道此。

在此，都穆引方正学（孝儒）诗云：“前宋文章配两周，盛时诗律亦无俦。今人未识昆仑派，却笑黄河是浊流。”“天历诸公制作新，力排旧习祖唐人。粗豪未脱风沙气，难诋熙丰作后尘。”他称赞方孝孺“具正法眼”，反对“诗盛于唐，坏于宋”之陈言，认为宋诗不但胜过元诗，且有匹敌唐诗者。他以支持宋诗的姿态，大胆地批判了七子派“诗必盛唐”“崇唐抑宋”失之偏狭的师法取向。故而，在诗歌师法对象上，都穆与严羽异趣，或称之为从反面接受。

《南濠诗话》对严羽诗学亦有正面承接。首先，都穆对严羽“以禅喻诗”、学诗如“参禅”的“妙悟”说有继承与发展，《南濠诗话》有云：

> 严沧浪谓论诗如论禅：“禅道惟在妙悟，诗道亦在妙悟。学者须从最上乘，具正法眼，悟第一义。”此最为的论。……予亦尝效颦云：“学诗浑似学参禅，不悟真乘枉百年。切莫呕心并剔肺，须知妙语出天然。”“学诗浑似学参禅，笔下随人世岂传？好句眼前吟不尽，痴人犹自管窥天。”“学诗浑似学参禅，语要惊人不在联。但写真情并实境，任他埋没与流传。”

以参禅喻学诗并作《学诗诗》来证悟，为宋时风尚。都穆尊宋不抑唐，故对宋代严羽借禅喻诗“诗道亦在妙悟”之论多有体会，对宋诗参禅了悟、突破唐诗的努力也有所认识。他作的三首《学诗诗》，其一主张自然，其二反对摹拟，其三强调诗写真情实境。具体而言，都穆认为作诗之道是参禅妙悟所得，但“妙语”是了悟诗道后出自天然，而非呕心剔肺不悟而作，也非笔下随人附庸风雅可得。因此，都穆更看重真情、实境对诗歌的重要性。都穆“妙悟”出的诗道，是参透第一义诗，在真情实境感发下自然创作出好句、妙语，笔下不“随人”而出语“惊人”，体现出与七子派师古摹拟或稍后竟陵派师心苦吟截然不同的诗学宗趣。

其次，都穆对严羽“别材”说有较为中肯的理解与接受，称：

> 老杜诗云：“读书破万卷，下笔如有神。”萧千岩云：“诗不读书不可为，然以书为诗，则不可。”范景文云：“读书而至万卷，则抑扬高下，何施不可？非谓以万卷之书为诗也。”景文之语，犹千岩之意也。尝记昔人云：“万卷书人谁不读？下笔未必能有神。”严沧浪云：“诗有别材，非关书也。”斯言为得之矣。

世人一般认为杜甫“读书破万卷，下笔如有神”之句是劝人作诗要多读书，并往往以此否定严羽“诗有别材，非关书也”之说。然都穆从萧千岩和范景文两家之论寻找到理据，沟通了杜、严二家之说，并借昔人之口，道出书应多读，但多读了书未必会作诗，以此证明严羽“诗有别材”的中肯之处。

再次，都穆继承了严羽反对唱和之作和韵、次韵的态度。严羽《沧浪诗话·诗评》认为：“和韵最害人诗。古人酬唱不次韵。此风始盛于元白、皮陆，而本朝诸贤乃以此而斗工，遂至往复有八九和者。”严羽道出和韵、次韵之风始于中唐，元稹、白居易间写有大量酬唱诗，编有《元白唱和集》，至晚唐，皮日休、陆龟蒙唱和合作《松陵集》，宋代诸贤以此斗工，却因和韵、次韵损害了诗歌的自然风韵。而古人之酬唱、应和尚无如此多约束。都穆《南濠诗话》中有相似的论述：

> 古人诗有唱和者，盖彼唱而我和之。初不拘体制兼袭其韵也。后乃有用人韵以答之者，观老杜、严武诗可见，然亦不一一次其韵也。至元白、皮陆诸公，始尚次韵，争奇斗险，多至数百言，往来至数十首。而其流弊至于今极矣，非沛然有余之才，鲜不为其窘束。所谓性情者，果可得而见邪？

唱和诗初不拘体制，发展过程中渐有袭韵、次韵等体制约束。至中唐，皮陆、韩孟、元白文人集团之间的唱和之作更是发展到了“争奇斗险”的地步。明诗以唐诗为宗,明人师法时不免将其中的泥沙也全盘接了下来。都穆认为这种流弊窘束诗才、不见性情,应该去除。都穆还进一步反对强作应酬诗:

东坡云:“诗须有为而作。”山谷云:“诗文惟不造空强作,待境而生,便自工耳。”予谓今人之诗,惟务应酬,真无为而强作者,无怪其语不工。元遗山诗云:“纵横正有凌云笔,俯仰随人亦可怜。”知此病者也。

都穆推崇“诗须有为而作”“待境而生”,反对“造空强作”“惟务应酬”的次韵之风。明代初期台阁体盛行之际,题赠、应酬等诗作内容空洞、千篇一律、缺乏个性,都穆用宋代苏、黄的观点来反对此种倾向,并将苏、黄二人之论综合为“无为而强作”的诗病,并借元好问之口警戒之,有理有据,颇有针对性和批判性。

在诗歌本质论上,都穆其实合于严羽。其《学诗诗》言称“但写真情并实境,任他埋没与流传”,此种论诗宣言重视“实境”与“真情”的融合,是对严羽“诗者,吟咏情性”论的拓展。都穆之言真情并实境,“实境”在诗人内在“真情”之外,增加了外在景物和情景融合之境两个维度。诗人内在情志要“待境而生”,方能有天然妙语传达真情实感。其情与境所指,已触及“意境”论的范畴,与严羽“兴趣”说、王国维“境界”论皆有相通之处。综观都穆诗论,对历来诗人首推渊明,正因渊明之真。而与都穆同时,前七子之首李梦阳亦倡真情,以针对“台阁体”的千篇一律及“茶陵派”的革新不力,力倡高扬时代气象的盛唐诗歌。然李梦阳等人由于过分强调格调法式,逐渐陷入拟古摹仿、无法自新、剽窃泥古的恶性循环。他所谓的真,已沦为求同于古人。真诗,应是天地人心自然之音,求同于古人、故作真情,已然失真。李梦阳晚年幡然悔悟,于《诗集自序》批评前作道:“予之诗非真也,王子(叔武)所谓文人学子韵言耳,出之情寡而工之词多者也。每自欲改之以求其真,然今老矣。”[1]由此可见,都穆批评明诗,正在于泥古而忽视实境、失去真情。诗不吟咏情性,则如木偶土人般徒有其形而灵魂全失,即使得以一时流传也难逃后人诟病。因此,都穆宁可“任他埋没与流传”,也要坚持真性情,追其真诗。

---

1 [明]李梦阳,《诗集自序》,见:[清]黄宗羲,《明文海》,卷二百六十二序五十三,清涵芬楼钞本。

与都穆同时、同为吴中派诗人的杨循吉，曾做《朱先生诗序》，恰能诠释都穆的"真情并实境"，序中有云："予观诗，不以格律体裁为论，惟求能直吐胸怀、实叙景象、读之可以谕、妇人小子皆晓所谓者，斯定为好诗。其他饾饤攒簇、拘拘拾古人涕唾、以欺新学生者，虽千篇百卷，粉饰备至，亦木偶之假线索以举动者耳，吾无取焉。大抵景物不穷，人事随变，位置迁易，在在成状，古人岂能道尽，不复可置语。清篇新句，目中竞列，特患吟哦不到耳。"[1]他把"直吐胸怀、实叙景象"视作衡量好诗的标准，反对"拾古人涕唾"，此立论也是针对当时拟古诗风而发。后来唐宋派领袖之一的唐顺之有"直据胸臆，信手写出""便是宇宙间第一等好诗"[2]之说，与都穆、杨循吉吴中派诗论有一脉相承的关系。

总体上，比照《沧浪诗话》，都穆《南濠诗话》的诗论体现出以下接受倾向：其一，反对严羽尊唐贬宋之论，"雅意于宋"、宗宋而不贬唐是其诗歌取径与论诗态度；其二，对严沧浪诗学正面接受其"参禅""妙悟""别材"与"情性"诸论，对诗歌本质有深层领会，而不似七子派专注于具体的、外在的格调法式；其三，对严羽反对酬唱次韵、推崇"质而自然"诗风有继承和改造，认为诗歌"惟性情之真""妙语出天然"，反对无为而强作，反对拟古不化，可视为对严羽《沧浪诗话》的改造性接受。

从上述吴中诗派都穆的诗论可以看出其与当时盛行的复古格调诗论之间的差异。再结合观察同时期吴中诗家的论调，不难发现吴地的诗歌传统重视情感、风韵等诗歌内在特质，与中原地区格调派注重诗歌体制、音律等外在形式是有差别的。这两地的诗论分别阐释了严羽诗学中以"兴趣""妙悟""吟咏情性"为诗歌内在本质及诗歌"体制、格力、气象、音节"等外在表征。这两方面互为表里、相互依存、不可分割。

三、朱承爵《存余堂诗话》：诗溯六朝，意境融彻

朱承爵（1480—1527），字子儋，号舜城漫士，晚号左庵，江阴（今江苏江阴）人。善诗能画，是明代藏书家、刻书家，家有藏书楼"行素斋""集瑞斋""存余堂"，收藏宋、元本多种。曾校刊庾信、杜牧等人诗集及韦庄《浣花集》等，有《存

1　[明]杨循吉，《灯窗末艺》，明钞本。
2　[明]唐顺之，《荆川集》，文集卷七"答茅鹿门书"，四部丛刊影明本。

余堂诗话》《灼薪剧谈》《鲤退稿》等。朱承爵与祝允明、文征明、徐祯卿、唐寅“吴中四才子”及吴县都穆、杨循吉交往甚密，人称“吴中派”。“吴中派”的整体诗评倾向是虽也扬唐抑宋，但并不从根本上否定宋诗，且对“前七子”过激之处时有批评。此外，对“真情”于诗的作用十分看重。

朱承爵《存余堂诗话》[1]多泛泛之谈，亦时有精到之处。如《诗话》第二十一条云：

> 作诗之妙，全在意境融彻，出声音之外，乃得真味。如曰：“孙康映雪寒窗下，车胤收萤败帙边。”事非不核，对非不工，恶，是何言哉？

朱承爵此条称“作诗之妙，全在意境融彻”，蒋寅先生认为这是中国古典诗歌的审美理想[2]，语虽寥寥却明确提出意境对诗的作用，触及了关于意境创造的问题。然而对于“意境”本义及其特征，以及诗人该如何去创造意境，朱氏未及深谈。“意境”一词用于诗学，初见之于托名王昌龄的《诗格》“诗有三境，物境，情境，意境”[3]之说，而较确凿的即见于朱承爵《存余堂诗话》。综观历来诗家的阐述，“意境”这一概念包括“意”(诗人的思想感情和诗美理念)及“象”(客观生活、景象)两个方面[4]，二者有机融合而成的诗歌艺术境界就是意境。意境是诗人对景与物的感兴，是诗人内心对客观形象的契合与再现，是情与景、意与境、心与物的统一。南朝刘勰《文心雕龙・明诗》云“人禀七情，应物斯感，感物吟志，莫非自然”，阐释诗人情志来自于对自然万物的观照及感兴；而晚唐司空图所称“象外之象，景外之景”“韵外之致”“味外之旨”，则进一步讨论诗人创作中(构思，表现)再现的诗歌景象有超越客观景象的韵味，如在眼前而又不可言说，“意在言外，使人思而得之”，意境中含蓄的艺术形象能唤起读者的想象；至南宋严羽《沧浪诗话》则用“兴趣”形容盛唐诗歌情景交融、意境融彻的美感，玲珑透彻，言有尽而意无穷；清代王国维也曾说：“文学之事，其内足以摅己，外足以感人者，意与境二者而已。”

1　本文研究采用：[明]朱承爵撰，《存余堂诗话》，明嘉靖顾氏明朝四十家小说本。参以：《历代诗话》本，页786—794；《明诗话全编》卷2，页1953—1961。

2　蒋寅，《走向情景交融的诗史进程》，《文学评论》，1991年第1期，页28。

3　[唐]王昌龄撰，《诗格》，见：[宋]陈应行，《吟窗杂录》，卷四，明嘉靖二十七年崇文书堂刻本。

4　陶剑平，《诗格意境创作摭谈》，《杭州大学学报》，1982年，第12卷第3期，页81。

梳理并比较各家论述后可见，朱承爵“作诗之妙，全在意境融彻，出声音之外，乃得真味”之论与严羽以“妙悟”达“兴趣”之说更为贴合。严羽《沧浪诗话》称：

> 诗者，吟咏情性也。盛唐诸人惟在兴趣，羚羊挂角，无迹可求。故其妙处，透彻玲珑，不可凑泊，如空中之音，相中之色，水中之月，镜中之象，言有尽而意无穷。
>
> 近代诸公乃作奇特解会……其作多务使事，不问兴致，用字必有来历，押韵必有出处，读之反覆终篇，不知着到何在。
>
> 押韵不必有出处，用事不必拘来历。

严沧浪正欲以盛唐“兴趣”纠正宋人“使事”“用韵”之累。朱承爵接下这褒贬扬抑的话头，称“意境融彻”是超脱“声音”、音律、言辞之外的“真味”，境从意生，意融境中，而不取“孙康映雪寒窗下，车胤收萤败帙边”之皮相之言，认为其句虽工整，然堆积故实，毫无诗人情性的流露，也不见与外物的沟通交流。无法情景交融，遂失却了诗歌婉转悠长的韵味。

《存余堂诗话》多有论及吴中诗人之处，而明代吴中派诗歌、诗论皆是以讲究“真性情”、富有独创精神而著称的。《诗话》评述了诸如吴中名士张灵、长洲吴文定公（名宽，字原博）、吴人黄省曾氏、中吴文征仲（明）、唐子畏解元、杨支硎等六七位吴中诗人的诗歌创作活动，称：吴中名士张灵，临终前三日仍写诗述情，生死关头，真情流露，“二诗可以想见其风致”；长洲吴文定公原博“诗格尚浑厚，琢句沉着，用事果切，无漫然嘲风月之语”，其《雪后入朝诗》将其“爱君忧国感时念物之情”表达得“蔼然可掬”；“吴中四子”文征明、唐寅的诗作与李太师麓堂之诗“气味每相似”，而后者的《五月七日泰陵忌晨诗》“读之不能不使人掩卷流涕”。关于朱氏提到的黄省曾，若参以徐泰《诗谈》，其赞语有云：“姑苏黄省曾，诗宗六朝，空江月明，独鹤夜警。”黄省曾作为吴中诗人群体的一个写照，代表了江南诗学六朝的一种地域性取向。徐祯卿后，江南学六朝者即以黄省曾最为著名。从其创作来看，他在诗歌上推崇谢灵运，不少诗歌饶有六朝神韵，如《江南曲》一篇即被徐泰推崇为“如空江月明”之作。综上，朱承爵推崇的吴中诗人都以真情、独创取胜，他们的诗作并不拘于师法盛唐，而往往感人至深，令人睹诗怀人。这在明代诗坛是较为难得的。朱承爵等吴中派诗人继续遵守严羽“诗者，吟咏情性也”的诗歌创作本旨，为明代中期打着“复古”“格调”大旗而模拟剽窃、渐失情性的诗坛留有一抹诗歌本真的色彩。

稍早于朱承爵的祝允明已明确指出“命题发思”之作缺乏“真性情”，“摹仿师法”不能正确继承诗歌传统，可谓一语道出明诗之问题，切中当时诗坛的通病。《存余堂诗话》第十条称“题目诗最难工妙”，重申了命题诗因限制情思而难做的观点，要得“咏题三昧”是不容易的；第二十四条载欧阳修甚嘉温庭筠《商山早行》“鸡声茅店月，人迹板桥霜”之句，然拟作“在其范围之内”，表达了摹拟诗作的局限。此外，朱氏对范梈《天厨禁脔》所示“琢句法”“假借格”不以为然，认为：“余谓古人琢句，亦或未尝用意至此，论诗者不几于言之凿乎？”可见，他对摹拟、和韵等诗歌作法以及对仗、用典等具体诗法不甚着意，而更注重诗歌流露出的真情实感及风致韵味。这也响应着严羽《沧浪诗话・诗法》中“不必太着题，不必多使事。押韵不必有出处，用事不必拘来历”的劝诫。

值得注意的是，吴中派诗论一般不自定门限，对宗唐贬宋、“诗必盛唐”不以为意。《存余堂诗话》服膺唐诗，论及唐人唐诗十三处。除屡称盛唐李白以外，对中、晚唐诸如刘猛、李余、王建、张籍、白居易、元稹、卢仝、刘叉、张萧远、张继、温庭筠、刘禹锡、寒山等诗人、诗作亦多有品评，如认为卢仝诗除前人所谓造语、命意险怪之处，亦有“平直、恬澹语”，又如评点张萧远《送宫人入道诗》“婉切可诵”，评刘禹锡“天子旌旗分一半，八方风雨会中州”之句有“远大之志”等，没有刻意区分盛唐与中、晚唐的高低。他对宋、元、明诗也不吝言辞，多加论说，其中，论及宋人宋诗十二处，元代三处，明代八处，可谓“尊唐不贬宋”而又“出入宋元”。而严羽是极推盛唐而不满中晚、贬低宋诗的，参以《沧浪诗话・诗辨》“论诗如论禅，汉、魏、晋与盛唐之诗则第一义也；大历以还之诗则小乘禅也，已落第二义矣；晚唐之诗则声闻辟支果也”及《沧浪诗话・诗评》“大历以前分明是一副言语，晚唐分明是一副言语，本朝诸公分明别是一副言语，如此见方许具一只眼”。可见其高下抑扬之畛域分明、界限森然。朱承爵从方孝孺、瞿佑、都穆一线而来的“崇唐不贬宋”，是对严羽“以盛唐为法”的反拨，对当时明代中期诗坛“诗必盛唐”之论有补偏救弊之功。

四、俞弁《逸老堂诗话》：岂可以唐、宋轻重论之

俞弁（1488—1547），字子容，号守约居士，晚号戊申老人，长洲（今江苏苏州）人，与"吴中四才子"之一的唐寅为友。世业儒，喜藏书，其读书、藏书处名曰"紫芝堂""逸老堂"，经史百家、法帖名画充仞其中，《逸老堂诗话》自序云："无他是好，寓情图史，翻阅批校，竟日忘倦。"俞弁工诗文，有《山樵暇语》《逸老堂诗话》，二书均采用札记形式，以说诗为主，兼及词、文、书、画，包括评论、考证、笺释、杂记，记载详实，不乏可取的议论及史料价值。

《逸老堂诗话》[1]撰成于嘉靖二十六年（公元 1547 年），是俞弁晚年之作。全书分上、下卷，以论诗为主，亦论及文章、书画，并有诗事考辨与笺释。书中援引诸家诗话十余种，对前七子末流摹拟剽窃的做法深表不满，在字里行间时有流露。他反对七子拟古，提倡写"眼前景物口头语"，"不必过求奇险"；他不满"宗唐弃宋"的取径限制，对唐、宋、明诗人皆有品评，主张不论唐宋、以工为佳；他还反对严羽"诗有别材，非关书也"之论，主张写诗要多读书。此诗话与杨慎的《升庵堂诗话》一道，可视为当时与七子派不同调、对严羽诗学持反面接受态度的代表性作品。

《逸老堂诗话》宗唐不贬宋，反对世人"弃宋"。这是对南宋严羽、明初闽中派以来"尊唐抑宋"主流的反拨，传递了方孝孺、瞿佑等明初文人对唐宋诗歌特质、师法取向的思考与探讨。《诗话》上卷第四则申明：

> 古今诗人措语工拙不同，岂可以唐、宋轻重论之。余讶世人但知宗唐，于宋则弃不收。如唐张林《池上》云："菱叶乍翻人采后，荇花初没舸行时。"宋张子野《溪上》云："浮萍断处见山影，小艇移时闻草声。"巨眼必自识之，谁谓诗盛于唐而坏于宋哉？瞿宗吉有"举世宗唐恐未公"之句，信然！

俞弁将唐、宋诗之分定义为"古今诗人措语工拙"之不同，而没有高下之分。以此为出发点，他反对世人宗唐弃宋。随之举唐人、宋人相同题材诗作进

1　本书研究采用：[明]俞弁撰，《逸老堂诗话》，清钞本。参以：《历代诗话续编》本，页 1297—1338；《明诗话全编》卷 3，页 2525—2559。

行比较，否定“诗盛于唐而坏于宋”之说，赞同瞿佑“举世宗唐恐未公”之论。从严羽倡导“以盛唐为法”，林鸿、高棅“以开元、天宝为楷式”至七子派“诗必盛唐”，学诗取径的强制力度日显，士子学人往往盲从诗坛风尚，不再亲身遍参众诗而轻易丢弃了宋诗。诗坛仿佛忘了严羽“广见”“熟参”“博取”对学诗基本功的要求，而直奔严羽定下的“盛唐诗”标准模板。这种学诗狭隘化、功利化倾向，应是严羽本人也不愿看到的。在这里，俞弁并不是否定严羽“诗法盛唐”，而是再提宋诗，一来应和严羽“熟参”“博取”之论，二来补充严羽诗学之不足，提醒世人宋诗确有可取之处。

《诗话》点评南朝、唐、宋、元、明诗作及诗论，不分轩轾，并时常将明诗与前代诗作进行比较，目的在于启发后人学诗、作诗，而不在区分高下。如：

> 老杜《秋兴》云：“红稻啄残鹦鹉粒，碧梧栖老凤凰枝。”荆公效其错综体，有“缲成白雪桑重绿，割尽黄云稻正青。”言缲成，则知白雪为丝，言割尽，则知黄云为麦矣。近时吴兴邱大佑有“梧老凤凰枝上雨，稻香鹦鹉粒中秋”，亦得老杜不言之妙。

对唐代诗歌，俞弁也不似严羽、高棅，不持初、盛、中、晚之界分。如其称：唐李义山、唐张籍、唐杜牧、唐之薛涛；或总称：唐诗、唐人。俞弁屡称杜甫，然从未冠以“盛唐”二字以作限定，直称：杜老、老杜、杜诗、杜子美等。

《诗话》通论古人今人，是古不非今，贵古不贱今。然若细读《诗话》，字里行间仍流露出对前人诗歌的推崇。对学诗者而言，是较为中肯可取的态度。俞弁对古人服善、推尊前辈的美德颇为赞许。如第二十八则道：

> 古人服善，往往推尊于前辈。如杜少陵：“不见高人王右丞，蓝田丘壑漫寒藤。”“复忆襄阳孟浩然，清诗句句尽堪传。”高适则云：“美名人不及，佳句法如何？”岑参则云：“谢朓每篇堪讽咏。”如李太白过黄鹤楼则云：“眼前有景道不得，崔颢题诗在上头。”又云：“令人却忆谢玄辉。”韩退之云：“李杜文章在，光焰万丈长。”又云：“少陵无人谪仙死，才薄将奈石鼓何？”宋韩维诗云：“自愧效陶无好语，敢烦凌杜发新章？”古人如此推让，今人操觚未能成章，辄阔视前古为无物。近见《咏月》诗，有“李白无多让，陶潜亦浪传”之句，是何语邪？可谓狂瞽甚矣！或有驳余曰：

“杜老有‘气劘屈贾垒，目短曹刘墙。’又云：‘赋料扬雄敌，诗看子建亲。’亦高自称许。”予曰：“在老杜则可，余则不可，余则不平。”

在诗歌师法问题这一点上，俞弁虽未确言“师古”，其“推尊前辈”的观点仍是鲜明的，他对杜甫的推崇也流露在《诗话》全篇字里行间。反之，他对“阔视前古为无物”的“狂瞽”之徒的反感亦是十分明确的。可见，《诗话》虽遍论南朝、唐、宋、元、明诗，无非是劝诫后学广开门径，但对前人的诗歌成就仍要虚心领教、学以致用的。

俞弁除推崇老杜外，对坡老诗作也十分喜爱，称：“余爱坡老诗，浑然天成，非模仿而为之者。”他尊古、爱古，认为杜甫、苏东坡的诗歌成就不是靠模仿、蹈袭而得。又称：

《容斋三笔》载：“吴门僧惟茂住天台山，有诗云：‘四面峰峦翠入云，一溪流水漱山根。老僧只恐山移去，日落先教锁寺门。’唐张籍《题虎丘》诗云：‘望月登楼海气昏，剑池无底锁云根。老僧只恐山移去，日暮先教锁寺门。’”惟茂蹈袭张诗二句，容斋亦受其欺而记之耳。

此则批评宋代惟茂和尚蹈袭唐人张籍诗句，连记载惟茂诗的容斋也连带受到俞弁指责。关于诗歌创作中对学问、用典的求实态度，《诗话》曾引杨用修语讽刺“世之无特见者”为“应声虫”：“杨用修有云：‘世之人无特见者，一一随人之声而和之，譬之应声虫焉。’”可见无论作诗抑或为文，俞弁主张对前人成就不要盲目否定，也不能盲目应和蹈袭。这和严羽建议“熟参”“博取”“工夫须从上做下”及强调“悟入”“妙悟”以得“兴趣”，实无抵牾之处。

俞弁又征引宋代周紫芝、金末元初房颢及明代叶盛、邱浚诸家之说，反对作诗因求奇而东施效颦、句雕字镂，建议诗人“写所见为妙”，“眼前景物口头语，便是诗家绝妙辞”，因为杜子美的高人之处，也正在“只把寻常话作诗”。明代叶盛曾批评道：“近之作者，嫫母蹙西施之额，童稚攘冯妇之臂。句雕字镂，叫噪聱牙，神头鬼面，以为新奇，良可叹也。”丑女效颦，孩童不求甚解、似是而非而闹出错误，皆是用来指摘明初诗人拘于效仿、摹拟而反以为新奇的毛病。邱浚《答友人论诗》中也劝诫诗人们：“吐语操辞不用奇，风行水上茧抽丝。眼前景物口头语，便是诗家绝妙辞。”这些征引都反映了俞弁既反对求奇，又不满摹拟。《诗话》第一三二则借唐子元荐之口论明朝诗，云：

> 洪武初，高季迪、袁景文一变元风，首开大雅，卓乎冠矣。二公而下，又有林子羽、刘子高、孙炎、孙蕡、黄玄之、杨孟载辈羽翼之。近日好高论者曰："沿习元体，其失也瞽。"又曰："国初无诗，其失也聋。"一代之文，曷可诬哉！永乐之末至成化之初，则微乎藐矣。弘治间，文明中天，古学焕日，艺苑则李西涯、张亨父为赤帜，而和之者多失于流易。山林则陈白沙、庄定山称"白眉"，而识者皆以为傍门。至李空同、何景明二子一出，变而学杜，壮乎伟矣。然正变云扰，而剽袭雷同，比兴渐微，而风骚稍远矣。

这段话在杨慎《升庵诗话》卷七《胡唐论诗》中也有著录，梳理了明代前中期的文学流变：高启、袁凯辈远绍大雅，一变元风，林鸿、孙炎、杨基等人羽翼其间；永乐末至成化年间，三杨之台阁言无可采；弘治文学分为两派，李东阳、张泰之台阁变而为流易，而陈献章、庄昶之山林变而为旁门；二者末流之弊激发了李、何等前七子文学上的复古，但是七子也陷于剽袭雷同、远离风骚传统的泥潭而不能自拔，要待唐顺之等唐宋派起而振之。要之，俞弁、杨慎对李梦阳、何景明七子派学杜、学盛唐还是认可的，然正变云扰之间，其后学末流剽窃雷同，远离了比兴、风骚的诗歌传统，这是俞、杨所反对的。

俞弁推崇的究竟为何种诗歌呢？遍览《逸老堂诗话》，"新""清""可诵"屡屡可见。《诗话》称：伊卿举伯羔诗有新意，《山中杂言》及和家君述怀等作，诗皆清拔可诵；郑九成与倪元镇齐名，诗亦清丽；友唐子畏（伯虎）以诗嘲秦少游嫁侍儿朝华一事有"金丹不了红颜别，地下相逢两面沙"等句，语意新奇，如醉后啖亦蛤蜊，颇觉爽口；徐天全《雪湖赏梅》诗"隽逸可诵"；观《后村诗话》载游次山《卜算子》词，认为叠用四用"风雨"，而读者不厌其繁，乃是因为"句意清快可喜"；杨孟载诗"枫叶芦花两鬓霜，樱桃杨柳久相忘。当时莫怪青衫湿，不是琵琶也断肠"为乐天解嘲，亦出新意；嘉兴李训导进《西湖夜宿》诗，诵之潇洒可爱。"清""新""可诵"是俞弁对明人佳诗的赞许。此外，"风致""不凡"等语也时有出现。

与七子派推崇的汉唐风韵之宽袍大袖有所不同，"清拔可诵""清快可爱"

的风致是超越了对前人形式模仿之后，诗人发自内心而又符合新时代特质的清新情意与动人诗意。俞弁用一个“新”、一个“清”字，希冀能融涤复古、拟古可能造成的体制呆滞、诗意俗套之弊，是“破”摹拟、剽窃、雷同等恶习之后的“立”。明代诗坛面对汉、魏、晋、唐、宋的诗歌传承及唐、宋两座诗歌高峰，如何学习前人并自谋出路，是一众诗家面临的难题。俞弁提出“服善”“推尊前辈”而又要“有新意”“有所感而赋”的双重命题，无疑是十分中肯圆融的。

除此而外，作为诗人，他对书本也持十分肯定的学习态度。俞弁坚定地提出：“不读天下书，未遍天下路，不可妄下雌黄。”因此，他曲解了严羽“别材”之说，充分抬高书本对于诗歌的有益作用。四九则云：

> 老杜“读书破万卷，下笔如有神。”葛常之《韵语阳秋》云：“欲下笔，自读书始。不读书，则其源不长，其流不远，欲求波澜汪洋浩渺之势，不可得矣。”萧千岩云：“诗不读书不可为，然以书为诗则不可。”严沧浪“诗有别材，非关书也”恐非确论。

借杜甫、葛洪、萧德藻之言，俞弁充分肯定了读书与下笔的关系，认为读书无疑能为作诗提供取之不尽、用之不竭的素材。据此，他反对严羽“诗有别材，非关书也”之说，落脚点是在强调诗材可以来自书本，且恰当运用读书而来的诗材，可营造波澜汪洋浩渺之势，进入下笔有神之境，亦正因如此，萧德藻称“诗不读书不可为”。而严羽“别材”说的重点是不要以书为诗，诗歌有其独特的审美属性，不能将书中、文中的知识典故生搬硬套到诗中作为诗材，而忽略诗歌兴发感动、深远悠长的情味，这与萧德藻之言的后半句“以书为诗则不可”正相对应。可见，俞弁、严羽所论侧重点是不同的，俞弁并未如都穆般全面正确地理解严氏“别材”说。然，俞弁与江西派“以书为诗”“点铁成金”的诗法仍有不同的。他虽重视诗法，但主张不为穿凿。

在诗歌本质论上，俞弁则还是合于严羽的。他批评宋谦父《咏蚊》诗“辞语太露，无含蓄意”，而称赞王逐客送鲍浩然长短句“水是眼波横，山是眉峰聚”“有余不尽之意，蔼然于言外”，一贬一扬，可视作对严羽“兴趣”说的最佳例释。

五、徐泰《诗谈》：理学诗亦格调高古，吴中诗思致独胜

徐泰（生卒年不详），字子远，号丰崖，浙江海盐人。性抗直简率，聪敏豪

迈，善记诵，年十二从仲父徐晟学诗，即有奇句。弘治十七年（公元1504年）中举人，任桐城学谕、蓬州学正，光泽县令，解职后林居四十年，手未尝一日释卷，与许相卿、徐咸、朱朴等结“十老诗社”，年九十卒。写澉川八景诗云：“澉湖湖上桂花秋，海月当年满画楼。仿佛钱塘六桥夜，至今人说小杭州。”最为人传诵。[1] 所著有《玉池稿》《玉池谈屑》《春秋鄙见》《女学》《诗谈》《海盐志》梓行[2]。

《诗谈》[3]专评明代诗人，对七子派李、何诸人并不盲目推崇。他曾认为“闽南林鸿诗法盛唐”仅“得其貌耳”，批评李梦阳“独其论黄、陈不香色，而时不免自犯其言”，批评何景明“立论甚高，亦未能超出蹊径”。可见徐泰在唐宋诗之争的问题上，并不看好闽中至七子派的“诗必盛唐”。李梦阳曾于《缶音序》批评以黄庭坚、陈师道为代表的江西诗派宋诗道：“宋人主理不主调，于是唐调亦亡。黄、陈师法杜甫，号大家，今其词艰涩不香色流动，如入神庙坐土木骸，即冠服与人等，谓之人可乎？”[4]而徐泰并不跟随七子非议宋人，认为“黄、陈不香色”的毛病，李梦阳自己也是有的。

徐泰于《诗谈》中对明初崇尚理性、追求理趣的“陈庄体”诗，则是持肯定态度的，称：“海南陈献章，根据理学，格调高古，当别具一目观之。江浦庄昶同调，海南江北，双峰并秀。”“陈庄体”乃宋诗之余裔，带有较浓的理学色彩，如庄昶诗即仿邵雍击壤集之体。而严羽《沧浪诗话》“诗有别趣，非关理也”之说，是针对宋代理学家的诗歌创作及理论，反对以理入诗的，并提出“诗者，吟咏情性”，强调诗人感兴之情的自由抒发，目的在于修正宋诗的说理倾向。而徐泰对“陈庄体”性气诗“别具一目观之”，此种肯定、称赞，与严羽及七子派反对宋诗说理是截然相反的态度。

徐泰不反对宋诗说理，不反对明诗学宋追求理趣，但同时对明诗学唐亦表示肯定。《诗谈》称：

> 云间袁凯，师法少陵，格调高雅，奚止白燕、九峰、三泖之秀。
>
> 四明张楷和唐音，所谓服尧之服，斯尧已矣。惜其自作，殊不快意。

---

1 海盐南北湖景区网站之名人游踪：http://www.nbh.com.cn/Jd_info.aspx? classId=24&Id=55&type=25。

2 [明]徐象梅，《两浙名贤录》，卷二“儒硕”，明天启刻本。

3 本书研究采用：[明]徐泰撰，《诗谈》。见：《学海类编》，第五十九册，页40—47。

4 [明]李梦阳，《空同集》，卷五十二序，清文渊阁四库全书补配清文津阁四库全书本。

余姚杨时秀，亦和唐音，然有风致。

海盐张靖之宁高雅清俊，得唐调，番阳童轩清雅，滁县岳正雄俊，皆出其下。

“和唐音”“得唐调”，指明人从唐人那里学取的格调、格律，又如：

云间袁凯，师法少陵，格调高雅。

临川甘瑾，工于律，矛戟森然，望之可畏。临川揭孟同、上饶张孟循、金陵夏允中、德兴程邦民，格调相似。

云我朝诗莫盛国初，莫衰宣正，间至宏治，西涯倡之，空同、大复继之，自是作者森起，虽格调不同，于今为烈。

庐陵杨士奇，格律清纯，实开西涯之派。

然徐泰谈格调而未阑入复古格调派，是他于格调之外，加入了灵动的思致。徐泰亦不属于吴中派，但所作《诗谈》对吴中诗人多有赞誉。他赞赏吴中诗人富有独创精神，如称赞“姑苏沈周，出入宋元，成一机轴”，又称赞“姑苏黄省曾，诗宗六朝，空江月明，独鹤夜警”。从吴中诗人那里，徐泰提炼出思致这一共同要素：

吴下诗自正统天顺以来，调极清和，独刘草窗之豪迈、周桐村之雅健、邱大佑之雄俊，思致深远，视诸家为优。桐村后吕常，雅有思致。

他推崇吴下、姑苏诗人为明代之盛，称：“本朝作者，莫盛东南，姑苏为最，云间、晋陵、嘉湖其次。虽曰地灵，亦气运使然乎？”推许如此。

融通“格调”与“思致”，使得《诗论》呈现出较宽广的批评视角，这与严羽强调辨体又标举“兴趣”是内在统一的。徐泰善用“清”“雅”“俊”“雄”“健”四字排列组合出各种风格，如“清雅”“清俊”“清健”“雅健”“高雅”“雄俊”“雄健”诸词，来称道明人佳作，也体现了他的诗美理想。

徐泰《诗谈》以其简略的语言，勾勒出明代前、中期近一百六七十年间诗歌发展流变的轮廓。论诗尊唐不贬宋，继徐祯卿后调和格调与思致，显示出对严羽诗学的继承、反拨与创变。《诗谈》既注重诗人诗作的相互影响和嗣后嬗变，也很重视诗人的地域色彩，此类视角在嘉靖(1522—1566)时并不多见。

六、杨慎《升庵诗话》：不专一代，兼收并蓄

杨慎(1488—1559)，字用修，号升庵，四川新都人。正德辛未年(公元 1511 年)举会试第二，廷试第一，授翰林修撰，乃明代著名学者、文学家。《明史·杨慎传》称："明世记诵之博，著作之富，推慎为第一。"[1]杨慎记诵广，著述丰，不仅学术能力出色，文学才能亦突出。明人胡应麟《诗薮》续编一《国朝上(洪永成弘)》称其"才情学问在弘正后、嘉隆前，挺然崛起，无复依傍，自是一时之杰"，并称其诗"清新绮缛，独缀六朝之秀"。《明诗综》引陈子龙语："用修繁蔚之中，时见新警。"[2]今人郑振铎称："他独立于当时的风气之外，自有其深厚的造诣。……他的诗，早年的，饶有六朝的风度；晚年的，渐见风骨嶙峋之态。像《江陵别内》：'此际话离情，羁心忽自惊。佳期在何许？别恨转难平。'一见便知决不是李、何辈装模作态之篇什。"[3]基于其诗歌创作的不凡经验，杨慎在诗歌理论方面，也进行了认真、系统的探讨，著有《升庵诗话》[4]。王世贞于《艺苑卮言·叙》中称其诗话："搜遗响，钩匿迹，以备览核，如二酉之藏耳。其于雌黄曩哲，橐籥后进，均之乎未暇也。"即评价杨慎的《升庵诗话》搜罗富博，但以典故史实为主。钱谦益于《列朝诗集》中也借王元美之口指出杨慎论诗"详于诗事而不得诗旨"。可见杨慎《升庵诗话》的特点是诗事详，理论少，需要读者自行总结，方能一窥其内涵体系。

杨慎早年出于李东阳的门下，钱谦益《列朝诗集》载："用修垂髫赋《黄叶诗》，为茶陵文正公所知。登第又出门下，诗文衣钵，实出指授。"[5]诗学主张也是提倡复古，崇尚唐诗，但呼吁重视唐诗所源自的六朝诗，总体可阑入复古派的范围。他发扬茶陵派力主性情、反对摹拟的优点，并在一定程度上纠正了茶陵派宗唐法杜及过分追求音调、法度的局限。杨慎与前七子同时，又与何景明友善，然而却不满前七子"诗必盛唐""宋无诗"之说，要求客观看待六朝诗、宋

1　[清]张廷玉，《明史》，卷一百九十二列传第八十"杨慎传"。

2　[清]朱彝尊，《明诗综》，卷三十九"杨慎"，清文渊阁四库全书本。

3　郑振铎，《插图本中国文学史》，北京：人民文学出版社，1957 年，页 928。

4　据丁福保《重编升庵诗话弁言》称，《升庵诗话》版本不一：有刻入《升庵文集》者，凡八卷；有刻入《升庵外集》者，凡十二卷；有刻入《丹铅总录》者，凡四卷；又有《函海》本十二卷、补遗三卷。本文研究采用：丁福保辑，《历代诗话续编》第一册之《升庵诗话》，北京：中华书局，1983 年，页 636—945。

5　[清]钱谦益，《列朝诗集》，丙集卷十五"杨修撰慎"，清顺治九年毛氏汲古阁刻本。

诗，对七子派因复古而拟古的流弊进行了批判。《列朝诗集》称：“及北地哆言复古，力排茶陵，海内为之风靡。用修乃沉酣六朝，揽采晚唐，创为渊博靡丽之词，其意欲压倒李、何，为茶陵别张壁垒，不与角胜口舌间也。”因此，杨慎论诗赞同老杜“别裁伪体”“转益多师”的观点（《升庵诗话》卷五），拓开“诗必盛唐”之限，推崇唐之初、盛，亦取晚唐，还强调作诗要熟读《文选》，对诗三百、汉魏、六朝诗都要熟习，并主张对宋诗佳作要客观对待。可见他取径较宽，论诗不主一格。诗歌审美方面，杨慎既合于严羽，倡导自然浑成、清新俊逸的诗风，又期望在诗歌创作中实现钟嵘《诗品》所谓“骨气奇高，词采华茂，情兼雅怨，体被文质”的审美理想。与《沧浪诗话》一样，《升庵诗话》重视诗歌的艺术特征，把“有言外意”“含蓄蕴藉”视为决定诗歌艺术成败的关键。

杨慎接受严羽强调“音节”为诗之五法之一，又师承李东阳重视声韵说，进一步发展阐述为“以古韵求诗”。诸如“音韵之原”条、“古诗用古韵”条、“子山诗用古韵”条、“陆机太白诗音”条、“帆字音”条等，不具引，皆能说明《升庵诗话》有讲求古韵的特色。这是体现杨慎具有“格调派”特征的最佳例证，亦体现出他对诗法在声调、格律层面上的严谨态度。严羽《诗法》中有对诗作声韵的具体要求，如“下字贵响”“去除俗韵”“押韵不必有出处”“音韵忌散缓，亦忌迫促”云云。发展到明代李东阳时，更提倡可通过声调来辨别诗歌体格，甚至验证优劣。[1] 然而在操作层面上，二人之说都较难落实，必须通过熟读详参、往复讽咏，久而悟入，自有所得。发展至李东阳弟子杨慎的声韵说，则能进一步对诗文创作时的押韵之法提出较为可行的要求：

> 大凡作古文赋颂当用吴才老古韵，作近代诗词，当用沈约韵。近世有倔强好异者，既不用古韵，又不屑用今韵，惟取口吻之便，乡音之叶，而著之诗焉，良为后人一笑资尔。（卷七“音韵之原”条）

杨慎对音韵辨析入微，要求不同诗体运用不同韵系，反对取口吻之便而不协音律的创作。这是对严羽、李东阳声韵说的进一步精细化，可谓其诗学体系不可或缺的一个亮点。

面对前代诗歌的伟大成就，杨慎承接杜甫“读书破万卷，下笔如有神”及严

1　雷磊，《杨慎与李东阳：观察明代诗学流变多样态的视角》，《社会科学辑刊》，2006 年第 3 期，页 209。

羽“诗有别材，非关书也……然非多读书……则不能极其至”（《沧浪诗话·诗辨》）之说，强调读书、学问的积累是文人诗的创作根基，必要的知识涵养作为规范诗歌创作的有效途径，但运用时要注意深入浅出，不要如宋人般停留在字句功夫上“以才学为诗”。他说：

> 读书虽不为作诗设，然胸中有万卷书，则笔下自无一点尘矣。近日士大夫争学杜诗，不知读书果曾破万卷乎？（卷十四）
>
> 先辈言杜诗韩文无一字无来历，予谓自古名家皆然，不独杜、韩两公耳。（卷十一）
>
> 若以无出处之语皆可为诗，则凡道听途说，街谈巷语，酗徒之骂座，里媪之詈鸡，皆诗也，亦何必读书哉？（卷五）
>
> 今不读书而徒事苦吟，捻断肋骨亦何益哉！（卷十一）
>
> 奇才未尝不读书，读书未必皆奇才。（卷十二）

杨慎一再强调诗人一定要重学问、多读书，称“诗文用字须有来历”乃名家风范，是对严羽诗学的扩展，也是杨慎从宋代诗学中汲取的有益成分。同时，他反对晚唐派不读书而苦吟为诗，直如无病呻吟。因此，他得出了“读书”与“奇才”的辩证关系，读书未必使诗人成为奇才，而成为奇才的诗人未尝不靠读书。这点和严羽“诗有别材，非关书也……然非多读书……则不能极其至”说的是一个道理。

杨慎认为读书虽“不为作诗设”，然读书多，识见就高，对作诗有促进作用。其师李东阳所称“具眼”“具耳”，就是在格（字法、句法、篇法等）、声（轻重、清浊、长短、高下之声调与平仄、韵部之格律）或称格调方面具备的判断、识别与鉴赏能力，也就是格调论所强调的“识其时代格调”[1]的辨体意识。李东阳之格调论强调通过声调来辨别众体，并通过探究字法、句法、篇法、格律等诗法来辨析诗之体格。[2] 诗歌辨体意识当源自南朝钟嵘《诗品》所谓“其诗源出于某家”。宋代以后诗家更重视学习前人，辨体意识更为强烈。严羽对自己的辨体能力十分看重，于《答吴景仙书》中屡称：“分诸体制”，“作诗正须辨尽诸家体制，然

---

1 ［明］李东阳，《怀麓堂诗话》，清知不足斋丛书本。

2 雷磊，《杨慎与李东阳：观察明代诗学流变多样态的视角》，《社会科学辑刊》，2006年第3期，页211。

后不为旁门所惑。今人作诗差入门户者，正以体制莫辨也”，“仆于作诗不敢自负，至识则自谓有一日之长，于古今体制，若辨苍素，甚者望而知之”。可见，严羽将辨体能力看作诗家学诗、作诗找对门户的基本功。至明代，早于李东阳的高棅亦承此论，于《唐诗品汇·总序》云：“今试以数十百篇之诗，隐其姓名，以示学者，须要识得何者为初唐，何者为盛唐，何者为中唐、为晚唐……辨尽诸家，剖析毫芒，方是作者。”后经李东阳的努力，格调论初具规模。杨慎发展了此种辨体思想，多谈诗法以探究诗体特征与诗艺之美，品评具体作家作品，“识其时代格调”。其评诗三百为“蕴藉”、汉魏诗为“高古”、六朝诗“缘情绮靡”，并以辨体结果来确定师法对象。杨慎早期师法六朝，就注意到要以“蕴藉”来救“绮靡”之偏。此外，《升庵诗话》“言诗不专一代，兼收并蓄”，欲辨尽众体，起古逸、四言至近代之作，以至流别，颇有规模，较具体系，可谓诗话中之“通史”。

辨体的最终指向，是为了选择、彰显师法对象。《沧浪诗话》“辨尽诸家体制”，倡言“当以盛唐为法”，对明代诗坛的影响几如胡应麟所喻“达摩西来，独辟禅宗”[1]，导致主流诗家绝大多数是宗唐论者。杨慎《升庵诗话》对严羽《沧浪诗话》的接受之处，亦表现在对唐、宋诗的认识上。严羽云：“诗者，吟咏情性也”（《沧浪诗话·诗辨》），“诗有词、理、意兴”（《沧浪诗话·诗评》）。杨慎顺接下严羽重视的这些诗歌要素，论诗时抓住“情”和“理”的差异，从总体上区分出“唐人诗主情”而“宋人诗主理”的不同：

> 唐人诗主情，去《三百篇》近；宋人诗主理，去《三百篇》却远矣。匪惟作诗也，其解诗亦然。（卷八）

杨慎和严羽一样，论诗重情、意，讲风韵、高趣，再加以格调论与辨体说的综合训练，认识到宋诗与唐诗异趣，体认到宋人有以理为诗、以议论为诗、以文字为诗及以理注诗的倾向。以诗歌特质为出发点，杨慎认同严羽“诗有别趣，非关理也”（《沧浪诗话·诗辨》）之论，尊情反理，认为“宋诗信不及唐”（卷四）、“宋人议论多而成功少”（卷五）。他肯定唐代王、孟诗用助语辞，自然成诗；而宋人黄、陈刻意效仿，不顾诗意，生搬硬套，则如“丑妇生疮，雪上再霜”（卷三）。杨慎对黄庭坚诗评价不高，称“黄山谷诗可嗤鄙处极多”“信笔乱道”（卷一），其

1　[清]永瑢，《四库全书总目·沧浪诗话》，卷一百九十五集部四十八，清乾隆武英殿刻本。

用“小儿拳”喻蕨菜嫩芽自以为奇，未料已落李白之后，谓之“已落第二义”（卷一）。由此不难看出杨慎对严羽诗学在批评旨趣上的传承。杨慎于《升庵诗话》还多次指出宋人注诗，不知从诗人兴况之言来解释，而是只从字面上硬说强解，他说：“宋人不知比兴，遂谬解若此。儒生白首诵之，而不敢非，可怪也。”更可笑的是，明儒至老还死记硬背，不敢指出其中谬误。对此，杨慎在《文字之衰》中指出当时的思想文化风气是“宋人曰是，今人亦曰是；宋人曰非，今人亦曰非。高者谈性命，祖宋人之语录；卑者习举业，抄宋人之策论。其间学为古文歌诗，虽知效韩文、杜诗，而未始真知韩文、杜诗也”[1]。明前期文士思想迂腐卑弱而缺乏时代创新精神，在诗歌创作上也势必受到宋明理学的束缚。杨慎意识到这一点，据此不满宋诗，而强调唐诗的情性、意趣，有其时代根据。

然，之所以称杨慎“不苟循风气”[2]，是指他能一反流俗，对唐宋诗持比较客观的态度，用辩证的观点来看待唐宋诗，尊唐而不绌宋。杨慎反对一笔抹杀所有宋诗，认为宋诗中也有佳作，不逊于唐。《升庵诗话》卷一《文与可》赞同苏东坡褒奖宋代文与可“五言律有韦苏州、孟襄阳之风，信坡公不虚赏也”，并举文与可佳作，认为：“此八诗置之开元诸公集中，殆不可别，今曰‘宋无诗’，岂其然乎！”又，卷十二《莲花诗》道：

> 张文潜《莲花》诗：“平池碧玉秋波莹，绿云拥扇青摇柄。水宫仙子斗红妆，轻步凌波踏明镜。”杜衍《雨中荷花》诗：“翠盖佳人临水立，檀粉不匀香汗湿。一阵风来碧浪翻，真珠零落难收拾。”此二诗绝妙。又刘美中《夜度娘歌》：“菱花炯炯垂鸾结，烂学宫妆匀腻雪。风吹凉鬓影萧萧，一抹疏云对斜月。”寇平仲《江南曲》：“烟波渺渺一千里，白苹香散东风起。惆怅汀州日暮时，柔情不断如春水。”亡友何仲默尝言宋人书不必收，宋人诗不必观，余一日书此四诗讯之曰：“此何人诗？”答曰：“唐诗也。”余笑曰：“此乃吾子所不观宋人之诗也。”仲默沉吟久之，曰：“细看亦不佳。”可谓倔强矣。

杨慎举宋代诗人张耒、杜衍二人绝妙的咏花诗与刘美中、寇准的两首乐

1　[明]杨慎，《升庵集》，卷五十二，清文渊阁四库全书补配清文津阁四库全书本。

2　钱基博，《中国文学史》，北京：中华书局，1993年，页869。

府，何景明不能辨其与唐诗的差别，使得何景明“宋人诗不必观”及七子派“诗必盛唐”“宋无诗”的主张自相矛盾，不攻自破。杨慎此则善意地批评了何景明“宋无诗”的片面顽固，对七子派故步自封、自限门径的做法进行了讽刺。

同样，杨慎认为唐诗中也有劣作、也有雷同，并非篇篇皆佳，不应盲目模仿。《升庵诗话》载：“近世知学六朝初唐，而以饾饤生涩为工，渐流于不通，有改‘莺啼’曰‘莺呼’，‘猿啸’曰‘猿唳’，为士林传笑，安知此趣耶”（卷三）；“学诗者动辄言唐诗，便以为好，不思唐人有极恶劣者”（卷四）；“唐人诗句，不厌雷同，绝句尤多”（卷八）。此外，在唐诗分期上，杨慎虽默认自严羽至高棅以来的唐诗分期说，承认盛唐诗歌代表唐诗的最高成就，也以此作为诗歌批评的参照系，但杨慎认为唐诗各个时期都有佳作，不能狭隘地限定只有盛唐诗才是最好的，初、晚唐亦有佳作。例如，他认为晚唐李端的《古别离》诗为佳作：“其诗真景实情，婉转惆怅，求之徐、庾之间且罕，况晚唐乎？”并评价许浑的《莲塘》、韦庄的《忆昔》、罗隐的《梅花》、李郢的《上裴晋公》“皆晚唐之绝唱，可与盛唐峥嵘”（卷十一）。这些观点表述公允，足见杨慎论诗中肯，也让世人对严羽至七子派愈加狭隘的“尊唐抑宋”倾向做出反思。

杨慎对七子派的批判立场，源自对严羽诗学的全面理解、思考与扩展，承袭自茶陵不可偏废和反对拟古的论诗精神，及其自身对明代诗歌发展走向的理性思索，虽不是公然激烈的反对，却是其诗学理论的出发点和落脚处。他从读书、博学的角度切入反对摹拟，提倡六朝及初、晚唐各体佳诗并要求公允看待宋诗，推崇含蓄蕴藉的诗歌风格，是对七子派不足处的批评，也能看出对严羽诗学批判地接受的理性精神，代表了明代诗学流变中多样性的一种视角。

七、唐宋派：直写真本色，人人有眼目

继都穆、吴中诗派、俞弁及杨慎之后，明代中期不限“诗必盛唐”、反对拟古呼声最高的是“唐宋派”，有吴地的归有光、唐顺之及福建王慎中、浙江茅坤等人。他们早于公安三袁反对七子泥古[1]，而重视诗人心性涵养、推崇诗歌“独至”之意等文学主张可谓开公安“性灵”说之先，遂打开七子派复古主张渐为消

1 朱丽霞，《齐气、楚风与吴习——明清之际的诗坛格局及清初诗坛走向》，《学术月刊》，2009年，第41卷3月号，页102。

解、转变的局面。

唐宋派的文学理论主要针对前七子“文必秦汉”之论而发，提倡变秦、汉为欧、曾，即主张师法唐宋两代韩、柳、欧、三苏、曾、王等散文八大家通顺的文体、可循的文法，来“直抒胸臆”“信手写出”有内容、有思想、有情感的文章，故世称“唐宋派”。在诗歌创作方面，归、唐、王、茅诸子也不满李、何等字摹句拟的形式复古，论诗主张诗人“洗涤心源”后创作出情性自然、直写胸臆的诗歌，推崇本色，强调新变，于崇唐外更赞赏唐代诗人自有个性的独创精神。即他们论诗看重的是个人主观内在体验和精神生活自得的呈现，与李、何诸子着力于外在形式上复古形成根本性对立、颠覆。《明史・文苑传》称唐顺之及友人陈束“当嘉靖初，称诗者多宗何、李，束与顺之辈厌而矫之”[1]。钱谦益《列朝诗集》“唐佥都顺之”小传亦称唐顺之：“正、嘉之间，为诗者踵何、李之后尘，剽窃云扰，应德与陈约之(束)辈，一变为初唐，于时称其庄严宏丽，咳唾金璧。”[2]足见唐顺之等人于一定程度上清算了何、李后学不良影响，矫变了剽窃模拟的诗风。

唐顺之(1507—1560)，字应德，一字义修，号荆川，武进(今属江苏常州)人。其对严羽诗学的接受，主要表现在承接并改造了严羽的“本色”说。唐顺之于《荆川集》有云：

> 近来觉得诗文一事，只是直写胸臆，如谚语所谓开口见喉咙者，使后人读之，如真见其面目，瑜瑕俱不容掩，所谓本色，此为上乘文字。[3]
>
> 即如以诗为喻，陶彭泽未尝较声律、雕句文，但信手写出，便是宇宙间第一等好诗。何则？其本色高也。[4]

他所谓“本色”指诗文创作“直写胸臆”，只要把内心所思所想原原本本、毫无掩饰地表达出来，就是本色。此论落实到诗歌创作上，是将“本色”视为诗歌创作的美学原则：直抒胸臆，将性情之真自然流露，不加雕饰，信手写出，自然创作出优美的诗歌。当然，前提是要求诗人主张“洗涤心源”[5]的内在修持功

---

1 [清]张廷玉，《明史》，卷二八七列传第一七五文苑三陈束传。

2 [清]钱谦益，《列朝诗集》，丁集卷一，清顺治九年毛氏汲古阁刻本。

3 [明]唐顺之，《荆川集》，文集卷七“又与洪方洲书”，四部丛刊影明本。

4 [明]唐顺之，《荆川集》，文集卷七“答茅鹿门知县二”。

5 同上。

夫，方能直写“本色”之高。由此可见唐顺之此论的针对性，是因不满李、何等格调论者对古人之声律文辞亦步亦趋、剽窃雷同、斤斤于文法的起承转合绳墨布置之间。其中重视诗人真性情、真面目的要求，在七子格调派讲究诗歌声律体格的形式之外，补充了正视诗歌内容的要求。

然，唐顺之的“本色”论与严羽“惟悟乃为当行，乃为本色”“须是本色，须是当行”的“本色”说存在差异。回顾严羽《沧浪诗话》，“本色”一词共出现四次，其分布及使用方式如下：

> 《诗辨》：
>
> 大抵禅道惟在妙悟，诗道亦在妙悟，且孟襄阳学力下韩退之远甚，而其诗独出退之之上者，一味妙悟而已。惟悟乃为当行，乃为本色。
>
> 《诗法》：
>
> 学诗先除五俗：一曰俗体，二曰俗意，三曰俗句，四曰俗字，五曰俗韵。有语忌，有语病，语病易除，语忌难除。语病古人亦有之，惟语忌则不可有，须是本色，须是当行。
>
> 诗难处在结尾，譬如番刀须用北人结裹，若南人便非本色，须参活句，勿参死句，词气可颉颃，不可乖戾。
>
> 《诗评》：
>
> 韩退之琴操极高古正，是本色，非唐贤所及。

严羽针对宋代“以文为诗”的倾向，点明诗歌创作要靠妙悟得其独特之处，了悟“吟咏情性”“惟在兴趣”乃诗区别于文的本色。这和陈师道所谓“退之以文为诗，子瞻以诗为词，……虽极天下之工，要非本色”（《后山诗话》）之“本色”是一个意思，都指诗、词、文各有其创作特色和美学特征，成其各自本色，不应混同。一种文体之内，如诗歌又有诸如琴操等体的特殊作法，每首诗又有结尾及避免语忌的创作方法，都要符合规制及风格，方为本色。

唐顺之则强调诗文应以自然畅达的语言抒发作者的真我本色，发出本心的声音，区别于他人，使人读后如见作者真面目，是为本色。唐顺之“本色”论是唐宋派受程朱理学、阳明心学影响后反映在诗学理论中的精华，有意强调诗歌的精神内涵。“直写胸臆”“信手写出，便是宇宙间第一等好诗”[1]，与都穆、杨循吉、祝允明、唐寅等吴中派诗论相呼应，体现时代特征。重“本色”之“高”，主张“心地超然”“洗涤心源”的诗学诉求对于扫除道学家之迂腐、七子派之拟袭，皆有积极的意义，并影响了晚明性灵文学的勃发。

就诗歌本质而言，唐顺之“本色”论更接近严羽“诗者，吟咏情性也”之说及“诗有别材，非关书也”之论，强调诗人先发于知识学力的本真情性，或触于物变，或缘事而发，吟咏而出，即是天地间一等真诗。严羽强调诗的本色，唐顺之强调人的本色，各自针对当时诗弊、反映时代风尚，努力还原诗歌的本质。以此故，可将唐顺之的“本色”论视作对严羽诗学的间接接受，于接受后再进行改造、融合。

唐宋派另一位主将王慎中(1509—1559)，字道思，福建晋江人。其文胜于诗，然五言古诗“文理精密，足以嗣响颜、谢”[2]。他早年服膺李梦阳，但后来受时代风尚的阳明学影响，尽弃前学，对李、何后学剽窃拟袭的习气十分不满，批评道：“今浮夸之习方盛，剽窃之工炽行。”[3]此外，他对唐顺之、陈束等以初唐[4]变盛唐之诗风，也表达了自己的思考。他于寄道原书中云：

> 来书所问诗作，岂容易谈？第一要有学问，次亦要才力不弱。每见世所称才子，所作不但去古人远，虽何、李二公尚隔多少层数。然今人易足，又眼不明，或已有轻视两公之心，而自谓所作者乃初唐也。不知初唐本未是诗之佳者，故唐人极推陈子昂，以其能变初为盛，而李杜继出，此道遂振。同时高、岑、王、孟乃其大家，今只取此六家诗读之，便知其妙，而见今人之所为者，皆陋浅无足观矣。故为诗于今之时者，使真做出初唐诗，已为择术不高，况又不如初唐。今且勿说到骨髓处，只说个大概。初唐之诗，千篇一律，其声调虽俊美，体格虽涵厚，而变化终不

---

1 [明]唐顺之，《荆川集》，文集卷七“答茅鹿门书”。

2 [清]朱彝尊，《静志居诗话》，卷十二“王慎中”条，清嘉庆扶荔山房刻本。

3 [明]王慎中，《遵岩集》，卷二十四书“与纪郡博”，清文渊阁四库全书本。

4 关于唐宋派所讨论的“初唐体”，可参见陈束《苏门集序》：“及乎弘治，文教大起，学士辈出，力振古风，尽削凡调，一变而为杜诗，时则有李、何为之倡。嘉靖改元，后生英秀，稍稍厌弃，更为初唐之体，家相凌竞，斌斌盛矣。”活跃于当时的“嘉靖八才子”，他们不满李梦阳等前七子在宗法秦汉、推崇盛唐中的模拟之风，转而诗法初唐，文宗唐宋，有所谓的“唐宋(文)派”“初唐(诗)体”。

足。盛唐之诗，则人人有眼目，篇篇有风骨。即此以观，亦略见不同大致矣。[1]

此书论及李、何二公及其所倡“诗必盛唐”，认为不可轻视。王慎中不满的是今人才学空疏、以初唐为尚。初唐诗之所以不宜师法，王慎中给出的理由是“千篇一律，数家之集皆若一人，而一人之作亦若一首”，认为这点过失已盖过声调、体格之长处；而盛唐诗之所以是诗之佳者并得到李、何二公的大力推举，乃因“人人有眼目，篇篇有风骨”，各家自有特色，善于独创。“变化”二字，正是盛唐优于初唐之处。

王慎中推崇盛唐诗，本于严羽“第一义”之说，并对同样推崇盛唐诗的李、何二公之学问才力表示认同。但他能更进一步点明盛唐之所以为佳，在于盛唐诗人各有面目，各有独创与变化，这点认识是与李、何不同之处。李、何以格调论诗，容易舍弃诗人个性而去归纳诗歌整体的体制结构，势必导致创作缺乏新创而千篇一律。王慎中以“人人有眼目，篇篇有风骨”之说推崇诗歌独创性，要求以“变化”摆脱格调之约束，更能从本质上解释严羽诗推盛唐的初衷。他关注一代诗风，而又强调个体独创，对明代中期诗坛应是具有建设意义的。

然时人如何实现“人人有眼目，篇篇有风骨”？王慎中以唐宋派重情性、重本色的核心理论给出了很好的建议：

诗之为道诚深，而其事则微矣。栉字订句，协比声律，使其词有足玩、音有可讽，亦事之微者也，宜非人之所难至。然名公大人有鸿烈伟业、章施当世者，尝患不能，往往竭其生平之勤，争工拙于片言只韵之间，不克快其所欲；而野夫田父闺人孽女，纵其贪慕忧思之所感，托类切物以咏歌其志，时辄造于精微。盖其道之深者，寓于天地之间，动于人心，触于物变。虽其转喉掉吻，冲口肆意，而欣戚促舒，中挑外引，每与深者值。嗟乎，是亦怪矣！其事之微，虽当世烜赫巨力之人，不可以徒得；其道之深，则匹夫匹妇，不劳而获焉。兹诗之道所以为深，而其事亦卒不得谓之微也。[2]

1　[明]王慎中，《遵岩集》，卷二十四书“寄道原弟书七”，清文渊阁四库全书本。

2　[明]王慎中，《遵岩集》，卷九序“五子诗集序”。

诗道诚深，诗人若要做到自有“眼目”，王慎中认为关键要自出胸臆，抒发性情之真。“栉字订句，协比声律”是诗之微，但即便是名公大人也有困于这片言只韵中的；诗道之深在于“寓于天地之间，动于人心，触于物变”，然尽管是“野夫田父闺人孽女”，却能感于哀乐、“托类切物”歌以咏志，他们“转喉掉吻，冲口肆意，而欣戚促舒，中挑外引，每与深者值”。一方面，王慎中批驳了字摹句拟、斤斤于片言只韵中的拟古派；另一反面，则肯定了诗歌缘事而发、抒发真情的创作方法。因个人的机遇、感情各不相同，以此创作出的诗歌定当自有“眼目”、各具“风骨”。

唐宋派的文学成就主要在文章写作方面，诗歌创作及诗论非其特长，唐顺之的“本色”论也并非专门的诗论主张。唐宋派于文要求变学秦汉为学欧阳、曾，易佶屈聱牙为文从字顺，然而根本上不脱复古的藩篱；于诗却以“本色”论、“眼目”说要求诗人如野夫田父闺人孽女一般进行创作，开口见喉咙、信手写出，容易落入空虚不学之境。可见“本色”论与复古学唐宋之间是存在一定矛盾的。若单纯从诗学角度分析，唐宋派的“本色”论表面上承袭自严羽之“本色”说，本质上接受了严羽“吟咏情性”“诗有别材，非关书也”等关于诗歌特质的立论，渐开晚明诗重性情、以“性灵”论诗的风气，是明代中期诗坛对严羽诗学接受之链上由格调向性灵转变的重要一环。

第四章 《沧浪诗话》明代后期接受分析

这一时期包括万历至崇祯(1573—1644)间约70余年,是一个狂飙突进的大变革时期。连年边患,经济衰退,资本主义却出现萌芽,市民意识也日趋成熟。思想文化空前活跃,正统官学受到冲击,涌现出一批像徐渭、李贽、汤显祖等思想激越的文学家、批评家,在戏剧、散文等领域反对理学、倡导个性解放。

反映在诗歌领域,公安派、竟陵派从"性灵"角度接受严羽诗学,不惜对其诗论进行片面接受,加以曲解改造,要求不取法于古而抒发自我个性,反对复古、模拟;而许学夷一方面特作《诗源辩体》反驳之,仍尊尚古人体制法式,古诗崇汉魏,律诗推盛唐,力倡雅正,又能探讨诗歌源、流、正、变的发展动态,然而另一方面也透露出融合严羽诗学中神韵、性灵之要素以补救格调论发展的倾向;闽中诗人谢肇淛《小草斋诗话》亦重师承渊源,论诗谈悟,尊尚情性,追求风韵;陆时雍《诗镜总论》论诗主情不主意,追求神韵的含蓄蕴藉,标志着"神韵"说从严羽"妙悟""兴趣"诸论蜕变而来并逐渐取得独立地位;还有明末"虞山诗派"钱谦益、冯班等人几乎全盘否定严羽诗学,反对以禅喻诗,攻击妙悟言诗,不满诗必盛唐、唐诗分期诸说,体现出明末清初动荡时局下,诗论家颠覆前说、渴望突破的接受策略。然而,这些接受或反对皆证明,不管时代的诗学风尚如何更替,严羽《沧浪诗话》的诗学思想都在闪耀着光芒、产生着影响。

第一节　独取性灵，不必法唐

一、公安派：诗何必唐，独抒性灵

嘉靖、隆庆、万历年间，矫格调说之弊的王世贞提出“才思”“陶写性灵”之说、胡应麟提出“兴象风神”等说进行补救。同时期，受心学影响兴起了以徐渭、李贽、汤显祖为代表的要求个性解放的思想启蒙运动，诗学领域也历经由格调向神韵、性灵的转化，复古大潮已渐趋式微。钱谦益《列朝诗集小传》“袁稽勋宏道”条云：

> 万历中年，王、李之学盛行，黄茅白苇，弥望皆是。文长、义仍，崭然有异，沈痼滋蔓，未克芟剃。中郎以通明之资，学禅于李龙湖，读书论诗，横说竖说，心眼明而胆力放，于是乃昌言击排，大放厥辞。以为唐自有诗，不必选体也；初、盛、中、晚皆有诗，不必初、盛也；欧、苏、陈、黄各有诗，不必唐也。唐人之诗，无论工不工，第取读之，其色鲜妍如旦晚脱笔研者。今人之诗虽工，拾人饤饾，才离笔研，已成陈言死句矣。唐人千岁而新，今人脱手而旧，岂非流自性灵与出自剽拟者所从来异乎？空同未免为工部奴仆，空同以下皆重儓也。论吴中之诗谓先辈之诗，人自为家，不害其为可传，而诋呵庆、历以后沿袭王、李一家之诗。中郎之论出，王、李之云雾一扫，天下之文人才士始知疏瀹心灵、搜剔慧性，以荡涤摹拟涂泽之病，其功伟矣。机锋侧出，矫枉过正，于是狂瞽交扇，鄙俚公行，雅故灭裂，风华扫地。竟陵代起，以凄清幽独矫之，而海内之风气复大变。[1]

性灵派文学的思想先导乃徐渭（文长）（1521—1593）、汤显祖（义仍）（1550—1616），文学持论与前后七子截然不同。在他们的熏染下，明代性灵文学的代表“公安派”及后继的“竟陵派”应运而生。他们排斥七子复古派的“格调”说，以“独抒性灵、不拘格套”的主张来改变诗坛风气，呼唤文学新思潮的到

1　[清]钱谦益，《列朝诗集》，丁集卷十二，清顺治九年毛氏汲古阁刻本。

来，在一定意义上解放了诗人个性。他们的诗论同样体现了明代诗歌艺术批评的发展，也展露出古代诗歌艺术研究的演变。

“公安派”以湖北公安袁氏三兄弟为代表，故又称“公安三袁”。袁宗道(1560—1600)，字伯修，万历十四年(公元1586年)进士，曾官右庶子，诗崇白居易、苏轼，有《白苏斋集》；袁宏道(1568—1610)，字中郎，万历二十年(公元1592年)进士，官终稽勋郎中，有《袁中郎全集》；袁中道(1570—1626)，字小修，万历四十四年(公元1616年)进士，曾官南京吏部郎中，有《珂雪斋集》。三人受思想家李贽(1527—1602)和戏曲家徐渭、汤显祖影响，在文学上要求作者搜剔慧性、破除格调，以清新宕逸之辞，荡涤摹拟涂泽之病。诗学上承接了南宋杨万里、严羽及明代茶陵诗派、吴中诗派、唐宋派甚至七子派中徐祯卿、王世贞等诗家的有益成分，提倡“独抒性灵、不拘格套”，其诗学主张反对拟古主义，力图打破格套桎梏，重视诗人的身心自由、畅适和精神的满足，一时于诗坛激起极大反响。三袁中，以袁宏道成就与影响最大。

公安派最大的论诗主张是“独抒性灵”，与严羽论诗重视吟咏情性、讲求别趣有一致之处。袁宏道于其著名的《叙小修诗》中赞赏其弟小修的诗歌创作方法：

> 泛舟西陵，走马塞上，穷览燕、赵、齐、鲁、吴、越之地，足迹所至，几半天下，而诗文亦因之以日进。大都独抒性灵、不拘格套，非从自己胸臆流出不肯下笔。有时情与境会，顷刻千言如水东注，令人夺魂其间。[1]

中郎认为，小修诗文得以精进，一是靠遍游天下积累广泛的阅历，二是坚守“独抒性灵，不拘格套”的创作信条，自出胸臆、不落俗套，以至达到“情与境会”的境界，正如严羽所谓“及其透彻，则七纵八横，信手拈来，头头是道”的创作妙境。可见袁宏道推崇的创作佳境，是诗人来自于生活实践，而又独抒己怀，不依赖前人格调、言辞的创作手法。这一方面是诗人灵性的抒发，但另一方面又是一师己心，前者合于严羽所肯定的“诗者，吟咏情性”之本，后者却无视严羽十分看重的师法“第一义”之取径。其于《答张东阿》云：

---

1 [明]袁宏道，《袁中郎全集》，卷一，明崇祯刊本。本书所引袁宏道论诗之语，皆据此本，下略。

读佳集，清新雄丽，无一语入近代蹊径，知兄丈非随人脚跟者。而邢少卿诗序中亦谓：兄直法李唐，不从王、李入。此语甚是。仆窃谓王、李固不足法，法李唐犹王、李也。唐人妙处，正在无法耳。如六朝、汉、魏者，唐人既以为不必法；沈、宋、李、杜者，唐之人虽慕之亦决不肯法。此李唐所以度越千古也。兄丈冥识玄解，正以无法法唐者，此又少卿序中未发之意，故不肖为补足之。

袁宏道于此封书信中表达的重点是，唐人之所以能够卓绝千古，玄妙处正在于无法。唐诗永久的生命力，来自抒发性灵之真，而不靠师法前代或他人。这就从根本上消解了严羽至七子派所十分肯定的师法盛唐的取径原则，从而格调论亦无从立足了。公安派偏将江盈科于《敝箧集引》中引中郎之语道出唐诗的精神即真性灵的自然流露，正是这"真性灵"使得唐诗千载常新，"精神"之唐诗要比"法度"之唐诗流传久远。其云：

世之称诗者，必曰唐，称唐者，必曰初、曰盛。惟中郎不然。曰：诗何必唐？又何必初与盛？要以出自性灵者，为真诗尔。……以心摄境，以腕运心，则性灵无不毕达，是之谓真诗，而何必唐，又何必初与盛之为沾沾。……流自性灵者，不期新而新，出自模拟者，力求脱旧而转得旧。由斯以观，诗期于自性灵出尔，又何必唐，何必初与盛之为沾沾哉？中郎论诗之概若此。[1]

再看公安派"性灵"说与严羽"吟咏情性"各自的针对性，实有同有异。严羽反对宋人以文为诗、以议论为诗，诗中缺乏诗人真情感、真性情，而欲以传统诗歌情性之正、盛唐诗歌兴趣之妙来批驳末流者"叫噪怒张，殊乖忠厚之风，殆以骂詈为诗"的创作方式。而公安派反对明代以拟议、剿袭为复古的七子派作诗之法，认为他们句比字拟，埋没性灵。袁宏道于《雪涛阁集序》中云：

近代文人，始为复古之说以胜之。夫复古是已，然至以剿袭为复古，句比字拟，务为牵合，弃目前之景，摭腐滥之辞，有才者诎于法而不敢自伸其才，无之者拾一二浮泛之语帮凑成诗，智者牵于习而愚者乐其

1 ［明］江盈科，《敝箧集引》，见：［清］黄宗羲，《明文海》，卷二百七十序六十一，清涵芬楼钞本。

易，一唱亿和，优人驺从，共谈雅道。吁，诗至此，抑可羞哉。

又于《叙小修诗》中直接批评七子派复古陷于形式主义：

盖诗文至近代而卑极矣。文则必欲准于秦汉，诗则必欲准于盛唐，剿袭模拟，影响步趋。见人有一语不相肖者，则共指以为野狐外道。曾不知文准秦汉矣，秦汉人曷尝字字学六经欤？诗准盛唐矣，盛唐人曷尝字字学汉魏欤？秦汉而学六经，岂复有秦汉之文？盛唐而学汉魏，岂复有盛唐之诗？唯夫代有升降而法不相沿，各极其变各穷其趣，所以可贵，原不可以优劣论也。

虽然批评对象不同，但沧浪、公安，皆欲以"情性"补救诗歌创作历程中所遭遇的弊病。严羽以"吟咏情性"纠正以议论为诗的宋诗之弊。明代格调派继承了严羽重情性的诗学内涵，为纠正萎弱矫饰的台阁诗风及以理学道义为诗的性气诗，倡导情真，呼唤汉唐的高古格调，末流却渐生剿袭摹拟之弊。至公安派之时，政治混乱，腐败滋生，城市经济与文化却高度繁荣，文士渐多享乐横放之人，而李贽提倡私欲、蔑视天理的极端思想亦鼓荡着封建思想的传统基石。袁宏道等人常面对极度的苦闷烦恼而无法排遣。他们为传统的"情性"说中灌入了"人欲"的因素，将任性而发的性灵之真阐释为"通于人之喜怒哀乐、嗜好、情欲"(《叙小修诗》)。因此，公安派于文学上反对七子格调派以泥古摹拟为诗的不良倾向，于思想上则是以情性对抗官方哲学的伦理、天理之传统价值体系。可见，公安派重性灵的诗论与严羽诗学有一致之处，但内涵与针对性随着时代发展皆有一定变化，是古典诗学重情思想在新的时代环境、历史条件中的发展演变。

此外，公安派重性灵与性情所至、多有忿怼的楚风不无关系。袁宏道《叙小修诗》称小修作诗"每每若哭若骂"，一是因其性情所至，多愁善感，"以贫病无聊之苦，发之于诗"；二是推源"《离骚》一经，忿怼之极"，因而小修诗作符合"劲质而多怼，峭急而多露，是之谓楚风"的地方特色。公安三袁，以"诗之楚风"和"文章之楚人风骨"自我标榜。[1] 公安诗作体现的这种哭怼劲质的楚地诗

---

1 [明]袁宗道等著，熊礼汇选注，《公安三袁》，长沙：岳麓书社，2000年，页125。

风，正印证了严羽读楚辞之体会："读骚之久，方识真味，须歌之抑扬、涕洟满襟，然后为识骚。"以真性情沟通了诗歌创作与诗歌品鉴。

公安派论诗接受又改造严羽诗学的另一方面是"有取于趣"的诗评旨趣。明人陆云龙曾指出："中郎叙《会心集》，大有取于趣。小修称中郎诗文云率真。率真则性灵现，性灵现则趣生。"[1]从这段引文可以大致了解到公安派"有取于趣"的主旨，并可窥见当时一般文人对公安所言之"趣"和"性灵"之间的关系的理解。公安派以趣论诗说是受严羽"兴趣"说影响，并建立在其"性灵"说基础上的艺术审美论。

严羽诗尊盛唐，正因盛唐诗以"兴趣"为主，深远超诣。"盛唐人惟在兴趣，羚羊挂角，无迹可求。故其妙处透彻玲珑，不可凑泊，如空中之音，相中之色，水中之月，镜中之象，言有尽而意无穷"，"诗有别趣，非关理也"，皆以兴趣、别趣标举唐诗言有尽而意无穷、含蓄蕴藉、玲珑深远的兴致与趣味。

在"独抒性灵"的自觉下，诗人别有会心，构筑出一个可以居止游赏、纯真有趣的性灵天地。公安派提倡性灵，要求诗人个性鲜明，诗作趣味盎然。袁宏道《西京稿序》说："诗以趣为主"；《叙陈正甫会心集》以四喻论"趣"之神情，并讽刺了"趣"之皮毛：

> 世人所难得者唯趣，趣如山上之色，水中之味，花中之光，女中之态，虽善说者不能下一语，唯会心者知之。今之人慕趣之名，求趣之似，于是有辨说书画、涉猎古董以为清；寄意玄虚，脱迹尘纷以为远；又其下则有如苏州之烧香煮茶者。此等皆趣之皮毛，何关神情。

袁宏道所论之"趣"犹如"山上之色，水中之味，花中之光，女中之态"，与严羽形容盛唐"兴趣"之"如空中之音，相中之色，水中之月，镜中之象"四喻对称相似，皆指向超于所见之象的悠远旨趣，直如司空图于《与李生论诗书》中提到"韵外之致""味外之旨"，及于《与极浦书》所论"象外之象，景外之景"，乃诗歌中只可意会、不可言说的蕴涵深远的审美感受。然袁中郎之四喻较之严羽的以禅喻诗显得更为生活化、世俗化、享乐化：其趣得自登山所览之景色、饮水所

1 ［明］陆云龙，《叙袁中郎先生小品》，见：［明］袁宏道撰，钱伯城笺校，《袁宏道集笺校》之附录，上海：上海古籍出版社，1981年。

品之滋味、赏花所观之华光，甚至亲近女子所见之美态，而略失诗歌审美的纯粹性。他还批评“慕趣之名，求趣之似”者，自以为“清”“远”，实际仅得之皮毛，而不得其神情。这里透露出两点，趣首先在于“神情”，而不在形貌；其次，神情之趣有“清”“远”的特点，并以自然为极致。

中郎因之于《叙陈正甫会心集》又道：

> 夫趣，得之自然者深，得之学问者浅。当其为童子也，不知有趣，然无往而非趣也。……孟子所谓“不失赤子”、老子所谓“能婴儿”，盖指此也。趣之正等正觉、最上乘也。……迨夫年渐长、官渐高、品渐大，有身如梏，有心如棘，毛孔骨节俱为闻见知识所缚，入理愈深，然其去趣愈远矣。

中郎最推崇童子之“趣”，“不知有趣，然无往而非趣也”，活泼好动、天真无邪是幼童的本性，这时的自然真趣出自童心，是“人生之至乐”。中国古典文学中历来有称赞此种真乐的表述，孟子称为“赤子之心”、老子叫做“婴儿”，南宋杨万里创作了大量以“童趣”为内容的诗作，晚明李贽则发展出“童心”说，至中郎则以童子之趣作为性灵自然抒发的最本原状态及最高境界。

中郎“夫趣，得之自然者深，得之学问者浅”“为闻见知识所缚，入理愈深，然其去趣愈远”之论，则进一步认为童子之趣来自自然本性，而与知识、理性的增长成反比。这带有反礼教、反理学、要求个性解放的意味，相似于老庄“无为”“去伪存真”的思想，在诗学上则符合严羽所称的“诗有别趣，非关理也”之论，即不可“以学问为诗”，上佳的诗歌应该“不涉理路，不落言筌”。

公安派袁氏兄弟诗文倡“趣”，视童心为抒发性灵之本原。他们建议诗人应保持天真无瑕之童心，自然反映心灵感受之真趣，不受理学熏染、礼教束缚，对于摹拟剿袭更要大力抵制。袁中道为其兄袁宏道作《中郎先生全集序》：

> 先生诗文，如《锦帆》《解脱》，意在破人之执缚，故时有游戏语，亦其才高胆大，无心于世之毁誉，聊以抒其意所欲言耳。……然先生立言，虽不逐世之颦笑，而逸趣仙才，自非世匠所及。即少年所作，或快爽之极，浮而不沉；情景大真，近而不远；而出自灵窍，吐自慧舌，写于铦颖，萧萧泠泠，皆足以荡涤尘情，消除热恼。况学以年变，笔随岁老，故自

《破砚》以后，无一字无来历，无一语不生动，无一篇不警策，健若没石之羽，秀若出水之花。其中有摩诘，有杜陵，有昌黎，有长吉，有元、白，而又自有中郎。意有所喜，笔与之会，合众乐以成元音，控八河而无异味，真天授，非人力也。[1]

小修此语，点出中郎才高胆大、无视毁誉、超迈自由的心灵境界。观其诗歌创作实践，却经历了由少至老的变化：年轻时挥洒才情、抒发逸兴，处处流露真切的自然本色；年老后渐多关注学力修养，生动、健秀外讲究用典来历及警策之语，融入了王维、杜甫、韩愈、李贺、元稹、白居易等多家诗风，而最后能达到自出机杼、"自有中郎"一家的境界。小修曾回忆中郎晚年自省，"论诗文，则常云我近日始稍进，觉往时大披露，少蕴藉"(《告中郎兄文》)[2]，"我近日始知作诗。如前所作，禅家谓之语忌十成，不足贵也"(《花雪赋引》)[3]，诗歌风格发生重大转变。小修似乎意识到这一反省具有改变"性灵"文学发展方向的意义。

小修用"逸趣"推崇兄长诗文破除束缚，而中郎则独拈出一"趣"字，都可视为在严羽"兴趣""别趣"论基础上对诗文审美特质的阐发。在论及"趣"的根源时，中郎认为"夫趣，得之自然者深，得之学问者浅"，与沧浪所谓"非关书也""非关理也"的"别材、别趣"论亦有继承之脉络可循。但明显地，沧浪之"别趣""兴趣"是强调诗区别于文的特性，从书、理中深入浅出，而中郎则更强调自然之趣、性灵之趣。另，严羽推崇之盛唐"兴趣"要靠后学从广见、熟参中悟得，而不似中郎年少时之弃古师心，才高胆大，信心而出，信口而谈。再，严羽之论"兴趣"，有意在言外的蕴藉之韵致，而中郎则自觉年少时信口而出之诗作虽有趣，但"少蕴藉"。故而，郭绍虞在《中国文学批评史》中说："真与变，是中郎论文的核心"，而"真与变，不能离韵与趣"。所批甚是中肯。袁宏道之"趣"是由"真"而来的，犹如一尘不染的孩童之心，皆为"性灵"之体现，但若缺乏变化及向前人佳诗学习所悟得的韵趣，那创作将最终沦为口号或打油诗。

公安三袁肯定诗歌新变，从而否定了严羽"第一义"之标榜定位。明代于诗学提过"新变"的有唐宋派及格调派内部的王世正、胡应麟，而徐渭、汤显祖

1　[明]袁中道，《中郎先生全集序》，见：[清]黄宗羲，《明文海》，卷二百五十序四十一，清涵芬楼钞本。

2　[明]袁中道，《珂雪斋集》，前集卷十八文，明万历四十六年刻本。

3　[明]袁中道，《珂雪斋近集》，卷六，明书林唐国达刻本。

等人亦从反复古的思想层面，提出了可贵见解。但从总体而言，这些观点或见解都尚未形成体系。以三袁为核心的公安派集中代表了晚明诗文“新变”思想的主要内容与基本倾向。公安派以“法不相沿，各极其变”之论消弭唐宋之界域，否定严羽以盛唐诗为“第一义”师法对象。严羽论诗，将汉、魏、晋、盛唐诗标举为第一义，以之为师法对象，不做开元、天宝以下人物。要求学诗者“以识为主”，“入门须正，立志须高”，通过广见、熟参来“妙悟”诗道，创作出富含盛唐兴趣的佳作，并以此批评宋诗背离诗道，不问兴致，以文字为诗、以才学为诗、以议论为诗。这种批评方法在一定程度上是以唐诗的审美来评价宋诗，以唐诗的长处来衡量宋诗，客观上形成了崇唐抑宋的批评标准，兴起了诗歌批评史上的唐宋诗之争。明人举世宗唐，七子格调派更是“诗必盛唐”，认为诗歌体制臻于盛唐，一切格调风格亦齐备于盛唐，后学只需拟议以成其变化即可，渐自缚手脚，徒失性情。

公安派探讨诗歌之根本，在于诗人性灵，而不在时代或体制。故论诗时无视唐宋诗的时代风格差异，只论其是否真诗。袁宏道于《与丘长孺》道：

> 大抵物真则贵，真则我面不能同君面，而况古人之面貌乎？唐自有诗也，不必《选》体也；初、盛、中、晚自有诗也，不必初、盛也。李、杜、王、岑、钱、刘，下迨元、白、卢、郑，各自有诗也，不必李、杜也。赵宋亦然，陈、欧、苏、黄诸人，有一字袭唐者乎？又有一字相袭者乎？至其不能为唐，殆是气运使然，犹唐之不能为《选》，《选》之不能为汉魏耳。今之君子，乃欲概天下而唐之，又且以不唐病宋。夫既以不唐病宋矣，何不以不《选》病唐、不汉魏病《选》、不三百篇病汉、不结绳鸟迹病三百篇耶？果尔，反不如一张白纸，诗灯一派，扫土而尽矣。夫诗之气，一代减一代，故古也厚、今也薄；诗之奇、之妙、之工、之无所不极，一代盛一代，故古有不尽之情，今无不写之景。然则古何必高，今何必卑哉。[1]

物真则贵，诗真则传。时不相同，人亦各异。一代又有一代之真，各人有各人之性灵，无须相袭相像。唐诗可贵在于不蹈袭汉、魏、《选》，则宋诗亦有可贵处，正在于不袭唐。李、杜、苏、黄之可贵，在于有其真面目而不相拟袭。明

1 [明]袁宏道，《袁中郎全集》，卷二十一，明崇祯刊本。

诗若求可贵，则不应分唐分宋，不相剿袭摹拟，以今之情写今之景即可。他又于《叙小修诗》中重申道："盛唐而学秦汉，岂复有盛唐之诗？唯夫代有升降，而法不相沿，各极其变，各穷其趣，所以可贵，原不可以优劣论也。"至此，公安派诗论有意识地打破了强分唐宋畛域的门户之见，甚至不惜以"信心而出、信口而谈"矫枉过正之论来强调真诗，强调不屑同于他人的诗歌真性灵，深刻反映出其"代各有文""法不相沿"识时通变的诗歌发展历史观。

然而小修曾于《吴表海先生诗序》中不经意地透露出其兄中郎"独抒新意"表象下的诗学渊源其实仍是来自唐人："先兄中郎之诗若文，不取程于世匠，而独抒新意。其实得唐人之神，非另创也。然学之者往往失之。"[1]"得唐人之神"是其创作基础，于此再谋求新变、独创，成一家之言。

或许中郎亦和七子派众人一样，纵使"别有灵源"，然要从参透唐人到自立门户，还有很长的道路没有走完。严羽诗学体现的"法"与"悟"相辅相成的辩证关系，是不容轻易割裂偏废的。片面强调人心颖悟、发自性灵，而无视诗歌之历史传承、体制法式，是公安三袁对严羽诗学的片面接受、曲解改造，"独抒性灵"反而变得缺乏可操作性。公安派诗风遂滑入浅易肤廓的境地，等待后起的诗派再来矫正。

二、竟陵派：孤怀孤诣，性灵真诗

公安派影响稍歇之际，竟陵派继之而起。《列朝诗集小传》云："(公安派)机锋侧出，矫枉过正，于是狂瞽交扇，鄙俚公行，雅故灭裂，风华扫地。竟陵代起，以凄清幽独矫之，而海内之风气复大变。""竟陵派"以钟惺(1574—1624)、谭元春(1586—1637)为代表，皆为竟陵(今湖北天门)人，故得名。钟惺，字伯敬，万历三十八年(公元1610年)进士，官至福建提学佥事，有《隐秀轩集》。谭元春，字友夏，天启七年(公元1627年)乡试第一，有《谭友夏合集》。

《明史》有载："先是，王、李之学盛行，袁氏兄弟独心非之。宗道在馆中，与同馆黄辉力排其后，王、李风渐息，而钟、谭之说大炽。于唐好白乐天，于宋好苏轼，名其斋曰白苏。至宏道，益矫以清新轻俊，学者多舍王、李而从之，目为公安体。然戏谑嘲笑，间杂俚语，空疏者便之。其后，王、李风渐息，而钟、谭之

1　[明]袁中道，《珂雪斋集》，前集卷十文，明万历四十六年刻本。

说大炽。钟、谭者，钟惺、谭元春也。……自宏道矫王、李诗之弊，倡以清真，惺复矫其弊，变而为幽深孤峭。与同里谭元春评选唐人之诗为《唐诗归》，又评选隋以前诗为《古诗归》。钟、谭之名满天下，谓之竟陵体。然两人学不甚富，其识解多僻，大为通人所讥。"[1]

在文学上，竟陵派欲救公安末流"境无不收，情无不写，未免冲口而发，不复检括"之病，于唱和"性灵"说之外，又要求"别出手眼"，以"深幽孤峭"纠正公安末流粗率熟易之弊。诗学上，钟、谭二人通过合编《诗归》，宣扬"见吾所选者，以古人为归也，引古人之精神，以接后人之心目，使其心目有所止焉"[2]的崇古理念，但更多是通过"选者之权力，能使人归"，通过自己树立的诗歌评选标准，将古人与今人都笼罩在自己的指归之下。朱彝尊《明诗综》称："《诗归》既出，纸贵一时，正如摩登伽女之淫咒，闻者皆为所摄。"[3]钱谦益《列朝诗集》云："《古今诗归》盛行于世，承学之士，家置一编，奉之如尼丘之删定。而寡陋无稽，错缪迭出，稍知古学者，咸能挟策以攻其短。《诗归》出而钟、谭之底蕴毕露。……所谓深幽孤峭者，如木客之清吟，如幽独君之冥语，如梦而入鼠穴，如幻而之鬼国，浸淫三十余年，风移俗易，滔滔不返。"[4]钱谦益、朱彝尊等人的记载客观反映出此书在当时的风靡程度，确实广泛产生了"使人归"的影响。另外，钱、朱二人作为明遗民，对此书、此派又颇为不满，乃针对其"深幽孤峭"带有亡国之音的风格而言。

竟陵派在反摹拟、崇性灵等诗学观点上，大致与公安派一致。钟、谭二人虽倾慕袁宏道，但对其末流之弊感到不满，认为他们与前七子末流无异：

> 才不及中郎而求与之同调，徒自取狼狈而已。国朝诗无真初、盛者，而有真中、晚。真中、晚实胜假初、盛，然不可多得。若今日要学江令一派诗，便是假中、晚，假宋、元，假陈公甫、庄孔旸耳。学袁、江二公与学济南诸君子何异？恐学袁、江二公，其弊反有甚于学济南诸君子也。眼见今日牛鬼蛇神，打油定铰，遍满世界，何待异日，慧力人于此尤

1 [清]张廷玉,《明史》,卷二百八十八列传第一百七十六"袁宏道"条。
2 [明]钟惺,《隐秀轩集》,隐秀轩文昃集序——"诗归序",明天启二年沈春泽刻本。
3 [清]朱彝尊,《静志居诗话》,卷十九"谭元春"条,清嘉庆扶荔山房刻本。
4 [清]钱谦益,《列朝诗集》,丁集卷十二"钟提学惺"条,清顺治九年毛氏汲古阁刻本。

当紧着眼。大凡诗文，因袭有因袭之流弊，矫枉有矫枉之流弊。前之共趋，即今之偏废；今之独响，即后之同声。此中机捩，密移暗度。[1]

可见，竟陵派有推崇中郎"性灵"说之处，也有反对摹拟剿袭、渴望变革的意图。

基于对因袭、矫枉及各自流弊的讨论，竟陵派打算在公安派"性灵"与复古派"格调"之间另谋出路，提出了"求古人真诗"的口号。他们所谓"真诗"即严羽"吟咏情性"之诗，即袁宏道"独抒性灵"之诗，是表现诗人之独特性灵之诗：

诗文气运不能不代趋而下，而作诗者之意兴，虑无不代求其高。高者取异于途径耳。夫途径者不能不异者也，然其变有穷也；精神者不能不同者也，然其变无穷也。操其有穷者以求变，而欲以其异与气运争，吾以为能为异而终不能为高。其究途径穷而异者与之俱穷。不亦愈劳而愈远乎？此不求古人真诗之过也。……真诗者，精神所为也。察其幽情单绪，孤行静寄于喧杂之中，而乃以其虚怀定力，独往冥游于寥廓之外。如访者之几于一逢，求者之幸于一获，入者之欣于一至。不敢谓吾之说，非即向者千变万化不出古人之说，而特不敢以肤者、狭者、熟者塞之也。[2]

有教春者曰，公等所为，创调也，夫变化尽在古矣。其言似可听，但察其变化，特世所传《文选》《诗删》之类，钟嵘、严沧浪之语，瑟瑟然务自雕饰而不暇求于灵迥朴润。抑其心目中别有风物，而与其所谓灵迥朴润者，不能相关相对欤。夫真有性灵之言，常浮出纸上，决不与众言伍，而自出眼光之人，专其力，壹其思，以达于古人，觉古人亦有炯炯双眸，从纸上还瞩人，想亦非苟然而已。……夫人有孤怀，有孤诣，其各必孤行于古今之间，不肯遍满寥廓，而世有一二赏心之人，独为之咨嗟彷皇者，此诗品也。[3]

钟、谭认为"真诗者，精神之所为也"，乃"真有性灵之言"，诗之精神可同，

---

1 [明]钟惺，《隐秀轩集》，隐秀轩文往集书牍一"与王穉恭兄弟"，明天启二年沈春泽刻本。

2 [明]钟惺，《隐秀轩集》，隐秀轩文昃集序——"诗归序"。

3 [明]谭元春，《谭友夏合集》，卷八"诗归序"，明崇祯六年刻本。

然变化是无穷的，因此诗歌创作重在表现诗人独特之性灵。二人认为真诗是诗人精神之凝结，这符合严羽及公安派的诗旨；然指摘世人不求真诗，指摘《文选》《诗删》、钟嵘、严羽重雕饰而不求性灵，则是过于偏激之言。伯敬言“幽情单绪”，友夏谓“孤怀孤诣”，其苦心孤诣不同于沧浪、公安的论诗宗旨。二人所谓之性灵，乃偏于凄清幽独的一种情怀，乃孤芳自赏、不随俗流的一种姿态，稍显刻意为之，是不同于公安派才高胆大、信心而出、信口而谈的随意、自信与自得的。钟惺评诗，亦贯彻此种幽思别趣的宗旨，如评唐人王季友诗云：

> 此公有古骨古心，复有妙舌妙笔，然在盛唐不甚有诗名，为其少耳。余性不以名取人，其看古人亦然，每于古今诗文，喜拈其不著名而最少者，常有一种别趣奇理，不堕作家气。岂惟诗文，书画家亦然。[1]

“别趣奇理”乃钟惺评诗的一种奇特标准。朱东润先生认为，“别趣奇理”四字，即为竟陵派病根所在，若评论诗文必从此处着手，其弊不至鼠穴鬼国不止。[2] 此种标准中的“别趣”与严羽所称“别趣”是不同的两个概念，是谓故意异于常人、暗自标高、孤芳自赏的审美趣味，如看诗文，故意拈取不著名的、年最少的诗人之作，觉得未堕作家习气，另具一番“别趣奇理”。可见，钟、谭二人之谓“别趣”，是对严羽“别趣”的曲解，二人所谓“性灵”，亦不同于公安派自得之性灵，而是强调幽情单绪、孤怀孤诣、别趣奇理，期待据此“别出手眼，另立深幽孤峭之宗，以驱驾古人之上”[3]。

严羽推崇盛唐李杜数公“金鸡擘海”“香象渡河”的雄伟壮丽而不屑郊岛辈“虫吟草间”“憔悴枯槁”的局促不伸（《沧浪诗话・诗评》）。而竟陵派倾向于清幽孤峭、空旷孤迥的诗风，钟惺认为诗以清为主，称“诗清物也。其体好逸，劳则否；其地喜净，秽则否；其径取幽，杂则否；其味宜淡，浓则否；其游止贵旷，拘则否。之数者，独其心乎哉”[4]。钟惺偏好幽净淡旷之境；而谭元春于《渚宫草序》指出“空旷孤迥，只是一家”，更强调寂寞荒寒之境对诗人灵感、风格所产生的作用：

---

1 [明]钟惺，《唐诗归》，卷十六盛唐十一“王季友”条，明刻本，

2 朱东润，《中国文学批评史大纲》，上海：上海古籍出版社，2005 年，页 248。

3 [清]钱谦益，《列朝诗集》，丁集卷十二“钟提学惺”条，清顺治九年毛氏汲古阁刻本。

4 [明]钟惺，《简远堂近诗序》，见：[明]谭元春，《谭友夏合集》，卷二十三，明崇祯六年刻本。

窃念生平，思有以自立。空旷孤迥，只是一家，非其所安。意欲上究风雅郊庙之音，中涉山川人物之故，下穷才力升斗之量，然是数者，非荒寒独处、稀闻渺见，则虽不足以乱其情而或足以减其力，虽不足以骄其志而或足以夺其气，则亦终无由而至也矣。[1]

此论实质上将诗人所处幽独寂寞之境与诗作“空旷孤迥”之风格关联起来，较能让人体认竟陵派所推崇的诗歌风格，绝非严羽推崇之清远玲珑、含蕴悠远之诗歌兴趣。

钟、谭二人所推崇的灵迥朴润、朴素幽真，自是诗歌风格之一种，亦有其对应可用的批评实例，如：

古人论诗，曰朴茂，曰清深，曰浑雄，曰积厚流光。不朴不茂，不深不浅，不浑不雄，不厚不光，了此可读陶诗。[2]

幽生于朴，清出于老，高本于厚，逸原于细，此陶诗也。读此等作，当自得之。[3]

钟云沈宋以排律有名，皆因应制诸篇。此等作幽奇深秀，正其长技，人皆不知。直以整栗二字尽沈宋耳，畏难就易、贵耳贱目，可叹可叹！[4]

周容《春酒堂诗话》云：“严说流弊，遂至竟陵。”此乃针对沧浪“夫诗有别才，非关书也，诗有别趣，非关理也”之语而发，认为严羽倡言性灵的流弊影响到了竟陵诗派。实则是未悟沧浪“书、理”二字含义之文士的泛论，然亦透露出竟陵派有片面接受严沧浪诗学的痕迹。

钟惺亦有“读书养气”以求其“厚”、以保“灵心”的主张，于《与高孩之观察》云：

诗至于厚而无余事矣，然从古未有无灵心而能为诗者。厚出于灵，而灵者不即能厚。弟尝谓古人诗有两派难入手处：有如元气大化，声臭

---

1 [明]谭元春，《谭友夏合集》，卷九序。

2 [明]钟惺，《古诗归》，卷九“陶潜”条下，明闵振业三色本。

3 [明]钟惺，《古诗归》，卷九“陶潜《癸卯岁始春怀古田舍二首》”。

4 [明]钟惺，《唐诗归》，卷三初唐三“宋之问《下桂江龙目滩》”，明刻本。

已绝，此以平而厚者也，《古诗十九首》，苏、李是也；有如高岩钧壑，岸壁无阶，此以险而厚者也，汉《郊祀》、《铙歌》、魏武帝乐府是也。非不灵也，厚之极，灵不足以言之也。然必保此灵心，方可读书养气，以求其厚。[1]

钟惺认为，厚出于灵，而灵者不一定能厚，厚之极，灵亦不足以形容。在追求性灵为诗之本的理念下，又求古诗之深厚，这必须以"读书养气"为必要基础。这分别对应着严羽"汉、魏、晋与盛唐之诗则第一义"及"诗有别材，非关书也……然非多读书……则不能极其至"学古逻辑。古诗之厚，一方面在于高古的格调，难入手者平而厚、险而厚；另一方面在于古人灵心之厚，后人要依靠读书养气，方能求得古人之厚。而谭元春《诗归序》则从诗歌字句之"灵"与整体风格之"厚"的辩证关系阐述了灵与厚：

一句之灵，能回一篇之运；一篇之朴，能养一句之神，乃为善作。谭子曰：古人一语之妙，至于不可思议，而常借前后左右宽裕朴拙之气，使人无可喜而忽喜。[2]

他将诗歌局部字句的灵动神妙视作"灵"，整体气势的宽裕朴拙称作"厚(朴)"，两者相辅相成。竟陵派注重分析"古人进退焉，虽一字之耀目，一言之从心，必审其轻重深浅而安置之"，从一字一句、一言一篇进退安置上去求得古人性灵，体会古人气厚，综合了格调论的观点，是较为实际的作诗之法。这符合严羽诗学的崇古、学古的言论，偏向从精神上、从创作论上去求得古人之心，与公安派"师心反古"之论是截然不同的。

竟陵派倡导"性灵"之真，而又以"厚"作为基础规定。厚出于灵，期在必厚，即将诗人性灵与古人之厚关联了起来。在学古过程中，又更实际、更具操作性地偏向了重"厚"轻"趣"。钟惺《东坡文选序》强调苏文不止于趣，其真学问、真文章更为"厚重"：

今之选东坡文者多矣，不察其本末，漫然以趣之一字尽之。……夫

1　[明]钟惺，《隐秀轩集》，隐秀轩文往集书牍一，明天启二年沈春泽刻本。

2　[明]谭元春，《谭友夏合集》，卷八序，明崇祯六年刻本。

文之于趣，无之而无之者也。譬之人，趣其所以生也，趣死则死。人之能知觉运动以生者，趣所为也。能知觉运动以生而为圣贤、为豪杰者，非尽趣所为也。故趣者止于其足以生而已。今取其止于足以生者，以尽东坡之文可乎哉？……夫东坡而非文人也则可，东坡而文人也，岂有不知其文之妙者哉？以为吾舍此自有真学问、真文章，理义足乎中，而气达乎外，胆与识谡谡然于笔墨之下。[1]

此序反对众人“漫然以趣之一字”尽东坡之文，强调东坡“学问真”“理义足”，“气”与“胆识”综合一起，成就其“真文章”。钟惺甚至将“理”抬高，以替代“趣”，足见其注重学识、读书穷理，期待诗人具备“灵”与“理”的双重素养。竟陵派评诗，亦颇重理：

读太白诗，当于雄快中察其静、远、精，出处有斤两、有脉理。[2]

诗不关理，杜诗入理独妙。[3]

（《渼陂行》）只是一舟游耳，写得哀乐更番无端。奇山水逢奇人，真有一段至性至理相发。[4]

竟陵派诗主“性灵”，又加入学古人之“厚”，读书养气精于事“理”，为其幽孤灵动的性灵说调入了深厚婉曲的质感和合情入理的现实内容。竟陵派主张学古得厚，以养灵气，“藏神奇藏灵幻”[5]，收混沌之气，得精神之原，这在一定程度上矫正了公安派师心反古、信心信口之偏失。学古、“求古人真诗”涉及传统诗学所论诗与学的关系，非常契合严羽所论“诗有别材，非关书也；诗有别趣，非关理也。然非多读书、多穷理，则不能极其至”。在明代诗坛复古格调为尚、理学道义渗透的历史条件下，竟陵派的学说具有现实意义，体现出明人欲以“学”辅“诗”的努力，将古人厚重学养及自身体悟之道理融入“吟咏情性”的诗歌中去，诗歌有性灵、有内容，达到清雅浑厚的艺术成就。

钱锺书先生在《谈艺录》一书中多次提到“钟谭诗法，正亦沧浪之流裔别

1 ［明］钟惺，《隐秀轩集》，隐秀轩文昃集序一一，明天启二年沈春泽刻本。
2 ［明］钟惺，《唐诗归》，卷十五盛唐十“李白”，明刻本。
3 ［明］钟惺，《唐诗归》，卷十七盛唐十二“杜甫《太子张舍人遗织成褥段》”。
4 ［明］钟惺，《唐诗归》，卷二十盛唐十五“杜甫《渼陂行》”，明刻本。
5 ［明］谭元春，《谭友夏合集》，卷八《诗归序》，明崇祯六年刻本。

子”之义，认为冯班“‘鄙夫鄙妇’一语，或可讥公安派所言性灵，于竟陵殊不切当。必有灵心，然后可以读书，此伯敬所自言”。又称“钟、谭论诗皆主‘灵’字，实与沧浪、渔洋之主张貌异心同”，“《杂录》卷五谓王李诗法本于沧浪，钝吟不知钟谭诗法，正亦沧浪之流裔别子”[1]。钱先生此论指出沧浪以“悟”为作诗之本和钟谭以“灵”为作诗之心有内在相似性[2]。王、李七子派诗学源自严羽，而钟、谭竟陵派诗法亦为严沧浪诗学的正宗嫡传，道出了竟陵派诗学在严羽诗学接受史上前后承传的重要意义。

第二节　蕴神韵、性灵于格调

一、许学夷《诗源辩体》：本乎情兴，神与境会

许学夷(1563—1633)，字伯清，家江阴，先世汴梁人，明诗论家，为人高洁自爱。少学诗，三百篇、楚骚、古今诸诗，皆辨其源流，析其正变。万历三十五年(公元1607年)与徐弘祖同游惠山，崇祯六年(公元1633年)与沈骛、邱维贤、徐益等二十二人结沧州社，学夷为领袖。著有《许山人诗集》《许伯清诗稿》《澄江诗选》《诗源辩体》等。

《诗源辩体》[3]为许学夷以半生精力所作的诗学专著，初刻于万历四十年(公元1612年)，凡十八卷，又“历二十年，十易其稿”，完成足本三十八卷，于崇祯五年(公元1632年)刊行。此书篇幅巨大，自成体系。全书以时代为序，历评周诗三百、楚辞、汉、魏、晋、宋、齐、梁、陈、隋、初唐、盛唐、中唐、晚唐、五代及宋、元、明诗，其中讨论了汉、魏之异，又以一半篇幅详析了唐诗。体例上对各代先作综述，再按诗体进行分论，最后对作家、作品展开评点。又有三卷“总论”，评析了历代诗话、诗论及诗歌选本。这在诗话发展史上，是有重要特色的。其写作背景又经历着七子派复古风气稍歇而公安派、竟陵派竞相图变的变动时期，因而此书虽于当时流传不广，却极能体现其时代的诗学生态。《诗

1　钱锺书，《谈艺录》第二十九条“竟陵诗派”，北京：生活·读书·新知三联书店，2007年，页261。

2　白汉坤，《试论严羽对竟陵派的影响》，《乐山师范学院学报》，2003年第2期，页54。

3　本书研究采用：[明]许学夷撰，《诗源辩体》，明崇祯十五年陈所学刻本；参以：[明]许学夷撰，杜维沫校点，《诗源辩体》，北京：人民文学出版社，1987年。

源辩体》之诗学渊源如其自称的“古今说诗者，惟沧浪、元美、元瑞为善”，远祧严沧浪、近宗李于鳞、王元美、谢茂秦、胡元瑞前后七子一派；而对公安派袁中郎、竟陵派钟惺等诗论之“悖乱”与偏颇，则予以坚决批评。其中，许学夷从《沧浪诗话》中汲取最多养分，对之推崇有加，承认《诗源辩体》是在严羽论诗“浑沦”的基础上进行的“详悬”化：

> 严沧浪论诗，有《诗辨》《诗体》《诗法》《诗评》《考证》等目，唐宋人论诗，至此方是卓识。其拈出“妙悟”“兴趣”二项，从古未有人道。（卷三十五之总论）
>
> 沧浪论诗，与予千古一辙。然今人于沧浪不复致疑、而于予不能无惑者，盖沧浪之说浑沦，而予之说详悬。（卷三十五之总论）

此外，他给予严羽“古今论诗者，不得不以沧浪为第一”的高度评价：

> 古今论诗者，往往有绝到之语，及观其取舍，考其制作，每多与议论不合，盖其说本是据理揣摩，初未有真得也。沧浪云“诗道惟在妙悟”，又云“盛唐诸人惟在兴趣”，故于孟浩然取其“妙悟”，于崔颢《黄鹤楼》称为唐人七言律第一，是其取舍相合也。又言“学者以盛唐为师，不作开元天宝以下人物”，故其诗悉出盛唐，而乐府、歌行又似太白，是其制作相合也。故古今论诗者，不得不以沧浪为第一。（卷三十五之总论）

究其论诗推崇严羽的原因，乃因严羽例证取舍、个人创作皆与其诗评议论相符，说明其论诗理论乃实证、实悟而有“真得”，不同于一般的“据理揣摩”。

基于这种折服，他直接接受严羽的“诗之法有五”说，将严羽所论五种诗歌艺术结构要素分别对应诗歌由汉至唐的不同发展时期，建立自己的诗学批评体系，“借来主义”色彩明显：

> 沧浪论诗之法有五：一曰“体制”、二曰“格力”，予得之以论汉、魏；三曰“气象”，予得之以论初唐；四曰“兴趣”，予得之以论盛唐；五曰“音节”，则予得之以概论唐律也。（卷三十五之总论）

作为继承《沧浪诗话》推崇汉魏盛唐诗、总结明代诗歌复古运动理论探索的主要成果，《诗源辩体》重点在于启发学诗者“审源流、识正变”，希望通过对诗歌风格源流、体制变化的辨析为学诗者找到正确的门径，而不要误入公安派、竟陵派“背古师心”的“歧路”。他在自序中严厉地将批评矛头指向公安袁氏与竟陵钟氏：“近袁氏、钟氏出，欲背古师心，诡诞相尚，于道为离。予《辨体》之作也，实有所惩云。”而将论诗主旨定为：古诗以汉、魏为“正”，晋、宋、齐为“变”，梁、陈后消亡；律诗则以初、盛唐为“正”，大历、元和后为“变”，至唐末凋敝。这与严羽“以汉魏晋盛唐为师，不作开元、天宝以下人物”有着明显的接受关系，也与七子派基本同调。《诗源辩体》卷一即开宗明义道：

> 诗自三百篇以迄于唐，其源流可寻而正变可考也。学者审其源流，识其正变，始可与言诗矣。……统而论之：以三百篇为源，汉、魏、六朝、唐人为流，至元和而其派各出。析而论之：古诗以汉魏为正，太康、元嘉、永明为变，至梁陈而古诗尽亡；律诗以初、盛唐为正，大历、元和、开成为变，至唐末而律诗尽敝。（卷一）

首先，此段透露出许氏论诗强调“正”与“变”的辩证关系，为严羽“入门须正”给出了明晰的注释与界定。其次，此段旨在鼓励“学诗者识贵高，见贵广”（卷二十四），入此“大中至正之门户”，须赞同“古诗以汉魏为正”“律诗以初盛唐为正”，方可谓具备“寻源”“辨体”的见识。为巩固汉魏古诗在其诗学体系中直承《诗经》的正统地位，许学夷不惜对严羽所谓“风雅颂既亡，一变而为离骚，再变而为西汉五言”之论做出纠正，撇出《离骚》，改为“三百篇正流而为汉魏诸诗，别出而乃为骚耳”（卷二）[1]，是对严羽诗歌流变论的选择性接受。

严羽推崇“汉魏古诗，气象混沦，难以句摘……词、理、意兴无迹可求”的淳厚自然，认为汉魏诗歌直抒胸臆，从肺腑中自然流出，不假于悟，无须雕饰，却又浑然一体。后人论汉魏，对此多有承受。如元代杨载《诗法家数》[2]“五言古诗”条载“汉魏古诗蔼然有感动人处，如《古诗十九首》皆当熟读、玩味，自见其

---

1 关于《离骚》并非直承《诗经》发展而来之说，胡应麟也持相近的观点，他说：“昔人言：‘诗文之有骚赋，犹草木之有竹，禽兽之有鱼，难以分属，然骚实歌行之祖，赋则比兴一端，要皆属诗。’近之。”宗教学者比尔·波特所著《空谷幽兰》一书则从宗教角度，将楚辞视为萨满诗人的著作，是继承自夏启的哀歌体诗歌。要之，许学夷及胡应麟等格调派诗论家，将《离骚》视为《诗经》传统的旁出别流有一定理论依据，他们都强调汉魏古诗是对《诗经》更直接的继承，这一观点是对严羽诗学的细化与发展。

2 ［元］杨载，《诗法家数》，全一卷，明格致丛书本。

趣”，认为“寓意深远，托辞温厚，反复优游，雍容不迫”为其特色，而不可从用字、佳句、音韵角度来讨论；明代冯惟纳也称“汉魏古诗，固不可一字一句论工拙”[1]；至许学夷，对汉魏古诗更是推崇备至，认为“唐人古诗非汉魏古诗，因其诗杂律句”（卷十三），汉魏古诗浑然一体，连唐人也不可企及。许氏将汉魏古诗的特色归纳为“情兴”二字，称赞汉魏古诗“情兴所至，以情为诗，故于古为近”（卷四），“汉魏五言，本乎情兴，故其体委婉而语悠圆，有天成之妙”（卷三）。许氏注重从诗歌本质“情兴”出发来赞美汉魏古诗，秉承自《毛诗大序》“诗者，志之所之也……情动于中而形于言”[2]之论及严羽“诗者，吟咏情性”之说。这一脉相承之间蕴藏着“本乎情之真”（卷三）的批评标准。许氏也希望后人学者学习汉魏古诗时，能抓住“本乎情兴”“不假悟入”的特点，做到“神与境会”，以期“悟入”：

> 汉魏人诗，本乎情兴，学者专习凝领，而神与境会，即情兴之所至。否则不失之袭，又未免苦思以意见为诗。（卷三）
>
> 汉魏人诗，自然而然，不假悟入；后之学者，去妄返真，正须以悟入耳。严沧浪云：“汉魏尚矣，不假悟也。”又云：“学者须从最上乘，具正法眼，悟第一义。汉魏盛唐之诗，则第一义也。”（卷三）

许氏从诗歌创作角度出发，赞同诗歌创作应起于兴发感动、到达神与境会，反对剿袭及以意见为诗，从汉魏盛唐第一义诗入手，学诗者方可悟入。总之，许学夷论诗本于“情兴”，因物起情，以诗吟咏情性，为格调派诗论中加入了些许“性灵”注重情感、自然灵动的色彩。

许学夷推崇汉、魏古诗，但不像严羽将汉魏并论，而是以“情兴”论汉、魏诗之异同以及汉、魏诗与晋诗的差别。在严羽“汉魏”古诗并称的基础上，许学夷更注意区分汉与魏的差异、总结汉与魏的共性，称：“汉、魏五言，沧浪见其同而不见其异，元瑞见其异而不见其同。”“同者为正……情兴所至，以不意得之，故其体皆委婉，而语皆悠圆，有天成之妙。”“异者始变矣……魏人异者，情兴未至，始着意为之，故其体多敷叙，而语多构结，渐见作用之迹。”（卷四）魏人诗如

1　[明]冯惟纳，《古诗纪》，卷一百五十三别集第九，清文渊阁四库全书本。

2　[汉]毛亨，《毛诗注疏》，卷第一，清阮刻十三经注疏本。

曹子桓“观兵临江水”、子建《美女篇》、仲宣“从军有苦乐”等，创作动机往往“情兴未至”而“以意为诗”，多见“敷叙”“构结”之类叙事、谋篇、造句的人工，“由天成以变至作用”（卷四）。这一清理同时也对严羽“妙悟”“不假悟”“透彻之悟”诸论及胡应麟的接受进行了再理解。卷四对此展开了讨论：

胡元瑞云：“沧浪言：‘汉魏尚矣，不假悟也。康乐至盛唐，透彻之悟也。’此言似而未核。汉人直写胸臆，斲削无施，严氏所云，庶几实录。建安以降，稍属思惟，便应悬解，非缘妙悟，曷极精深？”愚按：沧浪之言本无可疑，元瑞之辩，愈见其惑。盖悟者，乃由窒而通，故悠然无着，洞然无碍，即禅家所谓解脱也。魏人五言，由天成以变至作用，乃无着而有着，无碍而有碍，而谓之妙悟，可乎？若康乐既极雕刻，而独以“池塘生春草”为佳句，斯可为悟，但谓之透彻之悟，则非矣。大抵汉魏之诗，沧浪得其要而弗详，元美、元瑞详而弗得其要，其他未容措一喙也。（卷四）

首先，他接下胡应麟的话头，赞同严羽“汉魏尚矣，不假悟也”之论，认为“本无可疑”，并将汉、魏诗共同造诣总结为“不假悟”；其次，对于胡应麟认为建安后魏晋诗人属思惟、靠“妙悟”这一点，许学夷表示不认同，他认为魏人诗由“天成”渐现“作用”之迹，为“有着”“有碍”，因而不可谓之“妙悟”；最后，对于严羽“谢灵运至盛唐诸公，透彻之悟也”（《沧浪诗话·诗辨》）之说，许学夷稍有异议，他认为谢康乐过于雕刻诗句，独以“池塘生春草”之句为佳，以“有着”而“无着”、从“有碍”变“无碍”，仅可称“悟”，但离盛唐诸公的“透彻之悟”尚有距离。从此三个层次，许学夷较为清楚地辨析了严羽“不假悟”“妙悟”“透彻之悟”的批评所指：汉魏尚矣，“不假悟”也；魏人渐露作用之迹，不可称“妙悟”；晋谢灵运雕琢诗句，独有佳句“池塘生春草”，可称有“悟”，尚未透彻；六朝雕刻、绮靡，不可以言“悟”；初唐沈宋，化机尚浅，亦非“透彻之悟”（卷十七）；惟盛唐诸公，领会神情，不仿形迹，忽然而来，浑然而就，方可称“透彻之悟”。

据此，许氏认为晋诗与汉、魏诗有差异，对严羽《沧浪诗话》或“汉魏晋”并称、或仅称“汉魏”的前后相异及“浑沦”含糊之处，给出了澄清。严羽时而将“汉魏晋”并称，因其推崇陶、谢诗，认为“渊明之诗质而自然”而“谢灵运之诗，无一篇不佳”(《诗评》)。又时而去“晋”仅称“汉魏”,因其体会到晋宋代表诗人陶渊明、谢灵运与汉魏之不同,如谓“汉魏古诗气象混沌,难以句摘;晋以还方有佳句,如渊明‘采菊东篱下,悠然见南山’、谢灵运‘池塘生春草’之类”,进一步认为谢诗雕琢精工不及陶诗质实自然,更不及建安气象浑成:“谢所以不及陶者,康乐之诗精工,渊明之诗质而自然耳”,“建安之作,全在气象,不可寻枝摘叶。灵运之诗,已是彻首尾成对句矣,是以不及建安也”(《诗评》)。“汉魏晋”或“汉魏”之称,透露出晋宋诗人在古诗发展中承汉魏之自然又变汉魏以精工的过渡作用,但严之论说浑沦。许学夷则清晰地论断晋诗风气已变:“至陆士衡诸公,则风气始漓,其习渐移,故其体渐俳偶,语渐雕刻,而古体遂淆矣。此五言之再变也。(下流至谢灵运诸公五言。)”(卷五)从陆机至谢灵运,晋五言日渐讲究对偶、雕刻文字,作用代替天成,失去了汉、魏五古自然浑成之美。“康乐诗,上乘汉、魏、太康,其脉似正,而文体破碎,殆非可法”,幸亏有陶渊明“真率自然,则自为一源……文体完纯,实有可取”(卷六)。在许学夷心目中,除靖节诗与汉魏一样出于自然、本乎情真之外,晋诗总体上已变汉魏之风。

许学夷对齐梁以后诗更为不满,反对杨慎诗推六朝。他说:

> 齐梁以后之诗,不但失之绮靡,而支离丑恶,十居四五。(卷十一)
>
> 杨用修酷嗜六朝,择六朝以还声韵近律者,名为律祖,其背戾滋甚。(卷十一)

齐梁六朝诗失之绮靡,已为诗家常谈,而许氏能更精辟地点明其不宜为法的体制原因:“梁陈以后,古体既失,而律体未成,两无所归,断乎不可为法。”(卷十一)正是因为齐梁出于诗体新旧交替、青黄不接之时,古体已露衰亡之迹,而律诗近体尚未成形,不是正体,亦不是变体,断不可为法。更主要的是,许氏认为汉、魏、盛唐诗“各极其至”,因此他向学诗者大力阐扬,而齐梁以后诗“格日益卑”,学诗者不宜取法:

> 予论三百篇、汉、魏、盛唐之诗最为详悉,至论梁陈以后则甚寥寥者,盖三百篇、汉、魏、盛唐,各极其至,即穷予之力而阐扬之,有弗能尽;梁陈以后体实相因,而格日益卑,予何所致其辩乎?(卷十一)

此说也正因袭了严羽提出的“以汉魏晋盛唐为师，不作开元、天宝以下人物”及“学其上，仅得其中；学其中，斯为下矣”（《沧浪诗话・诗辨》）等学诗训诫。

显然，许学夷在当时复古、反复古的拉锯战中，站在了复古派一边，高倡“古诗以汉魏为正”“律诗以初盛唐为正”，他完全继承了严羽首创的“以汉、魏、晋、盛唐为师”之诗论。许氏继而承认“唐人古诗”对汉魏古诗的发展，这就印证了严羽“独言盛唐者，谓古、律之体备也”之论，也阐发了明七子“诗必盛唐”的论诗主张。总之，许学夷极为看重盛唐诗歌，这从《诗源辩体》以大半篇幅讨论唐诗即可见一斑，另从其自序中所称“汉、魏、六朝，体有未备，而境有未臻，于法宜广；自唐而后，体无弗备，而境无弗臻，于法宜守”，亦可见其“唐诗体备、境臻”的论调。他和王世贞、胡应麟一样，接受严羽的影响，都是为了支持“诗必盛唐”的复古主张。

许学夷《诗源辩体》以二十一卷篇幅对唐诗细加讨论。首先，他接受严羽以来的唐诗分期说，将唐诗划分为初唐、盛唐、中唐、晚唐四阶段展开讨论。与严羽“要当论其大概”一样，许学夷虽划分初、盛、中、晚唐，但并不绝对，云：“初、盛、中、晚唐之诗，虽各不同，然亦间有初而类盛、盛而类中、中而类晚者，亦间有晚而类中、中而类盛、盛而类初者，又间有中而类初、晚而类盛者，要当论其大概耳。”（卷十四）这种划分时代但又灵活贯通的研究方法是对的，时代风尚与个人风格是总体与个体的关系，个体往往比较复杂多样。其次，他推崇盛唐，不贬初唐。他认为：五七言律气象风格大备于初唐，至盛唐诸公则融化无迹而入于圣（卷十四）；唐人五七言古至盛唐高岑方气象风格兼备，始为正宗（卷十五）。唐人古、律至盛唐达到了完备、成熟的状态。再次，他坚持以“变”的眼光来评价唐诗，相对于汉魏古诗，他创“唐人古诗”以对举，认为高、岑为唐人古诗正宗，李、杜则“变化不测而入于神”。古诗不拘泥于汉魏，是对“通变”的肯定。以上观点可见于以下三则：

高岑才力既大，而造诣实高，兴趣实远。故其五七言古，调多就纯，语皆就畅，而气象风格始备，为唐人古诗正宗。（卷十五）

再进而为李杜二公。李杜才力甚大，而造诣极高，意兴极远，故其五七言古兼歌行、杂言言之。体多变化，语多奇伟，而气象风格大备，多入

于神矣。(卷十八)

论诗者以汉魏为至,而以李杜为未极,犹论文者以秦汉为至,而以四子为未极,皆慕好古之名而不识通变之道者也。(卷十八)

在辨体过程中,许学夷善于使用不同的分析概念来评价不同的诗歌体制特点,他接下严羽所拈出的"妙悟""兴趣"二说来论盛唐,相对于以"天成"论汉魏、以"才力""气象""风格"论初唐。他在《凡例》中说"至盛唐诸公,始言兴趣",自注云"初唐非无兴趣,至盛唐而兴趣实远",认为"兴趣"最能体现盛唐诗风的特质。许学夷所谈"兴趣"与"透彻之悟"是相通的:

盛唐诸公律诗,形迹俱融,风神超迈,此虽造诣之功,亦是兴趣所得耳。严沧浪云:"盛唐诸人惟在兴趣,羚羊挂角,无迹可求。故其妙处,透彻玲珑,不可凑泊……言有尽而意无穷也。"谢茂秦亦云:"诗有不立意造句,以兴为主,漫然成篇。此诗人之入化也。"(卷十七)

一气浑成者,兴趣所到,忽然而来,浑然而就,不当以形似求之。(卷十六)

惟盛唐诸公,领会神情,不仿形迹,故忽然而来,浑然而就,如僚之于丸,秋之于弈,公孙之于舞剑,此方是透彻之悟也。(卷十七)

据上,许氏认为盛唐律诗之"兴趣"在文本上是"风神超迈"[1]的,是"形迹俱融"的;在接受上读者易体会到严羽所称"透彻玲珑""言有尽而意无穷"的审美特征;在创作上诗人"以兴为主",要求"兴趣所到,忽然而来,浑然而就",是诗人"入化""透彻之悟"的结果,反对以"立意造句"为先、以议论为诗、以文为诗。许氏认为"透彻之悟"是盛唐诸公的总体素质,已融入其创作过程,成为一种创作常态,孟浩然"一味妙悟"即其中的代表,而据此创作出的优秀诗歌方可言称"兴趣"。

对"兴趣"与"透彻之悟"的理解,贯通在许学夷的诗评实践中。他称"子美七言以歌行入律,豪旷磊落,乃才大而失之于放,其机趣无不灵活。杜牧七言

1 《诗源辩体》卷十七第三十九则引胡应麟语"律诗全在音节,格调、风神尽具音节中"及赵凡夫语"国风音节可娱",认为唐律乃国风正派,其关键亦在音节,格调、风神尽在音节中。故而后人称唐诗为"唐音""唐响"。

律僻涩怪恶，其机趣实死，人称‘小杜’，愧甚。沧浪论诗以兴趣为先，诚为有见”（卷三十）。以“兴趣”“机趣”对比大小杜之七言律，高下立见；他批评“元和诸公，快心露骨，故为大变……凿空构撰，议论周悉，其快心处往往以文为诗”；认为晚唐绝句“可怜夜半虚前席，不问苍生问鬼神”二句全入议论（卷三十），赞同王敬美（王世懋）所谓“晚唐快心露骨，便非本色。议论高处，逗宋诗之径”之说。许学夷察觉到中晚唐至宋诗不讲悟入、不以“兴趣为先”，而以文为诗、以议论为诗的转变。

以此故，许氏之论律诗，以“兴趣”为标准，宗盛唐而贬中唐、黜晚唐，称“盛唐造诣既深，兴趣复远，故形迹俱融，风神超迈，此盛唐之脱也”（卷三十二），“以唐律比闺媛，初唐可谓端庄，盛唐足称温惠，大历失之轻弱，开成过于美丽，而唐末则又妖艳矣”（卷三十一）。诗歌贵在超脱，盛唐诗的超脱之处正在“造诣”深、“兴趣”远，浑然一体，风神超远。但他对中晚变盛唐的原因能客观看待，将之总结为“气韵”的差异：

> 唐人之诗虽主乎情，而盛衰则在气韵，如中唐律诗、晚唐绝句，亦未尝无情，而终不得与初、盛相较，正是其气韵衰飒耳。（卷三十二）
>
> 三百篇而下，惟汉魏古诗、盛唐律诗、李杜古诗歌行，各造其极……他如汉、魏以至齐、梁，初、盛以至中、晚，乃流而日卑，变而日降。其气运消长，文运盛衰，正当以此别之。苟为无别，则齐、梁可并汉、魏，而中、晚可并初、盛也，诗道于是为不明矣。（卷三十四）

“变”的结果是“流而日卑，变而日降”。而“变”的本质是“理势”的必然：“予作《辨体》一书，其源流、正变、消长、盛衰，乃古今理势之自然”（卷三十四之总论），所见客观、通达。

对待宋诗，许学夷亦能用“变”的眼光来正视“变”，并不全盘否定宋诗的“大变”，如他论宋诗道：

> 宋人五七言古，出于退之、乐天者为多，其构设奇巧，快心露骨，实为大变。而高才之士每多好之者，盖以其纵恣变幻，机趣灵活，得以肆意自骋耳。（后集纂要卷一）
>
> 宋主变，不主正，古诗、歌行，滑稽议论，是其所长，其变幻无穷，凌

跨一代，正在于此。或欲以论唐诗者论宋，正犹求中庸之言于释、老，未可与语释、老也。（后集纂要卷一）

对待宋诗，必须承认“变”是其主要特征，不能用评价唐诗的标准去衡量或要求宋诗。“兴趣”“妙悟”等特征被“构设”“议论”所取代。在“变”的作用下，创作自身发展变化了，批评标准也得随之变化，不能再用万古不变的标尺去度量变化了的创作实践。这是许学夷肯定部分宋诗的原因，也是他对诗歌批评史的创见。这一点，比之其崇拜并效仿的严羽，无疑是融通、进步的。

但考虑到学诗过程及可操作性，许氏总体上还是赞同沧浪的学诗步骤——“工夫须从上做下”，及学诗方法——熟读、参透，并要了解诗歌的源流正变，要求学诗者以识为主、法宜先古，以期“酝酿成家，为一代作者”：

予尝谓：学诗者必先读三百篇、楚骚、汉魏五言及古乐府，次及李杜五七言古、歌行以至初盛唐之律，如今人诵习经书者，姑不必求其旨趣，诵读之久，详予论说，自能有得。否则，学律既久，习于声韵，熟于徘偶，而于古终不能入矣。沧浪谓“工夫须从上做下”，得之。（卷三十四之总论）

学汉魏而不读三百篇，犹木之无根；学唐人而不读汉魏，犹枝之无干；乃至后生初学，专读近代之诗，并不识唐诗面目，此犹花叶之无枝，将朝荣而夕萎矣。（卷三十四）

今人作诗，不欲取法古人，直欲自开堂奥，自立门户，志诚远矣。但于汉、魏、六朝、初、盛、中、晚唐，果能参得透彻，酝酿成家，为一代作者，孰为不可？否则，愈趋愈远，茫无所得。（卷三十四）

许氏推崇的学诗途径也是从源到流、由上到下。他站在格调派的立场总结出：“古诗至于汉、魏，律诗至于盛唐，其体制、声调，已为极至，更有他途，便是下乘小道。”（卷三十四）体格、用字、音节、韵律等属于诗歌文本形式，也是格调派论诗的精髓、要点所在，许学夷以此来评判汉、魏古诗及盛唐律诗已臻极致。他接着说：“国朝人取法古人，法其体制、声调而已，非掩取剽窃之谓也。”认为明人师法古人体制、声调，并不是一一摹仿古格、剽窃前人，而是如同李献吉《驳何仲默书》所云“以我之情，述今之事，尺寸古法，罔袭其辞”，守法度而不遗，方能有基础进行新创；否则，即如公安派袁中郎辈“为诗恣意奇诡”，“不先乎规矩，则野狐外道矣”（卷三十四），沦为“诗道罪人”（卷三十五）。由此可见，许学夷推崇的学诗门径、作诗方法既不是盗袭剽窃，也不是废古师心，而是遵循体制、声调的“规矩”，命意、措辞要求“己出”，若得“透彻之悟”，以“兴趣”为主，定能“酝酿成家，为一代作者”。

综上，许学夷《诗源辩体》论诗不出严羽、七子派藩篱。他推崇汉魏古诗、盛唐律诗，以“体制”“格力”论汉魏、以“气象”论初唐、以“兴趣”及“透彻之悟”论盛唐并以“音节”概论唐律。其说讲究源流、正变，能较为客观地看待“变”，要求学诗者“识高见广”“兼收容众”。然学诗门径仍推荐“从上而下”，属于复古论调。许学夷对“兴趣”说的阐发，如“领会神情”“不仿形迹”“一气浑成”云云，或带有“神韵”之先声；而以“情”总括唐诗，也受到时代重视心性的熏染，边界不免与“性灵”有重合之处。

明代复古派诗论家都把严羽《沧浪诗话》当作各自的诗学“指南”，从中获得导向、汲取养分。至许学夷《诗源辩体》，明代复古格调派代表性的诗话作品、诗学著作可谓告一段落。之后的诗话作品多少带有由格调而神韵、或由格调而性灵的倾向。他们也从《沧浪诗话》中获得建立自己诗学体系所需之部分，加以接受、阐释、加工、重建，力图适应当时的诗歌发展状况，反映当时的诗学理论嬗变。

二、谢肇淛《小草斋诗话》：由格调而神韵

谢肇淛（1567—1624），字在杭，号武林、小草斋主人，生于钱塘（今浙江杭州），福建长乐人。明万历二十年（公元 1592 年）进士，历任湖州推官、南京刑部主事调兵部转工部郎中、广西布政使，曾上疏指责宦官遇旱仍大肆搜括民财，受到神宗嘉奖。历游江、浙、川、陕、两湖、两广各地名山大川，所至皆有吟咏，雄迈苍凉，写实抒情，为晚明较为活跃的学者、诗人，著有《小草斋文集》《小草斋诗话》《五杂组》《文海披沙》等。与徐𤊹、曹学佺等人为当时闽中诗派的代表人物，与后七子王世贞之弟王世懋、公安派袁氏兄弟及江盈科，竟陵派的钟惺等人皆有交往，诗学立场折衷各家、不拘执门户，能超越特定流派申述一家之说，个性色彩浓郁，代表了明晚期诗学领域趋于多维化的特征。

作为当时闽中诗人领袖，谢肇淛论诗亦推宗严羽。他推崇严羽论诗精当，称“诗话，当以沧浪为最”[1]，“深得诗家三昧者，昔惟沧浪”（《小草斋诗话》卷二“外篇上”七五）；称赞高棅尊唐有功，“明诗所以知宗夫唐者，高廷礼之功也”（《诗话》），“高廷礼选唐，扬榷精当，境界无遗”（《诗话》卷二“外篇上”七六），皆可见其对严羽、高棅诗学的推崇。谢肇淛诗学专著《小草斋诗话》[2]以“兴趣”来分辨唐、宋诗，重视“别趣”与颖悟，论诗崇尚情性、推本自然、因悟求神，追求诗歌趣味的“风韵婉逸”，表现出对严羽诗学极广的接受面和较深的理解度。谢肇淛是明代对严羽接受由格调转向神韵过渡期的代表人物，也是晚明折衷平衡诸派之说的重要人物。

首先，谢肇淛定义诗歌“发于情而出诸口也，不知其所以然而然”（《诗话》卷一“内篇”）的抒情本质，认同严羽“诗者，吟咏情性也”之说，认为“情性”是超越诗歌体制格调而更接近诗歌本质的诗学概念。自万历十三年（公元1585年）受知于王世懋始[3]，谢肇淛陆续与后七子阵营中的张献翼、李维桢、屠隆、胡应麟皆相交游，“在杭故服膺王、李”[4]“如于鳞、元美、敬美、子与、伯玉皆所倾心”[5]。因此，一方面谢肇淛论诗中也有提及“法度”“气格”等常见于前后七子格调论中的诗学范畴，如以“气格”来区分初、盛、中、晚唐，可谓明代主流诗学在谢肇淛身上的投射；另一方面，七子派于“形似”后求“真情”，有本末倒置之嫌，王世懋遂以“本性求情”“以深情胜”的诗学主张给予补救，而谢肇淛也视诗歌为“发舒性灵而模写天真”之载体。若考察闽地诗学传统及谢肇淛作为闽诗派首领为闽地诗人诗集所作之序，如《刘五云诗序》中谢氏称“于鳞天造草昧，立汉赤帜，至今执櫜鞬者什九北面，然其滥觞也，务气格而寡性情，刻音调而乏神理，顿令本来面目无复觅处，则英雄欺人，济南不无惭德焉”[6]，较能明确地找到谢氏论诗重情性的渊源背景。对李攀龙的不良影响，谢肇淛主要归咎于其

1　[明]谢肇淛，《文海披沙》，卷二《诗话》，明万历三十七年沈儆炌刻本。

2　本书研究采用《明诗话全编》第六册之《小草斋诗话》，页6662—6774，此本乃据旧抄本收入《小草斋诗话》全文。

3　孙文秀，《谢肇淛诗论与地域关系浅析》，《闽江学院学报》，2010年，第31卷第1期，页1。

4　[清]钱谦益，《列朝诗集》，丁集卷十六“谢布政肇淛”，清顺治九年毛氏汲古阁刻本。

5　[清]朱彝尊，《静志居诗话》，卷十六“谢肇淛”，清嘉庆扶荔山房刻本。

6　[明]谢肇淛，《小草斋文集》，见：《四库全书存目丛书》集部一七五册，济南：齐鲁书社，1997年，页657。

因“气格”而伤“性情”、雕刻“音调”而缺乏“神理”，以至于失却诗人本来面目。又如，万历二十一年(公元1593年)，即谢肇淛入仕第二年，他为福建莆田隐士周如埙诗集作《周所谐诗序》，评价明代前后七子云：“唐以后无诗，非诗亡也，操觚之士不得其情性而跳号怒骂，又其下者，刻画四声之似以剽掠时名，于是去之愈远。国朝作者具在，迪功希纵汉魏，北地摹刻少陵，郑吏部超然远诣，犹多质胜，降而中原七子，以夸诩为宗，绘事为工，虽然中兴，实一厄矣。”[1]谢肇淛遵循严羽论诗重“情性”的教导，对明代前后七子“刻画摹刻”“绘事为工”“不得情性”的诗歌创作进行了严厉抨击，其目的是表彰闽地诗人重情性，称乡先贤郑吏部郑善夫“超然远诣，犹多质胜”，而对并举的徐祯卿、李梦阳之复古并无褒扬。可见，谢氏倾向于严羽以来闽地重视情性的论诗传统。《小草斋诗话》卷一“内篇”三云：

诗者，人心之感于物而成声者也。

故感于聚会眺赏，美景良晨，则有喜声；感于羁旅幽愤，边塞杀伐，则有怒声；感于流离丧乱，悼亡吊古，则有哀声；感于名就功成，祝颂燕飨，则有乐声。此四者，正声也。其感之也无心，其遇之也不期而至，而发于情而出诸口也，不知其所以然而然。盖惨舒晴雨，天不能齐；夷坎崇深，地不能一。百年之中忧乐半焉，百世之中治乱半焉，随其所感，皆足成声。然非约之以音律，闲之以法度，其敝且流荡放佚而不可止。

是为严羽“诗者，吟咏情性也”之论绝佳阐释。“情性”于中，“音律”“法度”于外，乃诗歌内在与形式的完美结合。在诗歌批评中，谢氏也注意运用“情性”或“才情”评价诗人诗作，如：

网山林亦之学道于林艾轩……其他歌行佳者尚多，理学中作如此才情语，指不数偻。

梁溪李忠定公……其所为诗，气格浑雄，才情宛至。……其风流蕴藉不亚眉山。

---

1 [明]谢肇淛，《小草斋文集》，见：《四库全书存目丛书》集部一七五册，济南：齐鲁书社，1997年，页654。

谢肇淛入仕后，于万历二十六年（公元 1598 年）与袁宏道、江盈科等人定交，与竟陵派之钟惺等人亦关系融洽，但能穿梭辨识其间，固守闽诗传统。《静志居诗话》载："（肇淛）《漫兴》云：'徐陈里闬久相亲，钟李湖湘非吾邻。丸泥久已封函谷，怕见江东一片尘。'徐指孝廉维和、山人兴公，陈谓文学汝大、孝廉幼孺、山人振狂。是时景（竟）陵派已盛行，而在杭能距之。"[1]所谓能距竟陵，是指谢肇淛能远绍严羽、近继洪永以来闽诗派的传统，讲究诗歌情性、兴趣与格调、声律的完美结合，而不单单流于幽深孤峭。此外，谢肇淛"才情信美"（张献翼《小草斋集叙》），其诗"深于性情"（《明三十家诗选》二集卷七上引陆无从语），与其说得之于"三袁"，不如说承自严羽以来闽诗尊尚情性的传统更为贴切。

其次，谢氏认为"性情"不能任性而发，强调"古人诗虽任天真，不废追琢"、反对"反古师心，径情矢口"。探其渊源，可见于他对《沧浪诗话》中"别材""别趣"说正确理解为沧浪"不废学"，并以此为指导，论诗重学力及师承渊源。严羽《沧浪诗话·诗辨》有云："夫诗有别材，非关书也；诗有别趣，非关理也。然非多读书、多穷理，则不能极其至。"后世非沧浪者，仅取前四句，片面曲解，责严羽劝人不读书、不重学力。谢肇淛能全面理解此说，不忽略后三句，认为沧浪何尝教人废学。他于《小草斋诗话》卷一"内篇"第七条中称：

> 严仪卿曰："诗有别才，非关学也。诗有别趣，非关理也。"此言矫宋人之失也耳。要知天下岂有无理之文，又岂有不学之诗人哉？

此论记"别材"为"别才"、"非关书"为"非关学"，但并未对严羽"别材""别趣"说产生理解上的偏差。谢氏认为沧浪并非教人废学，而是针对宋人以学识为诗、以说理为诗的流弊而提出的劝诫，认为沧浪持论中肯且有针对性。引用虽有二字之差，但若加以"然非多读书、多穷理，则不能极其至"之后三句，其含义是完整、中肯的，诗的本质与书本学问、说理无涉，但读书学习、多多穷理则是作好诗的前提。诗人尤其要多学古人、善于穷理，遍观以辨尽众体，熟参以了悟第一义。据此，谢氏反对不讲师承、师心自用、摹拟剽窃，他于《诗话》卷一"内篇"第二条批评道：

---

1 ［清］朱彝尊，《静志居诗话》，卷十六"谢肇淛"，清嘉庆扶荔山房刻本。

平日无师友渊源之学，而卤莽涉猎，剽窃一二，以辄自比于作者之林，此即穿衣吃饭孩童未有不习而能，而况于扬正始之风，泄造化之秘，调和律吕，其功与天地参者哉！

另一位闽地前贤也重视读书、学力，他就是朱熹。朱子之学中，“读书穷理，当体之于身”“读书穷理，常不间断”[1]的劝诫将读书穷理视为修身养性的日常功夫，不一日可废。顾炎武《日知录》更将“读书穷理，以致其知”[2]概括为朱子三大定论之一。朱子之学在明代取得官学地位，读书穷理之说在朱子故乡更是代代固守。晚明闽诗派虽有倾向于王、孟清空一路的审美取向，然在论诗时都注意大力倡导学力及师承渊源，如谢肇淛、徐𤊹及曹学佺等人，皆嗜书好学。谢肇淛曾在一首《漫兴》中透露其学术取径：

不学空王不学仙，不求成佛不生天。

凭将一点光明眼，参破人间万种缘。[3]

谢氏自认为是一介儒士，与心学、道教、佛教都保持一定距离。这种自觉的疏离反而能促其读书、好学，其论诗之语也能持平、中肯。整体而言，以学力平衡天真、以法度支撑性情，体现了谢肇淛诗学融通、调和的特点。

再次，论诗重“悟”，是谢肇淛诗论中接受严羽诗学的又一方面，也是他用以调和诸派、融通“学”与“思”的抓手。他于晚年所作的《重与李本宁论诗书》中称：“严仪卿以悟言诗，此诚格言。”“贱子之诗，上不敢沿六朝，而下不敢宗七子，初循彀率之中而渐求筌蹄之外，庶几乎严氏之所谓悟者。”[4]

他在《小草斋诗话》卷一“内篇”之第九、第十条中云：

悟之一字从何着手？从何置念？顿悟不可得矣。即渐悟者，穷精殚神，上下古今，发愤苦思，不寝不食，一旦豁然贯通，一彻百彻，虽渐而亦顿也。……若不思不学而坐以待悟，终无悟日。

---

1 [宋]黎靖德，《朱子语类》，卷第十一“学五”“读书法下”，明成化九年陈炜刻本。

2 [清]顾炎武，《日知录》，卷十八“朱子晚年定论”，清乾隆刻本。

3 [明]谢肇淛，《小草斋集》，卷二十九“七言绝句三”，明万历刻本。

4 [明]谢肇淛，《小草斋文集》，见：《四库全书存目丛书》集部一七六册，济南：齐鲁书社，1997年，页72。

谢氏讨论了如何悟及顿悟、渐悟于诗人的可能性。他并不否定顿悟，但认为禅宗之顿悟，似南宗慧能般不立文字、明心见性是绝少的案例，非常人所能，因此他感叹："天纵之圣，千万年中，容有几人？"[1]普通诗人还是靠积累学力、以待渐悟更为可行。所谓渐悟，即指"上下古今，发愤苦思，不寝不食，一旦豁然贯通，一彻百彻，虽渐而亦顿也"，是强调积学力、靠苦思的。此种由渐而顿之悟，与谢肇淛重视学力、强调师承渊源是相一致的，与严羽所谓遍观、熟参以得妙悟，也是一脉相承的关系。"虽渐而亦顿也"一句透露出渐悟的过程与顿悟的结果是相互统一的，因而，谢氏赞许的渐悟，实际指向顿悟境界到来之前的渐修过程。钱锺书先生对此有很精彩的解释，他说："论其工夫即是学，言其境地即是修悟。"胡应麟于《诗薮》中区分了悟禅与悟诗，称："禅则一悟之后，万法皆空，棒喝怒呵，无非至理。诗则一悟之后，万象冥会，呻吟咳唾，动触天真。然禅必深造而后能悟，诗虽悟后，仍须深造。"(《诗薮》内编卷二)谢肇淛因此强调"悟"是学习渐修，而非反古师心，这对于学诗、作诗尤为重要：

> 悟之一字诚诗家三昧，而今人借口于悟，动举古人法度而屑越之，不知诗犹学也，圣人生知亦须好古敏求，问礼问官，步步循规矩，况智不逮古人，而欲以意见独创，并废绳墨，此必无之事也。(《小草斋诗话》卷一"内篇"第五条)

诗人之"悟"须通过"学"与"思"的环节得以实现，批评"今人借口于悟，动举古人法度而屑越之"，强调从"学""思"而入以得"悟"，也是对"古人法度"的恪守。

关于诗人"悟"之境界，谢肇淛于《余仪古诗序》一文中称：

> 至于形不蔽神，距不螯意，丰不掩妍，约不损度，奇正互出，浓淡以时，若离若合，若远若近，若方若圆，若如若有，神而明之，存乎其人，法之所不载也。善夫，仪卿先生之言曰：禅道在悟，诗道亦在妙悟。[2]

---

1 [明]谢肇淛，《小草斋文集》，见：《四库全书存目丛书》集部一七六册，济南：齐鲁书社，1997年，页72。

2 [明]谢肇淛，《小草斋文集》，见：《四库全书存目丛书》集部一七五册，济南：齐鲁书社，1997年，页663。

谢氏于此又承认“悟”作为创作主体的自觉活动,“存乎其人,法之所不载也”,需借助诗人独特的审美感悟能力,而无法单纯从刚性法度中获得。可见,谢氏通过对严羽之“悟”的阐释、运用,实现了勉力折衷平衡诸派的意图。

严羽于《沧浪诗话·诗辨》以“妙悟”指“第一义之悟”,包括汉魏人的“不假悟”及谢灵运至盛唐诸公的“透彻之悟”,而区别于非第一义的“一知半解之悟”。严羽对“妙悟”后达“兴趣”之境的具体描述为:羚羊挂角,无迹可求,故其妙处透彻玲珑,不可凑泊,如空中之音、相中之色、水中之月、镜中之象,言有尽而意无穷。对比二人之论“悟”,能发现谢肇淛以传统儒学论诗之语代替了严羽“以禅喻诗”之处。谢氏一向以儒士自居,称“向口不言禅”,上文所引《漫兴》也体现其不取释、道的学术定位,因此,他即便承认自己言“悟”是承接自严羽《沧浪诗话》,但落实到自身诗学体系建设时,他还是选择避免使用禅语,而用“奇正互出,浓淡以时,若离若合,若远若近,若方若圆,若如若有”的传统论诗之语来阐释“悟”之妙境。这是对严羽诗学接受后加以改造的策略。

论诗崇悟,必定反对模拟。《小草斋诗话》卷一开卷即谓:

> 三代无诗人,汉魏无诗法,非无之也,夫人而能之也。盖诗法始于晚唐,而诗话盛于宋。然其言弥详而去之弥远,法弥密而功弥疏,至今日则童能言之,日纷如矣。夫何故?入门不正,则蹊径皆邪,学力未深,则摸剽皆幻。

卷二“外篇上”又云:

> 本朝仅数名家力追上古,然刻画模拟已不胜其费力矣。其他作者虽复如林,上乘隽语,人不数篇,要其究竟,尚不及宋,何也?宋人有实学,而本朝人多剽窃故也。
>
> 本朝诗病于太模仿,又徒得其形似而不肖其丰神,故去之愈远。

值得注意的又一个接受方面是,谢肇淛对严羽推崇的诗美本质有深刻领会,以“风韵婉逸”“感发兴起”形容诗之佳境,一如严羽以“兴趣”论盛唐诗。在《重与李本宁论诗书》中,谢肇淛称:“故论诗者,当以风韵婉逸,使人感发兴起为第一义。而法度、气格、才力、体裁兼而佐之，不可废也。”[1]可见，谢肇淛将诗歌趣味的“风韵婉逸”和情感的“感发兴起”视为论诗的第一要义，而格调派所标举的法度、格调已退居第二位。当然，谢氏仍十分重视法度、气格、才力及体裁，认为它们是必须兼备以辅佐诗歌趣味及情感的必要因素，不可偏废。这在一定程度上矫正了格调派过分关注形式之弊，结合“风韵婉逸”的诗歌趣味及使人“感发兴起”的诗歌力量来论诗，更接近于诗歌本质。谢肇淛乃继明代中期杨慎、顾起纶之后、在晚明陆时雍以“神韵”论诗之前，重视诗韵的重要诗家，为明代诗学由格调向神韵过渡的代表人物。

谢肇淛之“风韵婉逸”在审美上要求诗歌具有含蓄蕴藉的特点，具有“象外之意，言外之旨”。然“风韵婉逸”具体是一种什么状态呢？谢氏比喻道：

> 作诗如美人，丰神体态，骨肉色泽，件件匀称，铅华妆饰亦岂尽卸不御？至于一种绰约流转，天然主机，有传神人所不能到者。今人赞画像动曰形神酷肖，只少一口气耳。不知正这一口气，千难万难。

诗歌中流动的情韵“绰约流转，天然主机”，使诗歌带上了生气，体现出具有生命力的动态美。这种灵动而有风韵的状态就是谢肇淛所谓承载着诗歌生命力的“一口气”。《小草斋诗话》贯彻了这论诗的第一要义：

> 五言古须有澹然之色，苍然之音，象外之意，言外之旨，虽不尽袭汉魏语法，亦不当齐梁以后色相。（卷一“内篇”二四）
>
> 咏物一体，而赋、比、兴兼焉。既欲曲尽体物之妙，而又有意外之象，象外之语，浓淡离即，各合其宜。（卷二“外篇上”七四）

以此故，谢氏在唐人中盛推王维，卷二“外篇上”称：

> 王右丞诗律、选、歌行、绝句，种种臻妙，离骚、表、启，罔不擅场。……晚居辋川，穷极山川、园林之乐，唐三百年诗人仅见此耳。

最后，谢肇淛对严羽诗学的接受的最重要一点反映在尊唐抑宋之取径上。

1　[明]谢肇淛，《小草斋文集》，见：《四库全书存目丛书》集部一七六册，济南：齐鲁书社，1997年，页249。

《小草斋诗话》卷二"外篇上"有云：

宋人诗远不及唐，而必自以为唐者杜撰之也。

初盛之与中晚，以气格辨；唐之与宋，以兴趣辨。初盛中之作意者已入晚矣，中晚中之议论者已入宋矣。习渐所趋，非其人之罪业。

唐以诗为诗，宋以理学为诗。

自苏、黄作俑，人多以诗为戏。

本朝诗远过于宋，而常有堕入于宋者，苏误之也。

谢氏明确认定宋人不及唐人，正在于"兴趣"这一点。唐人诗有"兴趣"，作诗为诗，而宋人以议论为诗、以理学为诗，远离"兴趣"，背离诗道。以苏、黄为代表的宋诗，还给后代作者造成了极不好的影响，导致后人以诗为戏。谢肇淛还认为，明诗远超宋诗，但往往有习宋而自误者，皆乃因苏、黄的误导，如称"张文潜歌行高于宋人诸作。……如'始皇本是吕家子'终有宋人气味。"

综上，谢肇淛是晚明对严羽诗学较能全面接受的诗家，其《小草斋诗话》侧重于以性情、兴趣、学与思补充气格、拟古等格调派主张，论诗重悟、讲究诗韵婉逸，一方面承接了严羽诗学中"妙悟""吟咏情性""兴趣"等关于诗歌本质的讨论，另一方面对明代诗学由格调而神韵进行了有益探索，某种程度上也调和了诸派之说的有益成分并向前推进。

第三节　推举神韵，不专盛唐

一、陆时雍《诗镜总论》：推举神韵，不满"诗必盛唐"

陆时雍(生卒年不详)，字仲昭，桐乡(今属浙江)人，崇祯六年(公元1633年)贡生。作《楚辞疏》《楚辞权》等，编选《古诗镜》三十六卷、《唐诗镜》五十四卷。由于陆时雍在明末诗坛声名不显，所选评的《诗镜》未能如竟陵派的《诗归》般轰动一时，故其诗学价值到清代方被发现。《四库全书总目》称《古唐诗镜》"其大旨以神韵为宗，情境为主""所言皆妙解诗理""采精审，评释详核，凡运会升降，一一皆可考见其源流。在明末诸选之中，固不可不谓之善本”[1]，评价已高过《诗归》。

《古唐诗镜》二集前有总论一篇，述其论诗宗旨，单行称《诗镜总论》，由丁福保辑入《历代诗话续编》，丁氏称“其论汉魏迄唐各家诗，确有见地，非拾人牙慧者所可比拟”[2]。《诗镜总论》[3]共计百一十九则，历评《诗经》至晚唐诸家，善用“韵”“趣”“味”等诗学审美范畴评论诗人诗作之得失，论诗重情、求真，看重情性与神韵，反对刻意琢削、失去生韵的创作模式。

陆时雍“以神韵为宗，情境为主”，从神韵入手品评众诗，其神韵论的一个重要因素就是重情。他倡导诗歌主情，反对主意，于《诗镜原序》中重申“是非之畛，理义之辨，必附性情而后见”。这一点接受并扩展了严羽“诗者，吟咏情性也”之论，并在其诗歌批判实践中得以运用。《诗镜总论》云：

> 苏李赠言，何温而戚也！多唏涕语，而无蹶蹙声，知古人之气厚矣。古人善于言情，转意象于虚圆之中，故觉其味之长而言之美也。后人得此则死做矣。

陆时雍赞美苏武别李牧“黄鹄一远别”这组“别诗”悲戚而温厚。据此，从“古人善于言情”立论，将“情”作为其神韵论的基础成分，并认为“情”影响着“意象”“味”“言”等构成神韵的其他要素。若舍情而谈神韵，则没有着落、适得其反。他还盛赞《古诗十九首》“深衷浅貌，短语长情”[4]。

他批评《焦仲卿》诗有“情词之讹谬”之病，即诗词所述与当时情景有相睽违之处，使此诗“不能宛述备陈”，他忠告诗人“夫情生于文，文生于情，未有事离而情合者也”，又反对“情不副词”的堆叠滥作，称“中晚律率多情不副词，堆叠成篇，故无声韵流动”[5]。陆时雍甚至批评杜甫诗以意先行、意胜于情：

> 少陵精矣刻矣，高矣卓矣，然而未齐于古人者，以意胜也。假令以

---

1 [清]永瑢，《四库全书总目》，卷一百八十九集部四十二，清乾隆武英殿刻本。

2 丁福保，《历代诗话续编》，北京：中华书局，1983年，页6。

3 本书研究采用：[明]陆时雍撰，《诗镜总论》，清文渊阁四库全书本；参以：丁福保，《历代诗话续编》本，页1401—1423。若行文中引用未标明出处，应皆引自此书。

4 [明]陆时雍，《古诗镜》，卷二汉第二《古诗十九首》题下注，清文渊阁四库全书本。

5 [明]陆时雍，《唐诗镜》，卷五十二晚唐第四陆龟蒙《和颜弘至过张处士丹阳故居》诗下评语，清文渊阁四库全书本。

《古诗十九首》与少陵作，便是首首皆意，假令以《石壕》诸什与古人作，便是首首皆情。

他还劝导学诗人："诗须观其自得，古人佳处，不在言语间。"不在言语间的正是诗歌的情感。陆时雍强调诗歌以情胜，不以意胜，情要高于意。诗不能为意所累，"气太重，意太深，声太宏，色太厉，佳而不佳，反以此病"，亦正是这个意思。

"以情胜，不以意胜"落实到创作中即要求诗人情动于衷而言之于外，自然天成。关于诗中情的表现，陆时雍认为要含蓄蕴藉，才能余韵悠长。这一点承袭自严羽所称"兴趣"之有"透彻玲珑，不可凑泊，如空中之音、相中之色、水中之月、镜中之象"的韵致。陆时雍在诗歌批评实践中，亦十分注意诗情的含蓄蕴藉，称《古诗十九首》之"行行重行行"诗曰"一句一情，一情一转。……此诗含情之妙，不见其情；含蓄之深，不知其意"[1]，谓诗中之情的表达应含蓄深悠而不能直露浅白。他还称赞汉人诗歌多含情不露，而批评晋人以言代情、以雕琢代替精神：

晋多能言之士，而诗不佳，诗非可言之物也。晋人惟华言是务，巧言是标，其衷之所存能几也？其一二能诗者，正不在清言之列，知诗之为道微矣。

精神聚而色泽生，此非雕琢之所能为也。精神道宝，闪闪着地，文之至也。晋诗如丛采为花，绝少生韵。士衡病靡，太冲病憍，安仁病浮，二张病塞。语曰："情生于文，文生于情。"此言可以药晋人之病。

陆时雍认为"情"是医治晋人之病的良药，强调自然天成，反对以清言为诗及因雕琢塞情的创作弊病。又道："诗之所以病者，在过求之也，过求则真隐而伪行矣。""过求"则雕琢刻板，失去情感流动之初的自然纯真。陶渊明"采菊东篱下，悠然见南山"，谢朓"余霞散成绮，澄江静如练"之所以佳，乃因直写眼前景、心中情、口头语，不雕琢、不做作，自然天成而神韵自足。又如评杜甫之七言律"蕴藉最深，有余地，有余情。情中有景，景外含情。一咏三讽，味之不

1 [明]陆时雍，《古诗镜》，卷二汉第二《古诗十九首》之一"行行重行行"诗下注，清文渊阁四库全书本。

尽”。他还总结如何在诗中言情、道景：

善言情者，吞吐深浅，欲露还藏，便觉此衷无限。善道景者，绝去形容，略加点缀，即真相显然，生韵亦流动矣。此事经不得着做，做则外相胜而天真隐矣，直是不落思议法门。

可见情、景的表述影响诗歌神韵，而与思路、议论无关，故陆氏又云“叙事议论，绝非诗家所需，以叙事则伤体，议论则费词也”。此二则正如严羽描述“别材别趣”时所用的“不涉理路，不落言筌”之表述，因此，在诗美本质上，陆时雍之情韵与严羽之别趣是相通的。陆氏也注重诗作对读者兴发感动的力量，赞《胡笳十八拍》以情感人：“东京气格颓下，蔡文姬才气英英。读《胡笳》吟，可令惊蓬坐振，沙砾自飞，直是激烈人怀抱。”

与情相关联的，是诗中之趣。陆时雍称：“深情浅趣，深则情，浅则趣矣。杜子美云：‘桃花一簇开无主，不爱深红爱浅红。’余以为深浅俱佳，惟是天然者可爱。”认为情、趣都是构成韵的主要因素。情、趣无论深浅，只要出自天然，都是清新可爱的。陆氏认为，在“情趣”方面，中唐诗有胜过盛唐诗之处：

中唐诗亦有胜盛唐处。……去实而得松，去规模而得情趣。然声格之降，一往不复反矣。[1]

趣的又一个特征是：不待“用意”。《诗镜总论》称：

中唐人用意，好刻好苦，好异好详。……盛唐人寄趣，在有无之间。可言处常留不尽，又似合于风人之旨，乃知盛唐人之地位故优也。

晋人五言绝，愈俚愈趣，愈浅愈深。齐梁之人得之，愈藻愈真，愈华愈洁。此皆神情妙会，行乎其间。唐人苦意索之，去之愈远。

陆时雍认为盛唐诗在不用意而富寄趣方面，则高于中唐，其趣在有无之间，而并不刻苦用意。而在另一个比较体系中，陆时雍将唐人五言绝句与晋人、齐梁人进行比较：认为晋人五言绝句虽俚俗却充满趣味，貌似浅近却实际深远；而齐梁人绝句虽词藻华美，但不掩其真洁之质；唐人五言绝，着意追趣求

1　[明]陆时雍，《唐诗镜》，卷二十九中唐第一，清文渊阁四库全书本。

真，反而离绝句美学本质的真、趣、情、兴越来越远。陆时雍在这一对比体系中，凸显出诗趣与“神情妙会”趋近而与“苦意索之”并不兼容的特质，是严羽“不涉理路，不落言筌”“兴趣”“别趣”诸论在诗评实践中的落实、阐述。

此外，由上文“愈俚愈趣”的表述，不难看出陆时雍赋予趣的另一质素：趣并不独属于雅，也有俗趣。《诗镜总论》评古乐府“多俚言，然韵甚趣甚”，评古歌《子夜》等“俚情亵语，村童之所赧言，而诗人道之，极韵极趣”皆是例证。

“趣”作为我国古典诗歌批评理论中的重要审美范畴，最初常与“味”同义复现，后经刘勰、殷璠、司空图、苏轼、杨万里、严羽等诗家代代演用，逐渐作为对诗歌艺术魅力的一种审美概括而确定其地位。“趣”在理论内涵上具有在人的心理上产生强烈的趋向性、必然伴随心理愉悦感的特征[1]，在诗歌批评层面上主要指称诗作的兴趣、情趣、风趣、旨趣、意趣等义，其中尤以严羽之“兴趣”与“别趣”最为著名。明代谢榛、王世贞、屠隆、胡应麟、许学夷、袁宏道等人，承接下以“趣”论诗的传统，至陆时雍论诗，对“趣”的运用频率之高、名目之多[2]，体现出对不同种类诗趣的细腻感受，丰富细化了严羽以“兴趣”“别趣”论诗之说，为明代诗学“趣”的范畴作了阶段性总结。

诗歌兴发感人的力量靠真情，也靠言辞“诗之可以兴人者，以其情也，以其言之韵也。……是故情欲其真，而韵欲其长也，二言足以尽诗道矣。”诗歌的情与趣通过言辞、声律的形式产生的韵味及美感，陆时雍以“韵”来指称，如“韵”“神韵”“气韵”“生韵”等，用例如下：

> 古乐府多俚言，然韵甚趣甚。
>
> 诗有灵襟，斯无俗趣矣；有慧口，斯无俗韵矣。乃知天下无俗事，无俗情，但又俗肠与俗口耳。古歌《子夜》等诗，俚情亵语，村童之所赧言，而诗人道之，极韵极趣。
>
> （晋诗）如丛采为花，绝少生韵。
>
> （谢朓）艳而韵，如洞庭美人。

1　胡建次，《陆时雍诗歌批评对“韵”、“趣”、“味”的运用与阐说》，《湖州师范学院学报》，2006 年 8 月，页 1—5。

2　据胡建次统计，有“趣”“澄趣”“风趣”“情趣”“致趣”“深趣”“浅趣”“章趣”“真趣”“俗趣”“天然之趣”等，用例可参其《陆时雍诗歌批评对“韵”“趣”“味”的运用与阐说》一文。

(沈约)有声无韵,有色无华。

(韦应物)有色有韵,吐秀含芳。

(贾岛)衲气终身不除,语虽佳,其气韵自枯寂耳。

(李商隐)七言律,气韵香甘。唐季得此,所谓枇杷晚翠。

可见陆时雍的批评体系中,"韵"是一个极为常见的诗学概念。他将僧皎然、司空图、范温、张戒、姜夔、胡应麟、许学夷等诗歌批评家运用的古典诗学"韵"这一范畴广泛运用于自己的批评实践中,重视从诗歌风致、情韵的审美角度分析评价诗歌,并通过加限定词的方式极大扩展、细分了"韵"的内涵。结合其具体的评价可见,他对古乐府之俚言产生的韵味表示肯定,对谢朓、韦应物、李商隐等人诗作辞藻华丽而又气韵流畅衷心赞美,而对晋诗和沈约的辞藻声律盖过了生动气韵表示不以为然,对贾岛等人诗作缺乏风致韵味进行了批评。

陆时雍所谓"神韵"有"神情妙会,行乎其间"的特质,诗人之情在诗歌中的流动产生一种浑然的生气,如风,如水,如空气,是诗歌艺术的生命所在。

诗之佳,拂拂如风,洋洋如水,一往神韵,行乎其间。班固《明堂》诸篇,则质而鬼矣。鬼者,无生气之谓也。

五言古非神韵绵绵,定当捉衿露肘。

好诗之所以好,是因为有神韵流动其中,像和风轻拂、水波荡漾一样自然而然、绵绵不绝、生气勃发,而没有神韵的诗是没有生气的。

诗人蕴藏于诗的韵,经过读者赏读、理解与接受、阐释,转化为读者体味之韵。《诗镜总论》列举汉、魏、晋、六朝诗,从九个方面谈"韵",说明韵之形态多样,也体现出神韵对于诗歌的重要作用。

诗被于乐,声之也。声微而韵,悠然长逝者,声之所不得留也。一击而立尽者,瓦缶也。诗之饶韵者,其钲磬乎?"相去日以远,衣带日以缓",其韵古;"携手上河梁,游子暮何之",其韵悠;"高台多悲风,朝日照北林",其韵亮;"晨风飘歧路,零雨被秋草",其韵矫;"采菊东篱下,悠然见南山",其韵幽;"皇心美阳泽,万象咸光昭",其韵韶;"扣枻新秋月,临流别友生",其韵清;"野旷沙岸净,天高秋月明",其韵冽;"天际识归舟,云中辨江树"，其韵远。凡情无奇而自佳，景不丽而自妙者，韵使之也。

诗之韵，形态多样，读者之品诗、辨味，就是对诗韵形态的辨认、体味。此外，陆时雍认为，诗韵对诗歌的其他要素起到了决定作用：

> 有韵则生，无韵则死；有韵则雅，无韵则俗；有韵则响，无韵则沉；有韵则远，无韵则局。物色在于点染，意态在于转折，情事在于犹夷，风致在于绰约，语气在于吞吐，体势在于游行，此则韵之所由生也。

陆时雍将"韵"视作一种诗歌艺术生命的根源，倡言"韵"可以使诗作充满生气，避免枯燥，使诗歌入雅避俗，响亮而悠远。相较于严羽对诗歌艺术结构、审美特征的概括"诗之法有五：曰体制、曰格力、曰气象、曰兴趣、曰音节"而言，陆氏之"神韵"与其中之"兴趣"最为契合，皆指向"透彻玲珑，不可凑泊"的悠远韵味。然而，陆氏能比严羽更进一步，他提出诗歌之"韵"可以从创作手法的"物色点染""意态转折""情事犹夷""风致绰约""语气吞吐""体式游行"等方面创造、生成，从实中着手，避免将"神韵"说得太过玄虚。

而在诗歌取法对象方面，陆时雍并不强划畛域，亦不盲从于"诗必盛唐"的主流压力。他"论汉魏迄唐各家诗"，讲究高古格调，钦慕汉魏的质朴精邃，两晋六朝的山水生趣，认为其中的境界、想象、景色、致趣、景趣等诗美因素及追逐、点染、写作、物态等创作手法皆有佳于唐诗处。

> 古之为尚，非徒朴也，实以其精。
>
> 后人视之为粗，古人出之自精，故大巧者若拙。
>
> 庾肩吾、张正见，其诗觉声色臭味具备。诗之佳者，在声色臭味之具备，庾、张是也。诗之妙者，在声色臭味之俱无，陶渊明是也。
>
> 张正见《赋得秋河曙耿耿》"天路横秋水，星桥转夜流"，唐人无此境界。《赋得白云临浦》"疏叶临嵇竹，轻鳞入郑船"，唐人无此想象。《泛舟后湖》"残虹收度雨，缺岸上新流"，唐人无此景色。《关山月》"晕逐连城壁，轮随出塞车"，唐人无此映带。《奉和太子纳凉》"避日交长扇，迎风列短箫"，唐人无此致趣。庾肩吾《经陈思文墓》"雁与云俱阵，沙将蓬共惊"，唐人无此追逐。《春夜应令》"烧香知夜漏，刻烛验更筹"，唐人无

> 此景趣。梁简文《往虎窟山寺》"分花出黄鸟，挂石下新泉"，唐人无此写作。《望同泰寺浮图》"飞幡杂晚虹，画鸟狎晨凫"，唐人无此点染。《纳凉》"游鱼吹水沫，神蔡上荷心"，唐人无此物态。……此皆得意象先，神行语外，非区区模仿推敲之可得者。
>
> 古雄而浑，律精而微。"四杰"律诗，多以古脉行之，故材气虽高，风华未烂。六朝一语百媚，汉魏一语百情，唐人未能办此。

汉、魏诗貌朴而实精，大巧而若拙。梁、陈间的庾肩吾、简文帝、张正见，多作山水诗，这些诗在陆时雍眼中有"得意象先，神行语外"的好处，情感自然流露，想象丰富，生动有趣，令读者一步步追寻、体味"象外之象，味外之味"的韵致。陆时雍以"情韵"论诗，反对摹拟者拘于盛唐、仅得肤廓而脱离诗道，实际上是以神韵济格调，希望明诗重新走上正道。

然，陆时雍亦体察到六朝诗歌的演变，认为宋"体制一变，声色俱开"，齐则"情性既隐，声色大开"，梁人"多妖艳之音"，陈人最终"意气恹恹，将归于尽"。即便如此，亦有和唐人分庭抗礼之处：

> 齐梁人欲嫩而得老，唐人欲老而得嫩，其所别在风格之间。齐梁老而实秀，唐人嫩而不华，其所别在意象之际。齐梁带秀而香，唐人撰华而秽，其所别在点染之间。

之后，隋炀起敝，虽于复古之情未尽，然"从华得素，譬诸红艳丛中，清标自出。虽卸华谢彩，而绚质犹存"。而唐人"并隋素而去之，唐之所以暗而无色也"。甚至将六朝比之如"珠辉玉润，宝焰金光"的自然之色，而唐诗则如"朽木死灰"，不足珍贵，所谓"唐之兴，六代之所以尽亡也"。对唐诗的浅近批评尤为严厉，称："自汉而下，代不能为相存，至于唐，而古人之声音笑貌无复余者。"从行文中不难看出，以各代诗歌风格与唐进行对比是陆时雍的批评手法，而这样做的结果是唐诗未必能追及前代的高古格调，并将神韵提升到前所未见的高度，以此来反驳"诗必盛唐"。

严羽推举盛唐、力赞李杜，称"诗而入神，至矣，尽矣，蔑以加矣。惟李杜得之，他人得之盖寡也"，"论诗以李杜为准，挟天子以令诸侯也"。而陆时雍以神韵为准绳，褒奖陶谢、王维，对李杜却时有批驳之处，称"世以李杜为大家，王维、高、岑为傍户，殆非也。摩诘写色清微，已望陶、谢之藩矣”。一般认为李白乃天才诗人，古体诗更是“入神”，而陆时雍则认为李白诗太直太率，容易言尽而意竭，缺少蕴藉，称：

(李白)不群之才，每恃才之为病。其不足处，皆在于率，率则意味遂浅。[1]

相较而言，陆时雍对于杜甫的批评则要多于李白。[2]

杜少陵《怀李白》五古，其曲中之凄调乎？苦意摹情，过于悲而失雅。《石壕吏》《垂老别》诸篇，穷工造景，逼于险而不括。二者皆非中和之则，论诗者当论其品。

子美之病，在于好奇。作意好奇，则于天然之致远矣。五七言古，穷工极巧，谓无遗恨。细观之，觉几回不得自在。

造物为有，化有为无，自非神力不能。以少陵之才，能使其有，而不能使其无耳。

杜甫处于唐代由盛转衰的转折时期，诗歌之自然气象渐为人工思虑渗透。他作诗讲究法度、重意尚实，与陆时雍论诗强调“情真韵长”是大有差别的，故招来陆时雍的不满：“少陵五言律，其法最多，颠倒纵横，出人意表。余谓万法总归一法，一法不如无法。水流自行，云生自起，更有何法可设？”陆氏似要颠覆格调派的一切法式，故以杜甫为抨击对象。

随之，陆氏还总评唐人有“不真”之病：“太白之不真也为才使，少陵之不真也为意使，高岑诸人之不真也为习使，元白之不真也为词使，昌黎之不真也为气使”，各有其“不真”的原因。

在这种批评体系中，读者自然对“诗必盛唐”之论难再信服，对唐诗整体也将会放回历代诗歌长河中去客观对待。可见，陆时雍虽是复古论者，取径较之严羽及明七子派却要宽广，对汉、魏、晋、六朝、隋迄唐各家诗，热情褒扬其佳者，对其中鄙陋之处，也能进行无情地批评，并不强分畛域。

1　[明]陆时雍，《唐诗镜》，卷十七盛唐第九“李白”条下注，清文渊阁四库全书本。

2　任文京，《陆时雍论“诗必盛唐”》，《文学遗产》，2012年第2期，页155。

推崇盛唐诗歌的论诗制作，源自南宋严羽之《沧浪诗话》，力倡“以盛唐为法”，但中晚唐仍在其熟参之界。明初高棅《唐诗品汇》以选诗之体例，标榜宗法盛唐一代，开明初复古摹拟之风。至前后七子，推举高古格调，然取径更为严格逼仄，李梦阳要求“文必秦汉，诗必盛唐，非是者弗道”，李攀龙“所拟乐府，或更古数字为己作”，末流更是以模拟剽窃为能。同时，有一点不容忽视，明代自杨慎以来，不断有诗家对“诗必盛唐”的狭小取径、潜在弊端提出异议。杨慎期以六朝诗作扩大之，影响寥寥；公安派则以“性灵说”纠其弊，虽反对蹈袭，却滑入浅俗率意的泥潭；竟陵派欲矫公安之失，背古师心，陷入深幽孤峭之境。以上各家出于各种原因皆不能对抗“诗必盛唐”的影响。至晚明陆时雍打出“神韵为宗”的旗号，选编《诗镜》，直击七子派“诗必盛唐”说的要害。因为“诗必盛唐”说的理论基础是“格调”，将体式结构、格律声调看成要严守不变的外在法式，学习者如鹦鹉学舌、描红临帖，亦步亦趋。而在陆时雍看来，“神韵”超越表面的诗法技巧，不让学者停留在句法章法、遣词用调的层面上，而直追诗歌的诗美本质。在一定意义上，陆时雍以神韵拓宽了复古门径，打破了严羽“法盛唐为第一义”的学诗定位，荡涤了七子派“诗必盛唐”在晚明诗坛之余波。

陆时雍一方面以“神韵”丰富、细化、落实了严羽的“兴趣”说，另一方面又以“神韵”扩展了“格调”之境，对严羽、高棅至明七子的复古格调论进行反拨，更对“以吞剥为工”之流俗无情针砭。明代弘治、正德之交至崇祯百余年间，“诗必盛唐”说虽经公安派、竟陵派的轮番攻击，几经波折，但一直影响着明代诗坛。而陆时雍则继黄子肃、解缙、杨慎、顾起纶等人，将“神韵”这一诗之审美特质推高至明代极致，一定程度上让后学反思“诗必盛唐”的局限。

陆时雍论诗关注诗歌的抒情本质，认定“情真”是诗歌经营之正途，体现了晚明以来诗学领域提倡性情、性灵的主流趋向，但他提醒诗人避免流于直率浅露的死板“认真”，则凸显其区别于当时主流话语而做出的自我研琢与个人思索。陆时雍对诗歌本质和审美问题的认识，指出了诗歌“言情”和“善于言情”兼顾并重的操作路径，要求诗歌情真、韵长，已肇清初王士禛“神韵”之端。

二、金圣叹评诗：镜花水月，言尽意长

金圣叹（1608—1661），原名采，字若采，后更名人瑞，字圣叹，明末长洲（今

属苏州)人。《唱经堂第四才子书杜诗解》是金圣叹的杜诗评批遗稿,圣叹批杜,惨淡经营二十余年,评批杜诗凡二百余首,新见迭出,精彩纷呈,更兼他本人诗作、诗论讲求"诗不一格""出入四唐""而要求大致,实以老杜为归"(金昌《沉吟喽借杜诗附识》),其诗作学杜而得其神髓,故而批杜时能体会深刻、迥出意表。《唱经堂第四才子书杜诗解》是杜诗和唐诗评论中的杰出成果之一。

金圣叹"出入四唐""以老杜为归"的批评旨趣明显受严羽诗学宗趣之沾溉。《杜诗解》论及了美学上的一些重大问题,对"诗与生活"之关系论上,金圣叹阐述了传承自严羽的"镜花水月"说。

他评《铜瓶》诗前半首"乱后碧井废,时清瑶殿深。铜瓶未失水,百丈有哀音"道:

> "乱后碧井废",独作一句。此铜瓶之所以出世也。……追想碧井之未废时,井上则有深殿,殿中则有美人,……想到铜瓶用时,分明镜花水月相似。从来实写,不如虚写,有若是也。

评下半首"侧想美人意,应悲寒甃沉。蛟龙半缺落,犹得折黄金"云:

> 上解用镜花水月之笔写铜瓶用时,此解又用镜花水月之笔写铜瓶失时,亦只轻轻将美人点染,而铜瓶入水已不言自尽。

"镜花水月"原是佛家禅语,如《五灯会元》卷八《安国院祥禅师》载(僧问):"应物现形,如水中月,如何是月?"曹山本寂禅师(曹洞宗第二祖)说:"佛真法身,犹如虚空,应物现形,如水中月。"水月乃是天上之月和地上之水因缘合和而生,镜花乃是镜中之相(象),皆比喻缘生性空。万物只是心、境相对而造成无穷变幻而已。所以,认识到人生虚无实质,体悟出清虚空灵的禅境,也必觉察到水月镜花的境界美。这四个高远清虚、幽悠宁谧的字词,便是禅境的最高形式。至严羽《沧浪诗话》首倡以禅喻诗,提出"兴趣"说,其中包括了"镜花水月"论:

> 诗者,吟咏情性也。盛唐诸人惟在兴趣,羚羊挂角,无迹可求。故其妙处透彻玲珑,不可凑泊,如空中之音,相中之色,水中之月,镜中之象,言有尽而意无穷。

严羽以“水中之月，镜中之象”比拟“兴趣”之妙，是《沧浪诗话》的著名诗论。明末清初冯班虽力抵沧浪，然其谓“隐者，兴在象外，言尽而意不尽”[1]之句恰可释严羽“镜花水月”之说。清初王士禛渔洋（1634—1711）对之亦有阐发，其答刘大勤问道：

严仪卿所谓如镜中花，如水中月，如水中盐味，如羚羊挂角，无迹可求，皆以禅喻诗。《内典》所云不即不离、不粘不脱；曹洞宗所云参活句是也。熟看拙选《唐贤三昧集》自知之矣。[2]

渔洋将严羽“镜花水月”之喻上接《内典》及禅家话头，下续《唐贤三昧集》的选诗原则，体现出此说之传承有序。内涵上与金圣叹作为“虚写”“意在言外”的理解是相通的。镜中之花与水中之月分别将真实世界的花朵、月亮化而为虚，成为镜中的映像、水中的倒影，而这镜花、水月既反映了花和月的形象样貌，又并非原物，有着似是而非、若即若离、尚格一层的朦胧之美，确实是诗家反映现实、虚构塑造过程中所需采用的“不即不离、不粘不脱”的高明手段。[3]

诗歌的篇幅有限，须借助虚写，以虚写实，方能产生“言有尽而意无穷”的韵致。而这种含蓄蕴藉、韵味深长的诗美正是严羽极为推崇的盛唐“兴趣”。金圣叹受此启发，将“兴趣”之“镜花水月”之特征运用到唐诗批评中，讲究以实带虚、镜花水月的创作笔调。他还提出“从来实写，不如虚写”的诗歌美学、创作学原理，是对严羽“镜花水月”说的发展，是将严羽诗学运用到诗歌批评中的范例。

金圣叹还站在读者立场，指导读者如何领会诗人写法，正确理解诗意。他建议读者在揣摩“镜花水月”之作时，要有赖“妙悟”而“参活句”，领会诗作字面以下的深层及多层含义，从而在“言有尽”的文本空间内探索“意无穷”的乐趣。严羽强调“诗道惟在妙悟”“一味妙悟”（《诗辨》）及“须参活句，勿参死句”（《诗法》），是为后学学诗、作诗之宗旨。在金圣叹批解杜诗时，将“妙悟”“参活句”运用为读者探究杜诗含义的必要手段，视之为读者能动反应的有效途径。两

1 [清]冯班，《钝吟杂录》，卷五之《严氏纠谬》，清借月山房汇钞本。
2 [清]王士禛，《带经堂诗话》，卷二十九“外纪门一”“问答类”，清乾隆二十七年刻本。
3 周锡山，《唱经堂第四才子书杜诗解导读》，见：[清]金圣叹著，周锡山编校，《唱经堂第四才子书杜诗解》，北京：中华书局，2010年，页25。

相比较，实有相通之处。金圣叹面对的读者，有一部分定为学诗之人，他们采纳金圣叹的建议，"妙悟"，"参"透杜诗"活句"，即能"熟参""第一义"之诗，一窥"诗道"之门径，从而指导自身的诗歌创作。在这点意义上，金圣叹所谓"妙悟""参活句"完全合于严羽诗论。

然而，严羽以禅喻诗、强调颖悟、耽于诗美的论诗倾向到明末清初却遭到了虞山诗派的强烈反对，这些声音来自钱谦益及其后学冯班及稍后的吴乔，直至清末的钱振锽。

第四节　严羽论诗，翳热之病

一、虞山诗派：以禅喻诗，无知妄论；唐诗分期，承讹踵谬

"虞山诗派"为明末清初虞山地区（今江苏常熟）的诗歌创作流派，创始人为钱谦益。钱谦益（1582—1664），字受之，号牧斋，学者称虞山先生，为明末清初的文坛巨擘。牧斋极力反对沧浪以禅喻诗、妙悟、以时代分"五唐体"诸论，讥讽严羽论诗得了"翳热之病"[1]。牧斋同乡门人冯班反对得更为激烈，力诋严羽论诗如"呓语"。冯班（1602—1671），字定远，晚号钝吟老人，特作《严氏纠谬》一卷，称："沧浪论诗，止是浮光掠影，如有所见，其实脚跟未曾点地。"[2]推崇冯班的吴乔认为严羽论诗"实无见于唐人，作玄妙恍惚语，说诗说禅说教，俱无本据"[3]。清末宋诗派的批评声音出于此而更胜于此。[4] 这些对严沧浪的反面意见与明代胡应麟所比拟的"达摩西来，独辟禅宗"，形成了极大的反差。

首先，钱谦益于《唐诗英华序》中严厉批驳严羽以禅喻诗，称"严氏以禅喻诗，无知妄论。谓汉魏盛唐为第一义，大历为小乘禅，晚唐为声闻辟支果。不知声闻辟支即小乘也"[5]。继之，冯班《严氏纠谬》批驳道："沧浪之言禅，不惟未

1　[清]钱谦益，《牧斋有学集》，卷十五序《唐诗英华序》，四部丛刊景清康熙本。

2　[清]冯班，《钝吟杂录》，卷五之《严氏纠谬》，清借月山房汇钞本。下文所引，俱从此本。

3　[清]吴乔，《围炉诗话》，卷五，清借月山房汇钞本。

4　清末宋诗派陈衍于《石遗室诗话》卷十称严羽"以浅人作深语，艰深文固陋"；而钱振鍠作《诗话》批评严羽论诗说的是"入魔之语"。

5　[清]钱谦益，《牧斋有学集》，卷十五序《唐诗英华序》，四部丛刊影清康熙本。

经参学,……剽窃禅语,皆失其宗旨。”这一点可能是因为钱氏等人所见版本引起的问题,若如《诗人玉屑》本引为“论诗如论禅:汉魏晋等作与盛唐之诗,则第一义也。大历以还之诗,则已落第二义矣。晚唐之诗,则声闻辟支果也”。稍一比较,差异即现。郭绍虞解释道:“案钱谦益与冯班均讥严氏小乘与声闻、辟支之非,据《玉屑》则沧浪原不误。”[1]

牧斋因又云:“谓学汉魏盛唐为临济宗、大历以下为曹洞宗,不知临济、曹洞初无胜劣也。”稍早于钱氏的华亭诸生陈继儒持有同样疑义,他于《偃曝谈余》问:“临济、曹洞有何高下?”[2]关于这一点,学者程小平认为,严羽于“妙喜自谓参禅精子,仆亦自谓参诗精子”之比方中透露了他以诗界的妙喜自许[3],即他选择了妙喜即大慧宗杲作为论诗参照物,而不是宏智正觉。前者属于临济宗系,后者则属曹洞宗系。这意味着本无高下轩轾之分的两宗在严羽眼中有了高下之分。他抬高临济、贬低曹洞只为体现个人旨趣,并将此挪用到诗学形式上,而并非严格的禅宗判教[4],不应据此全盘否定以禅喻诗之方法。

朱子谓子静(陆九渊)说话常不说破,便是禅家所谓“鸳鸯绣出从君看,莫把金针度与人”。[5] 可见,禅家方法本重自己去领悟,不可说破。其实,学者们也不用因怕谈禅而否定以禅喻诗的可行性。钱锺书指出,禅家所提倡的那种直觉领悟,可能在禅学之前早已存在。他又在《谈艺录》八十四“以禅喻诗”篇中充分肯定沧浪以禅喻诗的独创意义:“沧浪别开生面,如骊珠之先探,等犀角之独觉,在学诗时工夫之外,另拈出成诗后之境界,妙悟而外,尚有神韵,不仅以学诗之诗,比诸学禅之事,并以诗成有神,言尽而味无穷之妙,比于禅理之超绝语言文字。他人不过较诗于禅,沧浪遂欲通禅于诗。”[6]其实在严羽自己的文本论述中,“以禅喻诗”的本质与目的已然清晰可见。当吴陵怀疑严羽“说禅非文人儒者之言”时,严羽强调“本意但欲说得诗透彻”,而不期待其诗论“合文人儒者之言与否”(《答吴景仙书》)。严羽答复的意思很明确,自己并非意在说

1 郭绍虞,《沧浪诗话校释》,页14。
2 郭绍虞,《沧浪诗话校释》,页25。
3 刘雅杰,《从南宋闽僧的话头看〈沧浪诗话〉》,《延边大学学报:社科版》,2002年第2期,页59。
4 程小平,《〈沧浪诗话〉的诗学研究》,页82—83。
5 [宋]黎靖德,《朱子语类》,卷第一百四,明成化九年陈炜刻本。
6 钱锺书,《谈艺录·以禅喻诗》,北京:中华书局,1984年(1998年重印本),页258。

禅，而是借禅喻诗，以期说得透彻。

其次，钱谦益竭力批驳严羽之唐诗学，其《有学集》多处反对唐诗分期。如：

> 世之论唐诗者，必曰初、盛、中、晚。老师竖儒，递相传述。揆厥所由，盖创于宋季之严仪，而成于国初之高棅。承讹踵谬，三百年于此矣。夫所谓初、盛、中、晚者，论其世也？论其人也？……一人之身，更历二时，将诗以人次耶？抑人以诗降耶？世之荐樽盛唐，开元、天宝而已。自时厥后，皆自郐无讥者也。诚如是，则苏、李、枚乘之后，不应复有建安，有黄初；正始之后，不应复有太康，有元嘉；开元、天宝已往，斯世无烟云风月，而斯人无性情，同归于墨穴木偶而后可也。[1]
>
> 三百年来诗学之受病深矣，馆阁之教习，家塾之程课，咸禀承严氏之《诗法》、高氏之《品汇》，以初盛中晚厘为界分。[2]

钱谦益对创于宋季严羽、成于明初高棅的以初、盛、中、晚四期界分唐诗之论诗法极力批评。他论断“四唐”说既未体现出以世而论的内在理据，也未呈现出以人而论的外在特征，实际上是一个甚为笼统的唐诗分期说。而后，他进一步反对以盛唐格调衡量其他时期诗作，反对以诗歌审美表现的单一性取代多样性，而主张变化生新。他认为，立足于人之真性情，是激活一切时期诗作的不二法门，否则，其诗作便如木偶土人一般，是毫无生气、难以感人的。钱氏的接受策略是故意忽视沧浪仅逗露了一些“初盛中（大历、元和）晚”的分别及其反复申明的“要当论其大概”，只因他反对前后七子之故，便极力否定严羽以五体论唐诗风格演变及“以盛唐为法”之宗旨。因为只要抹平了盛唐，即可令七子“诗必盛唐”的复古理论失去参照标准。以此，钱氏推崇宋诗，谈诗诸论当有意气之争，尚未做到“消除自身偏爱，不怀成见地投入作品的世界”[3]。然而，钱谦益对宋诗的倡导并未停留在理论倡导上，他结合自身的创作实践，影响了

1　[清]钱谦益，《牧斋有学集》，卷十五序《唐诗英华序》。

2　[清]钱谦益，《牧斋有学集》，卷十五序《唐诗鼓吹序》。

3　R. Magliola, *Phenomenology and Literature: An Introduction*. Indiana: Purdue UP, 1977: 60.

虞山派乃至全国诗坛的诗歌宗向，掀起了明末清初推举宋诗的热潮[1]。如虞山派诗人钱陆灿"为诗筋力于李杜，出入于圣俞、鲁直"[2]，牧斋门生严熊则"为诗远宗陆务观，近拟文长"[3]，可见诗人取法有所转变。

牧斋小友黄宗羲(1610—1695)也反对专主盛唐。他于《南雷诗历·题辞》云："古今志士学人心思愿力，千变万化，各有至处，不必出于一途。今于上下数千年之中而一之以唐，于唐数百年之中而必欲一之盛唐。盛唐之诗，岂其不佳，然盛唐之平、奇、浓、淡，亦未尝可归一，将又何所适从耶？是故论诗者，但当辨其真伪，不当拘以家数。"[4]他批评以时代论诗者企图用唐诗的审美趣味来匡律其他，反对将盛唐诗歌格调作为唯一范式。他同样认为，论诗当本情性之真，而不当限于家数，故正确的做法应该是不拘限于时代，而深入辨析诗艺的本质所在。不可否认，严羽论诗歌体制有创新之处，亦有一定的局限之处。他对诗歌艺术本质的探讨或能弥补其诗歌体制论上的不足。然，黄宗羲进而认定沧浪的诗歌艺术本质论亦存在局限，称严羽论诗虽崇尚"兴趣"、推举李杜，实为王孟家数。这一意见影响深远，清末许印芳(1832－1901)及今人郭绍虞等皆认为"严氏名为学盛唐、准李杜，实则偏嗜王孟冲淡空灵一派"，指向严羽"兴趣"说的界定与运用并不清晰。

冯班也对严羽推举的盛唐"兴趣"全盘否定，批判其"似是而非，惑人为最"，力图以学问匡正之，纠正明七子以来诗拟盛唐的习气。冯班的观点是否正确自可讨论，但毕竟以这样的批评形式和批评勇气而出了名[5]。他于《严氏纠谬》中称：

> 沧浪云："不落言筌，不涉理路。"按此二言似是而非，惑人为最。……至于诗者，言也，言之不足，故长言之，长言之不足，故咏歌之，但其言微，不与常言同耳，安得有不落言筌者乎？诗者，讽刺之言也，凭理而

1 朱庭珍《筱园诗话》卷二称："钱牧斋厌前后七子优孟衣冠之习，诋为伪体，奉韩、苏为标准。当时风尚，为之一变。"乔亿亦于《剑溪诗话》道："自钱受之力诋弘正诸公，始缵宋人余绪，诸诗老继之，皆名唐而实宋，此风气一大变叶。"

2 [清]王应奎，《海虞诗苑》，卷一，乾隆二十三年处堂刊本。

3 [清]王应奎，《海虞诗苑》，卷五。

4 [清]黄宗羲撰，全祖望辑，《南雷诗历》，清郑大节刻本。

5 黄霖，《中国古代文学批评史学论略》，http://www.gdwx.fudan.edu.cn/s/73/t/198/23/c8/info9160.htm。

> 发，怨诽者不乱，好色者不淫，故曰：思无邪，但其理元（玄），或在文外，与寻常文笔言理者不同，安得不涉理路乎？沧浪论诗止是浮光略影、如有所见，其实脚跟未曾点地。故云盛唐之诗如"空中之色、水中之月、镜中之象"，种种比喻，殊不如刘梦得云"兴在象外"一语妙绝。又孟子言说：诗者不以文害辞，不以辞害志，以意逆志是为得之更自确然灼然也。呜呼！可以言此者寡矣。沧浪只是兴趣言诗，便知此公未得向上关捩子。

此说集中针对严羽过度打压诗歌中"言""理"等客观因素，以至于只能从十分抽象的角度去表述"兴趣"。

冯班于《严氏纠谬》中进一步指出"沧浪一生学问最得意处，是分诸体制"。这即是严羽申之再三的"诗体"问题，因为辨别体制的目的就是区分出一种可以师法的标准体制，如将"李杜数公"树立为专供摹拟的"雄浑悲壮"的格调。因此，冯班认为严羽"诗之是非不必争，试以己诗置之古人集中，识者观之不能辨，则真古人矣。沧浪之论，惟此一节，最为误人"。以"真古人"作为评诗标准，冯班认为误人不浅。古今体制是当辨别，但不应以体制作为固守、摹拟古人的标准而提不出沿革的方法。

综而论之，这些反面接受的态度体现出各家的接受策略。众所周知，钱谦益以"东林俊彦、儒林人望、文坛盟主"自期。若要于明清风云际会之时于文坛成一时盟主，必先扫除前代的定论成规，其矛头所向正是明诗主流的复古格调派——前后七子。钱氏等人极力反对前后七子，反对"诗必盛唐"，其策略是从理论根源上切断七子派复古思潮的来源，即否定严羽《沧浪诗话》的论诗宗旨。通过对"以禅喻诗""妙悟"、唐诗分期、诗宗盛唐、盛唐"兴趣"及辨别体制诸论的否定、纠谬、打压，使得《沧浪诗话》的理论范畴、论诗方法、师法宗向各方面暴露缺陷甚至无以立足，也就从根本上反驳了前后七子之复古格调论。新时代风云际会，严羽诗学一时遭受贬抑、误解，亦完全由于接受者的接受策略使然。

二、黄道周："诗有别才，非关学也"，欺诳天下后生

严羽并未从正面界定过"别材""别趣"，加之《沧浪诗话》论说方式偏于抽

象，故“别材”“别趣”说历来惹人争议。评论家对此持有的争议之处，一种是认为“别材”“别趣”说截然对立了“别材”与“书”“理”的关系，认为严羽把作诗和读书、穷理截然对立起来，如明代中期的俞弁即由此反对严羽此说，认为书中之诗材至关重要。又由于版本的关系，有“夫诗有别材，非关学也”的误传，故又一种观点是认为严羽“别材”说抛弃了学识。

明末黄道周（1585—1646）即持第二种观点，认为：“此道关才关识，才识又生于学，而严沧浪以为诗有别才，非关学也，此真瞽说以欺诳天下后生，归于白战、打油、钉铰而已。”（《漳浦集》卷二十三《书双荷庵诗后》）因“别才”及“非关学”的双重误读，由明至清，严羽的“别材”“别趣”说仍遭遇多方讨论，呈现出意见纷呈的接受倾向[1]。

还有一种观点直接认为“别材”当为“别才”，指诗作者应该拥有的不同于读书、说理的一种作诗灵性，需要别具一副才调，故此“才”当为天才、才气、才调，遭明清以来性灵派的化用[2]。黄宗羲反拨的即为“别才”偏性灵、神韵的这层理解，称“沧浪论唐虽归宗李杜，乃其禅喻，谓‘诗有别才，非关书也；诗有别趣，非关理也’，亦是王孟家数，与李杜之海涵地负无与”（黄宗羲《南雷文定》前集卷一《张心友诗 序》）。然，“别才”之论在今人学者中多有支持，如郭绍虞先生《校释》对此申发道：“盖诗本从生活中来，从现实中来，所以生活丰富、能够正确地反映现实的，自会写出好诗。重即目而不重用事，尚直寻而不尚补假，

1　清初与王士禛并称“南朱北王”的朱彝尊（1629—1709）排诋严羽教人废学，也是因“非关学也”的版本之误而引起的。崔旭（1767—1847）于《念堂诗话》卷一云：“朱竹垞诗：诗篇虽小技，其源本经史，必也万卷储，始足供驱使，别材非关学，严叟不晓事。案《沧浪诗话》：诗有别才，非关学也，然非多读书，多穷理则不能极其致，竹垞但摘上二语讥之，徒欲自畅其说，则厚诬古人矣。”他认为朱彝尊排诋严羽教人废学，不免断章取义了。其实，早于崔氏的沈德潜（1673—1769），已在其诗学作品《说诗晬语》中替严羽辩解：“严仪卿有‘诗有别才，非关学也’之说，谓神明妙悟不专学问，非教人废学也。……而当今谈艺家又专主渔猎，若家有类书，便成作者。”此论中肯，又联系当时文士考据成风的现实，反映出乾隆诗坛不重诗性别趣的状况。

2　如清代徐经（约1750—1835年）谓：“诗学自有一副才调，具于性灵，试观古人未尝不力学，而诗则工拙各异，则信乎才自有别，非一倚于学所能得也。”（《雅歌堂甃坪诗话》卷二）嘉道间张宗泰（1776—1852）亦认为：“余则以严氏所谓别才别趣者，正谓真性情所寄也。试观古今来文人学士，往往有鸿才硕学，博通坟典，而于吟咏之事，概乎无一字之见于后，所性不存故也。”（《鲁岩所学集》卷十三）此种“诗有别才，非关书也”的论断，也会成为反击埋没诗性于故纸堆中的一种言论而遭人断章取义。如吴仰贤（1821—1887）云：“袁随园以诗鸣东南，借严沧浪诗不关学之说、以性灵二字提唱后学，一时翕然从之。”

这即是所谓别才。”[1]此说从性灵转向现实:前一句认为好诗从生活中来、从现实中来,不应似苏黄以文为诗、从书本中追求诗材,也不应如严羽“不从生活现实出发,专从学古人出发”[2],讨论的是“诗材”的问题;而后一句则转向诗人应重“即目”“直寻”,谈论的是自钟嵘以来诗人作诗才能的“诗才”问题。他又在《宋诗话考》中作《〈题宋诗话考〉效遗山体得绝句二十首》,其中第十六首论严羽《沧浪诗话》云:“胜语非从补假来,早于《诗品》见心裁。沧浪参得诗精子,济水(指李攀龙)误人是别才。”[3]可见,郭氏是混同“诗材”与“诗才”两者于一说的。其实从版本上考察,从南宋魏庆之《诗人玉屑》的抄录引用起,严羽《沧浪诗话》中的“别材”说就作“别材”,而不作“别才”的。《沧浪诗话》的各种刻本也大多作“别材”,不作“别才”。从上下文语义来讲,严羽既然称“诗有别材”“诗有别趣”,是以“诗”为主语,“材”为诗中之材而并非诗人之才,“趣”乃诗中之趣而非诗人之趣,本该是清楚易晓、不可争议的。即使“材”与“才”通,若强解为才气,认为诗才乃诗人之才体现于诗作之中的才力,如同理解诗趣为诗人之趣融通于诗歌里的情趣,能自称其说,但恐非严羽本意。

此外,对于“别趣”,也有争议,但多半纠缠在诗该不该有“理”,而对于什么是“趣”却谈得较少。“诗有别材,非关书也”,可以理解为诗有特殊的材料,不能搬弄书本学问、堆积故实;“诗有别趣,非关理也”,则可理解为诗有不同于文的特殊趣味,不能光讲抽象的道理、不能充斥过多的议论。在严羽看来,真正“吟咏情性”的诗都不是搬弄书本学问、光讲抽象道理,而是与诗的“别材”和“别趣”联结在一起的。

据上,明末清初鼎革之际,肩担社会道义善于反思的诗家、论家为纠正空疏不学之诗风,着意强调学问之正,因而对“无关学”“非关书”这类语汇尤为敏感,不惜断章取义、替用别字来与严沧浪诗论划清界限、拉开距离,甚而向宋诗汲取学问、理趣等养分。这是诗歌发展的动态策略,严羽《沧浪诗话》则如对照的镜子,映照出各阶段诗歌的样貌。

1　郭绍虞,《沧浪诗话校释》,页36。
2　郭绍虞,《沧浪诗话校释》,页36。
3　郭绍虞,《宋诗话考》,页5。

第五章　总　结

第一节　《沧浪诗话》明代各期接受小结

明代受《沧浪诗话》沾溉的诗论家众若星辰，将接受反应、解读阐释及批评反应保留在诗话及其他论诗作品中的，只是冰山一角。从沉沉夥颐的明代诗话、诗论中，以严羽诗学为关键线索，阅历各家诗话之作、论诗之语，取舍之间，往往见宝。这历程是辛苦，但收获是乐趣。对各家诗论详加研读，遍历明代诗学的变化发展，一方面可以勾勒出诗家个体的总体诗学面貌，另一方面期待追踪明代诗学整体对《沧浪诗话》的接受轨迹。从历时方面，第二至四章“以时为序”“以人而论”展开讨论，以《沧浪诗话》为关键线索，将明代前期、中期、后期三大阶段各类诗派、各位诗论家纵贯起来，形成《沧浪诗话》于明代论诗作品中的一条接受之链：承上启下的黄子肃，明初儒士宋濂、方孝孺，“吴中四杰”之一的高启，瞿佑，“闽中十子”的林鸿、高棅，解缙，周叙及至诗坛领袖茶陵李东阳；明中期“吴中诗派”的都穆、祝允明、朱承爵、俞弁，“前七子”的徐祯卿、李梦阳、何景明，以及徐泰、茶陵弟子杨慎，“唐宋派”的唐顺之、王慎中，“后七子”的谢榛、李攀龙、王世贞及其羽翼王世懋、胡应麟，还有顾起纶等；至明代后期有公安派、竟陵派、许学夷、谢肇淛、陆时雍及明清之交的“虞山诗派”与金圣叹等，几可覆盖明代诗歌发展各阶段的代表性诗论家及其代表性论诗作品。

明代前期对严羽诗学的接受以正面为主，明初诗家遵从严羽尊唐抑宋的师法取向，接受热点是“妙悟”、“吟咏性情”、唐诗分期、推崇盛唐。反对的声音也并非完全否定，只是不满严羽压抑宋诗、独取唐诗的做法。

明代中期诗坛继续因严沧浪之“崇唐抑宋”而分裂为正、反两方接受阵营，然反对的队伍日益壮大，双方势均力敌。在正面接受阵营中，涌现出前后七子派这一诗坛主流，他们要求“诗必盛唐”，严辨体制，讲究格调，成为明代提倡复古格调的主流诗派，发展中亦渐有以情、韵补救格调的趋势。在反面阵营，吴中诗派、唐宋派诗人反对“诗必盛唐”，要求抬高宋诗地位、扩大师法门径，反对摹拟格调。此期的接受热点集中在辨体、格调、唐诗分期、唐宋之争及“性情”“兴趣”及“别材、别趣”上。

明代后期，公安派、竟陵派以“性灵”反对复古格调，曲解了“别材”“别趣”说；许学夷、谢肇淛则蕴神韵、性灵于格调之中，加重了以“神韵”论诗的倾向；陆时雍、金圣叹等人益加推举镜花水月、言尽意长的“神韵”，而并不限制“诗必盛唐”。此阶段，《沧浪诗话》还遭遇了全面否定的接受态度，虞山诗派反对严羽“以禅喻诗”旨在“妙悟”及推崇盛唐、唐诗分期诸说，黄道周、黄宗羲等人则因版本之异，批评“别才”“非关学”。总之，该时期对《沧浪诗话》的接受呈现三线齐进的态势，严羽诗学中“性灵”“格调”“神韵”三方面因素分别得以扩大、强化、推进，有时也互相融合。而《沧浪诗话》其他方面的诗论则遭遇误读甚至全面压制，这也是明末对《沧浪诗话》一种全新的接受倾向。

唐宋诗之争，以及相伴而生的格调、性灵之争，成为中国近世诗歌史的现象级话题，反映的除了诗学技术路线之争之外，更关涉当世时代精英文学审美理想的塑造及演变，体现出相当复杂的思想文化内涵。

第二节　《沧浪诗话》各范畴明代接受小结

以诗论家为经，以时代先后为序，将这些著名诗人、诗论家之接受态度与评价阐释按照《沧浪诗话》的几大关键诗学范畴进行分类、整理、连贯而起，可厘清并细化《沧浪诗话》诗学理念在明代的接受历程。

一、诸家对“以禅喻诗”旨在“妙悟”的接受与评价

严羽之前，江西诸家已有以禅喻诗、归诸妙悟之论，然《沧浪诗话》毕竟是第一部系统运用此概念的论诗专著，后人对“以禅喻诗”或“妙悟”的接受，也往往直称来自严沧浪。元末明初黄子肃，明中期的都穆、七子派的谢榛、王世贞、

王世懋、胡应麟及后期的许学夷、谢肇淛等人都持正面的接受态度，而至明末清初的钱谦益、冯班则颇有非议。

黄子肃《诗法》从“立意”“得句”“得字”三个层次逐层讨论严羽“妙悟”之法的具体运用，在创作立意层面要求诗人“妙悟者，意之所向，透彻玲珑”，如空中之音、象外之色、水中之味，将“妙悟”与“兴趣”融合一体，“妙悟”是诗人立意达到了“透彻玲珑”的境地。

明代中期，都穆于《南濠诗话》虽反对严羽至七子派的“诗必盛唐”而力撑宋诗，但对严羽“以禅喻诗”，学诗如“参禅”，“诗道亦在妙悟”诸论有继承与发展，称学诗要悟出“须知妙语出天然”“但写真情并实境”的倡议，于严羽“妙悟”“兴趣”之外细化了诗歌妙语天成、真情融于实境的艺术特征。然而他同时又推重苦吟之功，称“诗须苦吟，则语方妙”，将妙悟、苦吟对立统一起来，拟调和唐诗与宋诗互补的重要特质，但也使诗论稍失纯粹。稍后吴中派诗人朱承爵作《存余堂诗话》，所论“作诗之妙，全在意境融彻，出声音之外，乃得真味”，再次论及诗歌情意与境象的统一关系，融严羽以“妙悟”达“兴趣”之境为一体，体现出吴中诗人学诗不拘一代并重视参悟、作诗莹润透彻、诗论重在妙悟与兴趣的综合素养。明中期的复古格调派受时风熏染，于论诗中亦常谈“悟”，如谢榛之《四溟诗话》提倡熟参“第一义诗”以得“妙悟”，认为诗之体、志、气、韵“非悟无以入其妙”。若将李攀龙之复古比作临帖，那谢榛之复古则更进一步，要求“久而入悟，不假临矣”。他所谓“悟以观心”，最终目的是厚积薄发、自成一家。后七子领袖王世贞亦不赞成拘守尺寸，其《艺苑卮言》积极接受严羽“熟参”“妙悟”之说，强调对古法心神领会、化用无迹。其弟王世懋有《艺圃撷余》，在诗歌创作上要求学诗者先通过创作实践，悟通难关，即“破此一关，沉思忽至”；又要求诗作传情自然、不着痕迹，即“作诗到神情传处，随分自佳，下得不觉痕迹”；建议诗人切忌拘于诗法、陷于诗病、病于故事，即不循“三尺法”，方可谓“妙悟”。之后，得到王世贞赞赏的格调派后学胡应麟，接受于“第一义”诗中求“妙悟”的学诗之法，但强调“悟”与“法”的融合，诗人“悟诗”后仍须深造，对严羽“以禅喻诗，归于妙悟”进行了补充与落实，对识高作低的诗人可谓有益的指导。基于此，他反对“不得其意，终篇剿袭”。明末许学夷《诗源辩体》接受严羽“妙悟”“不假悟”“透彻之悟”“悟入”，建议学习汉魏古诗时，能抓住“本乎情兴”

“不假悟入”的特点，做到“神与境会”，以期“悟入”。他还细致区分诸“悟”之别，认为魏晋诗人不可称“妙悟”、谢灵运不可称“透彻之悟”，对严羽以“悟”论诗进行了重新理解与自我阐释。而谢肇淛著《小草斋诗话》，将“妙悟”演绎为“因悟求神”，并讨论了如何悟及顿悟、渐悟于自身的可能性。他以儒士视角，过滤掉严羽“禅喻”色彩，以“奇正互出，浓淡以时，若离若合，若远若近，若方若圆，若如若有”的传统论诗之语来阐释“悟”之妙境，称得上是结合禅、儒对“妙悟”说的再阐释。而明末清初的虞山钱谦益与冯班，则严厉批驳严羽“以禅喻诗”与“妙悟”之说。钱氏据判教之差称严羽“以禅喻诗”为“无知妄论”。继而冯班特作《严氏纠谬》称：“沧浪之言禅，不惟未经参学，……剽窃禅语，皆失其宗旨。”可谓又回到严羽出继叔吴景仙所担心的“说禅非文人儒者之言”之老路上去了，严羽早已明辨，“本意但欲说得诗透彻”，而不期待其诗论“合文人儒者之言与否”。探究“以禅喻诗”之根本，应注意严羽并非意在说禅，而是借禅喻诗，以期将“妙悟”“兴趣”诸论说得透彻。

以上诗话诗论从元末明初、明代中期、后期直至明末清初，可见诸诗家对严羽“以禅喻诗，归于妙悟”的讨论未曾中断，基本形成了由正面接受转向反拨批评的态势。黄清老代表由元入明的闽诗派，以严羽再传弟子自居，“裒严氏诗法”并贯彻于诗作、诗论之中，注重诗美本质，故其所袭之“妙悟”，阐释了诗歌在立意、遣词造句的创作实践中要遵循“意在言表”、以虚写实的手法，从而产生“透彻玲珑”的韵致，与严羽的“妙悟”“兴趣”说之旨趣相差不大，符合其闽派诗人及再传弟子的立场。明代“以理学开国”，文学口号为“拟议以成变化”，诗歌亦强调其“诗之为学”的社会功能，这种务实保守的诗坛景况，鲜有诗家从“禅喻”一路来借鉴接受严羽的“妙悟”说。至明代中期，情况方有好转。都穆之时，正值前七子“诗必盛唐”笼罩明中诗坛，都穆、祝允明、朱承爵等人坚持吴地诗学传统，于盛唐之外能上探六朝，下涉晚唐、宋、元，因此都穆借严羽“妙悟”说，要求遍参众诗，不拘一格。禅悟说虽以严羽著称，但毕竟是严羽袭自江西诗人之诗论，故而，都穆对禅悟的认同，间接成为其赞扬宋诗的媒介。以此故，都穆之“具正法眼”乃在尊唐而不贬宋、反对“诗盛于唐，坏于宋”之说，要求客观公正地对待宋诗的价值，是为其接受禅悟说之策略。至后七子时，在盛传心学、强调个性的时代思潮下，“以禅喻诗”、以“悟”言诗逐渐渗透进复古格调说之中。谢榛以“悟”作为“法盛唐”的主要途径，但“久而入悟，不假临矣”及“悟以观心”则进一步为了领悟诗歌的独特艺术特性，而非仅仅把握诗歌的外形、体制、声律、格调，足见其立论已超越李梦阳、李攀龙之机械拟古。王世贞亦要求运法于无迹，妙合而自然，这样才是“第一义”的学诗方法。其弟王世懋则进一步要求诗人应先“自运”，通过自身的创作实践体认诗歌创作的规律，方能“破此一关”，获得辨体真知，达到“自运成家”之目的。王世懋之“妙悟”跳过了对前人的临帖摹仿，不再来自于遍参他人佳诗，而是直接来自于自己的创作实践。虽与严羽“妙悟”殊途同归，然更突出学者的主体性。复古派后学胡应麟为“悟”加入“法”，许学夷细辨“不假悟”“妙悟”“透彻之悟”对应指向的诗体诗家，皆是对严羽“妙悟”说的细化阐释与深化发展。到明末许学夷、谢肇淛诸家，仍接受熟参、遍观的学诗基本功，以辨尽众体，了悟第一义，且都更重视渐悟、悟入之功。在此基础上，他们还分别为“妙悟”注入“神与境会”“因悟求神”的神韵旨趣，明代中后期复古派关心性情之正，在心学影响下，转向关注内心对诗法、诗旨的颖悟，因此对“妙悟”说多为正面积极接受；此外，后期复古派都能意识到泥古、摹拟之弊，纷纷通过崇尚“妙悟”来反对机械摹仿，并加入灵动的情思，渐有将之引向神韵之途的趋势。但是明末清初，时局云诡波谲，学士多关注社会现实，回归诗教传统，故而钱谦益、冯班等人起而反之，有力挽江河之意。且钱氏以一代风流教主、诗坛盟主、大宗伯自许，力振复古颓风，必树立前后七子派为批判对象，对其推崇的严羽诗学多有批评，也是自然而然的。

综上可见，严羽《沧浪诗话》“妙悟”说在诗坛趋于保守时往往遭遇贬抑，在诗歌风尚活跃明朗时，则应和者众。其对明代诗论的影响主要集中在创作准备论上，使得各诗论家关注创作主体的能动力量，要求诗人创作前通过遍观佳诗或转向自省内心以获得“妙悟”的准备，持论轨迹渐渐带有心学色彩，产生性灵之萌芽。诸家往往能融通创作论与作品欣赏论，将“妙悟”带出意在言表、蕴藉浑然的诗美境界，与严羽“兴趣”说融合。此外，许学夷细辨沧浪诸“悟”，将“不假悟”“妙悟”“透彻之悟”作为批评论，指向他心目中对应的前代诗人，清理了严羽、胡应麟等指称含混之嫌。还有诗家如黄子肃，将“妙悟”说作为构建自家诗学体系的基石，而虞山派则据此为反攻严羽《沧浪诗话》之武器，称之为“翳热之病”及“呓语”。整体而言，明代诗论家对严羽“妙悟”说的评价颇高，如吴中都穆于《南濠诗话》称之“最为的论”，胡应麟《诗薮》亦云：“汉唐以后谈诗者，吾于宋严羽卿得一悟字”，力挽明代复古末流于熟参后不期悟入、直落摹拟的不堪境地，对清代诗学之有神韵、性灵，铺展了基石。

二、诸家对“兴趣”说的接受与评价

黄清老作为严羽诗学的传承人，把握住了严羽的诗学核心。《诗法》要求诗人悟立意之妙，得“意言表，涵蓄有余不尽”“玲珑透彻”的诗歌韵致，虽未明言“兴趣”，实将“妙悟”带出“兴趣”之境，将“兴趣”作为其论“妙悟”的最终指向。明初吴中高启以“格”“意”“趣”三者论诗，提出“趣以臻妙”涵盖严羽的“兴趣”“妙悟”两个概念，要求诗歌有“意在言外”的兴趣，不落浅近，超凡脱俗，拥有不可凑泊、浑然一体的美感，直指诗歌审美本质。明初，解缙于《说诗三则》赞严羽“不落言诠，不涉理路，如水中月、镜中象、相中色”之论的曹溪三昧，亦通过禅喻抓住了诗歌“兴趣”之旨，并阐发为殷璠的“神来、气来、情来”说，指称合于诗道的创作状态与诗美风貌，融通了严羽“入神”“气象”“兴趣”及“吟咏情性”诸论。解氏善于糅合前人讨论唐诗的旨趣，虽未用“兴趣”一词，实已释“兴趣”之宗旨。明初诗文领袖李东阳《怀麓堂诗话》接受严羽之“兴趣”，化用为“意致”“兴致”“意象”，指向诗歌中的艺术形象和意境，不能太拘泥于言辞，要“不落言筌”，也不能太执着于说理，要“不涉理路”，方能有“一唱三叹”“言有尽而意无穷”的诗味。西涯以此反对台阁体之空虚靡弱，重新树立诗歌正确旨趣。

明代中期，吴中派都穆《南濠诗话》中有“但写真情并实境”的学诗诗句，以“情境”拓展了严羽“吟咏情性”论，诗人内在情志“待境而生”，自有天然妙语传达真情实感，实现“兴趣”之美。朱承爵《存余堂诗话》以“作诗之妙，全在意境融彻，出声音之外，乃得真味”之论，道出了中国古典诗歌的审美理想即在此种意境，亦即严羽所称“兴趣”。前七子之首的何景明主张诗歌声调宛亮、兴象宛然，可惜没得到李梦阳等人的回应与落实。发展到明代后七子派时，谢榛于《四溟诗话》以“兴”论诗追求“入神”，强调创作时的“兴发感动”及辞后意的“婉而有味，浑而无迹”，“若水月镜花，勿泥其迹也”，他还大谈“情景”，作为对“兴趣”说的诠释、改造，向“神韵”之境靠近。顾起纶《国雅品》论诗多用“兴”与

“趣”，善用“僻”“远”“幽”“秀”等词作修饰与描述，其中对“幽远”的诗趣多有侧重，亦开“神韵”派论诗风气之先。王世贞在《艺苑卮言》中亦推崇“神与境会，浑然而就，无岐级可寻，无色声可指”的诗美境界，以“意融而无迹”推举盛唐律诗为第一义诗，要求诗人在邯郸学步之余，“不为古役，不堕蹊径”，把握“情景妙合，风格自上”的创作宗旨，凸显出摹拟不能达至“兴趣”。王世懋《艺圃撷余》有“绝句之趣”及“高韵”说，敬美重视诗歌的审美特质，注意到盛唐诗“即景造意”、老杜“即景下意”的创作方法，其好处是便于意景交融、“其趣在有意无意之间”，因此他反对“三尺法”禁锢诗作，劝之以“作诗到神情传处，随分自佳，下得不觉痕迹”，体现出王氏昆仲以神韵济格调的相同努力。“体格声调，兴象风神”是胡应麟《诗薮》论诗主旨、作诗大要，其中“兴象风神”是抽象的、难以捕捉的，只有从诗歌文本直观的“体格声调”入手，进行长期的创作积累，才能达到“兴象风神，自尔超迈”的化境，实现严羽推崇标举的“兴趣”。胡氏论诗，多以“神韵”指代“兴象风神”与“兴趣”，渐归于李欣、王昌龄、孟浩然“绝无烟火”、清远深隐的诗歌境界。可见，胡应麟旨在将“兴趣”通过“兴象风神”转化为“神韵”，以此补救复古泥古之流弊。

至明代后期，“公安三袁”以趣论诗，中郎认为“趣”为世人所难得者，如“山上之色，水中之味，花中之光，女中之态”，强调趣在于“神情”，而不在形貌，此乃接受严羽之“兴趣”并建立在其“性灵”说基础上的艺术审美论。小修则以“逸趣”推崇兄长诗文，亦是着眼于自然之趣、性灵之趣。竟陵派则将严羽所论“兴趣”局限于“空旷孤迥”一种，愈行愈偏了。许学夷是“兴趣”说最忠实的拥趸，其《诗源辩体》认为“妙悟”“兴趣”二项是严羽首创，“从古未有人道”。他承接下来专论盛唐，称“至盛唐诸公，始言兴趣”“盛唐兴趣实远”，“高岑才力既大，而造诣实高，兴趣实远”云云，将“兴趣”运用于批评实践。此外，他将“兴趣”与“透彻之悟”相通，认为盛唐诸公创作上“兴趣所到，忽然而来，浑然而就”，是诗人“透彻之悟”的体现，反对晚唐以后不以“兴趣为先”而“快心露骨”“以议论为诗”的创作弊病。之后的谢肇淛在《小草斋诗话》中更是将“兴趣”作为分辨唐诗、宋诗的标准，追求诗歌趣味的“风韵婉逸”，维护了闽派诗人的论诗传统。陆时雍《诗镜总论》善用“韵”与“趣”“味”讨论各类诗趣，细化了严羽“兴趣”说，又凸显严羽“兴趣”说中“吟咏情性”的部分，指向“透彻玲珑，不可凑泊”的清远韵味，以此故，陆氏论诗“以神韵为宗”，反拨了格调论僵化、机械的泥古流弊，至此，“神韵”论已初具雏形。明末清初诗家，如金人瑞从严羽“兴趣”说中析出“镜花水月”论，用以评价唐诗、杜诗以虚写实、虚实相生的创作手法，可谓这一范畴较早运用于诗歌批评的范例。然而，虞山派等人则因反对七子“诗必盛唐”，而连带贬抑严羽以“兴趣”推举盛唐，如黄宗羲称严羽论诗虽崇尚“兴趣”、推举李杜，实为王孟家数，而冯班更批判此说“似是而非，惑人为最”，力图以学问、诗教匡正之。

以上诸家诗话对严羽“兴趣”说总体持接受、推崇之态度，其中尤以吴中派诗人、复古派后期诗人为甚。他们或维护诗美传统，或推崇盛唐诗歌旨趣，或补救复古之失，对“兴趣”说积极接受、阐释，辅之以重视性情之论，遂渐开“神韵”风气之先。如高启、朱承爵、顾起纶、王世贞等人皆承袭重情性、尚自然的诗美诗趣传统，诗歌兴发感动来自真情实境，并非源自书本陈诗。公安派、竟陵派因诗派立论上反对七子派，故将“兴趣”改造以适合自身论诗所需，日益偏离原意，趋向“性灵”与“神韵”。而儒士如方孝孺、周叙、冯班等人则不接受“兴趣”，而代之以风雅、仁义、正变、学问等诗教正统之论。

许学夷称“严沧浪论诗，……拈出‘妙悟’‘兴趣’二项，从古未有人道”。“兴趣”确为严羽首创应用于诗学批评，其论诗歌本质与审美特质，较为贴切圆融，因此吸引、影响了明代众多的诗家、诗派，甚至启发了后世最为重要的几大诗论，如“神韵”说、“性灵”说等。

三、诸家对“别材”“别趣”说的接受与评价

明初诗坛，解缙《说诗三则》接受严羽“别材”“别趣”说，称“诗有别长，非关书也；诗有别趣，非关理也。不落言筌，不涉理路，如水中月、镜中象、相中色”。虽误记“别材”为“别长”，但仍能把握诗歌不受知识言辞、说理议论束缚的特质，“水月镜象”般虚实相济的形象与“言有尽而意无穷”的韵味是反拨宋诗的理论依据。

李东阳则改造严羽之“别材”“别趣”说，《怀麓堂诗话》第四十则称大多论诗者认为“诗有别材，非关书也；诗有别趣，非关理也。然非读书之多、明理之至者，则不能作”，突出“读书”“穷理”对作诗的决定作用，然后笔锋一转，赞扬

“彼小夫贱隶妇人女子，真情实意，暗合而偶中，固不待于教”，则转而强调“别材”与“别趣”比“读书”与“明理”更为重要，认为即使是村夫贱隶，也有“不假悟”却又超妙的诗作吟于其口。这契合当时推重民歌的诗坛风尚，亦肇性灵之端。

明代中期，都穆于《南濠诗话》推崇严羽“诗有别材，非关书也”，将此论放诸老杜“读书破万卷，下笔如有神”、萧千岩“诗不读书不可为，然以书为诗则不可也”及范景文“读书而至万卷，则抑扬高下，何施不可？非谓以万卷之书为诗也”三论之后，借昔人之口，道出书应多读、但多读了书未必会作诗的道理，以此点明严羽“诗有别材”的中肯之处，显示为正面接受。

而俞弁《逸老堂诗话》则反对严羽“诗有别材，非关书也”之论，主张写诗要多读书。他同样将严沧浪“诗有别材，非关书也”之论，置于老杜“读书破万卷，下笔如有神”、葛常之“欲下笔，自读书始。不读书，则其源不长，其流不远，欲求波澜汪洋浩渺之势，不可得矣”及萧千岩“诗不读书不可为，然以书为诗则不可”之后，无视严羽尚有“然非多读书、多穷理，则不能极其至”之句，此种接受为断章取义，以肯定自己重视书本、重视学习的学诗态度，以从反面响应其“不读天下书，未遍天下路，不可妄下雌黄”之说。

杨慎则正确理解此论，于《升庵诗话》中屡称：“读书虽不为作诗设，然胸中有万卷书，则笔下自无一点尘矣。”“奇才未尝不读书，读书未必皆奇才。”认为读书虽不为作诗设，然读书多，识见就高，对作诗有促进作用，可谓对严羽“诗有别材，非关书也……然非多读书……则不能极其至”论的正面接受。

顾起纶《国雅品》引此论为“诗有别才，非关书也。诗有别趣，非关理也”，从诗歌才情、趣味的角度赞扬孙太初诗作的才清趣逸。顾氏对“别才”“别趣”进行阐释，更将其作为评诗论人的重要批评范畴来加以运用。

明代后期，竟陵派诗人结合“灵”与“厚”，强调读书养气，有灵心方能读书、作诗，是对严羽“别材”与“书”之关系的正面解读，纠正了公安派反古轻书的偏失。谢肇淛因持版本稍异，但整体上仍正面接受严羽“别材”“别趣”说，其《小草斋诗话》卷一“内篇”第七条称：“严仪卿曰：‘诗有别才，非关学也。诗有别趣，非关理也。’此言矫宋人之失也耳。要知天下岂有无理之文，又岂有不学之诗人哉？”此论记“别材”为“别才”、记“非关书”为“非关学”，认为严羽并非教人废学，而是针对宋人以学识为诗、以说理为诗的流弊而提出的劝诫，认为严沧浪持论中肯且有针对性。诗的本质与书本学问、说理无涉，但读书学习、多多穷理则是作好诗的前提。诗人应遍观以辨尽众体，熟参以了悟第一义，从而支持谢肇淛重学力与师承渊源的立论。谢氏的接受阐释虽有二字之差，但客观上未对严羽"别材""别趣"说产生主旨上的偏差，主观上支持了自己诗学系统的整体构建。

严羽《沧浪诗话·诗辨》有云："夫诗有别材，非关书也；诗有别趣，非关理也。然非多读书、多穷理，则不能极其至。"后世非沧浪者，仅取前四句，片面曲解，责严羽劝人不读书、不循理。后世或因版本刻划之误，尚有"诗有别才"之解，强调诗人不同于学士文人的才能，此种才能不关书本知识，故有人将"别才"释为直觉、灵感。此外，还有"非关学也"的记载，诗家据此批驳严羽不重学力、落于"性灵"一路，是为片面接受与反面接受的状态。

四、诸家对"以盛唐为法"的接受与评价

明代诗坛主流思想以复古格调为要，学古一派取严羽"第一义之悟"，为摹拟汉魏盛唐诗歌打出旗号。前后七子派之"诗必盛唐"说更将"第一义"归于盛唐，理论之大成亦接受自《沧浪诗话》，包括辨体、尊唐抑宋、唐诗分期、独推盛唐、李杜入胜等诗学范畴。

樵水黄清老以诗鸣世，学诗"由李氏（白）而入，变为一家"，即崇尚盛唐李白的诗歌风格而有悟入、自成一家。《诗法》论诗主悟，以"意之所向，透彻玲珑"之语形容盛唐诗歌之旨趣；推崇盛唐李、杜，将严羽"李杜入神"阐释为"剖出肺腑，不借语言，是为入神"，并告诫学者"最忌议论"，反对执着文字、以议论为诗的不良创作风气。其尊唐抑宋的倾向为明代诗学奠定了基调。

明代立国后，宋濂等儒士以儒道论诗，承袭严羽的唐诗分期论，从正变、风雅角度批评宋诗背离古雅之道并纷纷"以己意相高"。

宋濂学生方孝孺认为"道"为永恒，明道之诗亦无古今之分限，以此反对抑宋，并推崇庄子、李白、杜甫、苏轼，即宗法古人，又以其独创性自称一家。

而明初"吴中四杰""北郭十友"的高启等则从情致意趣角度推崇盛唐诗歌，模仿盛唐写作规范、学习杜甫兼师众长，更强调诗歌的抒情本质，以"格"

“意”“趣”论诗，较全面地接受了严羽诗学观念，影响了明中期吴中诗派之论诗走向。

南方的“闽中十子”承接严羽，推崇盛唐，是明初较早提倡“诗宗盛唐”的诗派。其中高棅编选《唐诗品汇》接受严羽的唐诗“五体”说，将之重定为“初、盛、中、晚”四期，以“始、中、变、终”四字概括唐诗发展规律，以声律兴象、文词理致之品格高下评判四期，倡言“以开元、天宝（盛唐）为楷式”。《品汇》将唐诗分为七类，重视各类诗体的风格、演变，重视各诗家的个人风格，强调“辨体”。从而形成“严羽—高棅—李东阳—七子派”之重视格调论诗的一脉。

明初诗坛领袖人物李东阳对严羽诗论极力推许，他亦留心体制，推崇唐诗，称：“宋人于诗无所得。”他认识到诗歌本质重在“天真兴致”，而不以一字一句形式上的“对偶雕琢之工”为诗法。东阳通过尊唐抑宋的论诗实践为明诗指出取法方向。

然而，崇唐抑宋在明初即遭遇了反对的声音。钱塘瞿佑作《归田诗话》，承接方回推崇宋诗之绪，鼓吹宋、金、元诗，要求学者历观汉、魏、晋、唐、宋、金、元直至明初诗歌，不分畛域。他以“举世宗唐恐未公”句反对尊唐贬宋，着意提高宋诗地位，反拨严羽、元好问以来的唯唐独尊的传统，成为明初崇唐亦扬宋的另类。

明初才子解缙有《说诗三则》，崇唐抑宋，称“论诗以唐为尚”，反对“宋人以议论为诗”，并以严羽“别材”“别趣”说批驳宋诗说理议论，以“神来、气来、情来”之“三来”说重唱盛唐气象。

周叙《诗学梯航》亦倾向复古，以汉魏晋唐为宗，持扬唐抑宋的态度，不以“兴趣”立论，而从“正变”“规矩”入手，强调其儒士、史官的立场。他还接受严羽、高棅的唐诗分期论，对初、盛、中、晚进行细致的年代分界与风格辨析，建议不局限于只学盛唐，中唐、晚唐亦有杰出诗作、诗家可供师法摹拟。

明初诗坛领袖李东阳著《怀麓堂诗话》，论诗主识，强调辨体，标举声律格调。他认识到唐诗符合“天真兴致”“兴象高远”的诗美本质，而宋人于诗无所得。因此在师法问题上，效法严羽，师法唐风，贬抑宋调。他还接受严羽，于盛唐推崇李、杜二人“尽善尽美”，认为“二公齐名并价，莫可轩轾”。西涯是严羽至明代复古格调派接受之链上的重要环节。

明代中期，前七子为诗坛主角，他们强调“高古者格，宛亮者调”的格调法式，古体学汉魏，近体以盛唐为典范，认为“宋无诗”，完全遵从严羽“入门须正，立志须高，以汉魏晋盛唐为诗，不作开元、天宝以下人物”之训诫，在当时诗风靡弱之际确有振聋发聩作用。然“宋无诗”“诗必盛唐”的自我限定与狭小取径忽略了严羽“熟参”“妙悟”等有机部分，李梦阳“刻意古范”“铸形宿模”“独守尺寸”，逐渐陷入机械拟古的不堪境地。故徐祯卿《谈艺录》以“因情立格”补充之，从盛唐诗拓展至六朝诗，提出根据表情达意的不同要求来选择相应的体制、风格；何景明则以“领会神情”来要求“舍筏达岸”。

在复古尊唐的大潮中，都穆《南濠诗话》“于诗别具一识，雅意于宋”。自明初，方孝孺、瞿佑等只是尊唐不贬宋，至都穆则宗宋不贬唐，态度鲜明地支持宋诗，抬高宋诗地位，反对“诗盛于唐，坏于宋”之说。因而其论诗不主一家，于盛唐之外能上探六朝，下涉晚唐、宋、元。同时期的“吴中派”祝允明、朱承爵等诗人，皆从方孝孺、瞿佑、都穆一线而来，崇唐不贬宋，以吴地诗风补济严羽、闽中十子、前七子一路“以盛唐为法”“宗唐抑宋”的单一倾向。随后，徐泰、俞弁、杨慎皆支持“尊唐不贬宋”。徐泰《诗谈》推崇吴中诗人出入六朝、宋、元，对陈庄“性气诗”赞赏有加，体现出肯定融理学入诗的倾向；俞弁《逸老堂诗话》亦反对但知宗唐而弃宋不收，对唐诗也不赞成分期讨论；杨慎《升庵诗话》宗唐不贬宋，反对“宋无诗”之论，对唐、宋诗持论公允，虽默认四期分唐，但反对只学盛唐，要求加入初、晚唐，论诗则遵从沧浪、西涯之旨，强调声调格律，主张辨体。以上诸家在严羽“以盛唐为法”基础上，要求提高宋诗地位，学习宋诗优秀因素。明代中期，反对“诗必盛唐”、反对拟古呼声最高的是“唐宋派”。他们受心学影响，要求诗文以自然畅达的语言抒发作者的真我本色，发出本心的声音。论诗以“本色”论反对诗人于古人诗作间摹拟取法，要求开口见喉咙，直抒胸臆，信手写出，方为本色。此派对前七子复古格调说的否定，虽在一定程度上反拨了严羽诗学中重格调的一面，但也强化了其中重性情的部分，影响到明末至清的“性灵”说。

复古派后进不甘示弱，引“悟”入“法”。后七子的谢榛《四溟诗话》提倡“以盛唐为法”之余，要求熟参“第一义”诗以得妙悟。他对盛唐诗的“意兴”“入神”颇有体认，但认为初盛唐十四家“咸可为法”，歌咏玩味以期悟古。李攀龙则保守地复古，编选《古今诗删》，始于古逸，次以汉魏至唐，继之明人，不取宋元，以示不观天宝以下诗及“宋无诗”的论诗理念。他虽也期待悟古，却因“似临摹帖”般地摹拟蹈袭实落于拟古。王世贞对这一局限进行了反思，其《艺苑卮言》辨析体貌推崇盛唐之余，将“才思”引入“格调”，以期对古法能真正心领神会、化用无迹，均衡地接受了严羽诗学中崇尚古人格调、提倡诗人思悟的两个方面。王世贞继何景明、徐祯卿之后，再次将格调与诗人主体密切联系起来，认为格调基于诗人的才思。王世懋《艺圃撷余》继续赞同既要严于格调，又要本性求情，强调辨体但不主模仿，要以“真才实学”去“自运成家”。他倡议不限于独尊盛唐，晚唐诗歌亦有高格逸调。他还以“逗变”反对呆板的四期分唐、以“新变”肯定“少陵故多变态”。在徐祯卿之后，敬美以“高韵”“深情”“才情”作为格调论的补充。胡应麟《诗薮》、许学夷《诗源辩体》更是细辨诗歌体制的诗学专著，极力赞许严羽上追唐汉。胡应麟致力辨体，其“体格声调”说认为“文章自有体裁，凡为某体，务须寻其本色，庶几当行”；主张“体以代变”“格以代降”，推崇汉之古诗、盛唐之唐律；认定四唐分期能区分唐诗各期的时代风格，以盛唐之“兴象风神”阐释严羽之盛唐“兴趣”，从而反对宋诗“以议论为诗”；他也将“悟”融于“法”，认同严羽“熟参”之途径，“烂读”“熟读”各体古人佳作，自会悟入。明末许学夷则从严羽论诗取舍、制作与议论皆相符合的角度，肯定“沧浪云‘诗道惟在妙悟’，又云‘盛唐诸人惟在兴趣’，又言‘学者以盛唐为师，不作开元天宝以下人物’”诸说，来自真得，“故古今论诗者，不得不以沧浪为第一。”许氏论古诗以汉魏为正，探究其“本乎情兴”“不假悟入”的特点；律诗则以初盛唐为正，主张唐诗分期，以“妙悟”“兴趣”二说来论盛唐，推崇盛唐诸人的透彻之悟；又持“正变”说，认为“宋诗主变”，不完全否定宋诗，倡议“酝酿成家，为一代作者”。《诗源辩体》的创作，是在严羽诗学“浑沦”的基础上进行的“详悉”化。胡、许二人皆在“格调”说中引进了“神韵”和“性灵”的因素，较为周全地接受了严羽诗学。

明代末期，“公安三袁”在心学熏染下，提出“诗何必唐？又何必初与盛？要以出自性灵者，为真诗尔”的“性灵”说，打破“诗必盛唐”的取法标准，于唐好白乐天，于宋好苏轼，以纠王、李诗弊。他们号召诗作“独抒性灵，不拘格套”，诗歌创作是出自胸臆、情与境会、充满真趣的，而非来自古人与书本。“竟陵”

派钟、谭等人唱和“性灵”，要求学人有灵心然后可以读书。二人合编隋以前诗与唐诗为《诗归》，以一己之趣“求古人真诗”，其诗作多以“幽情单绪”达“幽深孤峭”“空旷孤迥”之境，论诗则重“别趣奇理”，而不取严羽标举的盛唐之悲壮雄浑。

明末诗论家谢肇淛则重学力师承渊源，延续七子派“尊唐抑宋”余脉。陆时雍亦为崇古复古派，但取径稍宽，不满足于“诗必盛唐”。二人论诗皆尊尚情性，推崇“风韵婉转”“诗情流动含蓄蕴藉”之神韵。可见时风受心学影响，要求个性解放，诗学领域也经历着由格调向神韵、性灵的转化。

明末清初钱谦益等人重视诗歌反映现实、记录历史的社会功用，讲究诗歌中运用经史故实形成厚重的诗史感，以此角度反对严羽、七子派“诗必盛唐”说，要求重视宋诗。他们对严羽“以禅喻诗”、唐诗分期等立论有曲解、误解，但并不抹杀盛唐诗之价值，而是期待以诗歌审美表现的多样性取代单一性，主张变化生新。这也不失为风云际会、新旧交替之际诗论家对《沧浪诗话》的一种接受策略。

第三节　《沧浪诗话》明代接受特征小结

如果要对明代诗学接受《沧浪诗话》的总体特征做出基本概括，那么如下几个方面是应该值得注意的：

其一，整体接受严羽宗唐理路，构建唐诗经典化。尽管有明一代文学流派、诗人群体林立，诗家、论家层出不穷，门派藩篱、党派阶层相互隔绝甚至立场对峙，但面对古典诗歌系统一般都承袭严羽的态度尊崇唐诗、肯定盛唐诗歌，在此基础上再作学习内容、取径策略的微调。例如，明代前期的馆阁文士群体和前七子，身份地位、文学立场差异明显，且后者欲打破前者垄断文坛之地位，挑战者身份不言自喻，而两者都大力推崇唐诗，以唐为宗的态度基本一致。差别仅在于学习内容上，前者取唐诗谱系之正、体制之完来构建明诗的价值体系与抒情范式，而后者即七子派更着眼于唐诗的作品规则和技术理念。二者合力将唐诗推向了严羽所主导的“经典化”地位。再如，挑战七子派的公安派领袖袁宏道，虽表面大呼“世人喜唐，仆则曰唐无诗”，自称“论诗多异时轨”，有意向世人显示挑战姿态，以对抗七子派、反其道而行之。而实际上，袁宏道难掩对唐诗的赞赏，称“唐人妙处，正在无法耳”，“此李唐所以度越千古也”，可见其策略性言说“唐无诗”根本是为了指责近代学士大夫盲目学唐、“不肯细玩唐、宋人诗，强为大声壮语，千篇一律”。其弟袁中道也认定宏道创作“其实得唐人之神，非另创也”，自身也倡言“诗以三唐为的，舍唐人而别学诗，皆外道也”，“今之作者，不法唐人，而别求新奇，原属野狐”，如严羽般以禅喻诗、警醒明代诗人注意学诗取径。

有明一代诗人层出不穷，代代翻出新意，但各自的阅读经验、审美趣味随着知识阐释力度加大、审美眼界提升，在大方向上汇成共识。诗学思想的交叉、混成渐渐汇成清晰的共识：唐诗无疑是诗歌经典，尤其是近体。因此，派别、群体间可有攻讦，但基本上不会动摇唐诗在心目中的经典地位，争论主要是围绕如何学唐展开，唐诗的师法价值从未在根本上被忽视过。有明诗家论家的宗唐理路基本上是一致的，也可以说严羽、高棅等人倡导的唐诗经典化是在整个明朝诗人代代重申的历程中构建起来的。

其二，诗史意识超越严羽。随着明人阅读经验的增强、审美眼界的拓宽，诸诗家、论家对知识接受趋于系统化、思维表述更加理性化，使其从诗歌史的高度观察古典诗歌发展演变历程。如高棅按诗体分类编次《唐诗品汇》，五七古、五绝、七绝、五律及排律、七律附排律，诸体齐全，系统整一性凸显，最大限度地展示了唐诗众体兼备的历史发展风貌；同时针对唐代诗歌不同变化阶段，因时先后而次第之，提出唐诗初、盛、中、晚“四变”阶段论，具体根据有唐世次、结合文章高下，分列正始、正宗、大家、名家、羽翼、接武、正变、余响、傍流等品目。从大处着眼洞察出流变划分出段落，厘清各品目之间因承流变的脉络，编者的诗史立场不言自明。相较严羽以“五体”分唐诗为唐初体、盛唐体、大历体、元和体、晚唐体，只是“论其大概耳”（《沧浪诗话·诗评》），具体操作时也常将“大历体”“元和体”混而为一，不如高棅系统明晰。又如胡应麟《诗薮》悉心书写古典诗歌谱系，严格区分不同时代、不同诗人诗作的等级差别，呈现“八代”诗歌流变与诗人品第：“汉、魏、晋、宋、齐、梁、陈、隋，八代之阶级森如也。枚、李、曹、刘、阮、陆、陶、谢、鲍、江、何、沈、徐、庾、薛、卢诸公之品第秩如也。”点明这种时代、诗人之间“阶级”“品第”差别，是由“文日变”“格日变”的诗歌史运动变化本质所造成的。审视诗歌演变历程，得出“三盛”判断，“一盛于汉，再盛于唐，又再盛于明”，确立了汉、唐、明三代诗歌体现出诗道隆昌的时代特征，在诗史上具有标志性意义与地位。做出这些区分与判断的底气在于胡应麟对时代流变中差异表现的敏感捕捉、价值判断，据此他能对汉与魏、宋与元诗歌的级别展开细致区分，而自信批评偶像严羽“六代以下甚分明，至汉、魏便鹘突”“往往汉、魏并称，非笃论也”。

明代诗论家潜心于古典诗歌历史脉络的梳理与勾勒，条分理析各阶段间“始”“来”、“源”“委”的细致联结与演进轨迹，对诗歌盛衰正变进程加以理性、系统地辨析，得出不同时代、不同诗人作品的“阶级”“品第”划分，呈现诗歌史“变”之运动状态，有变迁、有隆盛。这些都体现明诗论家相较于严羽等前辈论家，对古典诗歌发展历史所作梳理和分析愈益系统化、精准化。

其三，评判前代诗歌的能动性与力度皆超越严羽时代。明代文人精英知识面扩大、审美眼界提升、思维方式活跃，不仅体现在有底气剖析诗史发展历程，更助其自主自觉地表达批评。评判的一大火力集中点就是对前代诗歌尤其是宋诗的批评，整体上承袭严羽的负面评价。如果说严羽《沧浪诗话》对比唐宋诗人不同的创作方式，“盛唐诸公惟在兴趣”“近代诸公乃作奇特解会”，开启了对宋诗展开检讨与审视的历程，那么到了明代，站在诗史高度标举唐诗、张扬明代诗歌风尚的立场，对宋诗的排击可谓更加普遍且激烈。如七子复古派的反宋诗倾向，立场鲜明、态度坚决，主导了有明一代讨宋反宋的呼声。如何景明明确喊出“宋无诗”的口号，李梦阳补充说明“宋人主理作理语”“又作诗话教人”，致使“人不复知诗矣”，甚而胡缵宗宣称“唐有诗，宋元无诗”“宋元非无诗，有诗不及唐耳”，直接否定了宋诗的价值。相较与严羽的理性分析，更为直白、激进。至“吴中四才子”的祝允明表达的反宋诗音量，更是高于众调，他倡言诗至宋而死：“诗自唐后，大厄于宋，始变终坏……可谓《三百》之后，千年诗道，至此而灭亡矣，故以为死。”他将对宋代学术风格的质疑拓展到对其诗风的反对，“凡学术尽变于宋，变辄坏之”，甚而侵蚀了诗歌领地，其思辨力度、批判意识皆超严羽甚矣。

其四，承袭严羽诗论呈现明显地域差异。明初，闽人林鸿、高棅取法盛唐，接受乡先贤南宋严羽的诗学思想，高度认可自南宋以来闽地形成的宗唐诗学传统，地域意识是其中的一大因素。晚明时期，闽地诗人代表谢肇淛，虽有意折衷调和诸派，然闽中诗学传统、对严羽诗论的继承，是其一直的坚守。从严羽处汲取“悟”的能量，宣称“诗之难言也”“要之，仪卿之所为悟者近是”，成为其调和诸派之说的着力点。要之，闽中由宋至明，形成了以宗唐为主的地域特征。而吴中诗派则一向未将严羽诗学或盛唐诗歌定于一尊，有宗唐亦有宗宋的，或有唐宋并举的，接受类型比较多样，整体呈现混合的、包容的样貌。如明前至中期沈周、都穆、文征明等吴中名士都曾“雅意于宋”，但也同时重视唐诗，认可诗宗盛唐。兼法唐宋，抬举宋诗又不忽视唐音，是吴门诗家主流意识。特例是祝允明，他与诸人态度迥然有异，更鲜明地继承严羽倾向于宗唐的态度，“诗之美善，尽于昔人，止乎唐矣”“洋洋唐声，独立宇宙”等赞颂，与其对宋诗的批驳对比十分鲜明。吴中诗学呈现出这样混合驳杂的样貌，一方面与其地经济发达、观念开放不无关系，另一方面也因其少受严羽、高棅等人闽诗学传统的浸染。

第四节　余　论

综观明代诗学构建与《沧浪诗话》的关系，简括起来，既接受严仪卿诗学的深刻浸染，与之有着千丝万缕的联系，成为传承《沧浪诗话》诗学历史的重要一环；又处于明代特定的文学语境，面对当时各种思潮冲击汰炼，必须对《沧浪诗话》做出细化、改造、超越，甚至用战略曲解以示扬弃，以应对时代诉求。

对一位诗论家接受模式的探讨，如何多侧面地、立体化地展现他在后世的接受状况和接受境遇，是成功进行诗论家接受研究的关键所在。严羽论诗专著《沧浪诗话》的受众可以是普通读者、一般诗人文人或诗论家，因此初定要分三条线索来讨论其接受历程。而当研究展开，寻找明人对严羽《沧浪诗话》的接受反馈时，能得到的最大信息量来源首先是诗论家的诗话专著，其次是文人诗家交往间的论诗序跋、书信或吉光片羽的论诗之言，而对普通读者的关照不足。此外，对于评点这一批评体裁，也未能考虑在内。因此，目前的研究仅将接受对象定位在明代知名诗论家、诗人文人为主的范围之内，希冀今后能继续拓展至尚未涉及的方面，周全此项研究。

当研究深入分析传播者(严羽《沧浪诗话》)与接受者(明代诗论家、文人群体)两者关系后,发现这一接受模式也并非是单线单维度的,而是一个二维历时结构:一是创作影响史,即南宋诗论家严羽及其《沧浪诗话》对明代论诗者(以诗话作者、诗人文人为主体)之论诗创作产生的影响研究;二是批评阐释史,即关注明代诗论家对严羽及《沧浪诗话》进行的阐释与批评接受。第一条线旨在划清严羽《沧浪诗话》的诗学内涵、诗学范畴、形式结构、创作手法、批评方法等要素对明人的诗话创作过程所产生的影响;第二条线则交代了明代批评家们对《沧浪诗话》的接受态度、阐释取向、褒贬批评,即严羽《沧浪诗话》在明代不同阶段的接受境遇,包括背后的接受策略及时代原因。简而言之,严羽诗学专著《沧浪诗话》对明人论诗之作产生的影响是一条主线,明代诗论家对严沧浪的评价则为另一条线索,双线并进互动才能真正还原严羽《沧浪诗话》在明代的接受生态。然而,本研究对第二条线的处理不如第一条线充分,尚停留在原文引用、揣摩原因的层面,缺少充分史料的佐证,对诗论家们为何如此评价严羽,此种评价与他们的诗学理论、诗评实践之间的关系也未及深挖。

明代诗论家对南宋严羽《沧浪诗话》的接受多为正面积极的,反对的声音主要集中在严羽之专主盛唐,儒者往往不取其以禅喻诗,而对严羽之论"兴趣""悟"与"法""辨体""吟咏情性"一般多持赞许接受的态度。以上诸论以及"诗之法有五:曰体制,曰格力,曰气象,曰兴趣,曰音节"之细分诗歌艺术结构,遂为强调不同诗歌艺术风格的诗歌流派所承受。有的重视"法"与"体",讲究从诗歌的"体制""格力""音节"角度把握诗歌的体制声律与内在神气;有的侧重诗人一己之"悟"与诗歌之"吟咏情性";而有的则在意玲珑透彻的"妙悟"及浑然一体的"兴趣"。此三类接受倾向渐次在明代产生出以"格调""性灵"与"神韵"为宗旨的三大论诗派别,三者相互角力、相互依存,对明清诗坛风尚、论诗旨趣产生了决定性的作用。本研究涵盖了有明一代,稍透露此三论与清代诗学走向的关系,未及展开,然可为《沧浪诗话》的清代接受研究做一点铺垫。

【参考文献】(按音序排列)

1 [汉]毛亨.毛诗注疏[M].清阮刻十三经注疏本.

2 [汉]郑玄.周礼注疏[M].清阮刻十三经注疏本.

3 [金]王若虚.滹南遗老集[M].四部丛刊影旧钞本.

4 [晋]释僧肇.长阿含经[M].北京:宗教文化出版社,1999.

5 [晋]释僧肇.肇论[M].大正新修大藏经本.

6 [明]陈道.八闽通志[M].明弘治刻本.

7 [明]邓原岳.西楼全集[M].明崇祯元年邓庆寀刻本.

8 [明]都穆.南濠诗话[M].清知不足斋丛书本.

9 [明]方孝孺.逊志斋集[M].四部丛刊影明本.

10 [明]冯惟纳.古诗纪[M].清文渊阁四库全书本.

11 [明]高棅.唐诗品汇[M].明嘉靖十六年序刊本.

12 [明]高启.凫藻集[M].四部丛刊影明正统刊本.

13 [明]高儒.百川书志[M].清光绪至民国间观古堂书目丛刊本.

14 [明]何景明.大复集[M].清文渊阁四库全书本.

15 [明]胡应麟.诗薮[M].清广雅书局丛书本.

16 [明]胡应麟.诗薮[M].上海:中华书局,1958.

17 [明]江盈科.敝箧集引[A].见:[清]黄宗羲.明文海[M].清涵芬楼钞本.

18 [明]蒋一葵.尧山堂外纪[M].明刻本.

19 [明]解缙.文毅集[M].清文渊阁四库全书本.

20 [明]瞿佑.归田诗话[M].清知不足斋丛书本.

21 [明]瞿佑撰,乔光辉校注.瞿佑全集校注[M].杭州:浙江古籍出版社,2010.

22 [明]康海.对山集[M].明万历十年潘允哲刻本.

23 [明]李东阳.怀麓堂集[M].清文渊阁四库全书本.

24 [明]李东阳.怀麓堂诗话[M].清知不足斋丛书本.

25 [明]李东阳撰,李庆立校释.怀麓堂诗话校释[M].北京:人民文学出版社,2009.

26 [明]李梦阳.空同集[M].清文渊阁四库全书补配清文津阁四库全书本.

27 [明]李梦阳.诗集自序[A].见:[清]黄宗羲.明文海[M].清涵芬楼钞本.

28 [明]李攀龙.古今诗删[M].清文渊阁四库全书本.

29 [明]林鸿.鸣盛集[M].清文渊阁四库全书补配清文津阁四库全书本.

30 [明]刘绩.霏雪录[M].明弘治刻本.

31 [明]陆时雍.古诗镜[M].清文渊阁四库全书本.

32 [明]陆时雍.诗镜总论[M].清文渊阁四库全书本.

33 [明]陆时雍.唐诗镜[M].清文渊阁四库全书本.

34 [明]陆云龙.叙袁中郎先生小品[C].//[明]袁宏道撰,钱伯城笺校.袁宏道集笺校[M].上海:上海古籍出版社,1981.

35 [明]宋濂.答章秀才论诗书[C].//[明]程敏政.明文衡[M].四部丛刊影明本.

36 [明]宋濂.宋学士文集[M].四部丛刊影明正德本.

37 [明]谭元春.谭友夏合集[M].明崇祯六年刻本.

38 [明]唐顺之.荆川集[M].四部丛刊影明本.

39 [明]王慎中.遵岩集[M].清文渊阁四库全书本.

40 [明]王世懋.艺圃撷余[M].钦定四库全书本.

41 [明]王世贞.弇州山人续稿[M].明崇祯年间刊本.

42 [明]王世贞.弇州四部稿[M].明万历刻本.

43 [明]王世贞.弇州四部稿续稿[M].台北:文海出版社,1970.

44 [明]王世贞.增补艺苑卮言[M].明万历十七年武林樵云书舍刻本.

45 [明]吴纳.文章辨体[M].明天顺刻本.

46 [明]谢肇淛.文海披沙[M].明万历三十七年沈儆炌刻本.

47 [明]谢肇淛.小草斋集[M].明万历刻本.

48 [明]谢肇淛.小草斋文集[M].见:四库全书存目丛书集部175册.济南:齐鲁书社,1997.

49 [明]谢肇淛.小草斋文集[M].见:四库全书存目丛书集部176册.济南:齐鲁书社,1997.

50 [明]谢榛.诗家直说[M].明万历山东登州刻本.

51 [明]谢榛撰,李庆立、孙慎之笺注.诗家直说笺注[M].济南:齐鲁书社,1987.

52 [明]徐泰.诗谈[M].见:学海类编.第五十九册.

53 [明]徐象梅.两浙名贤录[M].明天启刻本.

54 [明]徐祯卿.谈艺录[M].明夷门广牍本.

55 [明]许学夷.诗源辩体[M].明崇祯十五年陈所学刻本.

56 [明]许学夷撰,杜维沫校点.诗源辩体[M].北京:人民文学出版社,1987.

57 [明]杨慎.升庵集[M].清文渊阁四库全书补配清文津阁四库全书本.

58 [明]杨士奇.东里文集[M].清文渊阁四库全书本.

59 [明]杨循吉.灯窗末艺[M].明钞本.

60 [明]叶盛.水东日记[M].清康熙刻本.

61 [明]俞弁.逸老堂诗话[M].清钞本.

62 [明]袁宏道.袁中郎全集[M].明崇祯刊本.

63 [明]袁中道.珂雪斋集[M].明万历四十六年刻本.

64 [明]袁中道.中郎先生全集序[C].//[清]黄宗羲.明文海.清涵芬楼钞本[M].

65 [明]袁宗道等著,熊礼汇选注.公安三袁[M].长沙:岳麓书社,2000.

66 [明]张以宁.翠屏集[M].钞明成化刻本.

67 [明]钟惺.古诗归[M].明闵振业三色本.

68 [明]钟惺.简远堂近诗序[C].//[明]谭元春.谭友夏合集.明崇祯六年刻本[M].

69 [明]钟惺.唐诗归[M].明刻本.

70 [明]钟惺.隐秀轩集[M].明天启二年沈春泽刻本.

71 [明]朱承爵.存余堂诗话[M].明嘉靖顾氏明朝四十家小说本.

72 [明]祝允明.怀星堂集[M].清文渊阁四库全书本.

73 [明]祝允明.祝子罪知录[M].明刻本.

74 [南北朝]刘勰.文心雕龙[M].四部丛刊影明嘉靖刊本.

75 [南北朝]钟嵘.诗品[M].明夷门广牍本.

76 [清]冯班.钝吟杂录[M].清借月山房汇钞本.

77 [清]傅维鳞.明书[M].清畿辅丛书本.

78 [清]顾炎武.日知录[M].清乾隆刻本.

79 [清]何文焕.历代诗话[M].北京:中华书局,1981.

80 [清]黄宗羲.明文海[M].清涵芬楼钞本.

81 [清]黄宗羲撰,全祖望辑. 南雷诗历[M]. 清郑大节刻本.

82 [清]金圣叹著,周锡山编校. 唱经堂第四才子书杜诗解[M]. 北京:中华书局,2010.

83 [清]钱谦益. 列朝诗集[M]. 清顺治九年毛氏汲古阁刻本.

84 [清]钱谦益. 牧斋有学集[M]. 四部丛刊影清康熙本.

85 [清]王夫之. 薑斋诗话[M]. 四部丛刊影船山遗书本.

86 [清]王士禛. 池北偶谈[M]. 清文渊阁四库全书本.

87 [清]王士禛. 带经堂诗话[M]. 清乾隆二十七年刻本.

88 [清]吴乔. 围炉诗话[M]. 清借月山房汇钞本.

89 [清]永瑢. 四库全书总目[M]. 清乾隆武英殿刻本.

90 [清]张廷玉. 明史[M]. 清乾隆武英殿刻本.

91 [清]章学诚. 文史通义[M]. 民国嘉业堂章氏遗书本.

92 [清]朱彝尊. 静志居诗话[M]. 清嘉庆扶荔山房刻本.

93 [清]朱彝尊. 明诗综[M]. 清文渊阁四库全书本.

94 [日]弘法大师原撰,王利器校注. 文镜秘府论校注[M]. 北京:中国社会科学出版社,1983.

95 [日]铃木虎雄. 中国诗论史[M]. 南宁:广西人民出版社,1989.

96 [宋]陈师道. 后山诗话[M]. 明津逮秘书本.

97 [宋]陈思编,陈世隆补. 两宋名贤小集[M]. 清文渊阁四库全书本.

98 [宋]陈岩肖. 庚溪诗话[M]. 宋百川学海本.

99 [宋]戴复古. 石屏诗集[M]. 四部丛刊续编影明弘治刻本.

100 [宋]范晞文. 对床夜语[M]. 清知不足斋丛书本.

101 [宋]葛立方. 韵语阳秋[M]. 宋刻本.

102 [宋]何溪汶. 竹庄诗话[M]. 清文渊阁四库全书本.

103 [宋]胡仔. 苕溪渔隐丛话前后集[M]. 清乾隆刻本.

104 [宋]黄庭坚. 豫章黄先生文集[M]. 四部丛刊影宋乾道刊本.

105 [宋]姜夔. 白石道人诗说[M]. 清刻历代诗话本.

106 [宋]黎靖德. 朱子语类[M]. 明成化九年陈炜刻本.

107 [宋]刘克庄. 后村集[M]. 四部丛刊影旧钞本.

108 [宋]刘克庄撰,王秀梅点校. 后村诗话[M]. 北京:中华书局,1983.

109 [宋]吕本中. 江西宗派图序[C]. //朱东润. 中国文学批评史大纲[M]. 上海:

上海古籍出版社,2005.

110 [宋]毛滂.东堂集[M].清文渊阁四库全书本.

111 [宋]释惠洪.冷斋夜话[M].明稗海本.

112 [宋]释普济.五灯会元[M].宋刻本.

113 [宋]魏庆之.诗人玉屑[M].清文渊阁四库全书本.

114 [宋]魏泰.临汉隐居诗话[M].清刻历代诗话本.

115 [宋]许顗.彦周诗话[M].明津逮秘书本.

116 [宋]严羽.沧浪诗话[M].明津逮秘书本.

117 [宋]严羽著,郭绍虞校释.沧浪诗话校释[M].北京:人民文学出版社,1983.

118 [宋]叶适.水心集[M].四部丛刊影明刻黑口本.

119 [宋]张戒.岁寒堂诗话[M].清武英殿聚珍版丛书本.

120 [唐]陈子昂.陈伯玉集[M].四部丛刊影明本.

121 [唐]慧能著,潘桂明译注.坛经全译[M].成都:巴蜀书社,2000.

122 [唐]贾岛.二南密旨[C].//[宋]陈应行.吟窗杂录[M].明嘉靖二十七年崇文书堂刻本.

123 [唐]释惠能.坛经[M].大正新修大藏经本.

124 [唐]司空图.司空表圣诗集[M].四部丛刊影唐音统签本.

125 [唐]司空图.司空表圣文集[M].四部丛刊影旧钞本.

126 [唐]王昌龄.诗格[C].//[宋]陈应行.吟窗杂录[M].明嘉靖二十七年崇文书堂刻本.

127 [元]方回.瀛奎律髓[M].清文渊阁四库全书补配清文津阁四库全书本.

128 [元]孔齐.至正直记[M].上海:上海古籍出版社,1987.

129 [元]辛文房.唐才子传[M].清佚存丛书本.

130 [元]杨载.诗法家数[M].明格致丛书本.

131 [元]袁桷.清容居士集[M].四部丛刊影元本.

132 David Couzens Hoy. *The Critical Circle:Literature,History,and Philosophical Hermeneutics*[M]. California:University of California Press,1982.

133 Hans Robert Jauss. Paradigmawechsel in der Literaturwissenschaft[J]. *Linguistische Berichte*,1969(3):54—55.

134 R. Magliola. *Phenomenology and Literature:An Introduction*[M]. Indiana:Purdue UP.,1977.

135　白汉坤.试论严羽对竟陵派的影响[J].乐山师范学院学报,2003,2:53—56.

136　曹东.台湾和日本的《沧浪诗话》研究概况述评[J].解放军外国语学院学报,1992,2:87—90.

137　陈伯海.严羽和沧浪诗话[M].上海:上海古籍出版社,1987.

138　陈伯海.中国诗学之现代观[M].上海:上海古籍出版社,2006.

139　陈定玉.严羽集[M].郑州:中州古籍出版社,1997.

140　陈定玉.严羽考辨[C].//严羽学术研究论文选[M].厦门:鹭江出版社,1987:16—21.

141　陈广宏.元明之际唐诗系谱建构的观念及背景[EB].文学遗产网络版.2012—4.

142　陈文忠.接受史视野中的经典细读[J].江海学刊,2007,6:170—177.

143　陈文忠.中国古典诗歌接受史研究[M].合肥:安徽大学出版社,1998.

144　程小平.《沧浪诗话》的诗学研究[M].北京:学苑出版社,2006.

145　丛金玉.读诗·识诗·写诗[J].冀东学刊,1995,1:18—22.

146　邓新华.古代文论的多维透视[M].武汉:华中师范大学出版社,2007.

147　丁福保.历代诗话续编[M].北京:中华书局,1983.

148　杜若鸿.诗之"尊唐抑宋"辩——从《沧浪诗话》说起[J].浙江大学学报(人文社会科学版),2004,1:102—109.

149　方孝岳.中国文学批评[M].北京:三联书店,1986.

150　伏涤修.从《沧浪诗话》的被指斥看宋代文学的审美风尚[J].东南学术,2003,4:136—144.

151　高小慧.杨慎论唐宋诗之争[J].中州学刊,2007,3(2):204—207.

152　高中甫.歌德接受史1773—1945[M].北京:社会科学文献出版社,1993.

153　郭建军.明初文学复古思潮的社会动因探析——以高启诗文为例[J].厦门教育学院学报,2008,6:5—7.

154　郭晋稀.诗辨新探[M].成都:巴蜀书社,2004.

155　郭绍虞.宋诗话辑佚[M].北京:中华书局,1980.

156　郭绍虞.宋诗话考[M].北京:中华书局,1979.

157　郭绍虞.中国文学批评史[M].天津:百花文艺出版社,1999.

158　郭绍虞编选,富寿荪校点.清诗话续编[M].上海:上海古籍出版社,1983.

159　哈罗德·布鲁姆著,徐文博译.影响的焦虑[M].北京:三联书店,1989.

160　汉斯·罗伯特·姚斯. 走向接受美学[C]. //周宁、金元浦译. 接受美学与接受理论[M]. 沈阳：辽宁人民出版社，1987.

161　洪树华.《沧浪诗话》诗学体系及批评旨趣[M]. 合肥：安徽大学出版社，2010.

162　胡建次. 陆时雍诗歌批评对"韵""趣""味"的运用与阐说[J]. 湖州师范学院学报，2006，28(4)：1—5.

163　胡建次. 邱美琼. 严羽对古典唐诗学的建构及其贡献[J]. 南昌大学学报(人社版)，2004，1：108—111.

164　黄景进. 严羽及其诗论之研究[M]. 台北：文史哲出版社，1986.

165　黄静莹. 严沧浪其人及其诗歌研究[D]. 嘉义：南华大学(中国台湾)，1990.

166　蒋寅. 冷斋诗话序[A]. 见：李重华. 冷斋诗话[M]. 上海：上海古籍出版社，2007.

167　蒋寅. 走向情景交融的诗史进程[J]. 文学评论，1991，1：28—39.

168　蒋寅. 作为批评家的严羽[J]. 文艺理论研究，1998，3：71.

169　雷磊. 杨慎与李东阳：观察明代诗学流变多样态的视角[J]. 社会科学辑刊，2006，3：208—213.

170　李庆立. 再论谢榛"以盛唐为法"[J]. 中国文学研究，1996，2：60—66.

171　李圣华. 瞿佑与《归田诗话》及其诗歌创作——兼论《剪灯新话》诗歌与小说之关系[J]. 北方论丛，2012，2：6—10.

172　林秀玲.《沧浪诗话》"兴趣"研究[D]. 高雄：中山大学，2000.

173　刘方."闲话"与"独语"：宋代诗话的两种叙述话语类型——以《六一诗话》和《沧浪诗话》为例[J]. 文艺理论研究，2008，1：125.

174　刘海燕. 试论明初诗坛的崇唐抑宋倾向[J]. 文学遗产，2001，2：66—77.

175　刘化兵. 徐祯卿"因情立格"诗论的形成背景和意义[J]. 西华师范大学学报(哲社版)，2004，6：41—43.

176　刘雅杰. 从南宋闽僧的话头看《沧浪诗话》[J]. 延边大学学报(社科版)，2002，2：59—62.

177　卢盛江. 殷璠"神来、气来、情来"论——唐诗文术论的一个问题[J]. 东方论坛，2006，5：28—31.

178　鲁迅. 鲁迅全集[M]. 北京：人民文学出版社，1981.

179　吕士朋. 晚明公安派兴起的时代背景及其精神[J]. 史学集刊，1999，4：21—29.

180 罗根泽. 中国文学批评史[M]. 上海:中华书局,1962.

181 罗宗强. 序[A]. 见:孙学堂崇古理念的淡退——王世贞与十六世纪文学思想[M]. 天津:天津古籍出版社,2004.

182 裴斐. 诗缘情辨[M]. 成都:四川文艺出版社,1986.

183 钱基博. 中国文学史[M]. 北京:中华书局,1993.

184 钱锺书. 管锥编[M]. 北京:生活·读书·新知三联书店,2007.

185 钱锺书. 谈艺录[M]. 北京:生活·读书·新知三联书店,2007.

186 钱锺书. 谈艺录[M]. 北京:中华书局,1984.

187 钱仲联. 梦苕庵论集[M]. 北京:中华书局,1993.

188 邱美琼. 周叙的诗学批评与明前期诗学风尚[J]. 井冈山大学学报(社会科学版),2011,32(2):90—95.

189 任文京. 陆时雍论"诗必盛唐"[J]. 文学遗产,2012,2:153—155.

190 任先大. 20世纪国内严羽研究述评(上篇)[J]. 甘肃社会科学,2006,3:174—177.

191 孙昌武. 佛教与中国文学[M]. 上海:上海人民出版社,1988.

192 孙文秀. 谢肇淛诗论与地域关系浅析[J]. 闽江学院学报,2010,31(1):1—6.

193 孙学堂. 崇古理念的淡退:王世贞与十六世纪文学思想[M]. 天津:天津古籍出版社,2004.

194 孙学堂. 王世贞才思格调说辨析[J]. 聊城师范学院学报(哲学社会科学版),2000,1:97—104.

195 陶剑平. 诗格意境创作摭谈[J]. 杭州大学学报,1982,12(3):81—90.

196 童岳敏,罗时进. 明清时期无锡家族文化谈论——兼论顾氏家族之文学实践[J]. 苏州大学学报(哲学社会科学版),2010,1:98—101.

197 王士博. 严羽的生平[C]. //严羽学术研究论文选[M]. 厦门:鹭江出版社,1987:1—5.

198 王术臻. 沧浪诗话研究[M]. 北京:学苑出版社,2010.

199 王水照. 宋代文学通论[M]. 开封:河南大学出版社,1997.

200 王英志. 王世懋不属复古格调派——《艺圃撷余》论析[J]. 江苏社会科学,2003,5:152—156.

201 王运熙,顾易生. 明代文学批评通史[M]. 上海:上海古籍出版社,1996.

202 魏崇新. 明初才子解缙的诗文创作[J]. 淮阴师范学院学报(哲学社会科学

版),2002,24(3):379—383.

203　沃尔夫冈·凯赛尔著,陈铨译.语言的艺术作品[M].上海:上海译文出版社,1984.

204　吴俐雯.严羽《沧浪诗话》探析[J].耕莘学报,2005,3:75—90.

205　吴文治主编.明诗话全编[M].南京:江苏古籍出版社,1997.

206　徐中玉.序.见:陈定玉.严羽集[M].郑州:中州古籍出版社,1997.

207　许志刚.严羽评传[M].南京:南京大学出版社,1997.

208　叶嘉莹.王国维及其文学批评[M].石家庄:河北教育出版社,1997.

209　叶朗.中国美学史大纲[M].上海:上海人民出版社,1985.

210　袁济喜.神会与妙悟——中国古代文论中的鉴赏心理学范畴[J].宝鸡文理学院学报(社科版),2001,4:26—33.

211　张葆全.诗话和词话[M].上海:上海古籍出版社,1983.

212　张健.《沧浪诗话》非严羽所编——《沧浪诗话》成书问题考辨(之一)[J].北京大学学报(哲社版),1999,4:70—85.

213　张少康,刘三富.中国文学理论批评发展史(下)[M].北京:北京大学出版社,1995.

214　张少康.古典文艺美学论稿[M].北京:中国社会科学出版社,1988.

215　张少康.严羽及其《沧浪诗话》[C].//黄景进.严羽及其诗论之研究[M].台北:文史哲出版社,1986.

216　张天健,崔炳扬."抑孟扬韩"辩[J].镇江师专教学与进修(语言文学版),1983,4:22—26.

217　张颖.岁寒堂诗话与沧浪诗话诗论比较研究[D].北京:首都师范大学,2009.

218　赵伯陶.李东阳《怀麓堂诗话》的融通意识[J].社会科学辑刊,2011,4:184—189.

219　郑利华.后七子师法理论探析——以王世贞、谢榛相关论说考察为中心[J].中国韵文学刊,2009,23(3):21—30.

220　郑振铎.插图本中国文学史[M].北京:人民文学出版社,1957.

221　周维德.全明诗话[M].济南:齐鲁书社,2005.

222　周兴陆,朴英顺,黄霖.还《沧浪诗话》以本来面目——《沧浪诗话校释》据"玉屑本"校订献疑[J].文学遗产,2001,3:85.

223　周寅宾.李东阳诗话对严羽诗话的继承发扬[J].衡阳师范学院学报,2005,26

(1):49—52.

224 朱东润.中国文学论集(卷二)[M].北京:中华书局,1983.

225 朱东润.中国文学批评论集(卷一)[M].北京:中华书局,1983.

226 朱东润.中国文学批评史大纲[M].上海:上海古籍出版社,2001.

227 朱立元,杨明.试论接受美学对中国文学史研究的启示[J].复旦学报,1989,4:85—90.

228 朱丽霞.齐气、楚风与吴习——明清之际的诗坛格局及清初诗坛走向[J].学术月刊,2009,41(3):99—106.